Mavis Gallant

TRANSITGÄSTE

DIE ANDERE BIBLIOTHEK

Herausgegeben

von Hans Magnus Enzensberger

Mavis Gallant

TRANSITGÄSTE

Erzählungen

Aus dem Amerikanischen
von Barbara von Bechtolsheim,
Reinhild Böhnke, Eva Bornemann
und Helga Pfetsch

Eichborn Verlag
Frankfurt am Main
1998

ISBN 3-8218-4167-2

Inhalt

Die vier Jahreszeiten

I

Die Schule, in die Carmela fast sechs Jahre gegangen war, hatte ein Dr. Barnes gegründet, ein Ausländer, der mit seinem Geld nichts Besseres anzufangen wußte. Sie bestand aus zwei Klassenzimmern mit lackierten Pulten, die am Boden festgenagelt und aus Stahlschränken, die aus England importiert waren; dann gab es einen Spielplatz, auf dem sich meistens streunende Hunde tummelten. Ein Sepiadruck des Stifters, wie er gerade ein Buch liest, hing neben einem Bild von Mussolini. Beide waren gleich gerahmt, was die Bedeutung von Dr. Barnes betonte – zumindest in Castel Vittorio. Über ihren Köpfen der König hoch zu Roß, mit all seinen Orden behangen. Auf der einen Seite an derselben Wand etwas hilflos ein Bild vom Herzen Jesu. Im Alter von zwölf Jahren war Carmela zu alt, ihre Zeit noch länger in der Schule zu vertrödeln, so vergaß sie schnell alles über Geschichte und Erdkunde, aber sie erinnerte sich an die Männer in ihren braunen Rahmen und an Jesus mit seinem brennenden Herzen. In jenem Jahr ging sie von zu Hause weg, gleich nach Ostern, und kam an die Ligurische Küste zwischen Ventimiglia und Bordighera. Sie sollte jetzt bei Mr. und Mrs. Unwin wohnen, für sie kochen und saubermachen und sich um die Zwillingstöchter Tessa und Clare kümmern. Deren Namen konnte Carmela leicht aussprechen. Den Unwins gehörte eine kleine Druckerei, und da es in jenem Teil der Welt eine große angloamerikanische Kolonie gab, fehlte es nie an Aufträgen. Sie lieferten persönliche Briefbögen, Rundschreiben und Ankündigungen für Büchereien, Konsulate, anglikanische Kirchengemeinden und die British Legion – manche waren gedruckt, manche nur vervielfältigt. Außerdem betätigte sich Mr. Unwin nebenher als Immobilienmakler. Sie wohnten in einer Villa auf einem Kakteenhügel. Weil es ständig zu trocken war, konnten dort nur Kakteen gedeihen. Eine elektrische Pumpe hätte vielleicht Abhilfe schaffen können, aber die konnten sich die Unwins nicht leisten. Mrs. Unwin arbeitete, wenn sie sich wohl genug fühlte, bei ihrem Mann in der Druckerei. Von Zeit zu Zeit bekam sie entsetzliche Kopfschmerzen, da sie allergisch gegen Pollen, Sonnenschein und starke Parfüms war. Früher hatten die Unwins eine Köchin, eine Zugehfrau und ein Kindermädchen gehabt, aber als Carmela in den Haushalt kam, entließen sie das Kindermädchen; Köchin und Zugehfrau waren schon länger als ein Jahr nicht mehr da. Aus dem Küchenfenster konnte man den Abhang hinunter in einen Garten sehen, wo gelegentlich blühende Bäume und Sträucher Duftwolken heraufschickten, um Mrs. Unwin zu quälen und mit Blättern und Blüten ihr Kaktusbeet zu verschandeln. Dort wohnte eine Amerikanerin, die man »die Marchesa« nannte. Für Mrs. Unwin war sie eine Feindin – jemand, der absichtlich Blumen züchtete, um andere zu ärgern.

Bisher war Carmela nirgendwo anders gewesen als in ihrem eigenen Dorf und in diesem Haus, aber das konnte Mrs. Unwin ja nicht wissen. Sie drückte Carmela ein abgeschabtes schwarzes Portemonnaie in die Hand und schickte sie den Hügel hinunter in das Geschäft, wo sie Möhren und ein knappes Pfund vom billigsten Rindfleisch zum Kochen kaufen sollte. Unterwegs kam Carmela an mauerumfriedeten Villen vorbei und an einer Klinik, die von ockerfarbenen Mauern, Zypressen und schmiedeeisern verzierten Balkonen gegen den Wind geschützt war. Nahe der Küste standen halbfertig gebaute Häuser. Dort, wo die Fenster immer noch Löcher in den Wänden waren, konnte man durch sie hindurchsehen und einen flüchtigen Blick auf das Meer werfen. Sie hörte, wie jemand in einem Italienisch, das eleganter als ihr eigenes war, sagte: »Abscheulich. Ich kann nur hoffen, sie fallen dem Bauunternehmer auf den Kopf. Unwin hat da auch investiert, aber er ist bankrott.« Die Frau, die diese Bemerkung machte, saß unter der hellblauen Markise eines Cafes, das Carmela so prächtig vorkam, daß sie den Blick abwenden mußte. Trotzdem erhaschte sie, wie bei ihrem kurzen Blick auf das Meer, die kleinen, runden Tische und die farbigen Eiscremeportionen in ihren Silberschalen. Auf einmal erkannte sie einen livrierten Chauffeur, der sich gegen einen sorgsam gepflegten Wagen lehnte. Er kam aus Castel Vittorio. Er ließ sich nicht anmerken, daß er Carmela kannte. In diesem Moment begann ihr wirkliches Leben, und sie zweifelte niemals mehr an seinem Sinn. Unter den Mächtigen und Merkwürdigen würde sie schweigend und aufmerksam sein. Von nun an würde sie wie ein kleiner Fisch schwimmen und lernen, unter Wasser zu atmen.

Anfangs verstand sie nicht immer alles, was gesagt wurde oder was Mrs. Unwin erwartete. Wenn Mrs. Unwin bemerkte: »Dort oben, wo du herstammst, blühen die Kastanienbäume wunderbar, aber der Blütenstaub ist natürlich tödlich für *mich*«, hielt Carmela beim Gemüseschälen für den englischen Eintopf inne, den sie gerade zuzubereiten lernte, und wartete, ob noch etwas komme. »Was habe ich denn jetzt wieder gesagt, was dich so verblüfft?« fragte Mrs. Unwin. »Du bist ja wie ein kleiner Spatz!« Carmela wartete immer noch und blickte zur Seite, das Haar ungleichmäßig geschnitten und hinter die Ohren gesteckt. Sie trug einen grauen Rock, eine Baumwollbluse und Sandalen. Eine formlose schwarze Strickjacke hing ihr über die Schultern. Strümpfe besaß sie nicht, auch keine Schuhe, keine zweite Garnitur Unterwäsche, keinen Morgenrock, keinen Mantel, aber sie besaß ein Medaillon an einer Halskette, das eine sizilianische Großmutter ihr vererbt hatte – die Großmutter, deren südlichen Namen sie trug. Mrs. Unwin hatte bereits Carmelas Ohren untersucht, um festzustellen, ob sie Löcher in den Ohrläppchen hatte. Sie konnte das nicht ausstehen – so etwas Eitles, und wie verstümmelnd. Als sie Carmelas Ohren losließ, hatte sie zu ihrem Mann gesagt: »Gut. Mussolini räumt mit alldem auf. Nur mit den Medaillons nicht.«

»Habe ich ›Kastanie‹ womöglich irgendwie merkwürdig ausgesprochen? Mein Italienisch kann doch nicht so schlecht sein.« Sie holte ein kleines, grüngebundenes Wörterbuch aus ihrer Kitteltasche und blätterte es schnell durch. Sie mußte den Kopf schräg legen und ein Auge zukneifen wegen der Zigarette, die sie im Munde hielt. »Ich meine damit nicht Roßkastanien«, sagte sie, und die Zigarette tanzte. »Wie komisch das auf italienisch klingt, übrigens. Ich meine die spanischen Kastanien. Angeblich blühen sie ziemlich spät im Jahr.«

»Jede Blume hat ihre eigene Jahreszeit«, sagte das Kind.

Carmela glaubte, aus diesem Gespräch Hintergedanken herauszuhören, die sie jedoch noch nicht erkennen konnte. Sie vermochte dieser Mischung aus Englisch und tonlosem Italienisch nicht recht zu folgen. Außerdem hatte sie noch nie eine Frau rauchen sehen.

»Aber deine Familie *wohnt* doch oben im Nervia-Tal?« beharrte Mrs. Unwin. »Dein Vater, deine Mutter, deine Schwestern und Kusinen und deine Tanten?« Sie scherzte und wurde deshalb furchterregend. »Maria, Liliana, Ignazio, Francamaria ...« Weitere Dienstbotennamen fielen ihr nicht ein.

»Ich glaube schon«, sagte Carmela.

Ihre Mutter war herunter nach Bordighera gekommen, um in der Wäscherei eines großen Hotels zu arbeiten. Ihr kleiner Bruder wurde bei einem Steinmetz in die Lehre geschickt. Ihr Vater war möglicherweise tot. Das Schwarz und Grau, das sie trug, war Halbtrauer. »Mussolini möchte diese Großfamilien abschaffen«, sagte Mrs. Unwin zuversichtlich. Sie saß auf einem hohen Hocker und arrangierte Blumen in einer Kupferschale. Plötzlich drückte sie die Zigarette aus und trank etwas aus einer Teetasse. Sie erschien Carmela unnatürlich groß. Ihre Hände waren fleckig, sommersprossig, *alt*, aber sie war die Mutter von Tessa und Clare, die noch keine drei Jahre waren und immer noch »die Babys« genannt wurden. Die weißen Rosen, die sie auf etwas Grausames und Spitzes spießte, waren von dem Chauffeur aus Castel Vittorio an der Küchentür abgegeben worden. Diesmal hatte er Carmela zögernd zugenickt.

»Kennst du ihn?« fragte Mrs. Unwin sofort.

»Ich glaube, ich habe ihn in der Stadt gesehen«, erwiderte Carmela.

»Also, das ist hinterlistig«, sagte Mrs. Unwin, aber ohne Tadel in der Stimme, »denn er weiß, wer *du* bist, weil er sich für deine ganze Familie verbürgt hat. ›Fleißig, nüchtern, der Stolz des Nervia-Tals.‹ Ich hoffe, es wird da keine Klagen geben«, fügte sie in einem anderen Ton hinzu. »Du weißt, was ich meine. Männer, Gekicher, mit ihnen in den Hauseingängen schmusen, lange Telefongespräche.«

Die weißen Rosen waren eine versöhnliche Geste: Ein Hund, der den unmittelbaren Nachbarn gehörte, hatte etwas Kostbares im Garten der Unwins ausgegraben. Plötzlich meinte Mrs. Unwin, *sie* hätte keine Zeit, in rosa Chiffon im Garten herumzuschlendern, mit einem breitkrempigen Hut und einer Gießkanne; sie hätte keine Zeit, Jazzmusiker für Partys zu mieten oder Federbälle über die Hecke zu jagen und sie dann von einem Dienstboten auflesen zu lassen; sie hätte noch weniger Zeit, einen Chauffeur als Liebhaber zu haben. Carmela konnte alldem nicht folgen. Sie fühlte sich angeklagt.

»Ich weiß nicht, Signora«, sagte sie, als habe man irgendeine klipp und klare Ja-oder-Nein-Antwort erwartet.

Wo die Rosen herstammten, da war alles weiß, grün, üppig, süß duftend. Pflanzen, die Carmela nicht benennen konnte, beugten sich unter der Last ihrer Blüten. Von weitem hörte sie ein Radio. All das gehörte der Marchesa. Sie war es, die »abscheulich« gesagt hatte.

Im Mai streckten Pollen aus dem Garten der Marchesa Mrs. Unwin nieder. Auch von einem hohen, baumartigen Strauch im Garten der Marchesa wurde sie überfallen, eine Art Stechapfel namens Datura, von dem einige der glockenförmigen, cremefarbenen Blüten über das Kaktusbeet hingen. Ihr Duft, stärker als der von Jasmin, war Gift für Mrs. Unwins Nervensystem. Von ihrem verdunkelten Zimmer aus ließ sie Carmela rufen. Mit einem kleinen Schlüssel öffnete sie eine Lederschatulle und zeigte ihr einen brillantumrandeten Saphir und einen ungefaßten Smaragd. Sie erklärte Carmela die Namen der Edelsteine. »Ich halte nichts von Verstecken. Ich sage dir, wo sie sind, und daß der Schlüssel in meinem Taschentuchbehälter ist.« Und wieder glaubte Carmela, sie würde wegen irgend etwas angeklagt.

Inzwischen saßen die Babys auf dem Bett der Mutter. Es waren friedliche, schläfrige Kinder mit strohgelbem Haar, das Carmela gerne bürstete; eines nur war ermüdend: Sie waren zu faul zu laufen. Entweder die eine oder die andere mußte, Carmelas linke Hüfte umklammernd, wie ein kleines Äffchen von ihr getragen werden. Als Folge davon fing sie an, mit leicht zur Seite gekrümmtem Rückgrat zu stehen. Ihre Erinnerung an jenen Frühling war das Gewicht von Clare oder Tessa, die ihre Schulter herunterzogen, und daß sie immer hungrig war. Niemals hatte Carmela Menschen gekannt, die so wenig aßen wie die Unwins, nicht einmal bei den Armen. Zum Mittagessen teilten sie sich ein dünnes Kotelett oder die Gemüsereste eines Eintopfs oder aßen je ein Ei oder eine Scheibe gekochten Schinken. Das Essen der Kinder und das von Carmela war kaum reichlicher. Es war nicht Mrs. Unwins Absicht, ihren eigenen Kindern zu wenig zu essen zu geben; sie glaubte allen Ernstes, daß das Wenige genug sei. Außerdem war Fleisch teuer. Obst war teuer. Auch Käse, Butter, Kaffee, Milch und Brot. Die Unwins waren knapp bei Kasse. Sie besaßen zwar ein Haus, eine Druckerei, Mobiliar, einen Garten, ein Auto, und sie hatten Carmela, aber sie hatten nichts übrig. Der Teppich im Wohnzimmer war abgetreten und löchrig, und die weinrote Tapete zeigte pfingstrosenförmige Schimmelflecke. Mrs. Unwin zählte das Kleingeld ab, das sie Carmela für ihre Einkäufe gab, und sie zählte das Wechselgeld.

Jeden Freitag schickten die Unwins Carmela über die Grenze nach Frankreich, wo ein paar Sachen wie Schokolade und Bananen billiger waren. Aber das war nicht der einzige Grund; anscheinend bekam man von in Italien angebautem Gemüse Typhus. Carmela nahm einen Bus bis kurz vor die Grenze, ging hinüber (die Zöllner auf beiden Seiten kannten sie inzwischen) und dann eine enge Straße den Hügel hinab bis zu einer Allee am Meeresufer. Sie ging nie weiter als bis zum Marktplatz. Immer brachte sie französisches Stangenbrot mit, denn dies gehörte zu den wenigen Dingen, die Mr. Unwin gerne aß. Seine chronische Appetitlosigkeit war einer der Gründe, weshalb so wenig Nahrungsmittel im Haus waren. Carmela brach sich jedesmal ein Stück Kruste ab und aß es auf der Stelle. Dann brach sie das andere Ende ab, damit der Laib symmetrisch war, aber sie behielt sich diese zweite Kruste übrig für später.

Carmela hatte zwei weitere Gründe, in diesem Frühling besorgt zu sein. Einer hatte mit dem Zimmer zu tun, in dem sie schlief; der andere war das Meer. Obwohl sie ihr Leben lang nur ein paar Kilometer vom Meer entfernt gewohnt hatte, beunruhigte es sie, ihm so nahe zu sein. Nachts hörte sie, wie hohe Wellen sich an den Fundamenten der Stadt brachen. Sie träumte, von der Flut eingeschlossen zu sein, sich auf die Dächer flüchten zu müssen. In diesem Traum erschien ihr der Tod unausweichlich. Im Garten, wo sie die Zwillinge zum Laufen überreden wollte, sagte sie zu dem Chauffeur aus Castel Vittorio: »Was passiert, wenn das Meer herauskommt?« Er war hemdsärmelig und führte gerade die Hunde der Marchesa draußen spazieren. Er hielt inne und lachte. »Was meinst du mit ›heraus‹?«

»Heraus, herauf«, sagte Carmela. »Herauf, heraus von wo es ist.«

»Es kommt weder herauf *noch* heraus«, sagte er. »Es bleibt, wo es ist.«

»Was ist dort, wo wir es nicht sehen können?«

»Mehr Wasser«, sagte er. »Und dann Afrika.«

Carmela bekreuzigte sich – nicht, weil sie sich nun noch mehr fürchtete, sondern um ihres Vaters willen, der wahrscheinlich dort gestorben war. Er war für einen Krieg eingezogen worden und niemals zurückgekommen. Keine Nachricht hatte es gegeben, kein Telegramm, keine Glückwünsche von Mussolini und natürlich auch keine Rente.

Was ihr Zimmer betraf, so lag es neben der Speisekammer, war fast höher als lang, mit gekacheltem Boden und einer schönen Aussicht, wenn man die wollte. Jemand war hier gestorben – ein Verwandter von Mrs. Unwin; er war auf einen langen Besuch gekommen, und man fand ihn auf den Kacheln, mit dem Schalter einer elektrischen Klingel in der Hand.

»Ein friedlicher Tod«, sagte Mrs. Unwin völlig gelassen. Sie sprach, als ob Carmela die Geschichte des Hauses kennen müßte. »Hatte nicht einmal Zeit zu läuten.«

Der alte Mann hatte ein schwaches Herz; er konnte keine Treppen steigen. Wer hätte die Klingel gehört? Sie schellte irgendwo im Korridor. Die Dienstboten, die man damals beschäftigte, schliefen nicht im Hause, und die Unwins nahmen Schlafmixturen, gelbe und grüne, die in der Küche zubereitet und ins Schlafzimmer hinaufgebracht wurden. Carmela spürte die traurige Gegenwart des armen Verwandten, der krank in ein gesundes Klima gekommen war und dem dann das schäbigste Zimmer gegeben wurde; der nach Luft gerungen hatte, in Panik verfallen war und nach der Klingel gegriffen hatte, auf die er gestürzt war. Der Chauffeur aus Castel Vittorio erzählte die Geschichte anders: Dieses Haus hätte dem alten Mann gehört. Die Unwins hatten versprochen, sich zu seinen Lebzeiten um ihn zu kümmern als Entgelt für den Besitz. Aber inzwischen waren so viele Schulden aufgelaufen, daß sie kein Kapital mehr beschaffen konnten. Sie waren völlig verarmt und überall an der Küste mehr oder weniger dafür bekannt, stets zahlungsunfähig zu sein. Der Chauffeur hatte angeblich ein paarmal den Geist des Onkels im Garten gesehen, und Carmela selbst würde sicher noch oft genug den dumpfen Aufschlag hören, mit dem sein Körper zwischen ihrem Bett und der Tür auf den Boden fiel. Unter dem Bett – unter jedem Bett, soviel sie wußte – wohnte ein Teufel oder ein Dämon und lauerte ihr auf. Nicht um alles Geld der Welt hätte sie sich je auf die Bettkante gesetzt und die Füße herunterhängen lassen. Nachts verkroch sie sich unter das Bettzeug und ließ sich nur einen Maulwurfstunnel zum Atmen. Sie vergewisserte sich, daß auch nicht die kleinste Haarsträhne zu sehen war.

Die Morgenstunden waren zärtlich – erst rosa, dann perlmutt, dann blau. Das Haus war still, die Zwillinge waren wach und lächelten. Von ihrem Fenster im oben gelegenen Zimmer sah das Meer aus wie ein seidenes Kissen. Weiße Segel schwammen vorbei – Federn. Die Brise, die hereinwehte, wollte ihr wohl, und der Duft aus dem Garten der Marchesa war eine besondere Belohnung. Nach einer Weile hatten sich Carmelas Phantome beruhigt. Die Weichheit jenes Junimonats wiegte sie ein. Der Onkel schlief friedlich irgendwo, und auch der Teufel unter dem Bett war zu schläfrig geworden, um die Hand auszustrecken

II

Ende Juni riß Carmelas kleiner Bruder von seiner Lehrstelle bei dem Steinmetz aus und erschien an der Küchentür. Sein blondes Haar war dunkel vor Schweiß, und Schmutz und Schweißspuren waren auf seinem Gesicht. Sie gab ihm ein Stück Brot, das sie von einem Baguette aufgehoben hatte, und eine Tasse von der Milch, die für die Kinder im Kühlschrank stand. Die Speisekammer war mit einem Vorhängeschloß verriegelt; Mrs. Unwin schloß sie auf, wenn es Zeit für den Tee war. Just in dem Augenblick, da Carmela die Tasse abspülte, hörte sie: »Wer ist da, Carmela?« Es war, Gott sei Dank, er und nicht sie.

»Ein Bettler«, sagte Carmela.

Der Vater der Babys war kurzsichtig. Er trug dicke Brillengläser, schrie nie, lächelte selten. Er sah auf den Jungen im Türeingang hinab und sagte zu ihm: »Warum bettelst du? Wer schickt dich betteln?« Die Hand des Kindes hatte sich fest um etwas geschlossen, vielleicht etwas, das es gestohlen hatte. Mr. Unwin war nicht unfreundlich; er war nur streng. Die kleine Faust drehte sich hin und her in seinem Griff, aber es gelang ihm, die geballte Faust zu öffnen; alles, was zutage kam, war eine zerquetschte Brotkruste und eine schmutzige Handfläche. »Warum bettelst du?« wiederholte er. »Heutzutage braucht in Italien niemand zu betteln. Wer hat dich geschickt? Dein Vater? Deine Mutter? Sitzen sie zu Hause und tun nichts und verlangen von dir, daß du um Geld bettelst?« Es war klar, daß er sich mit einer derartigen Ungerechtigkeit niemals abfinden würde. Das Kind blieb stumm, und bald darauf hatte Mr. Unwin eine Hand in der seinen, mit der er nichts anzufangen wußte. Er las in ihren Linien, die schmutzverkrustet waren und deutlich ein schwarzes M zeigten. »Wo wohnst du?« sagte er und ließ die Hand los. »Du darfst hier oben nicht herumlungern. Man wird die Polizei benachrichtigen.« Damit wollte er nicht etwa sagen, daß er es tun würde.

»Er geht dahin zurück, wo er herkommt«, sagte Carmela. Das Kind sah sie mit einer solch erwachsenen Traurigkeit an, und sie wendete sich so ernst ab, als sie die Tasse abtrocknete und wieder auf das Regal stellte, daß Mr. Unwin später zu seiner Frau sagen würde – und Carmela sollte es hören: »Sie waren wie ein Liebespaar.«

»Gib ihm etwas«, sagte er zu Carmela, die entgegnete, daß sie es tun würde, ohne jedoch zu erwähnen, daß die Speisekammer verschlossen sei; denn das wußte er doch, oder?

Carmela verstand jetzt Englisch, aber das ahnte niemand. Als sie hörte, wie die Unwins später einmal sagten, sie brauchten einen Steinmetz, weil die Bauordnungen von ihnen verlangten, entweder eine Hecke zu pflanzen oder eine Mauer zu errichten anstelle des durchhängenden Drahtzauns, der ihren Garten umgab, sagte sie nichts; und als sie einander fragten, ob es sich lohnen würde, mit Carmela zu reden, ob sie vielleicht jemanden wüßte, der vertrauenswürdig und billig wäre, zeigte sich in ihrem Gesicht jener ungewisse Ausdruck, der »nein« bedeutete. Es war die Marchesa gewesen, die sich über den Drahtzaun der Unwins beschwert hatte. Er sei so unansehnlich, daß es den Wert ihres eigenen Grundstücks mindere. Mrs. Unwin beteuerte ihrem Mann, daß sie den bitteren Geschmack mit ins Grab nehmen würde.

Das Licht, das die Hausgespenster hatte einschlafen lassen, brachte Mrs. Unwin nichts als Verzweiflung. Sie blieb in ihrem verdunkelten Schlafzimmer, und oft vergaß sie sogar, das Wechselgeld zu zählen, das Carmela in dem schwarzen Portemonnaie zurückbrachte. Dr. Chaffee von der Klinik am Fuß des Hügels rief an, um seinen Besuch bei Mrs. Unwin anzusagen. Er wollte sich auch die Kinder ansehen; ihr Vater hatte ihm erzählt, daß Tessa und Clare zu träge seien zu laufen. Dr. Chaffee war weder Italiener noch Engländer. Der englische Arzt, der sich so gut auf die Kinder verstand und so taktvoll zu ihren Eltern war, war weggezogen. Er hatte Angst vor einem Krieg. Mrs. Unwin meinte, das sei recht jämmerlich von ihm. Mussolini wolle doch keinen Krieg und Hitler schon gar nicht. Was war Dr. Chaffees Meinung? Er hatte in Berlin gelebt.

»Ich meine, man sollte sich nicht sorgen, wenn man eine Situation doch nicht ändern kann«, sagte er. Er trug immer noch merkwürdig dunkle Kleidung, die eher zu einem anderen Klima gepaßt hätte.

»Ich bin nicht besorgt«, sagte sie und hob die Hände schützend ans Gesicht. Carmela zog die Vorhänge etwas zurück, damit der Arzt die Zwillinge im Tageslicht untersuchen konnte. Sie seien nicht faul, sagte er. Sie hätten Rachitis. Das hätte Carmela ihm auch sagen können. Außerdem wußte sie, daß das unheilbar war.

Mrs. Unwin schien gekränkt. »Unser englischer Arzt nannte es Knochenerweichung.« »Sie müssen viel Milch trinken«, sagte Dr. Chaffee. »Und nicht das entrahmte Zeug. Frisches Obst, Lebertran.« Während er sprach, schrieb er etwas auf einen Rezeptblock. »Und im August dürfen sie nicht mehr hier an der Küste sein.«

Mrs. Unwins Hände glitten vorwärts, bis sie ihr Gesicht bedeckten. »Ich war zu alt«, sagte sie. »Ich hatte kein Recht, diese verkrüppelten Babys in die Welt zu setzen.« Darüber schien Dr. Chaffee nicht beunruhigt. Er zog Carmela ans Licht und sagte: »Und wie steht es mit diesem Kind? Wie alt ist es?«

Carmela entsann sich, daß sie ja kein Englisch konnte; stumm sah sie von einem zum anderen. Dr. Chaffee wiederholte die Frage auf italienisch, richtete sie direkt an Carmela und nannte sie »kleines Mädchen«.

»Fast dreizehn«, antwortete Carmela.

»Großer Gott, sie sieht ja wie eine Neunjährige aus.«

Mrs. Unwins Hände lösten sich. Sie trug jene Grimasse, die ihre Art zu lächeln war. »Also bin ich in allem nachlässig? Ich habe sie nicht in die Welt gesetzt. Verraten Sie mir bitte, wie man es anstellt, daß sie wie fast dreizehn aussieht.«

»Wohl teilweise vererbt.«

Dann fingen sie an zu plaudern, und Mrs. Unwin zeigte ein breites Lächeln. »Ich werde alles tun, was Sie sagen«, sagte Mrs. Unwin.

Nachdem der Arzt sich verabschiedet hatte – Carmela sah ihn in seinem dunklen Anzug, wie er innehielt, um sich den Daturabaum anzusehen – ließ Mrs. Unwin sie wieder zu sich kommen. »Der Arzt meint, daß dein Wachstumsproblem wohl auf die Spaghetti zurückzuführen ist«, sagte sie ernsthaft, als ob sie nicht bis auf den letzten Krümel gewußt hätte, was Carmela zu den Mahlzeiten zu essen bekam. »Du sollst Fleisch essen und frisches Gemüse. Und nimm dies. Vergiß es nicht. Dr. Chaffee hat sich bemüht.« Sie gab Carmela eine kleine, bernsteinfarbene Flasche mit dunklen Tabletten, die angeblich Eisen enthielten. Natürlich nahm Carmela keine einzige, zumal sie jeder Form von Medizin mißtraute, aber die Flasche blieb viele Jahre lang ein Teil ihrer Habseligkeiten mit dem Rang eines persönlichen Besitzes.

Noch etwas geschah um diese Zeit; Mrs. Unwin zahlte Carmela die erste Rate ihres Lohnes aus.

Mrs. Unwin behauptete, daß die Tauben im Garten der Marchesa mehr Lärm machten als nötig. Gegen sieben Uhr in der Frühe war der Himmel schwer und drohte schon mit dem nachmittäglichen Gewitter. Carmela, die ins Freie gerannt war, um die trockene Wäsche von der Leine zu holen, spürte in ihrem Gesicht eine Brise, die wie warmes Wasser war. Sie bewegte sich durch Hitze und Hausarbeit wie durch einen langen Traum. Jemand hatte bei Mrs. Unwin den Druck von Gedichten in Auftrag gegeben. Mrs. Unwin schob die Vorhänge in ihrem Schlafzimmer beiseite, und trotz ihrer Kopfschmerzen, die sie fast blind machten, band sie einhundertundfünfzig Exemplare mit der Hand. Eines Freitags, nachdem Carmela auf der französischen Seite ihre Einkäufe gemacht hatte, ging sie, um sich ein Wunder, von dem sie gehört hatte, zu besehen – zwei Reihen von Platanen, deren Äste sich zu einem

Tunnel zusammenbogen. Die Stämme dieser Bäume erwiesen sich als dick und sperrig, sie verstellten Carmelas Sicht auf die Geschäfte zu beiden Seiten der Straße. Wie die meisten Bäume standen sie einfach nur im Wege und blockierten die Aussicht auf etwas Interessantes. Sie erwähnte dies Mrs. Unwin gegenüber, die in der Küche hin und her ging, während sie – einen Strohhut auf dem Kopf – aus einer Teetasse trank.

»Wo es keine Bäume gibt, da sind auch keine Nachtigallen«, sagte Mrs. Unwin. »Wenn ich mich wohl fühle, höre ich sie gerne.«

»Was, diese Dinger, die nachts solchen Lärm machen?«

»Nicht Lärm, Gesang«, sagte Mrs. Unwin und umfaßte ihre Tasse .

»Jede Kreatur hat ihren eigenen Augenblick«, sagte Carmela.

»Was bist *du* doch für eine spröde Kreatur«, rief Mrs. Unwin, warf den Kopf zurück und zeigte die Zähne. Carmela war froh, sie zum Lachen gebracht zu haben, aber sie beschloß, künftig vorsichtiger zu sein: Bis hierher und nicht weiter durfte ein Gedankenaustausch gehen.

Dr. Chaffees Rat folgend, mieteten sich die Unwins für den Monat August eine Wohnung in einem Dorf, das landeinwärts lag. Sie zwängten sich mit den Zwillingen und Carmela und mit viel Gepäck in den Wagen, fuhren vorbei an der Landstraße, die ins Nervia-Tal führte, und kletterten hinauf in eine Hügellandschaft, die Carmela nie gesehen hatte.

»Du bist doch irgendwo hier geboren, oder?« sagte Mrs. Unwin, ohne eine Antwort zu erwarten.

Carmela, die inzwischen alle Stimmen von Mrs. Unwin zu kennen meinte, antwortete nicht, aber

Mr. Unwin sagte: »Du weißt doch ganz genau, daß es die andere Straße war.«

Offenbar war es ihm wichtig, daß seine Frau sich geirrt hatte.

Mrs. Unwin und Carmela teilten sich die Zwillinge. Beide wollten jedoch auf Carmelas Schoß sitzen. Mrs. Unwin war kein bißchen eifersüchtig; manche ernste Dinge fand sie umwerfend komisch. Die Mädchen schliefen, und als sie aufwachten, wurden sie zappelig. Mr. Unwin hielt an, damit sie beide bei Carmela im Fond sitzen konnten. Es war kaum Platz für sie selber, obwohl sie, wie Dr. Chaffee gesagt hatte, klein war, denn die Rücksitze waren voll mit Bettlaken und Bettdecken und sogar Kochgeschirr. Nach vier Stunden kamen sie zu einem Dorf, wo überall Gras wuchs und Holzhäuser in braunen Pastellfarben standen. Ihre Sommerwohnung bestand aus einem halben Haus mit einem langen, geschnitzten Balkon und Matten statt Teppichen und roten Vorhängen an Messingringen. Es roch aufregend nach Möbelpolitur und frischer Seife. Die Unwins stapelten alles Gepäck auf einen Haufen auf den Boden und packten erst einmal nur einen Teekessel, eine Teekanne und drei Keramikbecher aus. Carmela hörte Mr. Unwin mit dem Hausbesitzer in seinem merkwürdig nasalen Italienisch reden und von ihr, Carmela, als »der jungen Dame, die verantwortlich sein wird«, sprechen. Inzwischen tranken sie Tee, Mrs. Unwin saß auf einer unbezogenen Roßhaarmatratze, Carmela stand mit dem Rücken an der Wand. Mrs. Unwin sprach mit ihr, wie sie es niemals zuvor getan hatte und wie sie es nie wieder tun würde. Immer noch erschien sie Carmela sehr groß und häßlich, aber ihr Gesicht war glatt und ihre Stimme gedämpft, und Carmela dachte, daß sie vielleicht eigentlich gar nicht so alt war. Sie sagte: »Wenn es Krieg gibt, kann es sein, daß wir aus England das wenige Geld, was dort ist, nicht herausbekommen können. Wir werden Italien nie verlassen. Ich glaube an die Bewegung. Die Italiener wissen, daß sie uns vertrauen können. Die Deutschen sind, nun, wie sie eben immer waren, und leider haben wir Briten uns keine Mühe gegeben, ihnen halbwegs entgegenzukommen. Dr. Chaffee sagt, du seiest so zuverlässig wie eine Erwachsene, Carmela. Und ich will ihm glauben. Ich möchte, daß du den Zwillingen das Alphabet beibringst. Willst du das? Vergiß nicht, das englische Alphabet hat ein ›W‹. Irgendwo nahe dem Ende. Bring ihnen italienische Gedichte und Lieder bei. Dr. Chaffee meint, ich solle mich jetzt so wenig wie möglich aufregen. In der Klinik werde ich mich einer längeren Behandlung unterziehen. Heilbäder. Feuchte Laken. Ich nehme an, ich muß an Wunder glauben.« Sie sprach weiter in diesem Ton, saß auf der Kante der unbezogenen Matratze und starrte über ihren Becher mit Tee hinweg, sie bestand nur aus Knien und Ellbogen. Und Carmela rührte sich nicht, noch antwortete sie, noch nippte sie an ihrem Tee. Sie wollte das Bett machen und die Zwillinge hinlegen, denn sie hatten ja keinen Nachmittagsschlaf gehabt – es sei denn, das unruhige Einnicken im Wagen zählte. Mrs. Unwin sagte: »Ich hatte eigentlich einen besseren Süden als diesen hier erwartet. Zuerst gingen wir nach Amalfi. Ich hatte meinen Sohn in England gelassen. Als kleinen Jungen. Als ich ihn besuchen durfte, sagte er: »›Guten Tag.‹ Niemand sprach mit mir. Wir kamen zurück nach Italien. Das Mondlicht glitzerte in seinen Augen. Ehe die Zwillinge kamen. ›Denke nicht, fühle lieber‹, hat er zu mir gesagt. Oder umgekehrt. Aber es bedeutete nur, wieder gebunden zu sein – diesmal durch Armut und durch den Klatsch schlecht erzogener Leute. Es gab keinen Ausweg – Heirat, Geburt, Patriotismus, das Dunkel. Derselbe Kreis – Taufe, Konfirmation, Gebete für die Toten. Der Rest Schweigen.«

Vom Türeingang her sagte Mr. Unwin: »*Ellen.*« Er kam auf sie zu mit einem Gang, den Carmela noch nie bei ihm gesehen hatte, schlurfend. »Was ist in der Tasse?« fragte er.

Sie lächelte ihm zu und sagte: »Tee.«

Er nahm die Tasse, roch an ihr. »Stimmt.« Dann half er Mrs. Unwin auf die Beine.

Beim Auspacken und Bettenmachen verspürte Carmela eine weiche, jubelnde Glückseligkeit. Früh am nächsten Morgen würden die Unwins nach Hause fahren. Mr. Unwin gab Carmela eine Handvoll Geld – zog es aus der Brieftasche, ohne es zu zählen – sagte: »Das muß reichen, nicht wahr?« mit steigender Betonung, die vertuschte, daß dies ein Befehl war. Es war mehr Geld, als ihr jemals an der Küste anvertraut worden war und in der Tat mehr, als sie jemals auf einem Haufen gesehen hatte. Sie brachte die Zwillinge zu Bett auf mit Nachthemden bezogenen Kissen (sie und Mrs. Unwin hatten beide nicht daran gedacht, Bezüge mitzubringen) und teilte sich dann mit den Unwins das mitgebrachte Abendbrot. Sie waren neu, der Ort war neu, sie schickten Carmela zu Bett, man kümmerte sich nicht um den Abwasch.

Ein Gewitter riß sie aus tiefem Schlaf. In unwillkürlicher Angst zog sich ihr Herz eng zusammen. Durch das Stampfen von Pferdehufen hindurch konnte sie Mr. Unwins leise Stimme hören. Als das Gewitter sich verzogen hatte, war das Haus ganz still. Ein Nachtfalter und eine Stechmücke belästigten sie. Sie zog das Bettuch über den Kopf, wie sie es einst gegen die Geister gemacht hatte, schlief ein und hatte ihren Meerestraum. Sie erwachte und hörte immer noch, wie in der Nähe eine Stechmücke summte. An der Wand entlang lief eine weiße Leiter aus Lichtsprossen, was sie für die Morgendämmerung hielt. Im Halbschlaf stand sie auf, öffnete die Fensterläden und sah draußen eine

Mondspur über dem Dorf wie früher über dem Meer; eine bleiche Straßenlaterne war zu sehen und eine zusammengerollte Katze auf der Straße. Carmela hatte sie geweckt, und sie verzog sich mit peitschendem Schwanz. Carmela hatte das Gefühl, an einem wirklichen Ort zu sein. Den Meerestraum träumte sie nicht wieder.

Als nächstes hörte Carmela, wie die Zwillinge Ball spielten und, immer noch in ihren Nachthemden, dem Ball nachstolperten. Die Unwins, die noch früher aufgestanden waren, hatten das Frühstück bereitet. Sie begrüßten Carmela, als gehöre sie zur Familie. Der Sturm hatte den Himmel klar gefegt. Ach, welch ein Glück! Niemals vorher, niemals wieder. Bald nach dem Frühstück fuhren sie ab, aber zuvor hatten sie mit Carmela eine List ersonnen, die Zwillinge abzulenken. Am späten Nachmittag kam ein so dichter, tief liegender Nebel herunter, daß Carmela, die so etwas noch nie gesehen hatte, dachte, es müsse der Rauch brennender Bäume sein.

Ohne Vorwarnung tauchten eines Samstags die Unwins mit dem Wagen auf; mit ihnen kam Mrs. Unwins Sohn Douglas, der in England lebte. Er war noch größer als die Unwins, hatte ein langes Gesicht, dunkles, glattes Haar und trug eine Hornbrille. Mit ihm kam ein Mädchen, das er vielleicht heiraten würde. »Sei doch kein solcher Narr«, hörte Carmela Mrs. Unwin in der Küche zu Douglas sagen. Niemand ahnte, wieviel Carmela nun verstand. Das Mädchen hatte einen rötlichen Sonnenbrand auf Wangen und Nase. Ihr Haar war ähnlich dem von Carmela geschnitten, aber mit Metallspangen gehalten. Sie packte ein dünnes Stickmuster und ein großes Stramintuch aus und fing an, mit einer flachen Nadel darauf herumzustechen. Es sollte ein Kissenbezug werden. Carmela gefielen die

Farben nicht besonders, es waren dunkelgrüne und braune Töne. Das Mädchen sah von dem Stickmuster auf das Stramin und dann wieder auf das Stickmuster. Ihr Sonnenbrand hatte ihr so zugesetzt, daß sie stumm blieb. Douglas erklärte seiner Mutter, daß sie nicht immer so unfreundlich sei. Carmela dachte, es sei ein Fluch, so hochgeschossen und häßlich zu sein wie diese Leute.

Für eine Nacht drängten sie sich alle in die Wohnung. Mrs. Unwin prüfte Carmelas Rechnungen, erkundigte sich jedoch nicht, wieviel Geld sie überhaupt bekommen hatte. Am folgenden Tag reisten die Eltern ab, Douglas und sein reizbares Mädchen, das Carmela mit »Miss Hermione« anzusprechen hatte – nur, daß sie den Namen natürlich nicht aussprechen konnte –, blieben zurück. Miss Hermione belegte das Schlafzimmer der Unwins, Douglas bekam Carmelas Zimmer, und Carmela schlief auf einem Feldbett neben den Zwillingen. Jede Nacht sagte Miss Hermione »Nein, ich habe *nein* gesagt« zu Douglas und schlug ihre Tür zu. Carmela nahm an, sie sitze hinter der Tür und sticke. Sie aß auch Sachen, die sie in ihrem Koffer mitgebracht hatte. Carmela, die jeden Tag Miss Hermiones Bett machte, entdeckte Schokoladenkrümel. Eines Abends, als Miss Hermione sich zurückgezogen hatte, ranzige Schokolade aß und einen Kissenbezug bestickte, kam Douglas in die Küche, wo Carmela an dem steinernen Spülbecken abwusch.

»Brauchst du Hilfe?« fragte er. Natürlich verstand sie kein Englisch, drehte sich nicht einmal um. Er lehnte sich gegen das Abtropfbrett, wo sie ihn nicht übersehen konnte. Er verschränkte die Arme und sah Carmela an. Dann fing er an, durch die Zähne zu pfeifen, wie es Menschen tun, die sich langweilen, und dann mußte er nach oben gelangt und die Birne, die an einem Kabel hing, berührt haben. Es war nur die

Geste von jemandem, der sich eben langweilte, aber die schaukelnden Schatten und der hochgeschossene, häßliche, durch die Zähne pfeifende Junge – sie waren wie Carmelas Meerestraum. Sie ließ ihre kleine Spülbürste fallen und lief hinaus. Sie glaubte, sich schreien zu hören. »Ach stell dich doch nicht so an!« rief er ihr nach und war so rätselhaft, wie seine Mutter es einst schien.

Er langweilte sich *tatsächlich*; am folgenden Tag sagte er es. Was konnte man hier schon tun außer die Berge anzustarren? Er ging hinunter, wo der Hausbesitzer wohnte, zusammen hörten sie sich die schlechten Nachrichten im Radio an. Er konnte nicht viel von dem Italienischen verstehen, aber manchmal erwischten sie die Nachrichten der BBC, und wenn Douglas etwas verstand, erschien ihm seine Lage nur noch schlimmer.

»Ach, laß uns doch abfahren, um Himmels willen«, sagte Miss Hermione und faltete ihren bestickten Bezug säuberlich zweimal.

Douglas drückte seine Hände gegen seinen Kopf, genauso, wie seine Mutter es immer tat. Dann sagte er: »Ich will nicht darin verwickelt werden.«

»Das Leben beim Militär wird dir nichts schaden«, antwortete Miss Hermione. Ohne Stickerei, die ihre Hände beschäftigte, rutschte sie dauernd herum; erst hatte sie ihre Hände um ein Knie gefaltet, dann wieder deutete sie mit den Zehen ihrer langen Füße nach unten.

An dem Tag, als sie abreisten, stürmte es. Sie bezahlten den Hausbesitzer, daß er sie bis zu einer Bushaltestelle fuhr; Carmela sah sie nie wieder. Miss Hermione ließ eine grüne Haarschleife liegen. Carmela bewahrte sie jahrelang auf. Sowie die beiden verschwunden waren, legte sich der Wind. Carmela und die Zwillinge kletterten einen kleinen Weg jenseits des Dorfes hinauf und setzten sich ins hohe Gras. Am Himmel war eine kleine, cremefarbene Wolke. In Augenhöhe wehten die Gräser wie Spitzen, jenseits davon blauschwarze Berge. Sie versuchte, den Zwillingen das Alphabet beizubringen, aber wo sie das »W« einreihen sollte, wußte sie nicht genau. Die Mädchen alberten und wollten nicht zuhören. Also brachte sie ihnen Lieder bei.

III

Im September fiel sie zurück in ein Leben, das ihr vertraut war. Sie hatte seine Farben in sich aufgenommen. Das Meer war grüner als alles, abgesehen von Mrs. Unwins Smaragd, blauer als ihr Saphir, durchsichtiger als blaues, weißes, durchsichtiges Glas. Als sie mit den beiden Zwillingen an der Hand ins seichte Wasser watete, sah sie ihre sechs Füße unter der Wasseroberfläche wie Seegetier. Die Sonne wurde weiß wie ein Stein; irgend etwas stach in der Hitze, wie dünner, harter, unsichtbarer Regen. Irgendwo war Krieg, aber nicht in Italien. Außerdem hatte etwas viel Wichtigeres als der Krieg stattgefunden. Dies war es: Ein neuer englischer Pfarrer war gekommen. Jetzt, da England im Krieg war, wußte er nicht, ob er bleiben könne. Er hatte jemandem gesagt, der es wiederum den Unwins berichtet hatte, daß er so lange bleiben würde, wie er eine Gemeinde zu betreuen hätte. Die Unwins, die Agnostiker waren, wußten nicht, wie sie ihn anreden sollten. Er hieß Dunn, aber darum ging es nicht. Er war nicht der Vikar, nur ein Stellvertreter. Seinen Vorgänger hatten sie einfach »Ted« genannt, hatten aber nicht die Absicht, Mr. Dunn »Horace« zu nennen. Sie einigten sich dann auf »Padre«. »Padre«, das war nicht feierlich, deutete eine ironische Distanz an, die sie zur Kirche halten wollten, und es war außerdem nicht unhöflich.

Carmela hatte begriffen, daß die Beziehungen der Unwins zu den übrigen Mitgliedern der ausländischen Kolonie mehr als kompliziert waren. Da gab es zwei Klassen von Engländern, wie die Schichten eines Schelfs. Nahe dem Grund war ein Sockel aus Hoteliers, Zahnärzten, aus Leuten, die Obst und Wein verkauften – nicht zum Vergnügen, sondern als Lebensunterhalt. Näher am Licht befanden sich die amerikanische Marchesa und Leute wie Miss Barnes und ihre Gesellschafterin Miss Lewis. Die beiden bewohnten schäbige Zimmer auf dem Dachboden eines Hotels, dessen Besitzer ihnen nicht viel Geld abverlangte, weil Miss Barnes für eine wichtige Persönlichkeit gehalten wurde – ihr Vater war es gewesen, der die Dorfschulen gegründet und sie der italienischen Regierung gestiftet hatte. Zwischen diesen beiden Schichten schwammen die Unwins und stießen gegen die eine oder andere, je nachdem, wie die gesellschaftliche Strömung sie entweder nach oben trieb oder nach unten zog. Noch weiter unten als die Engländer befanden sich die Russen, Österreicher oder Ungarn, egal, ob reich oder arm, deren Hauptbeschäftigung angeblich der Erwerb britischer Pässe für ihre Kinder war. Da Pässe durch Heirat zu haben waren – jedenfalls glaubte man das –, hielt die britische Kolonie an ihren Söhnen fest. Carmela hatte mitbekommen, daß Mrs. Unwin bemerkte, Hermione hätte jedenfalls etwas, was für sie spreche – sie sei durch und durch englisch.

Mrs. Unwin lächelte immer noch manchmal, aber nicht so, wie sie im August gelächelt hatte. Jetzt war daraus ein Totenkopfgrinsen geworden. Wenn sie sich aufregte, bekam ihre Haut ziegelrote und weiße Flekken. Carmela hatte Mrs. Unwin nie zuvor so lächeln und so fleckig gesehen wie an dem Nachmittag, als Miss Barnes und Miss Lewis zum Tee kamen. Eigentlich war Miss Barnes gekommen, weil sie noch weitere Gedichte ihres verstorbenen Vaters drucken lassen wollte.

»Carmela, Tee!« hatte Mrs. Unwin gerufen.

Weil man ihr immer wieder sagte, sie solle das gute Porzellanservice nicht anrühren, brachte Carmela den Tee in Keramikbechern, die sie bereits in der Küche gefüllt hatte.

»Dummkopf!« sagte Mrs. Unwin.

»Das ist eigentlich eine Beleidigung«, bemerkte Miss Lewis.

»Carmela weiß, daß Hunde, die bellen, nicht beißen«, sagte Mrs. Unwin und lächelte wieder – diesmal war es eine zuckende Grimasse.

Aber Miss Lewis fuhr fort. »Sie sind doch weiß Gott lange genug hier unten gewesen, um zu wissen, was man zu ihnen sagen darf und was nicht.«

Mrs. Unwins Gesicht, das nun nicht mehr fleckig war, hatte ganz die Farbe angenommen, welche die Engländer karmesin nennen. Carmela sah das Zimmer durch Mrs. Unwins Augen: Es schien sich zu bewegen und zu kriechen, mit seiner Kupferschale und den Romanen aus England, den verblichenen kretonnebezogenen Stühlen und der fleckigen Tapete. All diese toten Dinge schienen sich in Bewegung gesetzt zu haben, weil Miss Lewis derart mit Mrs. Unwin gesprochen hatte. Mrs. Unwin lächelte unentwegt mit zurückgezogener Oberlippe.

Miss Barnes, die wegen eines verstauchten Knies im Rollstuhl saß, langte hinüber und tätschelte die Hand ihrer Gesellschafterin. »Charlotte ist kommunistisch angehaucht«, bemerkte sie, und das mit einer Stimme und einer Betonung, die das Ganze ins Lächerliche zog. Ihr Blick schweifte durch das Zimmer, blieb aber nur an der kupfernen Schale mit den Dahlien hängen, die diesmal darin waren.

»Von der Marchesa. Wie lieb von ihr. Kommt immer mit einem Blumenstrauß!« rief Mrs. Unwin.

»Frances ist ein Schatz«, sagte Miss Barnes.

»Bitte doch Mr. Unwin, sich zu uns zu setzen, Carmela«, sagte Mrs. Unwin und zitterte dabei ein wenig. Seither hieß die Marchesa bei ihr nur noch »Frances«.

Schade, daß dieser Besuch durch die Ankunft des neuen Pfarrers verdorben wurde. Es war sein erster offizieller Gemeindebesuch. Er hätte sich keine unpassendere Zeit aussuchen können. Er war ein junger Mann mit einer Gesichtsfarbe, die so wechselhaft war wie die von Mrs. Unwin. Unbekümmert ließ er sich auf einen der verblaßten Sessel fallen und erklärte, er sei damit beschäftigt gewesen, leere Flaschen aus dem Pfarrhaus zu räumen. Keine Ginflaschen, wie das in England typisch wäre, nein, grüne Flaschen mit einem Bodensatz von Rotwein, wie roter Staub. Das ganze Haus sei ein wüstes Durcheinander, fügte er hinzu, beklagte sich aber nicht; nein, er sagte es, als ob dies alles ein Witz sei und sie alle jung genug, sich dafür zu interessieren.

In dem allgemeinen Schock nahm Miss Barnes die Sache in die Hand: Ted – eigentlich Dr. Edward Stonehouse – war auf Kosten seiner Gemeinde repatriiert worden, in der Pfarre gab es nichts mehr für ihn zu tun. Er hatte die Gemeinde schon allerhand gekostet – zweimal hatten sie ihn hinauf in die Berge geschickt, um sein Asthma zu kurieren. Alle hatten ihn verehrt; niemand würde sich bei seinem Nachfolger wegen Asthma oder irgend etwas anderem Gedanken machen. Miss Barnes stellte das klar.

»Er hat eine recht ansehnliche Bibliothek hinterlassen«, sagte der junge Mann nach einer Weile. »Allerdings ziemlich schmutzig.«

»Von Gesangbüchern hätte ich nicht angenommen, daß sie Schmutz enthalten«, sagte die kommunistisch angehauchte Miss Lewis.

»Ich meinte verstaubt«, sagte der Geistliche zerstreut. Mrs. Unwin gab Carmela ein Zeichen, und diese schenkte dem Geistlichen mit ruhiger Hand Tee ein. »Was ich zu ändern beabsichtige, wird kein Geld kosten«, sagte er, als habe er laut gedacht. Er kam zu sich und sah suchend in die erstaunten Gesichter. »Nun, ich dachte an den Hinweis draußen: ›Abendandacht täglich mittags‹.«

»Weshalb sollte man das ändern?« fragte Miss Barnes in ihrem Rollstuhl. »Ich gebe zu, es war eine Innovation des guten alten Dr. Stonehouse, aber wir sind jetzt so daran gewöhnt.«

»Und *wurde* die Abendandacht wirklich täglich mittags gehalten?«

»Nein«, sagte Miss Barnes, »weil das eine Zeit ist, wo die meisten Menschen ans Mittagessen denken.«

»Bitte bring uns noch etwas Brot und Butter, Carmela«, sagte Mrs. Unwin.

Als Carmela zurückkam, sagte er gerade: »Und die andere Sache, der ich mich ebenfalls annehmen möchte ...« – als ob er das Wort »ändern« vermeiden wolle –, »ist die Turmuhr.«

»Die Uhr war eine Spende«, sagte Miss Barnes und verlor etwas von ihrer Bestimmtheit. Sie sah sich bei den anderen nach Unterstützung um. »Das Geld wurde gesammelt. Der Herzog von Connaught hat sie eingeweiht.«

»Doch wohl nicht Connaught«, murmelte der Geistliche und klang in Carmelas Ohren nicht etwa streitlustig, sondern wohlwollend entschieden. Vielleicht wollte er einen Witz machen, oder möglicherweise hielt er die ganze Unterhaltung für einen Witz. Carmela warf dem fremden Mann einen Seitenblick zu, ihm, der nicht erfaßt hatte, wie ernst es ihnen allen zumute war.

»Mein Vater war zugegen«, sagte Miss Barnes. »Es gibt eine Gedenktafel.«

»Stimmt, die habe ich gesehen«, sagte er. »Connaught wird nicht erwähnt. Aber ich kann mich irren« – denn endlich hatte er gemerkt, wie Miss Barnes' Gesellschafterin Miss Lewis die Brauen hochzog und mit den Augenlidern flatterte. »Alles, was ich zu ändern beabsichtige … ist …, daß sie die richtige Zeit anzeigt.«

»Was stimmt denn mit der Zeit nicht?« sagte Mrs. Unwin, weil sie Miss Barnes ablösen wollte.

»Sie geht nach.«

»Sie ist immer nachgegangen«, sagte Miss Barnes. »Wenn Sie sorgfältiger hinsehen würden als auf die Gedenktafel, würde Ihnen ein viereckiges Pappschild auffallen, auf das Ihr Vorgänger in großen Buchstaben die Worte GEHT NACH geschrieben hat; er befestigte es unter der Uhr. Auf diese Weise mußte an der Uhr, mit der einige von uns Erinnerungen verbinden – mein Vater war bei ihrer Einweihung –, auf diese Weise mußte an dem Uhrwerk nicht herumgepfuscht werden.«

»Vielleicht gestattet man mir, das Schild doch zu ändern und die Worte ›geht nach‹ auf italienisch hinzuzufügen.« Er nahm das Ganze *immer noch* als Spiel, soviel konnte Carmela sehen. Sie stand in der Nähe, hatte ein Auge auf den Teller mit Butterbroten und lauschte mit einem Ohr auf die Zwillinge, die jeden Augenblick von ihrem Nachmittagsschlaf aufwachen würden.

»Kein Italiener würde sich die Mühe machen, auf eine englische Kirchturmuhr zu schauen«, sagte Miss Barnes. »Und keiner von uns hat einen Zug verpaßt. Mr. Dunn – lassen Sie mich Ihnen einen Rat geben: Mischen Sie sich nicht ein. Wir sind eine Herde, die einen Schäfer braucht, nichts weiter.«

»Richtig!« schrie Mrs. Unwin und war wieder weiß und ziegelrot gefleckt. »Um Himmels willen, Padre … keine Einmischung!«

Der Geistliche sah aus wie jemand, dessen Augen in einem Blinde-Kuh-Spiel verbunden waren und dem man die Binde plötzlich herunterreißt. Mr. Unwin hatte bis jetzt kein Wort gesprochen. Nun aber sagte er bedächtig: »Ich hoffe, Sie sind kein Gelehrter, Padre. Ihr Vorgänger war es, und seine Predigten waren dementsprechend unendlich langweilig.«

»Stonehouse ein Gelehrter?« fragte Mr. Dunn.

»Ja, leider. Ich hätte meine Frau, wie man so schön sagt, zurück zur Herde bringen können, aber seine Predigten waren so ermüdend – immer nur über die Hebräer und die Griechen.«

Der Geistliche fing Carmelas starren Blick auf, nahm sie wahr. Er lächelte. Dieses Gesicht mit seinem Lächeln ließ sie ihr ganzes Leben lang nicht mehr los. In ihren Augen war es nicht etwa ein attraktives Gesicht – für einen Mann war er zu hellhäutig, er errötete und erblaßte zu schnell. »Vielleicht wird jetzt keine Zeit mehr für die Griechen und die Hebräer sein«, sagte er milde.

»Wir *sind* im Krieg, nicht wahr?«

»Wir?« fragte Miss Barnes.

»Unsinn, Padre«, sagte Mrs. Unwin forsch. »Lesen Sie doch die Zeitungen.«

»England«, sagte der Geistliche und hielt inne. Mr. Unwin war der ruhigste Mann von der Welt, aber manchmal konnte er so wild aussehen wie seine Frau. Bei dem Wort »England« stand er von seinem Stuhl auf und ging hinaus, um den Union Jack zu holen, der auf einer metallenen Fahnenstange in der Eingangshalle in einer Ecke lehnte. Die Stange war zu lang, um aufrecht durch die Tür zu gehen; Mr. Unwin marschierte vorwärts, als wolle er jemanden mit einem langen Speer attackieren. »Nun, Padre, was sagen Sie dazu?« fragte er. Der Geistliche starrte darauf, als habe er noch nie eine Flagge gesehen, als sei es ein ungewöhnliches Blatt, ein Pudding oder vielleicht ein Gerippe. »Wird diese Flagge am Jahrestag des Waffenstillstandes gesenkt werden müssen?« fragte Mr. Unwin. »Sie geht nämlich nicht durch das Kirchenportal, ohne gesenkt zu werden. Ich hatte die Ehre, diese Flagge während der Gedenkgottesdienste für die britische Legion zu tragen. Aber ich werde nicht länger eine Flagge tragen, die gesenkt werden muß, jetzt, wo England im Krieg ist. Denn in dieser einen Sache stimme ich mit Ihnen überein, Padre. Ich gebe zu, daß England im Krieg *ist*, zu Recht oder zu Unrecht. Der Türsturz am Kirchenportal muß angehoben werden. Das sehen Sie doch ein, oder? Ihr Vorgänger weigerte sich, das Portal zu ändern. Warum, ist mir schleierhaft. Architektonisch ist es wertlos.«

»Das ist doch nicht Ihr Ernst«, sagte Miss Barnes. »Die Tür ist genauso wichtig für uns wie die Zeit der Abendandacht.«

»Dann sage ich nichts mehr«, sagte Mr. Unwin. Er stellte die Flagge in eine Ecke und wurde sofort wieder er selbst. Zu Carmela sagte er: »Der Padre hat genügend Tee gehabt. Bitte, bring uns ein paar Gläser, ja?«

Worauf die drei Frauen im Chor antworteten: »Nicht für mich!«

»Nun, ich nehme an, Sie werden Ihre erste Visite nicht vergessen«, sagte Mr. Unwin.

»Darauf können Sie sich verlassen«, entgegnete der junge Mann.

Im Oktober war dann der Strand windig und fremd, mit braunen, seetangbeschwerten Wellen, die weit ins Land hineinschwemmten. Ein paar übriggebliebene Badegäste saßen da, wo sie vor der eisigen Gischt geschützt waren. Es waren Ausländer; die meisten englischen Gäste waren verschwunden. Mrs. Unwin dachte sich eine Regel aus, wonach die kleinen Mädchen bis zum fünfzehnten Oktober baden mußten. Carmela hatte Mitleid mit ihren blauen, zitternden Lippen; sie wickelte Frottiertücher um ihre Körper und hielt sie in ihren Armen. Dann kam der fünfzehnte Oktober, und die Strandtortur war vorüber. Sie erinnerte sich kaum an ein anderes Leben. Sie konnte jetzt Englisch lesen und hatte sich angewöhnt, ihre Augen über einen Brief wandern zu lassen, ohne ihn in die Hand zu nehmen. Was die Unwins betraf, so waren sie genauso an Carmela gewöhnt wie an den Teppich, dessen Risse inzwischen ein Teil des ursprünglichen Musters geworden waren. Im November führte eine Einladung zum Mittagessen, die Miss Barnes angenommen hatte, zu einem Anfall von roten und weißen Flecken bei Mrs. Unwin. Zwei Tage lang übte Carmela servieren und abservieren. Die Mahlzeit ging einigermaßen störungsfrei über die Bühne, obwohl Carmela wie angenagelt dastand, als Miss Barnes plötzlich schrie: »Huhn! Huhn! Wie wunderbar! Huhn!« Miss Barnes schien nicht zu wissen, weshalb sie das sagte; schließlich wurde ihr bewußt, daß sie die Hände in die Luft streckte und ließ sie fallen. Danach dachte Carmela an sie immer als »Miss Huhn«. An jenem Tag hörte sie, wie Miss Huhn sagte: »Hitler wird aus den Italienern niemals Rassisten machen. Es liegt ihnen einfach nicht.« Und dann: »Natürlich sollte man die italienischen Männer nicht ernst nehmen«, kam es von Miss Lewis, die sich geistesabwesend mit ihrer kleinen perlenbestickten Handtasche fächelte und dabei über irgendeine vergangene obskure Erfahrung lächelte. Später dann hörte Carmela, wie Miss Barnes bestimmt sagte: »Charlotte irrt sich. Südländer reden zwar, aber sie tun keiner Fliege etwas zuleide.«

Am gleichen Tage erfuhr Carmela, daß die erste Predigt, die der neue Geistliche gehalten hatte, die

Keuschheit, die zweite die Pflicht, die dritte die Selbstbeherrschung zum Thema gehabt hatten. Aber die vierte handelte über Toleranz – »ein schlüpfriges Pflaster« nach Mrs. Unwins Meinung. Und am 11. November, in einem besonderen Gottesdienst, der nur schlecht besucht war, mit Flagge und allem Drum und Dran, und den wenigen Mitliedern der British Legion, die noch nicht geflohen waren, hatte er über Pazifismus gepredigt. Nun ja – Italien war nicht im Krieg, also war es in Ordnung. Aber zwei Polizisten in Zivil waren anwesend und gaben sich als anglikanische Gemeindemitglieder aus. Glücklicherweise schienen sie kein Englisch zu verstehen. »Der Padre hat versucht, mich mit dieser Predigt zu blamieren«, sagte Mrs. Unwin.

»Weshalb gerade dich, Ellen?« fragte ihr Mann.

»Weil er meine Ansichten kennt«, sagte Mrs. Unwin. »Ich hatte den Mut, sie zu äußern.«

Miss Lewis sah aus, als wolle sie lieber nichts entgegnen, dann aber entschloß sie sich, mit einer distanziert klingenden, quieksenden Stimme zu sagen: »Ich verstehe nicht, weshalb eine Agnostikerin überhaupt in die Kirche geht.«

»Um zu erfahren, was er vorhat«, sagte Mrs. Unwin.

»Deshalb war doch wohl die Polizei da, oder?«

Mr. Unwin erklärte, daß er sich geweigert habe, dem Gottesdienst zum Waffenstillstandstag beizuwohnen; die Angelegenheit mit dem Senken der Flagge wäre nie bereinigt worden.

»Ich habe dem Padre einen Brief geschrieben«, sagte Mrs. Unwin. »Was gehen uns denn irgendwelche Griechen oder Hebräer an? Unsere Einkünfte sind geschrumpft, wir wissen nicht, ob wir über die Runden kommen. Mussolini hat diesem Land Ordnung und Frieden gebracht, ob es nun Mr. Dunne gefällt oder nicht.«

»Hört, hört«, sagte Miss Huhn. Mr. Unwin nickte bedächtig und beifällig. Miss Lewis sah vor sich hin und schürzte die Lippen wie jemand, der die Glockenschläge zählt.

IV

Trotz der Elektrizitätsgebühren mußte ab vier Uhr früh in der Küche Licht brennen. Wenn Carmela die Hand hob, um die Teebecher vom Regal zu nehmen, warf dies einen Schatten. Nachts schlief sie mit ihrer schwarzen Strickjacke um die Beine gewickelt. Wenn sie mit dem Fuß auf den Fliesenboden trat, zitterte sie vor Kälte und vor Angst. Sie fürchtete sich vor dem Krieg und vor dem Gespenst des Onkels, das, ermuntert durch die früh einfallende Dunkelheit, wieder im Garten herumgeisterte. Jede zweite Villa an der Hügelstraße hatte die Jalousien heruntergelassen. Sie blickte hinaus auf das ferne Meer, auf das eine Sonne schien, die doppelt so weit entfernt war wie früher. Die Marchesa ließ in ihrem Garten einen Luftschutzraum bauen. Um Platz dafür zu schaffen, mußte der Rosengarten gerodet werden. Bis jetzt konnte man von der Küche der Unwins aus nur etwas schlammiges Längliches sehen wie ein ausgehobenes großes Grab. Nur zentimeterweise ging es voran; die Männer konnten bei Regenwetter nicht weitergraben, und dieser Winter war verregnet. Mrs. Unwin, die nun wegen des Daturabaums – der Ursache für ihre angeschlagene Gesundheit – eine Klage angestrengt hatte, stand auf der Terrasse und bombardierte die Arbeiter jenseits der Hecke der Marchesa mit Bemerkungen – oder waren es Drohungen? Sie trug Stiefel und einen braunen Pelzmantel, der wie ein Kimono aussah. Bei den Arbeitern waren auch Carmelas kleiner Bruder und dessen Chef. Der Chef hieß Lucio; er ging langsam bis an die Hecke.

Mrs. Unwin rief: »Würden Sie für uns eine wirklich wichtige Arbeit tun?«

Mr. Unwin kam dann jedesmal heraus, sah seine Frau an und ging wieder ins Haus. Mit Carmela und den Zwillingen sprach er sanft, aber das geschah nicht oft. Es gab nur drei Dinge, die er essen konnte – Carmelas Gemüsesuppe, Carmelas Käsereisauflauf und französisches Stangenbrot. Für Mrs. Unwin war die Marchesa nun nicht mehr »Frances«, und der Chauffeur hatte es aufgegeben, zur Küchentür zu kommen. Wegen des Prozesses gab es böses Blut; es handelte sich um eine Zivilsache, und die konnte sich leicht über die nächsten zehn Jahre hinziehen. Dann hörte eines Tages das Graben auf. Die Marchesa war mit ihren Hunden nach Amerika abgereist und hatte alles, einschließlich des Chauffeurs zurückgelassen. Kurz nach Weihnachten fing der Garten an zu blühen mit Wellen von Narzissen, Anemonen, Iris und Osterglocken; danach kamen die großen weißen Margeriten und Mimosen, und dann blühten zugleich alle Geranien, die nicht mit den Rosensträuchern ausgerottet worden waren – weiß, lachsfarben, scharlachrot, gestreift wie Pfefferminzbonbons. Die Flut der Farben dauerte so lange wie der Regen. Danach vertrockneten die Blumen, und der Garten verwandelte sich in eine Wüste.

Mrs. Unwin sagte, die Marchesa sei davongelaufen wie ein verschreckter Hase. Wohingegen sie, obwohl sie keine Aristokratin sei, obwohl sie arm sei, nun ihr Vertrauen auf Mussolini und seinen Wunsch nach Frieden deutlich machen werde, indem sie um ihren Besitz eine Mauer bauen lasse. Dazu wurde Lucio angestellt. Mrs. Unwin nannte ihn »einen lieben alten Gauner«. Gespannt wartete sie auf ihre Kopfschmerzen. Aber jetzt war das Wetter genau richtig für sie: kein Blütenstaub. Dunkelheit. Nicht zu viel Sonne. Lange, kalte Abende. Eine Zeitlang erblühte sie wie der Nachbargarten, bis sie eine Entdeckung machte, die sie wieder niederstreckte.

Sie und Mr. Unwin ließen Carmela kommen; gemeinsam zeigten sie auf einen blonden Jungen, der Steine trug. Mr. Unwin fragte: »Wer ist das?«

»Er ist mein Bruder«, sagte Carmela.

»Er kommt mir bekannt vor«, sagte Mr. Unwin.

»Er hat mich einmal besucht.«

»Aber Carmela«, sagte Mr. Unwin mit sanfter Stimme, wie immer, »wußtest du denn nicht, daß wir einen Steinmetz brauchten? Dabei war dein eigener Bruder Lehrling bei Lucio. Und du hast uns kein Wort davon gesagt. Warum denn, Carmela? Das ist ja wie eine Lüge.«

Mrs. Unwins Stimme klang schärfer. »Du gibst also zu, daß er dein Bruder ist?«

»Ja.«

»Und du hast gehört, daß ich jemanden für die Mauern haben wollte?«

»Ja.«

»Das heißt, du traust mir nicht.« All das freudige Fieber war aus ihr gewichen. Bald war sie wieder in ihrem braunen Kimonomantel draußen auf der Terrasse, bereit, Fremde zu beleidigen. Aber da war nur Lucio. Und der war nicht mehr ihr »lieber alter Gauner«, sondern er spuckte in ihre Richtung, ballte die Faust und bezeichnete sie als etwas, für das Carmela kein englisches Wort hatte.

Inzwischen fingen die Italiener an, im Ausland geborene Juden auszuweisen. Die Unwins staunten, wer alles davon betroffen war. Natürlich betraf es die Blums und die Wiesels, aber es war ein Schock für sie, Mrs. Teodoris und die Delaroses in einem anderen Licht zu sehen oder den lieben Dr. Chaffee in Schwierigkeiten zu wissen. Die Unwins waren froh, daß so etwas in ihrem Lande nicht vorkam – jedenfalls nicht seit dem Mittelalter –, aber trotzdem wäre es nicht wünschenswert gewesen, wenn all diese guten Leute nun nach England gehen würden. Auch Miss Barnes hatte gemeint, daß sie hoffe, man werde eine andere Lösung finden. Alle rauften sich jetzt natürlich um Ausreisevisa, aber durch Heirat würden sie sicherlich keine bekommen: Die englischen Söhne und Töchter waren längst nach Hause gereist.

Carmela ging noch immer jeden Freitag hinüber nach Frankreich. Die Grenze war offen, es gab Busse und Züge, obwohl Dr. Chaffee und die anderen sie nicht benutzen durften. Von Zeit zu Zeit wurden kleine Gruppen von Auslandsjuden zusammengetrommelt und nach Frankreich geschickt, wo die Franzosen sie dann wieder zurückschickten wie die Federbälle der Marchesa. Juden, die darauf warteten, von Frankreich wieder nach Italien versandt zu werden, wurden im Hof des Technikums für Jungen versammelt. Dort saßen sie auf ihren Koffern, und die Leute kamen und spähten durch den Zaun. Carmela begegnete einer versprengten Gruppe von Flüchtlingen – das war ein neues Wort für sie –, wie sie mit vorgehaltener Waffe die gewundene Straße zur Grenze auf der französischen Seite getrieben wurde. Unter ihnen war auch in seinem dunklen Anzug Dr. Chaffee. Sie entsann sich, wie sie die Tabletten, die er ihr gegeben hatte, nicht genommen hatte – wie sie nicht einmal den Metallverschluß der Flasche aufgeschraubt hatte. Ob er es wohl gewußt hatte? Sie sah ihn voller Scham und Reue an, ehe sie den Kopf wegwandte. Als hätte er auf ihrem Gesicht einen ihm erwünschten Ausdruck gesehen, hielt er einen Augenblick inne, lächelte, schüttelte den Kopf. Er sagte »nein« zu irgend etwas. Verschreckt blickte sie verstohlen wieder hin, und diesmal hob er die Hand mit der Handfläche nach außen – ein merkwürdiger

Gruß, der eigentlich kein Gruß war. Man stieß ihn weiter. Sie sah ihn nie wieder.

»Was *soll* das ganze Gerede bedeuten?« sagte Mrs. Unwin. »Miss Lewis spricht von nichts anderem mehr. Hast du irgend etwas an der Grenze beobachten können, Carmela?«

»Nein, leider nicht«, sagte sie.

»Ich wette, der Padre steckt dahinter«, sagte Mrs. Unwin. »Er hat einmal zu viel über die Toleranz gepredigt. Das hat die Italiener aufgbracht.« Ihrem Mann gegenüber wiederholte sie Miss Barnes' Meinung, daß Mussolini keine Ahnung habe, was sich da abspielte.

Im März blies der Wind wie im Herbst. Der Ostwind schien eine dunklere Farbe zu haben. Zweimal in einer Nacht wurde Carmela vom Schlagen der Brandung geweckt. Auf dem Markt sah es aus, als ob die Leute ihre Füße aus etwas Grauem, Klebrigen herauszögen – ihren eigenen Schatten. Die Italiener veränderten sich; selbst die Schalterbeamten auf der Post waren nun frech zu den Ausländern. Mrs. Unwin machte dafür den Padre verantwortlich. Sie ging, um sich seine Fastenpredigten anzuhören, und natürlich ertappte sie ihn. Er predigte fünf Fastenbotschaften, und mit jeder Predigt schritt die Jahreszeit vorwärts, und das Meer wurde erst hell, dann tiefblau, und der Garten der Marchesa duftete bunter und süßer. Wie er es im Herbst getan hatte, fing der Padre behutsam an und sprach über Geduld, Enthaltsamkeit und Güte. So weit so gut, sagte Mrs. Unwin. Aber die vierte Predigt handelte vom Mut, die fünfte von der Tyrannei, am Palmsonntag sprach er über Gerechtigkeit, und am Karfreitag nahm er seinen Text aus dem Buche Hiob: »Siehe, ob ich schon schreie über Frevel, so werde ich doch nicht erhört; ich rufe, und ist kein Recht da.« Am Ostersonntag erwähnte er Hitlers Namen.

Mrs. Unwin schlug den Karfreitagstext nach und fand die Kapitelüberschrift: »Hiobs fünfte Gegenrede: er klagt über die Härte der Freunde«. Sie las es ihrem Mann vor und fügte hinzu: »Damit war ich gemeint.«

»Weshalb du?«

»Weil ich zugeschlagen habe, und wo ich zuschlage, da tut's weh«, rief sie.

»Was hast du damit beabsichtigt?« Seine Stimme hatte sich so weit erhoben, wie sie nur konnte oder wollte. Er bemerkte Carmela und verstummte.

Später, Ende Mai, gewann Mrs. Unwin ihren Prozeß gegen die Marchesa. Die rasche Entscheidung war beispiellos, Mr. Unwin meinte, das Gericht habe keine Lust gehabt, aber seine Frau hatte eine andere Erklärung: Es sollte eine Belohnung dafür sein, daß die Unwins nicht davongelaufen waren. Alle Daturaäste, die in den Garten der Unwins hingen, sollten abgesägt, und falls Mrs. Unwins Kopfschmerzen andauerten, würde der Baum gefällt werden. Die Unwins engagierten einen Mann, der den Baum beschnitt, aber es war nur ein kleiner Triumph, denn die Marchesa war nicht dabei, um zuzusehen.

In der Nacht bevor der Mann kam, um den Baum zu beschneiden, ließ ein Kriegsschiff spielerisch Scheinwerfer über die Hügel und die Stadt gleiten. Das Ufer war beleuchtet wie von gelben Laternenketten. Wie ein Freudenfeuer stieg der Duft des Stechapfels in die Luft.

Plötzlich sagte Mrs. Unwin: »Ach, ist das jetzt noch wichtig?« Vielleicht war es am Ende gar nicht der Stechapfel gewesen, der die Schuld hatte. Aber am nächsten Vormittag, als der Mann mit Axt und Säge kam, wurde er nicht fortgeschickt. Er sagte: »Sie haben mich bestellt, und jetzt bin ich hier.« Carmela hatte ihn vorher noch nie gesehen. Er erklärte ihr, es gehöre sich nicht, für Ausländer zu arbeiten, und daß die bald überhaupt nicht mehr da wären. Er schnitt ein Loch in die Hecke und begann, den Stamm des Stechapfels anzusägen.

»Der gehört uns nicht!« rief Mrs. Unwin.

Der Mann entgegnete: »Sie haben mich engagiert, und nun bin ich hier« und sägte weiter.

Auf der Straße, wo früher der Chauffeur die Hunde der Marchesa spazierengeführt hatte, bewegte sich eine Kolonne von Armeefahrzeugen wie Krebse auf dem Meeresboden.

V

Auf beiden Seiten wurde die Grenze für Juden undurchlässiger gemacht – selbst für diejenigen, die keine Flüchtlinge waren. Einige Flüchtlinge versuchten, auf einem Fischerboot nach Monaco zu entkommen; es hieß, von Monaco würde niemand wieder nach Italien zurückgeschickt. Sie bezahlten einheimische Fischer, die sie nachts an der Küste entlangruderten und die sie oft in irgendeiner französischen Bucht auf dem Trockenen sitzenließen, und dann begann das Federballspiel von neuem. Carmela hörte, daß eine Frau sich von einer Brücke in die Schlucht mit dem ausgetrockneten Flußbett, durch das die Grenze zwischen Frankreich und Italien verlief, gestürzt habe. Lucio gab sein Handwerk als Steinmetz auf und kaufte sich einen Anteil an einem Fischerboot. Carmelas Bruder nahm er mit.

Carmelas Mutter wurde gekündigt, weil das Hotel, in dem sie arbeitete, geschlossen wurde. Sie schickte Carmela eine Nachricht, in der sie sie bat, so lange bei den Unwins zu bleiben, wie diese sie behalten wollten, denn zu Hause könnten sie nun jedes bißchen Geld brauchen. Möglich, daß Carmelas Bruder etwas bei dem Bootshandel mit den Juden verdiente, aber wie lange würde das dauern? Und wie hoch war der Anteil des kleinen Jungen?

Jemand in dem Geschäft am Ort berichtete Carmela, daß alle Ausländer interniert würden – sogar Miss Barnes. Sie erwähnte es beiläufig, denn ihre eigene Lage war ja nun von den Unwins abhängig. Mrs. Unwin schalt Carmela, Gerüchte zu verbreiten. Am selben Tag wurde der Kopierer der Unwins beschlagnahmt und weggetragen, aber ob dafür Schulden oder Politik verantwortlich waren, darüber war sich Carmela nicht sicher. Zusammen mit dem Kopierer konfiszierte die Polizei einen Haufen Flugblätter von der British Legion, in denen ein Gartenfest für den 24. Mai, den Geburtstag der Königin Viktoria, angekündigt wurde. Nun konzentrierte sich der schärfste Verdacht auf diese Feierlichkeit, obwohl der italienische Oberkommandierende der Region sie früher immer mit seiner Frau und seinen Töchtern besucht hatte. Dann wurde die Druckerei auf einmal behördlich geschlossen und versiegelt. Mr. Unwin sah sich gezwungen, zur örtlichen Polizeistation zu gehen und zu erklären, er habe seine Steuern bezahlt und niemals etwas gedruckt, was illegal oder gegen Mussolini war. Während er weg war, kam ein Wagen voller Miliz und hämmerte an die Tür.

»Sie können nicht einmal richtig italienisch sprechen«, sagte Mrs. Unwin. »Carmela – frag sie, was sie wollen.« Aber es waren Kalabresen, und auch Carmela verstand sie nicht, trotz ihrer sizilianischen Großmutter. Sie berichtete Mrs. Unwin, daß sie sie nicht verstehen könne. Zur gleichen Zeit entschloß sie sich, ihren Lohn zu fordern, denn seit den ersten drei Monaten hatte sie keinen mehr bekommen.

Mr. Unwin kam von der Polizeistation zurück, aber nichts wurde im Beisein von Carmela gesagt. Jetzt kam niemand mehr über die Grenze. Carmela würde nie wieder auf der französischen Seite einkaufen können. Als sie ihren Lohn erwähnte, sagte Mrs. Unwin: »Aber Carmela, du hattest die Kinder doch immer so gern!«

An einem frühen Nachmittag stürmte Mrs. Unwin in die Küche. Ihre Haare waren zerzaust, als hätte sie sie gerauft. Sie sagte: »Es ist passiert, Carmela. Begreifst du das? Begreifst du das Schreckliche unserer Situation? Wir können kein Geld mehr aus England bekommen und können auch nichts mehr von der hiesigen Bank abheben. Du mußt nach Hause zurückgehen, zu deiner Familie. Wir gehen zurück nach England, auf einem Kohlentrimmer. Ich nehme die Kinder, Mr. Unwin wird versuchen, uns später zu folgen. Du mußt heute noch nach Hause fahren, sofort. Warum weinst du?« sagte sie, und nun raufte sie sich wirklich die Haare. »Wir werden dich voll ausbezahlen, mit Zinsen, sobald all dies vorüber ist.«

Carmela hatte den Kopf auf die Küchentischplatte gelegt. Schmerzen wie Flügel drückten ihr auf die Schultern, bis ihr Schluchzen sie auseinanderriß.

»Warum weinst du denn?« fragte Mrs. Unwin wieder. »Dir kann doch nichts passieren. Und du wirst dankbar für das Geld sein, wenn Mussolini erst seinen Krieg verloren hat.« Sie tätschelte dem Kind die zerbrechlichen Schultern. »Trotzdem, wie kann er verlieren? Selbst ich sehe nicht, wie. Möglich, daß wir am Ende alle lachen – ach, ich weiß nicht, was ich sage. Carmela, ich bitte dich, erschreck die Kinder nicht.«

Zum letzten Mal ging Carmela in das Zimmer, das sie mit einem Gespenst und einem Dämon geteilt hatte. Sie wußte, daß ihre Mutter ihr die Geschichte nie glauben und sie schlagen würde. »Lebt wohl, ihr Kleinen«, sagte sie, obwohl sie es nicht hören konnten. Auf diese Weise verabschiedete sie sich von ihnen, ohne sie zu erschrecken. Sie packte ihre Habseligkeiten und ging in die Küche zurück, weil sie nicht wußte, wohin sie gehen sollte. All das geschah, während Carmela das Mittagessen abräumte. Die Speisekammer war noch nicht abgeschlossen. Sie nahm sich einen Laib Brot, schnitt ihn in drei Stücke und versteckte sie in ihrem Koffer. Viele Jahre später erst kam ihr in den Sinn, daß sie sich statt ihres Lohnes einen Edelstein aus der Lederschatulle hätte nehmen sollen. Nur Angst hätte sie zurückgehalten, wenn es ihr beizeiten eingefallen wäre. Zum letzten Mal sah sie hinüber zur Villa der Marchesa mit den verschlossenen Fensterläden. Schon zweimal war sie ausgeplündert worden. Jedesmal war die Polizei gekommen, hatte sich alles angesehen und war wieder gegangen. Der tiefe Graben des unfertigen Bombenkellers wurde von der ganzen Nachbarschaft als Abladeplatz für unwillkommene neugeborene Kätzchen genutzt. Der Chauffeur strich ein wenig ums Haus herum, selbst so etwas wie ein Kater, und verschwand dann ebenfalls.

Als Mrs. Unwin Carmelas Koffer durchsuchte – Carmela hatte es erwartet, man tat das bei Dienstboten –, fand sie das Brot, sah es verständnislos an und schloß den Deckel. Carmela wartete. Mrs. Unwin küßte sie auf die Stirn und sagte: »Viel Glück. Wir werden es alle nötig haben. Du wirst den Kindern fehlen.«

Nun, da das Schlimmste vorbei war, erschien Mr. Unwin; er würde Carmela bis zur Autobushaltestelle im Nervia-Tal fahren. Den ganzen Weg nach Hause konnte er sie nicht begleiten, weil er nicht genug Benzin hatte und auch wegen all der anderen Dinge, die er bis zum Abend erledigen mußte. Dies war zweifellos der schlimmste Tag im Leben der Unwins.

»Ist es klug, so offen herumzufahren?« fragte seine Frau.

»Du erwartest doch wohl nicht, daß wir uns verstecken oder katzbuckeln? Solange ich frei bin, mache ich von meiner Freiheit Gebrauch.«

»Das hast du mir bereits vor Jahren erklärt«, sagte seine Frau. Diesmal überlegte sich Carmela nicht, was ihr Lächeln bedeutete. Es hatte seine Wichtigkeit verloren.

Mr. Unwin nahm Carmelas Koffer und verstaute ihn im Kofferraum. Sie saß vorne, wo gewöhnlich Mrs. Unwins Platz war. Mr. Unwin erklärte noch einmal, er werde bis zur Straße des Nervia-Tals fahren, wo sie dann mit dem Bus weiterreisen könne. Er erkundigte sich nicht, ob es eine Verbindung nach Castel Vittorio gebe oder, falls es sie gebe, wie oft am Tag. Sie fuhren den Hügel hinunter, den Carmela an jenem ersten Tag zu dem Geschäft im Ort gegangen war. Die meisten der schönen Villen waren verlassen, weshalb sie irgendwie unfertig aussahen. Das Wort der Marchesa fiel ihr wieder ein: »Abscheulich.« Sie fuhren an Dr. Chaffees Klinik vorbei und bogen ab auf die Küstenstraße. Dort war die Haltestelle, an der Carmela jeden Freitag auf den Bus zur Grenze gewartet hatte – jeden Freitag ihres Lebens, so schien es ihr. Dort war auch das Cafe mit der hellblauen Markise. Nur eine Person, ein Mann, saß heute darunter.

»*Hallo*«, sagte Mr. Unwin. Er bremste plötzlich und stieg aus. »Essen Sie gern Eis, Padre?« sagte er.

»Ich habe mich zwei Nächte lang mit der Polizei unterhalten«, sagte der Geistliche. »Ich möchte gern gesehen werden.«

»Sie auch, ja?« sagte Mr. Unwin. Er schien vergessen zu haben, wieviel er noch bis abends erledigen mußte und daß er und der Padre jemals über Toleranz oder Hitler oder das Senken der Flagge verschiedener Meinung gewesen waren.

»Steig doch aus, Carmela«, rief er über seine Schulter. »Diese jungen Dinger sind ewig hungrig«, sagte er beiläufig, als habe Carmela ihn ratzekahl gegessen.

»Ich lade Sie ein«, sagte der Padre. Mr. Unwin hatte nichts dagegen. Da saßen sie nun, Polizei hin oder her, Krieg hin oder her. Es war eines der überraschenden Ereignisse, deren sich Carmela später noch entsann. Als man ihr ein Eis brachte und es ihr vorsetzte, wagte sie zuerst nicht, es zu essen. Erstens war es zu schön – Pistazie, Vanille, Mandarine, drei Farben in einer langstieligen Silberschale, die auf einem Spitzendeckchen auf einem Glasteller stand. Dazu bekam Carmela kaltes Wasser in einem hohen, beschlagenen Glas, einen langstieligen, zarten flachen Löffel und noch einen Teller mit drei übereinander liegenden Waffeln. Ihre Tränen hatten sie erschöpft; fast traurig nahm sie den Löffel zur Hand.

»Ich will nicht, daß man behauptet, ich sei davongelaufen«, sagte der Geistliche. »Ich gebe zu, man *möchte* es fast tun. Auf anonyme Briefe war ich nicht gefaßt.« Die mädchenhaften Wangen röteten sich. Es fiel Carmela auf, daß er unrasiert war; sie konnte sich ihn nicht mit Bart vorstellen.

»Anonyme Anzeigen bei der Polizei?« fragte Mr. Unwin. »Auf englisch noch dazu?«

»Zuerst eine. Dann mehr.«

»Auf *englisch?*«

»Gewiß, auf englisch. Sie mußten den Lehrer bemühen, sie zu übersetzen.«

»Nicht einmal meinem schlimmsten Feinde ...«, fing Mr. Unwin an.

»Sicherlich nicht, davon bin ich überzeugt. Wenn ich aber Haß erweckt haben sollte, dann war ich erfolglos. Einige der Briefe kamen zu mir. Ich habe sie niemals erwähnt. Und als es dann keine Reaktion gab – ich vermute, es war mal was anderes, es bei der Polizei zu versuchen.«

»Die Briefe, die Sie bekamen – waren sie handgeschrieben?« fragte Mr. Unwin. »Zeigen Sie mir einen. Ich werde ihn nicht lesen.«

»Tut mir leid, ich habe sie vernichtet.«

Carmela sah sich die Häuser an, an denen seit über einem Jahr nicht mehr gebaut wurde – ein Denkmal für Mr. Unwins Befähigung als Kapitalanleger, das begriff sie jetzt; hinter ihnen das Meer, das sie nun nicht mehr ängstigen würde. Sie ließ einen Löffel Pistazieneis im Munde zergehen und schluckte es bedauernd hinunter. »Natürlich kennen Sie die Geschichte«, sagte Mr. Unwin, »und haben den Klatsch mitbekommen.«

»Klatsch höre ich mir nie an«, sagte der Geistliche. Sie hatten füreinander nichts übrig, sie würden einander wohl auch nie wieder begegnen. Carmela spürte das, auch wenn Mr. Unwin es nicht spürte. »Nichts braucht erklärt zu werden. Wichtig ist nur, wie wir alles überstehen. Man hat mir gesagt, ich könne abreisen. Man hat mir *nahegelegt* abzureisen. Zum Henker mit ihnen. Sie können mich getrost internieren oder was immer sie wollen. Ich will nicht, daß sie sich einbilden, wir ließen uns schikanieren.«

Mr. Unwin sprach ruhig; ihre Worte überschnitten sich. Er wollte erklären, auch wenn es jetzt keinen Zweck mehr hatte, ob der Geistliche sich noch darum scherte oder nicht. »... Und als wir schließlich doch heirateten, hatten wir uns so sehr auseinandergelebt, daß sie kaum mehr einen Anspruch hatte. Ich schickte sie zu einem Neurologen, der wissen wollte, ob sie vor mir Angst habe.« Die Altersfalten um seine Augen herum gaben ihm etwas Heimlichtuerisches. Er sah aus wie jemand, der zugleich unparteiisch, aber auch hartnäckig war. »Man riet ihr, Kinder zu haben. Das würde ihr guttun, auch gegen ihr Schuldgefühl. Es würde dafür sorgen, daß sie mehr in der Gegenwart lebte.« Dann seien sie hierhergekommen, wo es eine berühmte Klinik und einen ausgezeichneten Arzt gab – den armen Dr. Chaffee. Der war nun weg. Zwischen ihrem zweiten Nervenzusammenbruch und der Geburt der Zwillinge, irgendwann in dieser leeren Zeit, wurde geheiratet. Die anglikanische Kirche ließ es nicht immer zu. Aber der alte Ted Stonehouse war nachsichtig. Jahrelang hätten sie nichts als Ferien gehabt, ein Urlaubsleben, immer in dem puritanischen Glauben, daß sie eines Tages dafür zu zahlen hätten. Und sie hatten bezahlt, versicherte er dem jüngeren Mann, mit einem Blick auf ihre Vergangenheit – eine ruinierte Vergangenheit, ein schrecklicher Unfall. Manchmal könne er die Trümmer auf der Straße verstreut sehen – ein Damenschuh, eine verkohlte Landkarte. Und sie heirateten, bekamen die Zwillinge, und die Ferienzeit war zu Ende. Und sie veränderte sich allmählich, wurde grausam, trank Zeug aus Teetassen. Vernachlässigte die Babys. Hatte vor sich selber Angst. Wußte, daß sie grausam war. Grausam zu ihrem eigenen Großonkel. Besuchte nie sein Grab. Vor nicht allzu langer Zeit war Mr. Unwin dort gewesen, hatte sich die Hände an den Nesseln verbrannt.

»Was soll's, ich jäte auch niemals Unkraut auf einem Grab«, sagte der Geistliche. Ich bin genauso.«

»Nun, Padre, wir haben uns alle unser Leben selbst ausgesucht«, sagte Mr. Unwin. »Ich habe den Glauben an meines aufgegeben.«

»Hören Sie auf, an Ihr Leben zu glauben«, sagte der jüngere Mann. »Denken Sie an die Sakramente – ob Sie an sie glauben oder nicht. Sie könnten auf Umwegen ankommen. Verstehen Sie?«

»Wo ankommen?« fragte Mr. Unwin. »Was erreichen? Ich stehe niemals morgens auf, ohne mich aus dem Bett zu zwingen und ohne Tränen in den Augen zu haben. Manchmal mußte ich aufhören mit dem Rasieren, weil ich vor Tränen nicht sehen konnte. Ich habe den Sonnenaufgang durch den Tränenschleier eines Kindes beobachtet, das zum erstenmal in die Schule muß. Wenn ich mir einen Tag im Bett gestattet hätte, würde mich nichts auf der Welt je wieder zum Aufstehen bewogen haben. Meine Kinder nicht, mein Leben nicht, mein Vaterland nicht. Wie ich Carmela beneidete – wenn ich sie bei der Arbeit singen hörte.«

»Und wie steht es um dich, Carmela?« fragte der Geistliche und war anscheinend erleichtert, ihr seine Aufmerksamkeit widmen zu können.

Carmela legte den Löffel hin und sagte ganz einfach: »Ich habe gerade meinen Weg in den Himmel gegessen.«

»Dann habe ich nicht ganz und gar versagt«, entgegnete der Geistliche.

Mr. Unwin lachte, dann putzte er sich die Nase. »Steigen Sie ein in mein Auto, Padre«, sagte er. »Und überlegen Sie es sich genau, ob Sie bleiben wollen. Wenn ich Sie wäre, würde ich mit den anderen diesen Kohlentrimmer nehmen.«

An einer Wegkreuzung, die sie beide für eine Bushaltestelle hielten, verließen sie Carmela. Mr. Unwin holte den Koffer heraus und drückte ihr Geld in die Hand, ohne es nachzuzählen, wie damals im vergangenen August.

»Du wirst den Kindern fehlen«, sagte er, was offenbar Lebewohl bei den Unwins bedeutete.

Sowie das Auto nicht mehr zu sehen war, machte sie sich auf den Weg. Es gab in der Tat einen Autobus, aber der hielt nicht hier, um Fahrgäste aufzunehmen. Jedenfalls würde er erst am späten Nachmittag kommen und auch nicht bis Castel Vittorio fahren. Nach einer halben Stunde befand sie sich in einer ganz anderen Landschaft – abgeschieden, einsam und dicht mit Grün bestanden. Ein Bauer nahm sie auf seinem Gespann mit bis Dolceaqua. Sie fuhren an einem mit Stuck verzierten Hotel vorbei, wo manchmal im August Gäste von der Küste abstiegen, um der Hitze zu entfliehen. Es war mit Brettern zugenagelt wie die Villen, die hinter ihr lagen. Hinter Dolceaqua mußte sie wieder zu Fuß gehen. Die Dörfer im Tal sahen genauso aus wie vor einem Jahr. Sie hatte sie ganz vergessen. Sie wollte den Geschmack der verschiedenen Eissorten nicht verlieren, aber ihr war nur deren Anblick geblieben – das Rosaorange, das Zartgrüne, das Weiße mit Vanilletupfen wie Pfeffer. Sie wechselte ihren Pappkoffer mit seiner Verschnürung von einer Hand in die andere. Er war nicht schwer, aber unbequem; gewiß war er leichter zu tragen als eine der Zwillinge. Manchmal hielt sie inne und hockte sich neben den Koffer in einer Ruhestellung, die sie ebenfalls vergessen hatte und die sie nun ganz natürlich wieder einnahm. Es war ein warmer, klarer Junitag mit hochgetürmten Wolken, die wie Schlagsahne auf einem Glasteller aussahen. Sie sah hinauf durch unsichtbares Glas auf einen phantastischen Turm aus Sahne. Die Palmen der Küste waren Gestrüpp und Weinbergen gewichen, dann Eichen und Buchen und blühenden Edelkastanien. Sie dachte wieder an die zwei Männer und ihr seltsames Gespräch; sie gehörten bereits zur entfernten Vergangenheit. Eine nähere Erinnerung waren das Schulgebäude und Miss Barnes und Mussolini und der König im hölzernen Rahmen. Ein bei Sonnenaufgang weinender Mr. Unwin war von Anfang an nicht glaubhaft gewesen. Er verblaßte als erstes. Seine Tränen starben mit ihm. Der Geistliche errötete wie ein junges Mädchen und wünschte, Mr. Unwin würde aufhören zu reden. Alle beide verschwanden dann hinter Dr. Chaffee, und wie er in seinem dunklen Anzug den Hügel hinaufstolperte. Er hob die Hand. Was sie im Augenblick an Erinnerung behielt, war ein Lächeln, diese eine Geste, der gelassene Segen dieses Mannes.

Späte Heimkehr

Als ich im Frühjahr 1950 aus der Gefangenschaft nach Berlin zurückkehrte, entdeckte ich, daß ich einen Stiefvater hatte. Meine Mutter hatte ihn nie erwähnt. Ich hatte aus der Bretagne an »Grete Bestermann« geschrieben, aber der Name »Toeppler«, in ein Messingschild graviert und neben der Türklingel ihrer neuen Adresse, erwies sich ebenfalls als ihr Name. Während sie den Schlüssel in das Schloß schob, sagte sie mit ruhiger Stimme: »Hör zu, Thomas. Ich bin jetzt Frau Toeppler. Ich habe einen guten Mann mit einer Rente geheiratet. Dies ist sein Schlüssel, sein Name und seine Wohnung. Er möchte dich willkommen heißen.« Vom Augenblick an, da sie mich an jenem Tag vom Bahnhof abholte, mußte sie sich überlegt haben, wie sie es mir beibringen solle.

Ich legte meine Hand über den Namen, der auf meiner Handfläche einen perfekten Abdruck hinterließ. Ich sagte: »Ich vermute, in Berlin gibt es weder Rasierklingen noch gewöhnliche Hemden. Aber irgendein Narr graviert bereits Namensschilder.«

Martin Toeppler war ein alter Mann, ein ehemaliger Straßenbahnschaffner. Einer seiner Arme war als Folge eines Arbeitsunfalls gelähmt, und er zog die gelähmte Schulter hoch. Seine Augen hatten die Milchglasfarbe älterer Menschen, heller um den Rand als im Zentrum der Iris, und er hatte die Gewohnheit alter Frauen zu seufzen: »O ja, ja.« Dieser Seufzer war offenbar seine

Art zu sagen: »Da kann man eben nichts machen.« Er war höchstens neunundvierzig, aber mir kam er gealtert vor, mehr als gealtert – nutzlos, verloren. Die meiste Zeit stand sein Mund offen, als falle es ihm schwer, durch die Nase zu atmen, aber es war nur, weil er ein unersättlicher Schwätzer und jederzeit bereit war, sich auf ein Wort zu stürzen. Er kam aus Franken an der tschechischen Grenze, nahe dem Ort, wo meine Großeltern früher wohnten.

»Grete und ich – wir verstehen unseren Dialekt«, sagte er – aber in unserer Familie wurde nie Dialekt gesprochen. Mein Bruder und ich wurden angehalten, »Brot« und »Freund« und »Baum« korrekt auszusprechen. Ich wandte meine Augen meiner Mutter zu, aber sie sah weg.

Martins einziger Traum war, nach Franken zurückzukehren; es war beinahe das erste, was er zu mir sagte. Er hatte zwei möblierte Wohnungen in einer Stadt nahe einer amerikanischen Militärbasis geerbt. Eine dieser beiden hatte jahrelang leergestanden. Die Mieter waren ausgezogen, niemand wußte, wohin – vielleicht waren sie nach Schweden übersiedelt. Nach ihrem Weggang, der um fünf Uhr morgens an einem Wintertag 1943 stattgefunden hatte, wurde die Wohnungstür mit einem amtlichen Stempel, auf dem ein Hakenkreuz und ein Adler abgebildet waren, versiegelt. Die verschwundenen Mieter müssen gestorben sein, vielleicht in Schweden, jedenfalls wollte jetzt niemand vom Ort in der Wohnung wohnen, weil angeblich eine ganze Geisterfamilie dort herumspukte, Schubladen öffnete und schloß, auf Heizrohre klopfte, Stühle und Leitern herumschob. Die Geister, dachte Martin, suchten wahrscheinlich nach einem Goldschatz, der zurückgeblieben war. Die zweite Wohnung war an eine Familie vermietet gewesen, die während der Wirren am Kriegsende verschollen war; wahrscheinlich waren auch sie nicht mehr am Leben. Jedenfalls waren sie offiziell tot, und nur darauf kam es an. Martin beabsichtigte, die beiden Wohnungen zu modernisieren und dem amerikanischen Standard anzugleichen. Dies bedeutete, Jalousien an den Fenstern anzubringen und Gasboiler in den Badezimmern zu installieren – und sie dann an zahlungskräftige amerikanische Offiziere zu vermieten, die zu weither waren, um kleinstädtischen Klatsch ernst zu nehmen, zu gebildet, um sich vor Gespenstern zu fürchten. Aber Martin würde sich beeilen müssen, denn sonst würde seine Erbschaft, sein einziges Nachkriegskapital, seine einzige Möglichkeit, wieder Fuß zu fassen, ihm weggeschnappt werden zugunsten irgendwelcher arbeitsscheuer und analphabetischer Flüchtlinge aus der Sowjetzone oder von ausgebombten und immer noch in Lagerbaracken hockenden Familien oder Spätheimkehrern. Das letztere war eine neue Kategorie von Personen, alles in einem Wort geschrieben. Es war aus seinem Munde heraus, ehe er sich besann, daß ich ja auch einer war. Er sprach nicht weiter, und dann seufzte er und sagte: »O ja, ja.«

Er konnte nicht lange ruhig bleiben. Er zog seine Brieftasche heraus und zeigte mir ein Foto von sich zu Pferd. Vielleicht sollte dieses ländliche Bild eine eventuelle Vorstellung, die ich von ihm als Straßenbahnschaffner hatte, ersetzen. Jedenfalls hielt er das Bild auf Armeslänge entfernt und blinzelte es an. »Das war einmal Martin Toeppler«, sagte er, »und das wird er wieder werden.« Seine Jugend, eine neue rechte Schulter, ein neuer Arm und die heißen, üppigen Sommer, von denen jeder in seiner Generation behauptete, daß es sie vor dem Krieg gegeben habe, warteten auf ihn in Franken. Dabei klang er wie der geborene Sieger und nicht wie ein körperlich gebrochener Straßenbahnschaffner auf der Seite der Verlierer. Er tat das Bild wieder weg in einen rissig gewordenen Zelluloidumschlag, steckte seine Brieftasche ein und rief meiner Mutter zu: »Der Junge will sicher sein Bad.«

Meine Mutter, die inzwischen längst das Bad vorbereitete, hatte ihr ganzes Leben lang Befehle erhalten. Als junges Mädchen hatte sie wie eine Sklavin in dem Dorfgasthof ihrer Mutter geschuftet, und nach dem Tode meines Vaters wurde sie wieder Hausangestellte, diesmal in Berlin bei meinem mächtigen Onkel Gerhard und seiner dicken Frau. Mein Bruder und ich verbrachten unsere Winter bei ihr, manchmal schliefen wir zu dritt in einem Bett in einer ungeheizten Dachkammer und teilten uns Brot und Äpfel, die aus Onkel Gerhards Speisekammer gestohlen waren. Im Sommer mußten wir unserer Großmutter helfen. Wir säuberten Stühle und Tische, reinigten die Toiletten von Erbrochenem und trugen nach Bier stinkende Gläser in die Küche zurück. Damals waren wir noch so klein, daß wir auf Hockern stehen mußten, um an die Wasserhähne heranzukommen.

»Ein Glück, daß du zwei Söhne hast«, sagte mein Onkel Gerhard einmal zu meiner Mutter. »Starke Rükken werden in der Familie immer gefragt sein.«

»Keiner darf meine Kinder ausnutzen«, soll sie geantwortet haben, aber wie sie dies verhindern wollte, weiß nur der liebe Gott, denn wir hatten ja kein eigenes Dach über dem Kopf und kein Geld und aßen nur, was für uns abfiel. Unsere Uniformen retteten uns. Als wir erst einmal in der Hitler-Jugend waren, wagte sogar Onkel Gerhard nicht zu fragen: »Wo geht ihr hin?« oder »Wo wart ihr?« Mein Bruder war schneller als ich. Schon als Zwölfjähriger wußte er, daß er in der Falle saß. Ich war sechzehn und mußte erst Gefangener werden, ehe ich es begriff. Aber vom Standpunkt meiner Mutter aus waren wir frei, erlöst; ihr Leben würden wir nicht wiederholen. Und das war alles, was sie wollte.

In der Gefangenschaft hatte ich mich nach ihr und dem verlorenen Paradies unserer Armut gesehnt, in dem sie ganz und gar meinem Bruder und mir gehörte und wir mit ihr in einem Bett geschlafen hatten, jeder auf einer Seite. Ich hatte ihr reuevolle Briefe geschrieben, daß ich sie vernachlässigt hätte, und versprochen, in Zukunft gut zu ihr zu sein: Ich würde hart arbeiten und mich stets um sie kümmern. Diese Briefe an die blonde, junge Grete Bestermann mit der sanften Stimme wurden aber von Grete Toeppler gelesen, die ihr ergrauendes Haar in einer Art ovalem Ballon hochgesteckt trug, und die verängstigt und mager war und sich vor der Zukunft genauso fürchtete wie vor der Vergangenheit. Ich hatte sie auf dem Bahnhof nicht erkannt, und als sie schüchtern sagte: »Entschuldigung, Thomas?« glaubte ich, ihre eigene Mutter vor mir zu haben. In diesem Moment und auch in den nächsten Minuten wußte ich noch nicht, daß meine Großmutter gestorben war und daß mein reicher Onkel Gerhard, jetzt offiziell entnazifiziert von einem Gerichtshof, in zwei aus einer Ruine herausgemeißelten Zimmern hauste, Kaninchen züchtete und hoffte, niemand würde von ihm Notiz nehmen. Sie hatte mich zum letztenmal gesehen, als ich fünfzehn war. Seit dem frühen Morgen waren wir aufeinander zugegangen, aber ich war erschöpft und schweigsam, und wir waren beide verlegen und waren uns nicht in die Arme gefallen, weil jeder von uns Angst hatte, einen Fremden zu umarmen. Ich hatte eine einzige schreckliche Erinnerung an sie, aber vielleicht war es nur ein Traum. Ich war klein, konnte aber sprechen und laufen. Ich kam in ein Zimmer, in dem sie ein kleines Kind stillte. Zwei andere Frauen waren dabei. Als sie mich sahen, fingen sie an zu lachen, und die eine sagte zu ihr: »Gib auch dem Thomas etwas.« Meine Mutter lehnte sich vornüber und steckte mir ihre Brust in den Mund. Es schmeckte widerlich süß, und der zwei Frauen wegen fühlte ich mich gedemütigt: Ich spuckte es aus, trat zurück und fing an zu weinen. Sie sagte etwas zu den Frauen, und diese lachten erst recht los. Es muß ein Traum gewesen sein, denn wer konnte der Säugling gewesen sein? Mein Bruder war elf Monate älter als ich.

Nun war sie vorsichtig wie ein Tier mit mir, zum Teil auch wegen meiner Reaktion auf das Namensschild. Sie muß befürchtet haben, daß das noch nicht alles war. Sie war in Ehrfurcht vor Männern aufgewachsen, sie hatte sie nie im Gespräch unterbrochen, sie mußte dafür sorgen, daß ihre Teller zuerst gefüllt wurden – und selbst als Mädchen mußte sie stehen, wenn sie sich setzten. Ich war einundzwanzig, ich war jetzt seit drei Tagen einundzwanzig, ich war übergewechselt ins Lager der Tyrannen und Fremden. Die ganze Zeit über, während Martin redete und prahlte und mir das Bild von sich zu Pferde zeigte, huschte sie ins Wohnzimmer herein und huschte wieder heraus, holte Holz und Briketts, die sie beim Kachelofen aufgestapelt hatten, trug sie den Flur entlang, um für mich das Badezimmer anzuheizen. Manchmal sah sie mich von der Seite an und lächelte mit der Hand vor dem Mund – das war eine neue Gewohnheit –, aber sie schwieg, bis es Zeit war für das Bad.

Meine Mutter legte ein Handtuch auf den Boden zum Draufstehen und wies auf einen Stuhl, auf dem, sagte sie, Martin immer saß, um sich die Füße abzutrocknen. Es gab ein Bord mit einem Spiegel und einen Kamm, aber kein Waschbecken. Ich vermutete, daß er sich in der Küche rasierte und sie sich dann beide auch dort in der Küche die Zähne putzten. Meine Mutter meinte, die Seife sei schlecht und würde nicht schäumen, aber sie bat mich, wieder hinter dem Schutzschirm ihrer Hand, sie nicht im Wasser zu lassen, wo sie sich auflösen und vergeudet werden könne.

Ein Stein unter Wasser hätte sich genauso leicht auflösen können. »Und dort ist der Haken für deine Sachen«, sagte sie, aber natürlich hatte ich ihn bemerkt. Sie zögerte noch immer, aber dann fing ich an, mir das Hemd aufzuknöpfen, und sie ging hinaus.

Die Badewanne, in die eine ganze Familie gepaßt hätte, war so rauh wie Lavafels. Das Wasser war kochend heiß, ich saß mit angezogenen Knien, als sei ich in dem Zinkzuber, den man mir in Frankreich manchmal geliehen hatte. Die seesternförmige Narbe eines Granatsplitters schimmerte bläulich verfärbt auf dem einen Knie, und das Bein war mißgeformt, als sei es, während die Knochen noch weich waren, auf die falsche Seite gebogen worden. Lange Unterhosen, von denen ich annahm, daß sie meinem Stiefvater gehörten, hingen über einer Leine. Ich saß da und starrte sie an und auf ein dünnes, steifes Handtuch, das neben den Hosen hing, und auf das Wasser, das sich an den Zementwänden niedergeschlagen hatte, bis die Haut meiner Hände und Füße so geriffelt und weich wurde wie Kordsamt.

Es gibt einen Ausdruck für Leute, die sich gerade auf einer Straßenkreuzung befinden, nachdem die Ampeln gewechselt haben: »Fußgängerverkehrsrückstand«. Ich war in einem Gefangenenlager in Rennes, als ein Befehl kam, wonach jeder unter achtzehn nach Hause geschickt werden solle. Aus irgendeinem Grunde wurde mein Name niemals aufgerufen. Fünf Jahre danach, als ich in Saint-Malo war, wo ich einem Apotheker und seiner Frau als »befreiter Arbeiter« – was nicht frei bedeutete, nur nicht mehr im Lager – zugeteilt worden war, ließ mich die Polizei rufen und wollte wissen, was ich in Frankreich mit einem großen »PG« für *»prisonnier de guerre«* auf meinem Rücken verloren hätte. War ich etwa von der Fremdenlegion desertiert? Ein Spion? Fast jeder Gefangene war vor mindestens zehn

Monaten entlassen worden, aber die Akte, die mich betraf, war in Rennes verlegt worden oder war verlorengegangen, und ich konnte nicht weggehen, ehe man sie gefunden hatte – ich existierte einfach nicht. Inzwischen aber hatten die Franzosen mich satt, weil sie den Krieg satt hatten und alles, was sie daran erinnerte, und der Plan, die Gefangenen, welche die Amerikaner gemacht hatten, beim Wiederaufbau von Straßen und Brücken in Frankreich einzusetzen, hatte nicht funktioniert. Es war nur eine Idee, die niemals verwirklicht wurde, und so wurden einige der Kriegsgefangenen Landarbeiter, andere wiederum Haushaltsangestellte, manche gingen in die Fremdenlegion, weil die Verpflegung dort besser war, manche saßen herum und taten drei, vier Jahre nichts, weil niemand etwas für sie zu tun fand. Die Polizei legte mir nahe, einfach wegzulaufen; niemand würde etwas dagegen haben. Das hätte auch die Sache mit der fehlenden Akte aufgeklärt. Aber ich hatte Angst, mich ins Unrecht zu setzen, in welchem Falle sie einen Vorwand gehabt hätten, mich für immer zu behalten. Außerdem – wie weit würde ich kommen mit einem riesigen »PG« auf den Hosen und auf der Jacke? Hier dagegen, wo es nicht nötig war, ein Etikett zu tragen, weil mir »Spätheimkehrer« im Gesicht geschrieben stand, spürte ich, daß ich trotzdem ungelegen kam; meine Erscheinung, mein Überleben, mein blutendes Zahnfleisch und meine wackeligen Zähne, mein chronischer Durchfall, meine Blutarmut, meine Gier nach Süßigkeiten, meine Zurückhaltung Fremden gegenüber, die abgelegten Lumpen, in denen ich ankam – all dies sprach »Krieg«, wo doch jeder Frieden wollte, »Gefangenschaft«, wo »Freiheit« die Losung war und »trocken Brot«, wo alles an Marmelade und Butter dachte. Ich vermutete, daß sich jetzt, nach fünf Jahren Frieden, die meisten in der Bevölkerung auf die richtige Stufe der richtigen

Leiter durchgedrängelt hatten und es nur noch wenig Platz für »Fußgängerverkehrsrückstände« gab.

Als ich bereits halb angezogen war, kam meine Mutter herein, um die Badewanne zu putzen. Dazu benutzte sie feine Asche aus dem Kachelofen und einen Putzlappen, der so löchrig war, daß er zu einem Knäuel zusammengeballt werden mußte. »Ich habe dich gerufen, aber du hast es nicht gehört, ich dachte schon, du seist eingeschlafen oder ertrunken.«

Mein Gehör hatte gelitten, weil ich während der Schulzeit in Berlin stationiert war. Nachdem die Jungen an die Front geschickt wurden, nahmen Mädchen unsere Plätze ein. Es waren diese kaum halbwüchsigen Mädchen, welche die erwachsenen Männer in Uniform unten in den Bunkern verteidigten. Ich überlegte, ob auch sie schwerhörig geworden waren und ob wir zu einer Generation gehörten, die niemals etwas Leiseres als einen Schrei hören konnten. Meine Mutter kniete sich neben die Wanne, und ich saß auf Martins Stuhl wie Martin und zog mir die frischen Socken an, die sie mitgebracht hatte. Mit leiser Stimme, die ich genau verstand, sagte sie, sie habe Martin schon als Kind gekannt. Ich konnte mich nicht entsinnen. Sie sagte dann, daß mein Vater ihn gekannt habe. Ich stand auf und wartete, bis sie sich wieder erhoben hatte, und sah hinunter in ihr Gesicht. Ich hatte Angst, sie zu berühren, falls wir beide in Tränen ausbrechen würden. Sie murmelte, ihre Familie hätte ihn bestimmt gekannt, denn die Toepplers besaßen eine Grabstätte in der Nähe des Friedhofs, auf dem meine Großmutter beerdigt lag, und sie sei etwa fünfzig Kilometer von dem Ort entfernt, wo mein Vater früher eine Bäckerei betrieb. Sie suchte irgendeine Verbindung.

»Ich wollte, daß ihr beide, du und Christian, eine Heimat hättet, wenn ihr zurückkommt«, sagte sie, aber ich vermutete, daß sie keinen von uns beiden zurückerwartet hatte und daß sie sich fürchtete, heimatlos und allein zu sein. Mein Bruder war in der Tschechoslowakei mit der Schörner-Armee verschollen. Die ganze Armee war für tot erklärt worden. Ihr einziger naher Verwandter, mein Onkel Gerhard, hätte ihr nicht beistehen können, selbst wenn es ihm in den Sinn gekommen wäre; er hatte vier Jahre gebraucht, um offiziell und legal entnazifiziert zu werden, und nun, »so weiß wie weißer Flieder«, habe er, meiner Mutter zufolge, keinerlei Meinung über irgend etwas und lebe nur für seine Kaninchen.

»Da ist es gut, jemanden meines Alters als Gefährten zu haben«, fuhr meine Mutter fort. »Jemanden, mit dem man sich unterhalten kann.« Brauchten die Alten mehr als nur Gespräche? Damals muß meine Mutter etwa zweiundvierzig gewesen sein. Ich hatte zugehört, wie die alten Männer im Gefangenenlager ihre Ehefrauen verglichen und sagten, keine Henne sei jemals zu zäh für den Kochtopf gewesen.

»Hast du ihn geheiratet, ehe er diese Wohnung hatte oder danach?«

»Danach.« Aber es kam zögernd, als wisse sie nicht, welche Antwort ich erwartete.

Die Wohnung befand sich im zweiten Stock eines großen, düsteren Mietshauses – alles, was von einer Arbeitersiedlung aus den zwanziger Jahren übriggeblieben war. Früher wohnte Martin irgendwo zwischen dem Badezimmerfenster und der Straße. Wenn ich aus dem Fenster sah, konnte ich ohne weiteres die Rückwände der verschwundenen Häuser wieder rekonstruieren, die kleinen, mit Besen und Mops geschmückten Balkone und den feuchten, öligen Hinterhof. Winterliches Zwielicht muß hier das vorherrschende Klima gewesen sein, bis ein Luftangriff die Jahreszeiten hereinließ. Schlacke und Schotter waren jetzt gleichmäßig über die Trümmer geharkt worden;

der weite, freie Platz zwischen dem stehengebliebenen Haus – unserem – und der jenseits liegenden Straße mit den angrenzenden Ruinen sah fest und eben aus.

Aber nein, sagte meine Mutter, es sei alles holprig und lose. Jemand sollte dafür sorgen, daß ein zementierter Weg darüber führe. Die Frauen verträten sich immer den Fuß, und wenn es regnete, wate man durch schwarzen Schlamm und es röche immer verbrannt. Sie hatte ihren Glauben an einen unsichtbaren, aber wohlmeinenden »Jemand« nicht verloren. Und dann sagte sie mit kaum hörbarer Flüsterstimme, daß Martins erste Frau, Elke, dort unter den Trümmern und der Schlacke begraben sei. Es war nicht möglich gewesen, alle Toten zu bergen, und eines Tages sei eine Planierraupe gekommen und habe sie für alle Zeit und Ewigkeit zugeschüttet. Martin habe diese beiden Wohnungen in einer fränkischen Stadt von Elke geerbt. Die Toepplers waren wahrscheinlich ebenso arm wie die Bestermanns, aber Martin hatte eine gute Partie gemacht.

»Sie hatte auch einen Hund«, sagte meine Mutter. »Als Martin sie heiratete, hatte sie einen weißen Spitz. Jeden Sonntag badete sie ihn in der Wanne.« Ich stellte mir Martin Toeppler vor, wie er diesen neuen, tückischen breiten Vorplatz überquerte und murmelte: »Elkes Grab. O ja, ja.« Dann sagte ich es, und meine Mutter lachte schallend und ließ die Hand fallen, und ich sah, daß ihr ein paar Vorderzähne fehlten.

»Das Haus sieht von der Straße aus wie ein alter Zaun«, sagte sie, als wolle sie absichtlich auf den Makel hinweisen, der sie so entstellte. Über die Leute, die in dieser Wohnung gelebt hatten, wußte sie nichts, außer daß sie überstürzt ausgezogen seien und vergessen hätten, einen großen Vorrat an Schwarzmarktnahrungsmitteln, ein paar hübsche Figuren in einem Porzellanschrank und fünf Flaschen Wein mitzunehmen. »Sie sind auch die Miete schuldig geblieben«, sagte sie, was nicht nach ihr klang.

Es erwies sich als ein Scherz von Martin Toeppler, denn er wiederholte ihn, als ich zurück ins Wohnzimmer kam, in einem Hemd, das wahrscheinlich seins war, und mit meinem dunklen, nassen, glattgekämmten Haar. Er wies auf ein helles Viereck auf der braunen Tapete. »Dort hing Adolfs Bild«, sagte er. »Und ehe sie sich aus dem Staub machten, ohne die Miete zu bezahlen, nahmen sie es herunter.«

Mein eigener Vater war eines Nachts, als man ihn erwischte, wie er ein Wahlplakat von der Wand der Schule riß, erstochen worden. Er hinterließ meiner Mutter kein Geld, zwei Kinder unter fünf Jahren und eine politische Vergangenheit. Danach schwamm sie mit dem Strom. Die meiste Zeit meines Lebens hatte ich irgendeine Uniform getragen. Ich konnte mich erinnern, einmal Zivilkleidung gehabt zu haben, als ich vierzehn war, zu meiner Konfirmation. Ich kam mir verkleidet vor, wußte nicht, wohin mit den Händen; vom siebenten Lebensjahr an hatte ich meine Daumen in einen Ledergürtel gesteckt. Ich hatte Eindrücke von meinem Vater, keine Erinnerungen an ihn. Bilder waren erstarrte Dinge, sie bedeuteten mir nichts. Aber ich wußte, daß ich ihm ähnelte, wenn mein Haar naß war. Ein rasches Aufblitzen kam zu mir zurück, wenn ich mich im Spiegelbild sah, wie eine geheime Botschaft, und ich dachte dann: Ja, so war er. Ich saß mit Martin am Eßtisch, über den meine Mutter eine Spitzentischdecke (sie war von den verschwundenen Mietern) gebreitet hatte, auf die die Aprilsonne durch die Spitzenstores ein zweites Muster legte. Ich legte meine Hände flach unter Spitzenschatten und überlegte, ob auch sie waren wie die meines Vaters.

Sie hatte alles aufgetischt, was sie zu essen und zu trinken auftreiben konnte – ein paar Kekse, Käse, der papierdünn geschnitten war, dunkles Brot, kleine, ganze Tomaten, Radieschen, Salamischeiben, die auf dem Teller wie ein Blumenarrangement lagen, damit sie nach mehr aussahen. Dazu tranken wir eine Flasche moussierenden Wein, den Martin Champagner nannte. Er hatte eine bräunliche Farbe wie verwässertes Jod und schmeckte nach Zuckersirup. In dieser trüben Brühe stiegen Bläschen auf. Wir hoben die Gläser, ohne zu sagen, auf was oder wen wir tranken, außer auf meine Rückkehr. Vielleicht trank Martin auf seine Zukunft in Franken mit den zwei Wohnungen. Ich hatte einen Plan, aber er war mein eigenes Geheimnis. Wie verabredet gab es keine gemeinsame Vergangenheit. Dann sprach meine Mutter und hielt sich die Hand vor den Mund und sagte, sie würde gerne auf ihren vermißten ältesten Sohn trinken. Während sie dies sagte, sah sie Martin an, als ob das Überleben von Christian ebenfalls eine Last sein könne.

Gegen Ende dieses Nachmittags kam ein Nachbar mit einer Flasche Weinbrand zu Besuch – ein untersetzter Mann mit drei über den Schädel gekämmten Strähnen silbergrauen Haares. Alle dicken Männer in Comics und in der Literatur würden zukünftig für mich nur Willy Wehler sein. Trotzdem konnte er damals, 1950 in Berlin, nicht so feist gewesen sein; wahrscheinlich zeigte sich der Beginn eines Doppelkinns, und sein Haar muß immer noch dunkel und üppig gewesen sein. Ich konnte eine beginnende Glatze sehen, die zwei tiefen Halbinseln, die von den Stirnecken bis gerade über die Ohren verliefen, wie poliert glänzend. Willy Wehler stammte auch aus Franken. Fast sofort sprachen Martin und er miteinander Dialekt. Willy ging aber einen Schritt weiter – er sprach die Worte absichtlich falsch aus, als wolle er witzig sein, und dann grinste er und sah mich an. Dies bedeutete, daß er sehr wohl Bescheid wußte, daß er wußte, daß ich es wußte.

Martin und Willy haßten Berlin. Es klang, als habe man sie gegen ihren Willen nach Berlin verschleppt, wie Zwangsumsiedler. Sie betrachteten es als den größten Fehler einer bestimmten politischen Partei, daß sie friedliebende Menschen mit Versprechungen von Arbeitsplätzen, Wohnungen, Renten und einem zufriedenen Dasein wie kleine, verankerte Boote nach Berlin gelotst habe. Und nun merkten diese unschuldigen Provinzler, daß sie reingelegt worden waren, und sie gingen wieder dahin zurück, wo sie hergekommen waren. So einfach war es für sie – das Äquivalent einer Versicherung, die ihren Verpflichtungen nicht mehr nachkommen konnte. Willy beschrieb sogar das Leben, das er jetzt in einer ruhigen Kleinstadt verbringen würde, wo er, mit dem Blick auf einen kopfsteingepflasterten Stadtplatz mit einem Brunnen und einem Reiterdenkmal, eine Drogerie mit Parfüms und Kosmetika eröffnen würde: Die Menschen wollten jetzt schön sein. Er würde über dem Geschäft wohnen – dazu sei er nicht zu stolz –, und jeden Morgen würde er hinunterblicken auf seine blauen Markisen über den Blumenkästen voll mit krausen Petunien. Mein Stiefvater lauschte alldem mit Tränen in den Augen, vielleicht dachte er an seine beiden Wohnungen und an Elke und den Spitz. Willys Zukunft schien so wirklich, so nahe, daß es fast so war, als sei er nur kurz vorbeigekommen, um sich zu verabschieden. Er saß da mit seiner kleinen Tochter auf den Knien, ein nicht einmal dreijähriges Baby. Dieses kleine Mädchen, Gisela, wurde von jenem Nachmittag an Teil meines Lebens, auch der dicke Willy, nur wußte es damals noch niemand. Mein geheimer Trinkspruch galt einem Mädchen in Frankreich, das, wäre es noch am Leben, jetzt eine Frau in mittleren Jahren und jenseits meiner Phantasien sein würde. Sie starb, indem sie zufällig oder absichtlich aus einem Fenster im fünften Stock eines Pariser Hauses stürzte. Ihre Eltern hatten sie in ein Zimmer gesperrt, als sie herausbekamen, daß sie mit mir korrespondierte.

Dies war immer noch ein Aprilnachmittag in Berlin, der erste, den ich in Freiheit erlebte. Es war einen Tag nach Adolfs Geburtstag, aber das wurde nicht erwähnt, nicht einmal im Dialekt oder in Form eines Berliner Witzes. Ich glaube nicht, daß sie es absichtlich vermieden; sie hatten es einfach vergessen. Sie würden immer staunen, wenn andere Menschen sich genauer an Zeiten oder Geschehnisse erinnerten. Dies war der Nachmittag, über den ich später immer wieder sagen sollte: »Ich hätte es wissen sollen« und sogar »Ich wußte es« – wußte, daß ich das Baby heiraten würde, dessen Bewegungen schon damals so eigenwillig und rasch waren, daß ihr Vater sich beschwerte: »Wir können sie nirgendwohin mitnehmen« und dasaß und ihre beiden kleinen Hände in den seinen hielt, sonst hätte sie nach jedem Glas in ihrer Reichweite gegriffen. Ihre geschwungenen Brauen erinnerten mich an das Mädchen, das ich wiedersehen wollte. Giselas Augen waren bernsteinfarben und leuchtend, das Weiße in ihnen so strahlend, daß es Blau schien. Das Mädchen in Frankreich hatte Augen wie dunkle Blütenblätter, undurchsichtig und samtig und leicht schräg stehend. Von einer korsischen Großmutter hatte sie schwarzes Haar geerbt und lange, zarte Wimpern. Giselas Wimpern waren kurz und dicht. Ich merkte, daß ich auf die kleinen Ohren des Kindes und seine kleinen, vollkommenen Zähne starrte und die ganze Zeit über an das andere Mädchen dachte, deren Lächeln durch Unterernährung und schlechte Zahnbehandlungen während der Besatzungszeit ruiniert worden war. Damals, als ich Willy und seine Tochter betrachtete, hätte ich erkennen sollen, daß manche Menschen niemals auf Milch und Eier und Äpfel verzichten, in welcher Landschaft auch immer, und daß das spärliche Festmahl auf unserem Tisch mehr mit der langen Gewöhnung meiner Mutter an Entbehrungen zu tun hatte – eine Art fatalistischer Inkompetenz, die davon herrührte, nie genügend Geld gehabt zu haben – als mit echtem Nahrungsmangel. Willy trug ein weißes Nylonhemd, damals ein Luxus. Später würde Martin zu mir sagen: »Dieser Willy! Heraus aus der schwarzen Uniform und hinein in den Schwarzmarkt, ehe man ›Demokratie‹ sagen kann«, aber mir war nicht klar, ob das ein gängiger Berliner Witz war oder etwas, was Martin erfunden hatte, oder aber die Wahrheit über Willy.

Gisela, die entweder spät sprechen gelernt hatte oder einfach nur faul war, sah mich an und sagte: »Mann« – das war alles, was sie verkündete. Ihr Haar war so seidig und fein, daß es den Tag als eine Kurve aus bläulich-violettem Licht reflektierte. Sie bestand nur aus Licht und Schimmer, und sie war die erste Person – ja ich könnte sogar sagen das erste *Ding*, das ich je gesehen habe, was ohne Makel war, ohne Schatten. Sie war so vollendet und unschuldig wie ein Wassertropfen, und sie war ohne Arg.

Ihre Hände, frei geworden, als ihr Vater aus dem Weinglas trank, patschten auf das Tischtuch, ergriffen ein Radieschen, versuchten, es ihm in den Mund zu stecken.

Meine Mutter saß da und hatte ihren Stuhl höflich ein Stück zurückgeschoben. »Magst du Kinder, Thomas?« fragte sie. Sie wußte jetzt nichts mehr von mir, außer daß ich kein Kind war.

Das französische Mädchen war sechzehn, als sie mit ihrem Vater und ihrer Mutter auf Urlaub in die Bretagne kam. Im folgenden Winter schickte sie mir Bücher, damit ich in der Schule besser mitkam, und im zweiten Sommer kam sie in mein Zimmer. Die Tür zu dem

Zimmer befand sich in einer Biegung der Treppe, halbwegs zwischen der Apotheke im Erdgeschoß und der Wohnung, wo meine Arbeitgeber wohnten. Man hatte ihnen zur Bedingung gemacht, mich, wenn ich nicht arbeitete, in diesem Zimmer einzusperren, aber im zweiten Sommer vergaßen sie es oder es war ihnen zu umständlich geworden. Auf jeden Fall hatte ich mir inzwischen einen Nachschlüssel mittels eines Stück Drahtes gemacht. Es war das erste Zimmer, das mir allein gehörte. Ich tünchte die Wände weiß und zimmerte eine Miete für die Kartoffeln, die sie in einer Ecke des Zimmers auf dem Boden gelagert hatten. Bündel wilder Pflanzen und Kräuter, die der Apotheker für seine Rezepte benutzte, hingen von der Zimmerdecke. Auf einem Regal, das eine ganze Wand einnahm, lagen getrocknete Blätter und Wurzeln – Walnußblätter gegen Blutarmut, Kamille gegen Ohnmachtsanfälle, Thymian und Rosmarin gegen Muskelkrämpfe, Brennesseln, Salbei und Löwenzahn. Der Duft in diesem Zimmer und der Ausblick vom Fenster auf den Hafen hätten mir genügend Glücksgefühle für den Rest meines Lebens geben können, aber ich war zu jung, um irgendein Glück darin zu finden.

Wie sie an diesem ersten Nachmittag ihren Eltern entwischt war, wußte ich nicht, aber sie war ein mutiges, sorgloses Mädchen und war ihnen schon oft entkommen. Sie wußten sicher, was passieren würde, wenn sie ein so wildes Geschöpf in ein Zimmer sperrten, wo es nur das Fenster als Ausweg gab. Vielleicht wollten sie erproben, wie weit die Sicherheitsspanne reichte. Sie hinterließ eine Botschaft für sie: »Laßt Euch dies eine Lehre sein.« Sie muß gedacht haben, sie würde da sein und nicht da sein, verloren für sie und doch imstande, das Resultat zu erleben. Für mich hinterließ sie keine Botschaft, außer daß es schrecklich ist, allein zu sein; aber das wußte ich schon. Sie muß sich auf das Fensterbrett gekniet haben. Der Herbstregen muß sich in ihren Wimpern und ihrem Haar verfangen haben. Auf dem Fensterbrett war sie bereits fremd, nicht mehr wiederzuerkennen. Ich hatte mein Zimmer so aufgeräumt für sie, als erwartete ich eine militärische Inspektion. Ich überlegte, ob ihr klar war, wie bedenklich es für uns beide sein würde, wenn man uns erwischte. Sie schaute sich kurz die Aussicht an, aber nur, um festzustellen, ob man uns beobachten konnte, dann lachte sie und fing an, sich den Pullover auszuziehen, kreuzte die Arme; dann hielt sie inne und sagte: »Was ist mit dir – bist du aus Holz?« Wie konnte sie wissen, daß ich ein Spätentwickler war? Für mich hatte es nur Phantasie, Einsamkeit und die Nachstellungen älterer Soldaten gegeben; für das eine war ich zu alt, und das andere stieß mich ab. Ich dachte, sie sei im Begriff, das Opfer ihrer Person zu vollziehen – ihres körperlichen Selbst und ihrer unsterblichen Seele. Ich hatte die älteren Männer über Frauen sprechen hören, als ob Frauen Schmutz seien, man sie aber »dafür« brauche. Einer der Männer sagte, er würde sich »dafür« ein Ohr abschneiden. Ein anderer meinte, er würde den Atlantik durchschwimmen. Ich bildete mir ein, sie würde sich irgendwie bequem hinlegen und daß sie nichts dabei empfinden würde als eine Art Kummer, wodurch das Ganze ein reines Geschenk geworden wäre. Aber es gab nichts zu erbitten; es war kein Geschenk. Es war ihre Entscheidung und kein Geschenk, sondern ein Abenteuer. Sie sei nicht hierhergekommen, um sich den Hafen anzusehen, sagte sie zu mir, als ich zögerte. Ich habe vielleicht sogar gesagt: »Nein«, und vielleicht hat sie dann, als sie mich über die gekreuzten Arme anlächelte und ihren Pullover auszog gesagt: »Bist du aus Holz?« Trotz all ihrer Unbekümmertheit glaubte sie, sie entscheide über ihr Leben, obwohl sie fortfuhr, das Wort »Abenteuer« zu benutzen.

Ich glaube, es war das einzige andere Wort, das sie für »Liebe« kannte. Aber alles, was wir bestimmten, war ihr Tod, und mein Leben wurde in Berlin entschieden, wo Willy Wehler mit einer Flasche Weinbrand und Gisela hereinkam, die sich weigerte, mehr als »Mann« zu sagen. Ich sehe noch immer die Spitzenstores vor mir, den Fleck auf der Tapete, die Porzellanfiguren, welche die Leute, die überstürzt ausgezogen waren, zurückgelassen hatten – den Schornsteinfeger mit seinem Streichholzbesen, das Mädchen mit dem orangen Bubikopf, neben einer Mondsichel sitzend, den Hund mit der Halskrause –, und wenn ich mich daran erinnere, sage ich mir: »Ich muß es gewußt haben.«

Wir leerten zwei Flaschen von Martins Champagner, und dann sprang meine Mutter auf, um die Gläser abzuräumen und neue auf den Tisch zu stellen, damit wir Willy Wehlers Weinbrand probieren konnten.

»Der verfluchte Belgier ist immer noch da«, sagte er zu Martin und schaukelte sachte das Kind, das nun seinen Daumen im Mund hatte.

»Was will er denn?« fragte mein Stiefvater. Er wiederholte die Frage; er war langsam und glaubte, daß andere Menschen, wenn sie nicht gleich und emphatisch reagierten, ihn nicht gehört hätten.

»Er war in der Waffen-SS – sagt er. Und beschwert sich, daß die Mädchen hier nicht mehr mit ihm ausgehen wollen, obwohl sie fünf, sechs Jahre zuvor wie die Fliegen um ihn herumsummten.«

»Sie haben Angst vor ihm«, kam die schüchterne Stimme meiner Mutter. »Er steht auf dem Hof und starrt ...«

»Männer, die auf unberührte junge Mädchen starren, mag ich nicht«, sagte Willy Wehler. »Er hat zu mir gesagt: ›Helfen Sie mir; Sie sind es mir schuldig.‹ Er behauptet, er habe für uns gekämpft, und niemand habe es ihm gedankt.«

»Tatsächlich? Kein Wunder, daß wir verloren haben«, sagte Martin. Ich hatte bereits gemerkt, daß die Überlebenden des Krieges in zwei Hälften geteilt waren: diejenigen, die sagten, sie hätten immer gewußt, wie alles enden würde, und diejenigen, die sagten, es sei ihnen einerlei gewesen. Es gibt Menschen, die den Krieg gern haben, und Menschen, die ihn nicht gern haben. Martin hatte sich niemals einer Sache verschrieben, sei es Sieg oder Niederlage oder was auch immer – das erklärte seine Witze. Er hatte zwei Wohnungen und eine requirierte Unterkunft in Berlin gewonnen. Er hatte eine Ehefrau verloren, aber später sagte er oft zu mir, die Menschen seien besser dran, wenn sie nicht mehr auf dieser Welt wären.

»In Belgien war er im Gefängnis«, sagte Willy. »Er behauptet, für uns gekämpft zu haben, und dann habe man ihn eingesperrt, und jetzt würden wir ihm nicht helfen, und die Mädchen wollten nichts mit ihm zu tun haben.«

»Warum ist er hier?« schrie mein Stiefvater plötzlich. »Wer hat ihn hereingelassen? All das ist seine Angelegenheit, nicht unsere.« Dabei wippte er merkwürdig auf seinem Stuhl hin und her, vielleicht nur, um Willys sanfte Bewegung, mit der dieser Gisela ruhig hielt, nachzuahmen. »Niemand schuldet ihm irgend etwas«, rief mein Stiefvater und schlug auf den Tisch. Das kleine Mädchen zuckte zusammen und zitterte. Meine Mutter berührte ihn am Arm und machte mit zusammengepreßten Lippen eine Art Summlaut. Ich nahm an, es sei ein Signal zwischen ihnen, denn er wechselte sofort das Thema. Es war ein Gesprächsthema, dem ich noch viele Jahre danach begegnen würde. Es ging darum, was die alten Männer zu sagen hatten, wenn sie sich keine Weibergeschichten erzählten oder mit der eigenen Vergangenheit prahlten, und ging folgendermaßen: Was hätte die Schörner-Armee in der Tschechoslowakei tun können, um der Gefangennahme seitens der Russen zu entgehen, und warum hatte General Eisenhower (der Bösewicht der Geschichte) ihnen seine Hilfe verwehrt?

Eisenhower war die linke Hand meines Stiefvaters, General Schörner die rechte, und die Russen waren ein Teller mit Radieschen. Ich drehte mich ein wenig zu meiner Mutter. Sie hatte diesen traurigen Gesichtsausdruck von Frauen, deren Augen auf nichts gerichtet sind. Ihre Hand lag noch immer leicht auf Martin Toepplers Ärmel. Ich vermutete dann, daß er wirklich ihr Ehemann war und daß sie im gleichen Bett schliefen, ich hatte ein paar geschlossene Türen im Korridor gesehen, als ich ins Badezimmer ging. Aus meinem ersten Gefangenenlager, in dem jeder entweder unter achtzehn oder über vierzig war, entsann ich mich an den Geruch älterer Männer – wie sie sich nicht mehr pflegten, wenn es keine Frauen gab, die sie veranlaßten, sich zu waschen –, und ich erinnerte mich an ihre ausgedehnten Prahlereien. Trotzdem habe ich an jenem Aprilnachmittag während der ersten Stunden in Freiheit, da das Sonnenlicht sich über den Tisch und die braune Zimmerwand hinaufbewegte, auch geprahlt. Ich erzählte von einem von mir gemachten Gefangenen. Offenbar war es das Richtige für die zwei Männer, die ich niemals zuvor gesehen hatte.

»Er ist in einem Feld direkt vor dem Dorf, in dem meine Großmutter wohnte, gelandet«, sagte ich. »Damals war ich vierzehn. Drei von uns sahen ihn – drei Jungen. Wir hatten französische Gewehre aus dem Krieg von anno 1870. Er hatte Zeit gehabt, um seinen Fallschirm zusammenzulegen, und saß darauf. Ich konnte nur einen Satz auf englisch, es war ›Hände hoch‹.«

Der Mund meines Stiefvaters stand offen, wie in dem Moment, als ich an diesem Tag zum ersten Mal die

Wohnung betrat. Meine Mutter war gerade nicht in Sicht.

»Wir rückten vor mit gezückten Gewehren aus dem Jahr 1870«, fuhr ich fort und leierte es so eintönig herunter wie die alten Kriegsgefangenen. »Wir alle riefen jetzt ›Hände hoch!‹. Der Gefangene hat einfach –« Ich machte dieselbe Geste, die der Amerikaner gemacht hatte, als ob er eine Fliege verscheuchte, und ich merkte, daß ich betrunken war. »Er stand nicht auf. Er hatte alles, was er besaß, auf dem Boden ausgebreitet – einen Revolver, ein Bündel deutsche Banknoten, ein Taschentuch mit einer Landkarte von Deutschland und einige kleinere Sachen, die wir nicht sofort identifizieren konnten. Er trug Zivilschuhe mit dicken Sohlen. Ganz langsam nahm er seine Armbanduhr ab und reichte sie uns herüber, aber dafür gab es keine Verfügung, also sagten wir nein. Er legte die Uhr auf den Boden neben den Revolver und die Landkarte. Dann stand er langsam auf und schlenderte, die Hände in den Hosentaschen, ins Dorf. Dabei kaute er Kaugummi. Ich sah, daß er seine Zigaretten behalten hatte, aber ich kannte auch darüber die Verfügung nicht. Wir hielten unsere Gewehre auf ihn gerichtet. Der Lehrer rannte aus dem Gasthof meiner Großmutter – jedermann rannte hinaus, um zu schauen. Er war aufgeregt und sagte immer wieder, auf englisch, ›How do you do? How do you do?‹, aber dann kam auch ein Offizier angerannt und schrie: ›Warum mischen Sie sich ein? Sie dürfen ihn nur eins fragen: Ist er Engländer oder Amerikaner?‹ Der Lehrer war froh, mit seinen englischen Sprachkenntnissen angeben zu können, und fragte: ›Sind Sie Engländer oder Amerikaner?‹, und der Amerikaner schien seine Zunge im ganzen Mund herumzurollen, ehe er antwortete. Er war der erste Ausländer, den wir gesehen hatten, und sie führten ihn ab. Wir haben ihn nie wiedergesehen.«

Das war die ganze Geschichte, aber Martins Mund stand immer noch offen. Ich wollte mich an weitere Einzelheiten entsinnen. »Hinterher war der Teufel los, weil wir die Pistole und die anderen Sachen auf dem Boden hatten liegenlassen. Bis sie zum Feld kamen, hatte jemand den Fallschirm gestohlen – wahrscheinlich wegen des Stoffes. Deshalb bekamen wir Ärger und niemals Dank dafür, daß wir einen Gefangenen gemacht hatten. Später dann ging ich allein zurück ins Feld. Ich wollte weinen, aus irgendeinem Grund wollte ich weinen – weil es vorbei war. Für mich war es wie aus einer Abenteuergeschichte. Das Ganze war wie ein Karl-May-Abenteuer, ich war vierzehn und lief in den Schulferien mit einem Gewehr herum. Im Feld fand ich dann ein paar kleine Sachen, die übersehen worden waren – Tabletten, um wach zu bleiben, Tabletten in durchsichtigen Hüllen. Das hatte ich noch nie gesehen. Eine Hülle trug die Aufschrift ›Motion Sickness‹. Es war ein Verbrechen, irgend etwas zu behalten, aber ich behielt sie trotzdem. Ich hatte sie immer bei mir; als mich die Amerikaner gefangennahmen, nahmen sie sie mir weg. Ich hatte sie aufgehoben, weil sie aus einer anderen Welt kamen. Ich sah die Hülle an und staunte, ich behielt sie, wegen dem *Letzten der Mohikaner*, wegen, wegen.«

Dies war die längste Geschichte, die ich jemals in meinem Leben erzählt hatte. Ich fügte hinzu: »Meine Großmutter lebt jetzt nicht mehr.« Mein Stiefvater hatte endlich den Mund zugemacht. Er sah meine Mutter an, als habe sie ihm einen Rivalen gebracht auf dem einzigen Gebiet, auf das es wirklich ankam – dem Privileg, jeden in Grund und Boden zu reden. Meine Mutter rückte näher an Willy Wehler heran und drängte ihn, sich Brot und Käse zu nehmen. Sie hatte noch immer die Gewohnheit, sich Gedanken darüber zu machen, was der andere dachte, wie wichtig er sein könne und ob sie es wagen sollte zu sprechen. Aber Willy hatte nur ein paar Sätze mitbekommen. Es wurde deutlich, als sein Gesicht langsam wach wurde. Er öffnete die Augen, als wolle er den Schlaf aus ihnen verbannen – offenbar dachte er, ich hätte über mein Leben in Frankreich erzählt –, und fragte: »Was wurde Ihnen als Gefangener gezahlt?«

Oftmals hatte ich darüber nachgedacht, was wohl die erste Frage sein würde, wenn ich wieder zu Hause war. Da hatte ich sie also.

»Na?« sagte mein Stiefvater, als erwarte er, daß man mich bei einer ungeheuerlichen Lüge ertappe.

»Ein Franc vierzig Centimes pro Monat für Aushilfsarbeit auf einem Bauernhof«, entgegnete ich. »Aber als ich ein befreiter Arbeiter bei einem Apotheker wurde, war der offizielle Lohn dreitausend Franc pro Monat, und das ist es auch, was ich von ihm bekam.« Ich hielt inne. »Und natürlich hatte ich Kost und Logis frei, und Wäscherechnungen gab es auch nicht.«

»Hattest du Bettwäsche?« fragte meine Mutter.

»Bei der Apothekersfamilie immer. Ich bekam ein zur Hälfte gefaltetes Laken. Das paßte genau auf das Feldbett.«

»War das dieselbe Sorte Laken, welche die Familie hatte?« wollte sie auf die schüchterne Art wissen, die offenbar nun Teil ihrer Person geworden war.

»Sie kauften für mich keine speziellen Laken«, antwortete ich. »Der Apotheker behandelte mich durchaus anständig, nur die Behörde nicht.«

»Aha«, sagten die beiden Männer beinahe zur gleichen Zeit.

»Die weigerten sich, meine Heimfahrt zu bezahlen«, sagte ich und blickte hinunter in mein Glas, wie ich es seinerzeit bei den Männern im Gefangenenlager beobachtet hatte, die auf einen fixen Punkt starrten, wenn sie Grund zur Klage hatten.

»Ein Kriegsgefangener hat das Recht, auf Kosten der Behörde repatriiert zu werden. Die Behörde weigerte sich, meine Fahrt zu bezahlen, weil ich zu lange in Frankreich geblieben war – aber das war ihr Fehler. Ich besorgte mir eine Karte bis Paris von dem Lohn, den ich gespart hatte. Der Apotheker verkaufte mir ein Paar alte Schuhe und ein Paar alte Hosen und ein Jackett. Meine eigene Kleidung war völlig zerlumpt. In Paris ging ich zum YMCA. Der YMCA sollte sich um die Belange der Gefangenen kümmern. Der Mann wollte mich nicht anhören. Falls man mich zurückgelassen habe, sagte er, sei ich kein Gefangener, sondern ein Tourist. Er war verpflichtet, mir zu helfen. Statt dessen informierte er die Polizei.« Zum ersten Mal kam in meine Stimme so etwas wie Groll. Ich war mir bewußt, daß diese Beschwerde über so etwas Kleinliches wie den Fahrpreis meinem ganzen Abenteuer etwas Nichtiges verlieh, aber ich war eben inzwischen ein gestandener Soldat geworden. Ich erinnerte mich an den Polizeikommissar mit seinen dünnen Lippen und schmutzigen Nägeln, und wie er sagte: »Sie hätten bereits vor Jahren repatriiert werden sollen, als Sie sechzehn waren.« »Es war ein Versehen«, erklärte ich ihm.

»Ihre Akte ist voller Irrtümer«, hatte er geantwortet und sich über sie gebeugt. »Da, sehen Sie, ein Kapitalfehler. Eine Weglassung. Eine bedenkliche Weglassung. Wie ist der Mädchenname Ihrer Mutter?«

»Wickler«, sagte ich.

Ich beobachtete ihn, als er »W-i-e-c-k-l-a-i-r« umständlich und mit der Zungenspitze im Mundwinkel niederschrieb. »Sie sind seit fast fünf Jahren hier und Ihr Dossier ist unvollständig. Und was sagen Sie dazu? Wer hat das ausgestrichen?«

»Ich. Mein Vater war nicht Konditor.«

»Dafür könnten Sie eine Geldstrafe oder Gefängnis bekommen«, sagte er.

»Mein Vater war nicht Konditor«, sagte ich. »Er hatte Tuberkulose. Es war ihm nicht gestattet, mit Lebensmitteln umzugehen.«

Willy Wehler äußerte sich nicht zu meiner Geschichte. Mag sein, daß ein mangelnder Sinn für Ungerechtigkeit, auch wenn es sich um eine ganz winzige handelte, ihm zur zweiten Natur geworden war, wie die Gewohnheit meiner Mutter, durch ihre Finger zu sprechen. Selbst der Name, den er seiner Tochter gegeben hatte, zeugte von seiner Anpassungsfähigkeit. Niemand wollte die heidnischen, altgermanischen Namen mehr hören – Sigrun und Brunhilde und Sieglinde. Willy hatte ein Gespür für die Wende. Deshalb hätte er jeder Tochter einen neutralen und hübschen Namen gegeben – Gisela, Marianne, Elisabeth – irgendwann nach der Schlacht von Stalingrad. Willy mußte eben nur die Nase in den Wind halten.

Er schob seinen Stuhl zurück (später würde er imstande sein, einen Tisch mit dem Bauch wegzuschieben) und stand auf. Er mußte den Kopf nach hinten neigen, um mir in die Augen zu sehen. Er sagte, er wolle mir einen Ratschlag geben, der für mich als Spätheimkehrer nützlich sein würde. Sein Ratschlag war, zu vergessen. »Vergessen Sie alles«, sagte er. »Vergessen Sie, vergessen Sie. Das war es, was ich meinem guten Nachbarn Herrn Silber gesagt habe, als ich ihm, ehe sie nach Palästina emigrierten, die Topasbrosche und die Ohrringe seiner Frau abkaufte. Ich sagte: ›Lieber Herr Silber, immer vorwärts schauen, nie zurück, und vergessen Sie es, vergessen Sie, vergessen Sie.‹« Das Kind in Willys Armen war fest eingeschlafen. Martin Toeppler geleitete seinen Freund zur Wohnungstür, sie flüsterten miteinander; dann schloß sich die Tür hinter beiden Männern.

»Sie werden wohl bei den Wehlers noch etwas trinken«, sagte meine Mutter. Nun sah ich, daß sie leise weinte. Sie wischte sich die Augen an ihrer Schürze ab und machte sich daran, den Tisch des Heimkehr-Festmahls abzuräumen. »Willy Wehler ist gut zu uns gewesen«, sagte sie. »Erzähl die Sache nicht weiter.«

»Wegen dem Vergessen?«

»Nein, das mit der Topasbrosche. Es war ein Verbrechen, Juden irgend etwas abzukaufen.«

»Das ist doch jetzt egal.«

Sie senkte das Tablett, das sie trug, sah nachdenklich hinaus auf die zerstörten Häuser gegenüber. »Wenn die Menschen nur vorher gewußt hätten, was erlaubt war«, sagte sie.

»Mein Vater ist wahrscheinlich jetzt so etwas wie ein Held«, sagte ich.

»Ach Thomas, nicht so hastig. Ich glaube, daß sich noch viel verändern wird. Jawohl, ein Held. Aber zu spät für mich. Ich habe zu viel gelitten.«

»Was glaubt Martin, woran er gestorben ist.«

»An einem Arbeitsunfall. Das kann er begreifen.«

»Du hättest Schwindsucht sagen können. Die hatte er doch.« Sie schüttelte den Kopf. Wahrscheinlich wollte sie bei Martin nicht den Eindruck erwecken, er könne jemals mit zwei kränklichen Stiefsöhnen belastet werden. »Wo schlaft ihr beide, Martin und du?«

»Im Zimmer neben dem Bad. Hast du das denn nicht gesehen? Hier im Wohnzimmer wirst du bequem schlafen. Die Couch läßt sich ausziehen. Du kannst bei uns bleiben, solange du willst. Dies ist dein Zuhause. Ein Zuhause für dich und Christian.« Der Ton, in dem sie es sagte, war hartnäckig und verriet, daß es zwischen ihr und Martin Streit gegeben hatte.

Dieses Zimmer sollte mein Zuhause sein. In meinem Kopf gab es keinerlei Zweifel. Ich hatte mein Gymnasium nicht beendet, war der FLAK zugeteilt, dann an die Front geschickt worden. Die Rolle, die man Halbwüchsigen in Uniform zugeteilt hatte, war, die Zivilbevölkerung von einer Kapitulation abzuhalten. Man erwartete von uns, gemeinsam in den Ruinen zu sterben. Wenn die Frauen Kissenbezüge an Fahnenstangen befestigten, kletterten wir hoch und zerrten sie herunter. Wir waren bereit, die Front mit unseren 1870er Gewehren zu halten, bis wir die amerikanischen Panzer sahen. In unseren Karl-May-Geschichten gab es keine Panzer, und die Amerikaner waren schließlich nicht Gestalten aus dem *Letzten der Mohikaner.* Ich erklärte meiner Mutter, daß ich aufs Gymnasium zurückgehen, mich dann um ein Stipendium bewerben und Französisch studieren wolle. Ich beabsichtigte, Lehrer zu werden. Französisch war alles, was ich aus meiner Gefangenschaft mitgebracht hatte; weshalb sollte ich es nicht nutzen? Ich würde mir Geld mit Übersetzungen verdienen.

Das ließ sie Mut fassen. Sie würde den ehemaligen Straßenbahnschaffner nicht um allzu viele Gefälligkeiten zu bitten haben. »Übersetzungen« und »Stipendium« gehörten für sie zur gehobenen Sprache. Als Lehrer würde ich die seriöseste Stellung in der Familie haben, nun, da Onkel Gerhard Kaninchen züchtete. »Vorausgesetzt, es kostet *ihn* nicht zuviel«, sagte sie, als müsse sie es sagen und hoffe trotzdem, ich würde es nicht hören.

Eigentlich stimmte es nicht genau, daß alles, was ich aus der Gefangenschaft mitbrachte, die Beherrschung des Französischen war. Ich hatte auch kochen, bügeln, Bettenmachen, servieren, Fußböden putzen, Möbel polieren, einen Gemüsegarten pflanzen und Fensterläden streichen gelernt. Ich wollte nun meiner Mutter in der Küche helfen, aber das schockierte sie. »Ruh dich aus«, sagte sie, aber ich wußte nicht, was »Ruhe« bedeutete. »Ich habe niemals einen Mann ein Glas abtrocknen sehen«, sagte sie entschuldigend. Ich wollte ihr erklären, daß, während die Straßen und Brücken in Frankreich noch immer auf jemanden warteten, der sie wieder aufbaute, mir von der Frau des Apothekers beigebracht worden war, wie man Tomatensalat macht; aber ich konnte mir nicht vorstellen, was das Wort »Frankreich« in ihrer Phantasie bedeutete. Ich wanderte nun in der Wohnung umher. Ich öffnete einen Vorratsschrank, eine nach Karbol riechende Toilette, sah nochmals ins Badezimmer, dann in einen Raum mit einem hohen Bett, einem braunen Kleiderschrank und einem mit Zeitungen bedeckten Tisch, auf dem ein halbes Dutzend jener niemals Blüten tragenden, spitzigen und stumpfgrünen Pflanzen standen, die meine Mutter schon immer mit so viel Hingebung gepflegt hatte. Ich schloß die Tür, als wolle ich eine dunkle Vergangenheit ausschließen, und dachte: »Ich bin frei. Dies ist der Anfang des Lebens. Es ist auch der Anfang der guten Hälfte eines verfluchten Jahrhunderts. Alles Häßliche, Korrupte und Bösartige liegt hinter uns.« Meine Gedanken waren nicht direkt so formuliert, aber doch so ähnlich. Ich dachte: »In dieser Wohnung riecht es muffig, ein alter, schmutziger Geruch, der sich in der Kleidung festsetzt. Bald werde ich wahrscheinlich so riechen wie das dunkle Wohnzimmer. Der Geruch muß in den Kissen stecken, in dem Ausziehbett, in den Spitzenstores. Es ist ein Geruch, der in die Nachtwäsche dringt. Die Decken werden davon durchdrungen.« Ich dachte, ich werde mich an den Geruch gewöhnen und an den Brandgeruch des steinernen Pflasters draußen. Der Ausblick auf Ruinen wird mein Ausblick sein. Jeden Tag auf dem Heimweg aus der Schule werde ich über Elke gehen.

Ich werde mich an die hölzerne Treppe, die Klingel, das polierte Namensschild gewöhnen, an die weißen

Emaillesicherungen in der Diele – meine Mutter hatte gesagt: »Wenn du Licht im Wohnzimmer willst, mußt du die mittlere Sicherung in der unteren Reihe eine halbe Drehung nach rechts drehen.« Ich betrachtete mir eine gerahmte Karikatur von Leuten mit zerzaustem Haar. Ein starker Wind hatte ihren Regenschirm umgestülpt. Auch sie würden Teil meiner Aussicht werden, wie die Ruinen. Ich nahm den alten Gaslichtanschluß in der Küche in mich auf und den steinernen Spültisch. Meine Mutter, die die Gläser ohne Seife wusch, lächelte mir zu und vergaß, ihre Zähne zu verbergen. Ich unterzog den Kachelofen im Wohnzimmer einer nochmaligen Inspektion, die Holzscheite und schwarzen Briketts, die nachts neben meinem Kopf liegen würden, und die verglaste Vitrine voll Porzellanfiguren, die Gott auserkoren hatte, die Berliner Luftangriffe unversehrt zu überstehen. Diese würden entfernt werden, um für meine Bücher Platz zu machen. Denn Martin Toeppler sollte sich ja nicht einbilden, er könne mit meinem Stolz rechnen, oder daß ich eher hungern als auf seine Gnade angewiesen sein würde oder daß ich zu arrogant sei, um auf seinem verstaubten Sofa zu schlafen. Ich würde seine Seife verbrauchen, seine Hemden ausborgen, mir seine Butter auf mein Brot streichen. Ich würde mich wie ein Polyp an Martin festsaugen. Er hatte jetzt einen Familienangehörigen – einen gierigen, egozentrischen, spätheimkehrenden Oberschüler von einundzwanzig Jahren. Die alten Männer schuldeten mir das – die alten Männer im Gefangenenlager, die ihre Mutter und ihren Vater für ein winziges extra Stück Seife verkauft hätten, die bereits ihre Kinder dafür verkauft hatten; die alten Männer, die mein Frauenbild beschmutzt hatten; die alten Männer in den Bunkern, welche sich von den Mädchen in Berlin verteidigen ließen; die alten Männer, die es gewagt hatten zu überleben.

Das Ausziehbett würde bestimmt ganz klumpig sein. Ich hatte auf Schlimmerem geschlafen. Würde es auch breit genug für mich und Christian sein?

Menschen, die die Gewohnheit haben, sich unausgesprochene, nutzlose Fragen zu stellen, suchen Antworten in Spiegeln. Mein Haar war jetzt, da es trocken war, wieder blond geworden. Ich sah nun nicht mehr ganz so aus, wie ich mir meinen Vater vorstellte. Ich wollte das Spiegelbild des Mannes sehen, der mitten in der Nacht wegging und niemals zurückkam. Du gehst nicht allein aus, um Wahlplakate in einem Dorf abzureißen, wo niemand deine Meinung teilt – es sei denn, du *willst* ein Messer in den Rücken bekommen. Das hatte die Familie gesagt.

»Gut, daß du damit nichts mehr zu tun hast«, sagte ich zu dem Schatten, der auf der Glasscheibe der Porzellanvitrine schwebte, obwohl er nicht wieder der meines Vaters sein würde, es sei denn, unvermittelt und überraschend.

Ich dachte: »Es ist stiller hier als in Frankreich. Sie stellen ihr Radio leise.«

In der Gefangenschaft hatte ich nie Schmerzen erdulden müssen außer den Hungerkrämpfen in den ersten Jahren, denen jedoch eine kratzende, krankhafte Nervosität folgte und der Schmerz des Heimwehs, der einen im Magen und in der Kehle packt. Nun spürte ich die ersten wirklichen Schmerzen, die mir vielleicht wie kleine Hunde für den Rest meines Lebens folgen würden: Der erste drückte mir das Knie zusammen, der zweite brachte mir die Nervenstränge im Nacken durcheinander. Ich merkte, daß meine Augen empfindlich waren und daß es schmerzte, wenn ich zwinkerte.

Dies war die Stunde, in der ich, früher in der Bretagne, mit dem Kartoffelschälen für das Essen begann. Ich hatte Lebensmittel gesehen, von denen meine

Mutter nie etwas gehört hatte – Austern und Artischocken. Meine Mutter hatte niemals einen Hafen oder ein Meer gesehen.

Mein amerikanischer Gefangener hatte sein unmittelbares Leben auf einer fremden Wiese ausgebreitet – seinen Fallschirm, seinen Revolver, sein deutsches Geld. Er war in die Gefangenschaft geschlendert mit den Händen in den Hosentaschen.

»Ich weiß, woran du denkst«, sagte meine Mutter, die hinter mir stand. »Ich weiß, daß du ein Urteil über mich fällst. Wenn du eine Ahnung hättest, wie mein Leben gewesen ist – die ganze Geschichte, nicht nur die letzten paar Jahre –, würdest du nicht so streng mit mir sein.«

Langsam drehte ich mich um und sah sie an. Das war es nicht gewesen, was ich gedacht hatte. Ich hatte sie in diesem Zusammenhang eigentlich vergessen.

»Nein, nein, nichts dergleichen«, sagte ich. Immer noch konnte ich sie nicht berühren. Was mir im Kopf herumging und wohin es mich trieb, war: Warum bin ich an diesem Ort? Wer hat mich hierhergeschickt? Ist es eine Art Gerechtigkeit oder Ungerechtigkeit? Wie lange wird es dauern?

»Nun können wir beide auf Christian warten«, sagte sie. Plötzlich schien sie wieder jung und glücklich. »Schau her, Thomas. Ein zunehmender Mond. Verneige dich dreimal vor ihm. Warte – du mußt dabei etwas Silbernes in der Hand halten.« Ich sah, daß sie in Eile war, um diesen Unsinn hinter sich zu bringen, ehe Martin zurückkam. Sie kramte in der Porzellanvitrine und holte einen silbernen Serviettenring heraus – wahrscheinlich von den vorigen Mietern zurückgelassen. Der eingravierte Name war »Meta« – niemand, den wir kannten. »Verneige dich vor dem Mond und halte ihn fest und wünsch dir was«, sagte sie. »Rasch.«

»Du zuerst.«

Ich bin sicher, sie wünschte sich meinen Bruder. Was mich angeht, so wünschte ich mir, ich wäre ein paar Stunden jünger gewesen, im Gang eines übervollen Zuges, den Griff eines offenen Fensters in der Hand, hinausgelehnt, um hämmernden Herzens jenes eine geliebte Gesicht zu entdecken.

Señor Pinedo

Weil unsere Zimmer durch nichts als extrem dünne Zwischenwände aus Gips getrennt waren, wirkte es manchmal, als ob die Pinedos – Señor, Señora und Baby José María – und ich wirklich zusammenwohnten. Jeden Morgen wurden wir vier vom selben Wecker geweckt. Nachts gingen wir alle begleitet von Señora Pinedos Gebeten zu Bett. Sie betete mit gelangweilter, schläfriger Stimme und rief eine Unmenge Heilige des spanischen Kalenders an, während ihr Mann, ein pingeliger Madrider Beamter, die Antworten lieferte.

»San Juan de la Cruz ...«, sagte Señora Pinedo, zwischen fortwährendem Gähnen. »San Augustín de Cantórbery ... Santa Anatolia ...«

»Bitte für uns!« verlangte ihr Mann nach jedem Namen.

Nach den Gebeten hörte ich sie den Wecker aufziehen und Tür und Fenster gegen schädlichen, unberechenbaren Luftzug in der Nacht abdichten. Dann, lange nachdem die Lichter in der Pension, in der wir wohnten, gelöscht worden waren, hörte ich sie über Geld reden, als sprächen sie mir ins Ohr – untermalt vom ruhelosen, endlosen Lärm der Madrider Nacht.

»Ich habe nur ein Sommerkleid, und das ist zu eng«, sagte die Señora in das Dunkel hinein. »Heute ist der Arzt von José María bis hierher gekommen. Ich habe so getan, als wäre ich ausgegangen. ›Ich weiß, daß sie nie ausgeht‹, hat er gesagt. Bis Montag müssen wir die

Rate für das silberne Kruzifix beim Monte de Piedad bezahlen, oder wir sind es los.« Der Monte de Piedad war das städtische Leihhaus, eine geschäftige, bankähnliche Stätte, in die von Zeit zu Zeit nicht nur das Kruzifix, sondern auch José Marías silberner Taufbecher und Señora Pinedos kleines Radio verschwanden.

»Ich weiß«, antwortete Señor Pinedo dann mit etwas weniger Autorität, als er in seinen Gebeten aufbrachte. Oder: »Es ist nicht zu ändern.«

Manchmal weinte das Baby und unterbrach so den traurigen kleinen Katalog von Klagen. Es weinte wieder am Morgen, aufgeschreckt durch den Wecker, und ich hörte Señor Pinedo leise vor sich hin fluchen, während er im Zimmer umherstolperte, sich anzog und José Marías *biberón*, das Morgenfläschchen, mit dunklem Weizenmehl und Milch zubereitete. Señora Pinedo stand immer erst viel später auf; es herrschte Einvernehmen darüber, daß sie mit der Geburt von José María vor ein paar Monaten so nahezu alles getan hatte, was man von ihr erwarten konnte. Stunden nachdem sich ihr Mann zu seinem Schreibtisch im Ministerium und seinen Akten begeben hatte, stand sie ganz langsam auf, stöhnte ein wenig dabei, und nachdem sie ihr Gesicht nach Zeichen des Alterns abgesucht hatte (sie war dreiundzwanzig), vollendete sie ihre Toilette, indem sie einen geblümten Baumwollmorgenmantel anzog. Er hing nachts über einem vergoldeten Wandleuchter, der schon lange nicht mehr seinem ursprünglichen Zweck gemäß genutzt wurde.

»Ist es ein schöner Tag?« rief sie und klopfte an die Wand. Unsere Fenster blickten in dieselbe Richtung, doch sie brauchte Bestätigung. »Soll ich ausgehen? Was würden Sie an meiner Stelle tun?« Es nahm mehrere Minuten in Anspruch, das Problem hin und her zu erörtern und zu lösen. Wenn der Tag nicht besonders vielversprechend aussah, schaltete sie das Radio ein und ging wieder ins Bett. Andernfalls zerrte sie einen Stuhl hinaus auf den Balkon zum Hof, der zu unseren beiden Zimmern gehörte, saß in der Sonne, zupfte sich die Augenbrauen und führte lauthals freundliche Gespräche mit den Nachbarn. Da allgemein bekannt war, daß Schreien die Lungen kräftigt, blieb José María gewöhnlich im Zimmer, wo er in einem mit schäbigen Bändern geschmückten Gitterbettchen heulte und wimmerte. Sein Schreien, der Lärm vom Radio und Señor Pinedos Bemerkungen drangen durch die Wand, als wäre sie ein Sieb.

Die Pinedos und ich bewohnten in gewissem Sinn wirklich ein gemeinsames Zimmer, denn die Trennwand teilte, was einst das Wohnzimmer einer stattlichen Wohnung im dritten Stock gewesen war. Die Wand war mit unbedingter Gerechtigkeit geplant worden; ich hatte mehr Platz und ein Extrafenster, während die Pinedos den rosa Marmorkamin hatten, die Wandleuchter und etliche Längen grüner Samtvorhänge, schlaff vor Alter. Jede Seite hatte eine Tür, die auf den Balkon hinausging, und an der Decke einen Halbkreis von Stuckrosen, die die Stelle markierten, wo ein Kronleuchter gehangen hatte.

Wie bei vielen Pensionen in Madrid hatte die Wohnung einst einer reichen Bürgerfamilie gehört. Die noch lebenden Familienmitglieder, Señorita Elvira Gómez und ihr Bruder, wohnten beengt in zwei Zimmern, die vom Hausflur abgingen. Der Rest des Hauses war mit ihrem Eigentum vollgestopft – Schaukästen mit tropischen Vögeln, dick gepolsterte Fußbänke mit Brokatmuster, Kleiderschränke mit ausladenden, tückischen Füßen. Vorhänge und Musselin-Rollos sorgten dafür, daß das für Pensionen typische Dämmerlicht herrschte. Im Zimmer der Pinedos war die Atmosphäre besonders drückend, denn sie hatten der Unmenge an Mobiliar, das für ihre Bequemlichkeit zur Verfügung stand, die tausend Dinge eines größeren Haushalts hinzugefügt. Stühle, Tische und Kaminsims waren beladen mit Tellerstapeln und Gläsern, die nie benutzt wurden, mit allerlei Zierat und Briefbeschwerern in Gestalt von angreifenden Stieren oder Zwergen à la Walt Disney. In einer Ecke stand ein rostiger Campingkocher, ein Relikt aus Señora Pinedos kerniger Wanderjugendzeit. Der Kocher wurde jetzt dazu benutzt, José Marías Fläschchen warm zu machen.

Zu diesem optischen Durcheinander kam der Lärm. Das Baby weinte unablässig, aber die lautesten Geräusche drangen meist aus dem Radio, als ununterbrochene Flut von Jazz und Flamenco, Gebrüll von *fútbol*-Spielen, der Nationalhymne, spanischen Operetten mit eigenartigen Anklängen an die Wiener Operette und immer wieder einer gesungenen Werbung für Kopfschmerztabletten. Die gefiel Señora Pinedo besonders gut. »*Okal!*« sang sie immer, wenn die Werbung im Radio kam. »*Okal! Okal es un producto superior!*« Es gab drei Strophen und drei Refrains, und sie sang alle von Anfang bis Ende mit. Manchmal wurde es Señor Pinedo zuviel, und ich hörte, wie seine Stimme gegen den Tumult seines Zimmers mit einem verzweifelten Tremolo: »*Silencio!*« ankämpfte. Er war ein dünner, besorgt wirkender Mann, der Salvador Dalí auf beinahe komische Art ähnlich sah. Trotzdem war er ein spanischer Ehemann und Vater, und sein Wort war der Tradition nach Gesetz. »*Silencio!*« befahl er.

»*Viva a tableta Okal!*« sang seine Frau.

Ich war an einem Frühlingsmorgen in der Pension eingetroffen und wollte ein paar Wochen bleiben. Señorita Elvira machte mich auf den Lärm nebenan aufmerksam, ohne auch nur für einen Moment den Eindruck zu erwecken, daß man daran etwas ändern könne. Wie so viele Madrider, die ich kennenlernen sollte, lebte sie mit einer Heerschar von Problemen, die sich an ihre Person zu hängen schienen, und hütete sie. Das Radio der Pinedos war eins dieser Probleme. Ein anderes erwuchs aus der Tatsache, daß sie ihre Mieter nicht der Polizei meldete und die Steuer nicht zahlte, die für das Führen einer Pension erforderlich war. Kein staatlicher Kontrolleur hatte je das Haus besucht, erfuhr ich beim Hausmeister unten, es hatte sich nicht mal einer dafür interessiert, warum so viele Leute auf unserer Etage ein und aus gingen. Dennoch lebte Señorita Elvira in einem panischen Zustand nervöser Besorgnis, der aus Sympathie von ihren Mietern geteilt wurde.

An meinem ersten Tag führte sie mich ins Haus und haspelte dabei Warnungen herunter, so trübselig und pessimistisch wie die Broschüren mit möglichen Pannen, die man beim Kauf englischer Autos in die Hand bekommt. Zunächst einmal solle ich nichts, gar nichts sagen, wenn ein staatlicher Kontrolleur mir Fragen stellte. Dann (hektisch richtete sie ihren Helm aus Schildpatt-Haarnadeln) solle ich den Ventilator in meinem Zimmer nicht benutzen, weil die Sicherungen wenig belastbar waren; ich solle jedes Telefongespräch in einem kleinen Buch notieren; ich solle keine Kleidungsstücke über die Balkonbrüstung hängen, aus einem schwer verständlichen Grund, der etwas mit den Nachbarn zu tun hatte; und schließlich solle ich dem Hausmädchen nicht zu viel Trinkgeld geben, das, obwohl es die ansehnliche Summe von zweihundert Peseten – oder fünf Dollar – im Monat verdiente, beim Anblick von Geld so verrückt wurde, daß es nicht in der Küche zu halten war. Ihre Mieter seien alle vornehme Leute, sagte Señorita Elvira – *muy, muy* vornehm –, und am vornehmsten sei mein Nachbar, Señor Pinedo. So laut mir meine Unterkunft auch erscheinen mochte, ich solle daran denken, wie vornehm er sei, und mich damit trösten.

Später am Vormittag begegnete ich der Gattin meines vornehmen Nachbarn. Sie sonnte sich in Nachthemd und Morgenrock auf dem Balkon, die bloßen Füße stützte sie gegen das warme Geländer. Ihr Haar war am Hinterkopf mit einem schmuddeligen Band zusammengebunden, und das obere und untere Lid ihrer schönen Augen hatte sie sorgfältig mit Make-up nach arabischer Art versehen.

»Ich habe die Alte gehört«, sagte sie, offenbar Señorita Elvira meinend. »Mögen Sie Musik? Dann werden Sie nichts gegen das Radio haben. Werden Sie lang hierbleiben? Haben Sie viele Taschen mitgebracht? Haben Sie Kinder gern? Weinen Kinder da, wo Sie herkommen, nachts?«

»Ich glaube nicht«, sagte ich. »Ab einem gewissen Alter nicht mehr.« Als Gespräch zum Kennenlernen schien mir das schon recht seltsam. Der Hof, von angrenzenden Wohnblöcken gebildet, war so schmal, daß die Frauen auf den Balkons gegenüber uns verstehen konnten und interessiert zuhörten.

»Einige Babys werden mit Gewalt vom Schreien abgehalten«, sagte Señora Pinedo. »Vielen gibt man Medikamente, damit sie schlafen. *Qué horror!*«

Zustimmendes Gemurmel lief um den Hof. Plötzlich ganz mütterlich, ging Señora Pinedo hinein und holte José María. Ein paar Minuten lang – bis es sie langweilte – unterhielt sie ihn nun, indem sie dicht vor seinem Gesicht einen Ring mit Glöckchen schüttelte, so daß er vor Verdruß schrie.

Der Hof, kreuz und quer durchzogen von Leinen mit Wäsche, von der es auf die Pflastersteine darunter tropfte, schien der Ort zu sein, an dem das aktivste Leben der Wohnhäuser stattfand. Kinder spielten unter dem ständigen Regen von der Wäsche, und die Balkons waren bevölkert mit Frauen, die nähten, Gemüse putzten und sogar auf transportablen Holzkohleöfen kochten. In der Luft standen Olivenölwolken vom Braten. Trotz der Sonne machten alle, und besonders die Kinder, einen unnatürlich blassen Eindruck auf mich – vielleicht weil sie die Auswirkungen des harten kastilischen Winters noch nicht überwunden hatten. Vor einer Hauswand, die mit der unseren einen rechten Winkel bildete, hing ein riesiger, an einem Kabel befestigter Eisenblock. In unregelmäßigen Abständen hob und senkte er sich, knapp zwischen den Balkons hindurch. Schließlich fragte ich Señora Pinedo danach, und sie erklärte, daß es das Gegengewicht zum Aufzug im Gebäude um die Ecke war. Manchmal saßen die kleinen Jungen, die im Hof spielten, auf dem Block, hielten sich am Kabel fest und fuhren mit ihm bis in die Höhe der Balkons im zweiten Stock, wo sie herunterkletterten; häufig blieb der Aufzug stecken, ehe sie ein Stück mitgefahren waren. Von unserem Balkon im dritten Stock aus gesehen, wirkten die Kinder zart und klein. Ich fragte Señora Pinedo, ob der Block nicht eine Gefahr darstelle.

»Ja, ohne Zweifel«, sagte sie, aber mit einem großen, dunkel umränderten Blick des Erstaunens; es war klar, daß ihr dieser Gedanke vorher noch nie gekommen war. »Aber«, fügte sie hinzu, als wiederhole sie steif eine Lektion, »in Spanien machen wir eben alles auf unsere Weise.«

Erst nachdem ich die Bekanntschaft von Señor Pinedo gemacht hatte, konnte ich mir vorstellen, wo sie diese störrische und in dem Zusammenhang sinnlose Redewendung aufgeschnappt hatte. Er kam um zwei zu seiner langen Lunch-und-Siesta-Pause. Señora Pinedo und ich waren noch auf dem Balkon, und José María war wie durch ein Wunder auf dem Schoß seiner Mutter eingeschlafen. Señor Pinedo brachte einen von Señorita Elviras ausladenden Stühlen heraus und ließ sich darauf nieder, steif und förmlich wirkend. Er trug einen schlichten, schlechtgeschnittenen Anzug und einen großen, billigen Siegelring, auf dem die gekreuzten Pfeile der Falange zu sehen waren. Er erzählte mir, als ob es wichtig sei, das klarzustellen, daß er und seine Frau nur vorübergehend in solch beengten Verhältnissen wohnten. Sie seien etwas viel Besseres gewöhnt. Ich bekam den Eindruck, daß das hier nur eine Zwischenlösung war.

»Ja, wir wohnen hier schon viereinhalb Jahre«, sagte Señora Pinedo und zerstörte munter diesen Eindruck. »Wir haben geheiratet und sind gleich darauf hierhergezogen. Meine Wäsche-Aussteuer ist in einer großen Kiste unter dem Bett.«

»Aber daraus dürfen Sie nicht schließen, daß es in Spanien ein Wohnungsproblem gibt«, sagte Señor Pinedo. »Im Gegenteil, unser städtisches Bauprogramm ist eines der fortschrittlichsten in Europa. Wir haben England überholt. Wir haben Frankreich überholt.«

»Warum haben wir dann kein nettes Häuschen?« unterbrach ihn träumerisch seine Frau. »Oder eine Wohnung? Ich hätte gern einen Salon, ein Speisezimmer, drei Schlafzimmer, einen Balkon für Blumen und eine Terrasse für die Wäsche. Im Haus meines Onkels in San Sebastián haben die Hausmädchen ihr eigenes Badezimmer.«

»Wenn es Sie interessiert«, sagte Señor Pinedo zu mir, »kann ich Ihnen einige aufschlußreiche Zahlen aus dem Wohnungsbauministerium mitbringen.«

»Die Hausmädchen haben ihre eigene Badewanne«, sagte Señora Pinedo und ließ José María auf dem Schoß auf und nieder hüpfen. »Wie viele Leute in Madrid können das von sich behaupten? Zweimal im Monat haben sie ihr eigenes heißes Wasser.«

»Heute abend bringe ich Ihnen die Wohnstatistik mit«, versprach Señor Pinedo. Er erhob sich und trieb seine Frau hinein, ehe sie mir noch mehr über die Hausmädchen in San Sebastián erzählen konnte, verbeugte sich in der förmlichsten Art, als würden wir uns nicht kurz darauf im Speisezimmer wiedersehen.

Am Abend brachte er tatsächlich eine dicke Broschüre, die den Stempel des Wohnungsbauministeriums trug, aus seinem Büro mit nach Hause. Sie enthielt Fotos von einer Wohnsiedlung für Arbeiter in Sevilla und zeigte lächelnde Fabrikarbeiter beim Einzug in ihre neuen Wohnungen. Am nächsten Tag brachte er etwas anderes mit – eine Statistik, die die sinkende Kindersterblichkeit veranschaulichte. Und danach riß der Strom von Werbeschriften und Tabellen nicht ab, die sich mit der Milchproduktion befaßten, mit dem Export von Olivenöl, mit der Zahl der pro Jahr fertiggestellten Bahnstreckenkilometer, mit dem verbesserten Los der Landarbeiter. Mit einem triumphierenden Lächeln, als wolle er sagen: »Aha! *Hier* ist etwas, was Sie nicht gewußt haben!«, pflegte mir Señor Pinedo ein neues Dokument zu überreichen, es aufzuschlagen und mir Bilder von einer Suppenküche für stillende Mütter zu zeigen, oder von tuberkulosekranken Kindern in einem Sommerlager.

Die Pinedos und ich waren natürlich nicht die einzigen Mieter in Señorita Elviras Wohnung. Abgesehen von den Touristen, den Hochzeitsreisenden aus der Provinz und den Geschäftsreisenden, gab es einen ständigen Kern von Mietern, von denen einige, obwohl noch jung, offenbar schon jahrelang hier wohnten. Darunter waren ein Bankangestellter, ein Student aus Zaragoza, ein Bauingenieur, ein Impresario für Stierkämpfer und ein ehemaliger Universitätsdozent für spanische Literatur, der jetzt, weil er während des Bürgerkriegs den völlig falschen Standpunkt vertreten hatte – er war neutral gewesen –, Handcreme und

Aspirin in einer Apotheke auf der Calle del Carmen verkaufte. Auch die unvermeidliche Engländerin war da, eine von den schrulligen alten Schachteln, die anscheinend für das Leben in Pensionen geboren und erzogen worden sind. Diese, als sie mich im Speisezimmer Englisch sprechen hörte, blickte mich mit unverhohlenem Abscheu an, nahm Messer, Gabel, Teller und Weinglas und trollte sich in die hinterste Ecke des Raumes; das Hausmädchen folgte der Engländerin mit ihrem privaten Sortiment an Mineralwasser, Verdauungspillen, Keen's Senf und englischer Kotelett-Sauce.

Alle diese Leute, mit Ausnahme der Engländerin, schienen genausoviel Aufklärung über die guten Taten des Staates nötig zu haben wie ich. Jedes vom Propagandaministerium herausgegebene neue Bulletin wurde von Señor Pinedo mit nach Hause genommen und im Speisesaal von Hand zu Hand gereicht. Alle Gespräche verstummten, und Señor Pinedo forschte begierig in den Gesichtern der Lesenden und wartete auf einen erstaunten Ausruf, der – sagen wir – der frohen Botschaft galt, daß ein neuer Luxuszug zwischen Madrid und dem Süden eingesetzt worden war. Für gewöhnlich kam jedoch die einzige Bemerkung vom Impresario, einem fetten, lärmenden Mann, der Zigarren rauchte und in Unterwäsche durch die Flure wanderte. Manchmal bewirtete er einen seiner einfältigen Kunden in unserem Speisezimmer; bei diesen Gelegenheiten sorgte Señorita Elvira, die sich tapfer an ihre Prahlerei klammerte, daß alle *muy, muy* vornehm seien, für eine pausenlose Unterhaltung in erheblicher Lautstärke an ihrem Tisch, um die Geräusche zu übertönen, die Matador und Impresario bei Essen und Wein produzierten.

»Wieviel hat das da gekostet?« fragte dann der Impresario grob, hielt Señor Pinedos Broschüre auf

Armeslänge entfernt und schaute sie mit zusammengekniffenen Augen an. »Wer hat daran verdient? Wozu ist das gut?«

»Verdient?« rief dann Señor Pinedo, ernstlich aufgebracht. »Wozu das gut ist?« Oft war er nach einem solchen Wortwechsel nicht in der Lage, sein Mahl zu beenden, und saß verletzt und bestürzt da, starrte seinen Teller an, während das Geschirrgeklapper und das Gespräch um ihn herum immer lauter wurden.

Manchmal bekamen seine Argumente einen seltsam bittenden Ton, als ob er glaubte, daß diese Leute mit ihrem vornehmen Gehabe, ihrer unverblümten städtischen Armut, die sich darin zeigte, wie sie sich kleideten, daß sie miese Zigaretten rauchten und offensichtlich solche Luxusdinge wie Bäder und Friseursalons mieden, ihn am besten verstehen müßten. »Bin ich etwa reich?« fragte er dann. »Habe ich Geld auf dem Schwarzmarkt verdient? Habe ich ein großes Haus oder ein amerikanisches Auto? Ich liebe nicht mich selbst, ich liebe Spanien. Ich habe alles für Spanien geopfert. Mit siebzehn wurde ich verwundet. Mit siebzehn! Und ich war Freiwilliger. Keiner hat mich eingezogen.«

Die Mieter im Speisesaal, die diese Erklärung zum zwanzigsten Mal hörten, starrten höflich vor sich hin. Das alles war ohne Zweifel interessant, deuteten ihre Mienen an; vielleicht war es sogar wichtig, daß Señor Pinedo, der keinen unehrlichen Céntimo gemacht hatte, unter ihnen saß. In einem anderen Jahr, in einem anderen Lebensabschnitt wären sie vielleicht zu einer Erwiderung bereit gewesen; im Augenblick jedoch waren ihre Ansichten wenn auch nicht erloschen, so doch verblaßt wie die Sepia-Radierung des Staatsoberhauptes, die seit mehr als dreizehn Jahren in der Eingangshalle hing und sich nun unmerklich der Tapete anpaßte.

In Señor Pinedos Zimmer hing zwischen den Porträts von Filmstars, die seine Frau an die Wand gezweckt hatte, ein anderes Bild, das von José Antonio Primo de Rivera, dem Gründer der Falange, der im Bürgerkrieg von den Republikanern erschossen worden war.

»Er ist ermordet worden«, sagte Señor Pinedo, als ich die Pinedos in ihrem Zimmer besuchte. »Von den Roten ermordet.« Er betrachtete das Gesicht des toten Führers, seine Pose, trotzig-angeberisch, die Arme über dem berühmten blauen Hemd gekreuzt. »Hat Ihr Land so einen Mann hervorgebracht?« Unter dem Bild bewahrte er in einem Regal eine schlecht gedruckte Ausgabe von José Antonios Reden auf und ein gerahmtes Exemplar des Rufes zu den Waffen, der am größten Tag von Señor Pinedos Leben ergangen war. Diese beiden wertvollen Schriftstücke gab er mir zu lesen und behandelte dabei das Buch mit Sorgfalt und Ehrerbietung. »Hier steht alles«, versicherte er mir. »Wenn Sie das gelesen haben, werden Sie die wahre Bedeutung der Bewegung verstehen und nicht auf Lügen und Propaganda des Auslands achten.«

Da stand alles, und ich las die kühnen Phrasen der Revolution, die Señor Pinedo mit siebzehn angesprochen hatten. Ich las von einem Neuen Spanien, mächtig, spartanisch und vom Ausland gefürchtet. Ich las, daß Entbehrungen und Opfer nötig waren. Ich las vom Versprechen der Bodenreform, von der Denunziation des Kapitalismus, und schließlich las ich den Ruf zu den Waffen. Darin wurde »eine große Nation für alle, und nicht für eine Gruppe Privilegierter« versprochen.

Ich gab das Buch und die gerahmte Deklaration an Señor Pinedo zurück, der geheimnisvoll sagte: »Jetzt wissen Sie Bescheid« – als teilten wir ein großes Geheimnis.

In diesem Frühjahr herrschte in Madrid eine Hitze, die der Jahreszeit nicht entsprach; als Ostern näher rückte, war es so warm wie im Norden im Juni. In der Woche vor Palmsonntag trugen die Platanen an der Calle de Alcalá zarte Blätter, und auf den gewässerten Rasenflächen vor dem Kriegsministerium ließen Rosen auf dünnen, hohen Stielen die Köpfe hängen, wie Blumen in der persischen Kunst. Vor den Toren des Ministeriums marschierten Wachen und vollführten Kehrtwendungen, heroisch in ihren Wintermänteln schwitzend.

Auf dem Tisch in der Eingangshalle der Pension türmten sich Palmzweige, einige davon groß wie kleine Bäume. Señorita Elvira hatte vor, den ganzen Haufen segnen zu lassen und dann an den Balkons auf beiden Seiten des Hauses anzubringen; sie glaubte an ihre Wirkung gegen verschiedene Gefahren, Blitze eingeschlossen. Das Staatsoberhaupt, nach dem Frühjahrsputz abgestaubt und gereinigt, hing über den Palmzweigen und schaute geradewegs auf eine Santa Rita aus Gips, die einen Gemeindebesuch machte. Sie stand in einem Häuschen, das wie ein Schilderhaus aussah. Ein Zettel daran erklärte, daß ihr Besuch allen Glück brachte und daß dafür eine Mindestgebühr von zwei Peseten fällig war. Das schien billig für Glück, aber Señor Pinedo, der manchmal eine Art bockigen Antiklerikalismus an den Tag legte, wollte nichts mit der rosagesichtigen kleinen Puppe zu schaffen haben und sagte, er habe nicht vor, am Palmsonntag zur Kirche zu gehen – eine Ankündigung, die niemanden zu schockieren schien.

An einem Samstagabend kamen vier von uns zufällig zur gleichen Zeit nach Hause und wurden vom Nachtportier ins Haus und dann in die Pension eingelassen. Señor Pinedo war im Kino gewesen. Die Standfotos vor dem Kino hatten einen amüsanten Blick auf die amerikanische Lebensweise versprochen, aber einer einfältigen Handlung folgend (der Held war nicht in der Lage, ein reiches Mädchen zu lieben) mußten sich alle Charaktere bis zu den letzten Filmmetern als arm ausgeben. Sie trugen schäbige Kleider und liefen, statt in Autos zu fahren. Als Señor Pinedo den Film beschrieb, klang er verärgert und deprimiert. Er roch leicht nach dem Desinfektionsmittel, das man in Madrider Kinos versprüht.

»Wenn ich bei der Zensurbehörde arbeitete«, sagte er, »würde ich den Film verbieten lassen.« Als sein Auge auf Santa Rita fiel, fügte er hinzu: »Und keiner bringt mich in die Kirche.«

Später hörte ich von meiner Seite der Trennwand aus, wie er den Film Szene für Szene seiner Frau erzählte, die ab und zu schläfrig, aber interessiert »*Si, claro*« sagte. Dann sagten sie ihre Gebete auf. Die letzte Stimme im Zimmer kam in dieser Nacht aus dem Radio. »*Viva Franco!*« sagte sie zum Sendeschluß. »*Arriba España!*«

Es schien mir nur wenig später, daß ich das Baby schreien hörte. Es war ein ungewöhnlicher Schrei – voller Angst –, und abrupt aus dem Schlaf gerissen, richtete ich mich auf und sah, daß es hell war. Wenn das José María war, dann war er draußen. Von dort war der Schrei gekommen. Señor Pinedo war aufgestanden. Ich hörte ihn ärgerlich vor sich hin murmeln, als er einen Stuhl geräuschvoll beiseite schob und auf den Balkon ging. Es war doch nicht das Baby, denn Señora Pinedo redete drinnen mit ihm und sagte: »Es ist nichts, nur Lärm.« Vom Hof drang plötzlich ein Stimmentumult, und in unserer Wohnung hörte man Leute den Korridor entlangrennen und aufgeregt rufen. Ich zog einen Morgenrock über und ging hinaus.

Señor Pinedo beugte sich im Regenmantel über die Balkonbrüstung. Im Schacht des Hofes lag ein kleiner

Junge auf dem Rücken, von so vielen Leuten umringt, daß man die Pflastersteine nicht mehr sah. Die Zuschauer schienen, wie bei Verkehrsunfällen in Madrid, aus dem Nichts aufgetaucht zu sein, keuchten vom schnellen Lauf, waren blaß vor Sorge, daß sie etwas verpaßt hatten. An der Wand im rechten Winkel zu der unseren war ein Fleck, den ich einen Augenblick lang für Farbe hielt. Dann begriff ich, daß es Blut sein mußte.

»Es war der Aufzug«, sagte Señor Pinedo zu mir und deutete mit der Hand auf den großen Eisenblock, der jetzt bewegungslos genau unterhalb der Balkons im zweiten Stock hing. »Ich wußte ja, daß sich einmal einer verletzen würde«, sagte er mit einem gewissen düsteren Triumph. »Die Jungen konnten es nicht lassen.«

Der kleine Junge, der Jaime Gámez hieß und in der Wohnung direkt gegenüber lebte, hatte rittlings auf dem Block gesessen und das Kabel umklammert, und als sich der Aufzug in Bewegung gesetzt hatte, war er zwischen Block und Wand geraten.

»Ein Arm und ein Bein sind völlig zerquetscht«, verkündete jemand im Hof und rief diese Botschaft wichtigtuerisch in die Runde. Der Vater des Jungen traf ein. Er mußte sich durch die Menge im Hof kämpfen. Er zog seinen Mantel aus und wickelte Jaime hinein, hob ihn hoch und trug ihn fort. Jaimes Gesicht sah weiß und entsetzt aus. Offenbar spürte er noch keinen Schmerz, war einfach betäubt und stand unter Schock.

Inzwischen waren auf allen Seiten des Hofs Köpfe an den Fenstern aufgetaucht, und die Balkons waren voller Menschen – für den Kirchgang gekleidet oder noch in Morgenmänteln. Der Hof wirkte plötzlich wie eine Stierkampfarena. Dieselbe harte Trennung von Licht und Schatten, als hätte man hoch oben an der gegenüberliegenden Wand eine Linie gezogen. Die Gesichter im sonnigen Abschnitt waren weiß und ausdruckslos, mit der merkwürdigen orientalischen Leere, die manchmal in Augenblicken größter Erregung die ganze Arena erfaßt.

Einige aus der Ansammlung fremder Menschen dort unten entfernten sich langsam. Der Aufzug setzte sich wieder in Bewegung, und das riesige Gewicht fuhr quietschend an der Hauswand hoch. Über den Hof hinweg konnte man Jaimes Familie in ihrer Wohnung schreien und rufen hören. Nach wenigen Minuten kam die Mutter des Jungen auf ihren Balkon herausgeeilt, als sei sie zu verstört, um drinnen zu bleiben, oder als müsse sie ihre Aufmerksamkeit mit nebensächlichen Dingen ablenken, und rief jemanden in der Wohnung über der unseren. Auf einem Stuhl in der Sonne lag Jaimes weißer Matrosenanzug, den er zum Kirchgang hätte tragen sollen. Er hatte lange Hosen und einen marineblauen Kragen. Er war frisch gewaschen und gebügelt und draußen in der Sonne zum gründlichen Trocknen hingelegt worden. Auf einem Schemel daneben war sein Hut, ein runder Seemannshut mit »*España*« in Goldbuchstaben auf dem blauen Band.

»Schau dir seinen Anzug an, fertig zum Anziehen!« schrie Jaimes Mutter, als sei eine Tragödie nicht genug. »Und seine Palmzweige!« Sie verschwand in der dunklen Wohnung und kam wieder in das harte Licht des Morgens gelaufen und trug die Palmzweige, die Jaime zum Segnen in die Kirche hätte bringen sollen. Sie waren wunderbar zu einer Rokokoform gebogen und geflochten, und an ihnen baumelte und leuchtete überall vergoldetes und silbernes Flitterzeug, das in der Sonne glitzerte.

»Schreckliches Pech«, sagte Señor Pinedo. Ich starrte ihn an, verwundert über diese fast angelsächsische Untertreibung. »Wenn man die Palmzweige früher gesegnet hätte«, fuhr er fort, »wäre das vielleicht nicht passiert, aber wer hätte das ahnen sollen. Nicht daß ich abergläubisch bin wie eine alte Frau.« Er starrte die Palmzweige ernst an und sah aus wie Salvador Dalí. »Doña Elvira glaubt, daß sie vor Blitzschlag schützen. So weit würde ich nicht gehen. Aber ich denke doch ...« Seine Stimme senkte sich, als sei er nicht sicher oder nicht allzu interessiert daran, was er dachte.

Jemand rief nach der Mutter. Sie ging weinend hinein und nahm die Palmzweige und den Matrosenanzug mit. Einige der Leute waren aus dem Rund des Hofes nach drinnen verschwunden, doch die meisten zögerten offenbar, die Arena zu verlassen, wo – man konnte nie wissen – vielleicht noch mehr Interessantes geschah. Sie schauten durch das Gewirr von Wäscheleinen auf die feuchten Steine des Hofs und redeten mit lauten, sachlichen Stimmen über den Unfall. Sie sprachen von einer Einlieferung ins Krankenhaus, von einer Amputation – denn das Gerücht, daß Jaimes Hand amputiert werden müsse, war schon entstanden, bevor ich herausgekommen war – und von Hinken und Krücken, von Schmerzen und den Kosten.

»Die armen Eltern«, sagte einer. Ein einarmiges Kind wäre eine schreckliche Last, und zu nichts zu gebrauchen. Alle waren sich einig, wie sie sich auch an meinem ersten Tag hier darüber einig gewesen waren, daß es schlimm sei, seinen Kindern Beruhigungsmittel zu geben.

Señor Pinedo neben mir atmete tief ein. »Zu nichts nutze?« sagte er laut. »Ein Kind, das zu nichts nutze ist? Aber der Vater kann doch Entschädigung für den Jungen fordern – eine lebenslange Rente.«

»Von den Engeln?« schrie jemand von unten herauf.

»Zunächst einmal von den Hauseigentümern«, sagte Señor Pinedo und versuchte zu sehen, wer gesprochen hatte. »Aber auch von unserer Regierung. Hat keiner von euch daran gedacht?«

»Nein«, sagten mehrere Stimmen gleichzeitig, und alle lachten.

»Natürlich bekommt er eine Rente!« rief Señor Pinedo. Er blickte sie alle der Reihe nach an und sagte: »Wurde das nicht versprochen? Sind diese Dinge nicht versprochen worden?« Leute in den oberen Stockwerken beugten sich weit aus den Fenstern und versuchten, ihn unter dem vorstehenden Balkon zu sehen. »Ich garantiere es!« sagte Señor Pinedo. Er beugte sich über das Geländer und ballte die Faust wie ein Redner, ein Führer. Das Geländer bebte.

»Seien Sie vorsichtig«, sagte ich, ungehört.

Er schlug mit der Faust aufs Geländer, was schmerzhaft gewesen sein mußte. »Ich garantiere es«, sagte er. »Ich arbeite im Rentenamt.«

»Ah!« Das leuchtete ein. Einfluß war etwas, was alle verstanden. »Er muß mit dem kleinen Jaime verwandt sein«, hörte ich einen sagen, es klang enttäuscht. »Trotzdem ist das keine schlechte Sache, eine Rente auf Lebenszeit.« Sie diskutierten es eifrig und führten Fälle von bedürftigen Opfern an, die nie einen einzigen Céntimo erhalten hatten. Señor Pinedo sah sie alle der Reihe nach an. Zum ersten Mal seit ich ihn kennengelernt hatte, lächelte er glücklich. Schließlich, als es ausgemacht schien, daß nichts weiter passieren würde, erstarb allmählich das Geschwätz, und selbst die ausdauerndsten Zuschauer gingen nach einem letzten Blick auf das Blut, die Pflastersteine und die geschlossenen Fensterläden von Jaimes Wohnung hinein.

Señor Pinedo und ich waren die letzten, die den Hof verließen. Wir trennten uns, und durch die Wand hörte ich ihn seiner Frau erzählen, daß er diese Woche viel zu tun habe mit einem sozialen Projekt, das mit dem verletzten Kind zusammenhing. Er war so glücklich, daß er sich selbst beinahe wie ein Kind anhörte, überzeugt, so wie er andere von der Wahrhaftigkeit und Redlichkeit der Bewegung überzeugen mußte, der er sein Leben geweiht hatte und an die er weiter glauben mußte.

Später hörte ich ihn dasselbe für die Bewohner der Pension wiederholen, als sie auf dem Weg zur Kirche an seiner Tür vorbeikamen. Eine Antwort erhielt er nicht. Es war das Schweigen im Speisesaal, wenn die Bulletins gelesen wurden, und da ich die Mienen der Zuhörer nicht sehen konnte, hätte ich nicht zu sagen gewußt, ob das Schweigen ein Ausdruck von Respekt war, von Freude oder Apathie, oder ob es einem plötzlichen Gefühlssturm anderer Art zuzuschreiben war, so stark, daß nur Schweigen ihn zurückhalten konnte.

Fragen und Antworten

Rumänen sind bekannt dafür, daß sie an Größen- und Verfolgungswahn leiden, und Madame Gisèle ermutigt sie nicht als Klientel. Sie weiß nie, wann sie an Informationen zu kommen versuchen oder irgendwelche Beschwerden vorbringen, die besser bei einem Arzt oder der Polizei aufgehoben wären. Wie alle in Paris im Exil Lebenden machen sie sich Gedanken über die Reaktionen völlig fremder Menschen. Man erwartet von ihr, daß sie in den Karten den Beamten findet, der eine höhnische Bemerkung gemacht hat, den Lakaien, der sich wie ein Gefängniswärter aufgeführt hat, den Mann, der grundlos das Nummernschild des Autos zu lange angestarrt hat. Madame Gisèle zieht ihre etablierten Kunden vor – die verheirateten Frauen, die sich hinsetzen und fragen: »Wann wird mein Mann sterben?« und: »Was ist das für ein Mann, der mich jeden Morgen im Bus anlächelt?« Den kann sie leicht finden: Da steckt er – der Herzbube. Eine Königin ist nicht weit davon, zusammen mit der Karo Sieben, mit dem Bild nach unten. Vergessen Sie ihn. Er sorgt für seine Mutter und hat schon eine Frau sitzenlassen.

Amalia Moraru kommt nun seit zwei Jahren zu Madame Gisèle. Sie ist so oft dagewesen, und ihre Wißbegier ist so unstet und vage, daß Madame Gisèle sich von ihr nach Zeit bezahlen läßt, als handele es sich um eine Parkgebühr. Amalia stellt Fragen, die ihre Freundin Marie betreffen.

»Marie war früher so hübsch«, fängt Amalia an und reagiert nicht auf die Begrüßung durch Madame Gisèle, die lautet: »Sie schon wieder!« »Vor dreißig Jahren haben wir immer gesagt, daß sie wie eine Französin aussieht. Das war ein Kompliment in Bukarest. Wir sind nämlich in diesem Teil des Landes eine romanische Rasse ...«

Madame Gisèle, die auch aus Rumänien stammt, jedoch aus einer der Randprovinzen, erwidert: »Wen interessiert das?« Sie und Amalia sprechen beide ihre Sprache schlecht. Amalia wurde französisch erzogen, was vor dreißig Jahren für Bukarester Mädchen ihrer Herkunft üblich war, während die Wahrsagerin in einem slawisch klingenden Dialekt zu Hause ist.

»Marie muß jetzt sehr krank sein«, sagt Amalia vorsichtig, »weil sie nicht mehr wie eine Französin aussieht. Gestern abend haben sie die Leute auf der Place du Marché Saint-Honoré angestarrt. Sie lächelt alle an. Mein Mann glaubt, sie ist nicht mehr ganz bei Trost. Ihre Beine sind geschwollen. Was sehen Sie? Herzbeschwerden? Kreislaufstörungen?«

»Überarbeitung. Wie kommen Sie auf die Idee, daß *Sie* wie eine Französin aussehen?«

Ein langer Blick in den magischen Handspiegel, der mit dem Glas nach oben auf dem Tisch liegt, bestätigt Amalia, daß es ihr nur zum Vorteil gereicht, wenn sie nicht wie eine Französin aussieht. Ihr Kragen ist gebügelt, sie trägt eine Haarrolle, die mit Haarnadeln festgesteckt ist. Sie versucht es anders: »Ich habe Maries neue Röntgenaufnahmen – die sie für die Amerikaner hat machen lassen.«

»Ich habe Ihnen schon gesagt, daß ich kein Arzt bin.«

»Sie könnten sie sich doch ansehen. Manchmal können Sie so viel aus einem Foto schließen.«

»Bei einer normalen Sitzung, ja. Sie haben mir mal ein Bild mitgebracht. Sie haben gesagt: ›Das ist meine alte Freundin in Bukarest. Sehen Sie eine Reise für sie voraus?‹ ›Alle reisen‹, habe ich Ihnen geantwortet. Doch ich habe es mir angesehen, und ich habe eine Reise vorausgesehen...«

»Sie haben sogar die kaputten Glühbirnen im Zug gesehen, und die schmutzigen Gänge«, sagt Amalia, sie ermutigend.

»Ich weiß, wie rumänische Züge seit dem Krieg aussehen. Ihre Freundin ist nach Paris gekommen. Was wollen Sie noch?«

»Warum hat sie nichts von dem Geld gesagt, das ihr gewisse Leute schulden? Was hält Marie von gewissen Leuten, wenn sie allein ist?«

Madame Gisèle will nicht in den Handspiegel oder in die Glaskugel schauen, sie will keine Kerzen anzünden, um das Wachs zu sammeln, weil Amalia einen niedrigen Satz für ihre Zeit bezahlt. Sie läßt aber eine Hand auf den Karten, falls eine Frage gestellt werden sollte, von der sie meint, sie beantworten zu können. Die Herz Sieben würde die Richtung von Maries geheimsten Gedanken andeuten, aber Madame Gisèle kann sie nicht finden. Als sie die Karte dann doch findet, ergibt nichts um sie herum einen Sinn.

»*Succès légers en amour*«, verkündet Madame Gisèle, die daran gewöhnt ist, solche Aussagen in Französisch zu machen.

»Herrgott. Wir sprechen von einer alten Frau. Versuchen Sie's noch mal.«

»*Cadeau agréable.*«

»Sie kauft Geschenke, aber das habe ich Ihnen schon erzählt. Was denkt sie *jetzt gerade*?«

»Heben Sie selbst ab. Linke Hand ... *Naissance*«, sagt Madame Gisèle, das Ergebnis begutachtend.

»Montag ist ein schlechter Tag. Gehen Sie nach Hause und kommen Sie an einem Freitag wieder.«

Amalia vermutet, daß Marie an diesem Apriltag weitere Informationen über sich für die Amerikaner zusammenträgt. Marie hofft, daß sie in nicht allzu ferner Zeit emigrieren kann. Von Zeit zu Zeit bekommt sie einen Brief, in dem ein neues Dokument für ihre Akte angefordert wird. Sie genießt den April, oder tut so. Wenn sie kann, watschelt sie zum Blumenmarkt, und sie hat Amalia schon die ersten gelben Narzissen des Jahres gebracht. »Wünsch dir was«, sagt Marie. Ihre Zähne sind jetzt wie Blätter im Winter. Glaubt sie wirklich, die Amerikaner würden sie mit diesem verkorksten Lächeln ins Land lassen? »Die ersten Narzissen – du hast einen Wunsch frei, Amalia. Wünsch dir was.« Marie wünscht sich immer was. Bei einer jungen Person könnte Amalia das verstehen, aber was soll das Ganze in Maries Alter?

Das ist kein angenehmer April. Manchmal ist die Luft am Morgen so weiß und still, daß man Schnee erwarten könnte, und nachts wird der Himmel weit, wie das für Dezember typisch ist.

»Marie hat Glück«, bemerkt Amalia zu Madame Gisèle. »Sie ist hierhergekommen, als es viel Arbeit gab und es keinem mehr einfiel, ›Flüchtling‹ zu sagen. Sie hat ihren eigenen Paß. Dino und ich haben nie einen gehabt. Sie weiß nicht, was wir vor fünfzehn, sechzehn Jahren durchgemacht haben. Für ein CARE-Päckchen haben wir einen Perlenring gegeben, doch das Päckchen war schon dreimal verkauft worden, und es war nichts mehr drin außer ranziger Butter und Hafermehl.«

Madame Gisèle versucht es wieder mit der Herz Sieben. Amalia spürt einen Luftzug und zieht den Kragen ihres Mantels dichter um den Hals. In ganz Paris hat man die Heizung zu zeitig abgestellt. Marie muß unter der Kälte leiden. Sie ist *corsetière* und kniet den ganzen Tag vor fetten Frauen. Ihre Beine und Knie, ihre Handgelenke und Finger sind geschwollen – sie sieht aus wie eine Steinskulptur.

»*Rendez-vous la nuit*«, sagte Madame Gisèle. »Hören Sie, ich habe ihre Freundin Marie satt. Entweder weiß sie Bescheid und lacht uns aus, oder es sind Sie, die niedere Geister in das Zimmer bringt.«

»Sie lacht nicht – sie wünscht.«

An einem Abend im April nähert sich Marie in gemächlicher Gangart ihrem Haus und dem Zimmer in der sechsten Etage auf der Place du Marché Saint-Honoré. Ihre Beine sind so dick wie Stiefel. Beim Überqueren der Straße bleibt sie plötzlich stehen und fängt an, den Himmel zu betrachten. Wenn man sie so sieht, könnte man glauben, daß ihr Geist wandert, weil sie sich den schlimmsten Augenblick des Tages dazu aussucht, den Verkehr zu behindern, um den jungen Mond und den Planeten Venus anzustarren. Sie wünscht sich etwas. Amalia, die an demselben Platz wohnt, hat sie dabei beobachtet. Marie starrt, als wäre der Himmel eine Spiegelfläche; was Marie vielleicht vor der blauen Venus sieht, sind die Lichtstreifen der hinter ihr vorbeifahrenden Autos und der Schatten ihres eigenen Kopfes.

Amalia, die wieder in Madame Gisèles magischen Handspiegel blickt, um zu sehen, was *sie* sieht, erkennt ihr eigenes Gesicht nicht. Vor zwei Jahren, als sie wußte, daß Marie nach Paris kommen würde, hat sich Amalia ihr grau werdendes Haar gefärbt. Später erblickte sie ihr Spiegelbild im Glas über einem alten Foto von Marie (das Foto, das für geheimnisvolle Mutmaßungen zu Madame Gisèle mitgenommen worden war), und sie sah zwei Gesichter und hielt beide für ihr eigenes. Was bin ich jetzt, fragte sie sich. Ich bin die, die ich zurückgelassen habe, und die andere, zu der ich geworden bin. Marie ist immer noch sie selbst. ... Jetzt weiß Amalia, daß sie nicht recht hatte; Marie ist auch doppelt. Als Marie wirklich in Paris ankam, als sie an jenem entsetzlichen Morgen aus dem Zug stieg und schwerfällig auf sie zukam, aus der Vergangenheit heraus, und ihre Arme ausstreckte, hätten Dino und Amalia sie nie erkannt, wenn Marie nicht ihre Namen gerufen hätte. Sie hatten die ganze Nacht lang auf die Vergangenheit gewartet und wurden nun von einer lächerlichen Fremden umarmt, die niemanden hatte, den sie lieben konnte, als sie beide. Dino verzog seinen Mund zur orientalischen Grimasse des Triumphs und der Verachtung, doch dicht an seinem ängstlichen Herzen trug er – und trägt er noch immer –, zusammen mit seiner Arbeitserlaubnis und Aufenthaltsgenehmigung, seinem Existenzbeweis und Identitätszeugnis und Nachweis des ständigen Wohnsitzes, ein zusammengefaltetes Stück Papier, bedeckt mit Zahlen in roter Tinte. Das ist ein Rechnungsauszug für Marie, wenn sie je danach fragen sollte. Er wird beweisen, wie wenig Dino für die Ringe und den Goldschmuck erhalten hat, die Marie Amalia gegeben hatte, als Dino und Amalia Bukarest vor sechzehn Jahren verlassen hatten. »Holt mich später nach«, hatte Marie gesagt, und sie hatten das Versprechen mit einem Kuß besiegelt. Dino hat ein rundes Gesicht, blondes Haar, kleine, schrägstehende blaue Augen und eine Nase wie ein Flaschenkorken, aber natürlich ist er reinrassiger Rumäne – das heißt, Romane. Keiner von ihnen hat einen Tropfen fremdes Blut in den Adern: weder griechisches noch türkisches, ungarisches, slawisches, germanisches, serbisches. Bei den Karten wird er vom Kreuzkönig repräsentiert, eine finstere Karte, doch Amalia zieht sie Karo vor. Karo bedeutet »Fremder«.

Madame Gisèle dreht den Handspiegel mit dem Gesicht nach unten, denn Amalia bekommt mehr, als sie bezahlt, wenn sie hineinblickt.

»Ach, warum ist Marie überhaupt hergekommen?« fragt Amalia. In Bukarest hätte sie zu gegebener Zeit eine Rente bekommen. Vielleicht hätte man sie in ein Erholungsheim ans Schwarze Meer geschickt. Wer wird sich während der langen, letzten Krankheit, die jeder Emigrant fürchtet, um sie kümmern? Amalia fragt sich: Und wenn Marie nun wahnsinnig ist?

Mit dem Wort »wahnsinnig« versucht sie, Maries Wünscherei zu beschreiben, ihren Glauben, daß die Planeten hören können. Amalia lebt schon lange im Exil; sie weiß, wie man unter Wasser atmet. Marie ist zu alt, um zu lernen. Sie gehört einer verlorenen Zeit an – das ist von Anfang an das Problem gewesen. Sie ist vor beinahe zwei Jahren nach Paris gekommen, und seitdem hat sie sich ohne Unterlaß immer irgend etwas gewünscht.

Das ist eine ganz alltägliche Geschichte. Die Kunden von Madame Gisèle machen sich ewig Sorgen um Geisteskrankheiten bei Freunden und geliebten Menschen. Mit der linken Hand hebt sie ab und schaut auf die Karokönigin – die Fremde, die Todfeindin, die Schwätzerin und Vergifterin des Gehirns. Doch nicht Marie?

»Ihre Freundin ist nicht wahnsinnig«, sagt Madame Gisèle abrupt. »Sie hat ohne Ihre Hilfe Arbeit gefunden. Sie hat ein Zimmer gefunden, in dem sie wohnt.«

»Ja, weil sie auf der Straße einen Rumänen angesprochen hat! Was für einen Rumänen? Was wissen wir über ihn? Sie redet mit jedem. Warum hat sie gewisse Leute verlassen, die ihr ein Zuhause gegeben haben, auch wenn sie eigentlich keinen Platz hatten, und die ihr sogar ein Bett gekauft haben? Sie hat Arbeit gefunden, ja, aber sie gibt das Geld aus wie ein Narr. Warum bringt sie gewissen Leuten die ersten Erdbeeren der Saison? Sie haben um nichts gebeten. Sie können sich von Suppe und Äpfeln ernähren. Marie ist alt und krank und einfältig. Sie sagt: ›Schau mal, Amalia, dort, der junge Mond.‹ Was wissen Sie von Marie? Sie wissen gar nichts.«

»Warum kommen Sie her, wenn Sie nicht hören wollen, was ich sage?« schreit Madame Gisèle in ihrem Dorfdialekt. »Ihr Gehirn ist verrottet, Ihr Mann hat seine Mutter umgebracht, Ihre Freundin ist eine Hure!«

Das sind Standardbeleidigungen und nicht anstößiger als Niesen. »*Parlons français*«, sagt Amalia und faltet die Hände über Maries Röntgenaufnahmen. Sie wird Beweise für Maries Geisteskrankheit liefern, wenn sie kann – das scheint plötzlich eine Verpflichtung.

»Ich bin die letzte, die leugnet, daß Marie eine Hure war«, fängt sie an. »Sie wurde von einem verheirateten Mann ausgehalten. Als Dino und ich verlobt waren, und ich ihn zum ersten Mal zu ihr mitgenommen habe, ist sie in Unterwäsche an die Tür gekommen. Sie dürfen aber nicht vergessen, daß wir in Bukarest eine romanische Rasse sind und daß es früher für einen angesehenen Mann nicht ungewöhnlich war, eine Wohnung auszusuchen, die Möbel auszuwählen und eine Frau hineinzusetzen. Nach dem Tod seiner Frau hätte dieser Mann Marie geheiratet, aber es war zu spät. Er war zu krank. Marie hat diesen Mann gepflegt, als er im Sterben lag. Sie hätte mit Dino und mir weggehen können, aber sie ist geblieben.«

»Damals war es für zwei leichter rauszukommen als für drei«, sagt Madame Gisèle, für die das keine vollständige Geschichte ist. »Gewisse Leute haben sie vielleicht dazu überredet, zu bleiben.«

»Wenn alle fortgingen, was würde dann aus dem Land?« sagt Amalia, und das ist, was jeder alte Emigrant über Neuankömmlinge zu sagen hat. »Glauben Sie mir, Marie ist wahnsinnig.«

Eines Tages – Marie war noch nicht lange in Paris und hatte die Arbeit in einem Laden, die sie einem auf der Straße mit einem Rumänen geführten Gespräch verdankte, noch nicht gefunden – ging Amalia mit ihr durch die Grünanlagen der Champs-Élysées. Es war keinesfalls ein Spaziergang; Amalia befand sich auf einem ihrer sorgenvollen Gänge, die ihren Tag ausfüllen – diesmal suchte sie den Imbiß auf, wo der Koch, der aus Bukarest stammt, altbackenes Brot für Leute aufhebt, die es nicht mehr nötig haben. Wenn man dieses Brot einmal nötig hatte, kann man sich einfach nicht vorstellen, daß es einem anderen zugute kommen soll. Marie lief zu langsam – die Beine taten ihr weh, und sie bewunderte den Boulevard. Amalia ließ sie unter einer Kastanie zurück. Wenn der Baum sich aufgetan und Marie eingeschlossen hätte, hätte Amalia gedacht, Gott ist gerecht, denn Marie stellte eine Gefahr dar, und ihre Anwesenheit könnte Amalia und Dino wieder zurückwerfen und ihnen Ärger mit der Polizei einhandeln, das heißt, sie in die Tiefe ziehen.

»Hör zu, Marie«, begann Amalia ein Selbstgespräch, nachdem sie Marie auf einer Bank abgesetzt hatte. »Wir haben dich nicht nachkommen lassen, weil wir noch nicht soweit waren. Du hast doch das Loch gesehen, in dem wir wohnen? Wir haben es mit deinen Ringen gekauft. Wir schlafen in einem Schrank – er hat keine Fenster. Das Stück Baumwolle, das dort hängt, ist eine Tür. Wir nennen es das Eßzimmer, weil es einen Tisch und drei Stühle hat – wir haben den dritten Stuhl gekauft, als wir wußten, daß du kommen würdest. Dort ist dein neues Bett, zwischen dem Stuhl und dem Vorhang. Dino wird dich jedesmal verfluchen, wenn er sich daran stößt. Die Bäume von Paris? Die Blumenstände? Mitten auf unserem Platz haben wir die größte Garage von Paris. Der Platz sollte jetzt Place du Garage Saint-Honoré heißen. Ich muß dir auch sagen, daß die meisten Sachen, die du mir gegeben hast, nichts wert waren. Nur Diamanten zählen, und die besten wurden gestohlen, als wir durch Bulgarien und Griechenland kamen. Als wir hier einzogen, gab es dort, wo die Garage jetzt steht, Körbe mit Früchten und Blumen.«

Als Amalia mit ihrem in Zeitungspapier gewickelten altbackenen Brot zurückkommt, hält sie nach Marie Ausschau. Marie ist verschwunden. Amalia begreift, daß ein unklarer Wunsch ihrerseits, irgendein Abrakadabra, das ausgesprochen wurde, ohne seine Wirksamkeit zu kennen, dafür gesorgt hat, daß sich ihre alte Freundin in Luft aufgelöst hat. Man wird sie, Amalia, deswegen befragen.

Marie ist nicht weit weg. Sie hat die Bank verlassen und sitzt auf der Erde. Tauben sammeln sich um sie – sie gehen zu jedem. Ihre Augen sind voller Tränen. Die Tränen werden zurückgehalten, sie warten, und jede Linie ihres Körpers scheint verletzt und auf noch größeren Schmerz zu warten. Was sie verletzt hat, ist nichts, verglichen mit dem, was noch kommt. Amalia eilt auf sie zu und ruft. Marie weint überhaupt nicht. Sie hält ihr eine Kastanie hin. »Sieh mal«, sagt sie.

»Wo kommt die her?« ruft Amalia wild, als hätte sie vergessen, wo sie ist.

Marie stellt sich auf die Füße wie eine große Kuh. »Sie war noch in der Schale; sie muß noch aus dem vergangenen Jahr stammen.«

»Sie werden im Handumdrehen dunkel und häßlich«, sagt Amalia, und sie wirft die Kastanie weg.

Als Beweis für Wahnsinn ist das ziemlich schwach, abgesehen von dem Teil der Geschichte, wo vom auf der Erde Sitzen die Rede ist. Amalia, der einfällt, daß sie nach Zeit bezahlt, verfolgt jetzt die Spur, daß Madame Gisèle verschweigt, was sie weiß. »Es ist Ihre Aufgabe, mich zu überzeugen«, sagt sie. »*Wird Marie nach Amerika gehen?*«

»Alle reisen«, sagt Madame Gisèle.

Das stimmt. Das amerikanische Konsulat ist voll von gewöhnlichen Touristen, die ihre Überfahrt bezahlen können und die, so hoffen sie, indianische Kulttänze erleben werden. Man hat Amalia erzählt, daß Wissenschaftler die Zulassung für die großen Universitäten für ein, zwei Jahre bekommen, und es gibt keine Bedingungen dafür, nicht einmal Englischkenntnisse sind erforderlich. Wer will Marie haben, die tatsächlich ein wenig Englisch kann, aber unmögliche Beine und keine Verwandte hat und glaubt, sie könne in einem Geschäft Korsetts verkaufen? Marie hat die Formulare ausgefüllt, die sie ihr vor Monaten gegeben haben, und einen Brief bekommen, in dem steht: »You are not legible« – das heißt: Sie sind nicht leserlich.

»Wie komisch«, hat die junge Frau im Konsulat gesagt, als Marie und Amalia mit dem Brief wiedergekommen sind. »Sie meinen *eligible.*«

»Was heißt das?« hat Marie gefragt.

»Es ist ein Fehler, doch es bedeutet, daß Sie nicht nach den Vereinigten Staaten dürfen. Nicht, wie ihre Situation jetzt ist.«

»Wenn es ein Fehler ist ...«

»Ein Wort ist falsch.«

»Dann ist vielleicht der ganze Brief falsch.«

Auf Amalia, die neben ihr steht, macht Marie den Eindruck, als könne sie eben jetzt nichts ertragen –

vielleicht gerade noch das Gewicht ihrer eigenen Kleider. Amalia führt sich die Fehler ihrer Freundin vor Augen – ihr gebrochenes Englisch, ihre gezupften Augenbrauen, ihre Plattfüße in glänzenden Schuhen, die Tatsache, daß sie in Rumänien geblieben ist, als es Zeit zum Gehen war, und gegangen ist, als es besser gewesen wäre, zu bleiben. »Sind meine Sachen für dort das Richtige?« fragt Marie, weil Amalia sie anstarrt.

»Vielleicht fährst du gar nicht. Hast du nicht gehört, was die junge Dame gesagt hat?«

»Das ist nicht das letzte Wort oder der letzte Brief. Du wirst schon sehen.« Marie ist zuversichtlich – sie zeigt ihre schadhaften Zähne.

Madame Gisèle ist interessiert, obwohl sie das schon einmal gehört hat. Sie hebt die Karten ab und sagt: »Hier ist es – *réception d'une missive peu compréhensible.*«

»Pff – das war vor vierzehn Monaten«, sagt Amalia. »Da haben sie geschrieben und zentimeterweise Vergrößerungen von ihren Röntgenaufnahmen der Lunge angefordert. Doch Sie haben mir nicht gesagt, warum Marie die Freunde verlassen hat, die ein Bett für sie gekauft haben.«

»Weil sie dadurch ein Zimmer gefunden hat, daß sie sich mit einem anderen Rumänen auf der Straße unterhalten hat.«

»Das stimmt. Aber sie hat das Zimmer schon einige Tage gehabt, sogar einige Wochen, ehe sie sich entschlossen hat auszuziehen.«

»Etwas muß sie zu dem Entschluß gebracht haben«, sagt Madame Gisèle. »Niemand kann sagen, daß ich mir keine Mühe gebe, aber Ihre Fragen sind nicht klar. Ich erwarte einen anderen Kunden, und ich muß den Hund ausführen.«

»Es muß noch einen anderen Grund geben. Schauen Sie noch einmal nach.«

Jeden Abend, wenn sie von der Arbeit nach Hause kam, half Marie Amalia das Gemüse für die Abendsuppe zu zerkleinern. Sie saßen sich an einem dicken Brett gegenüber, auf dem der gewaschene Lauch, die Kartoffeln, die Zwiebeln und die Petersilie lagen. Amalia fragte sich, ob sie und Marie sich ähnlich sahen, mit ihren häßlichen und krummen Händen und der falschen Bescheidenheit ihrer gebeugten Köpfe. Das Leben habe sie gebeugt, fing Amalia an, und die Emigration, und ihr Los als Frau und ach, vermutlich auch der Krieg. »Wenigstens hast du keinen Bauern geheiratet«, äußerte Amalia einmal. »Wenigstens weiß ich, aus welcher Klasse ich komme. Meine Vorfahren konnten seit den Zeiten Julius Cäsars lesen und schreiben, und mein Großvater besaß ein eigenes Haus.« Marie sagte nichts. »Wären wir nur Männer gewesen«, sagte Amalia, »oder hätten wir Geld gehabt, oder hätten wir auf einem anderen Kontinent gelebt...« Sie blickte hoch, träumend, das Messer verharrte in der Luft.

Manchmal sprach Amalia von Dino. Manchmal kicherte sie, als wären sie und Marie noch Bukarester Mädchen, in der Klosterschule erzogen, französisch plappernd, mit glattem türkischen Haar, griechischen Nasen, mandelförmigen Bernsteinaugen und keinem Tropfen fremden Bluts. »Deine Wohnung, Marie?« Sie war in Weiß und Gold gehalten, erinnerte sich Amalia, und es gab eine Reihe Bücher, die sich bei näherer Betrachtung keineswegs als Balzac herausstellten, sondern als versteckte Bar. Es gab eine Original-Pastellzeichnung von einem nackten Mädchen auf einem Sprungbrett und eine Puderdose, die »Valentine« spielte. »Nachdem ich Dino geheiratet hatte, sind wir manchmal gekommen und haben auf den weißen Stühlen gesessen und deinen Freunden beim Tanzen zugeschaut – weißt du noch, Marie? –, und wir haben gewartet, bis sie fort waren, und du hast uns dann etwas

Geld geborgt – wir haben es immer zurückgezahlt –, und du hast mir eine Fuchsstola geschenkt und eine Anstecknadel, die ein schlafendes Rehkitz darstellte, und einen Pailletten-Hut und Parfum aus Frankreich – Shalimar. Ich habe die leere Flasche aufgehoben. Dein Leben war französisch ...« Es wirkte immer so, als sei die alte, von Maries totem Freund eingerichtete Wohnung das wahre Paris und die Reihe Balzac, die sich in eine Bar verwandelte, die Wahrheit über Frankreich. »Anfangs ging Dino bei einem Handschuhmacher in die Lehre«, sagte Amalia, »und seine Hände rochen eigenartig, das hatte etwas mit dem Leder zu tun, und er hat die Mädchen nie zum Tanz aufzufordern gewagt.« Marie schnitt weiter den Lauch und hielt das Messer mit beiden geschwollenen Händen am Griff und an der Klinge gepackt. Amalia sagte: »Er hat Angst vor dir, Marie, weil du dich an das alles erinnerst. Er ist immer kleinlich und geizig gewesen, und er hat sich nicht geändert. Weißt du noch, was er mir als erstes Geschenk gegeben hat?«

»Ein Goldmedaillon«, sagte Marie sanft.

»Gold? Daß ich nicht lache. Ich habe es um den Hals gelegt und gesagt: ›Ich werde es nie abnehmen‹, und er hat gesagt: ›Es wäre aber besser, sonst nutzt sich die Vergoldung ab.‹«

Sie lachte, das Lachen galt der Vergangenheit, als fürchte sie sie nicht länger. »Er hat sich nicht geändert. Ich habe daran gedacht, ihn zu verlassen. Ja, ich wollte dir schreiben und dir sagen: ›Ich verlasse ihn jetzt.‹ Aber inzwischen hatten wir so viele sorgenvolle Jahre hinter uns gebracht, und wo ich den Blick hinwandte, lagen diese Sorgen wie große Steine im Weg.«

Marie nickte, als wüßte sie Bescheid. Sie sagte nie viel, vertraute sich ihr nie an. Amalia riß ihr das restliche Gemüse weg und sagte: »Ich will das fertigmachen. Du bist so langsam«, und dann kam Dino herein und schlug mit der flachen Hand auf den Tisch, so daß die Frauen auseinanderfuhren, die eine, um die Suppe auf den Herd zu stellen, und die andere, um die Abendzeitung kaufen zu gehen, die er vergessen hatte. Das geschieht seit einem Jahr allabendlich, es kann dein ganzes Leben lang so gehen, dachte Amalia, und plötzlich sind all diese Jahre wie ein Stein. Aber Marie blieb einmal ruhig sitzen und sagte: »Hör zu, Dino«, so nachdrücklich, daß er wirklich zuzuhören schien. »Ich bin nicht deine Sklavin. Vielleicht werde ich eines Tages eine Sklavin sein, aber ich will mir die sklavische Art nicht angewöhnen. Ich bin gesund und kräftig, und mein ganzes Leben liegt vor mir, und ich arbeite, und ich habe ein Zimmer. Ja, ich werde jetzt allein leben. Oh, nicht weit weg, aber woanders.«

»Wer will dich haben?« schrie Dino, aber ihm brach der kalte Schweiß aus, weil Marie so viel wußte und weil sie nie nach den Ringen gefragt hatte, die sie ihnen gegeben hatte. Amalia dachte: Sie ist zu krank, um allein zu leben. Was ist, wenn sie stirbt? Und die Ringe – sie hat nichts von den Ringen gesagt. Warum verläßt sie mich?

Sie schaute sich um, auf der Suche nach dem, was sie Marie angetan hatten, aber es gab keinen Hinweis auf Grausamkeit oder mangelnde Dankbarkeit im Zimmer. Marie würde nie erraten, daß Amalia bei Madame Gisèle gewesen ist und gesagt hat: »Wie kann man das zerstören – das Unbekümmertsein, die Leichtgläubigkeit, die Blindheit für alles Unangenehme?«

»Marie«, würde Amalia gern sagen, »gibst du zu, daß Arbeiten und Älterwerden und Sterben von Belang sind und nicht mit der ersten Hyazinthe des Jahres bewältigt werden können?« Doch Marie fuhr fort mit Packen. Amalia tröstete sich: Marie hatte den Verstand verloren. Sie war verrückt.

Marie richtete sich vom Packen auf und lächelte. »Drei können nicht zusammen leben. Für dich und Dino ist es besser, wenn ihr allein seid.«

»Nein, laß uns nicht mit uns allein«, rief Amalia. In diesem Moment mußte es ein wirres Durcheinander im Zimmer gegeben haben, weil das Gesagte unterging.

Vergangenen Herbst ist Marie etwas Schlimmes zugestoßen – sie hatte Ärger mit der Polizei. Sie sagt, daß man sie auf der Präfektur – dem Ort, den jeder Emigrant fürchtet – einen ganzen Tag lang in einem Raum eingesperrt hat. Hat sie ohne Arbeitserlaubnis gearbeitet? Ist sie verzogen, ohne es zu melden? War ihr Paß vielleicht gefälscht? Marie sagt nur: »Ein Polizist war grob zu mir, und ich habe ihm gesagt, er solle das nie wieder machen.« Als sie am Abend entlassen wurde, nachdem sie verspottet, eingesperrt, bestimmt auch beleidigt worden war, ging sie über die Straße und bewunderte den Blumenmarkt. Sie kaufte einen Strauß zerzauster rosa Astern und gab das letzte Geld, das sie in der Tasche hatte (es scheint so, als hätte man ihr auf der Präfektur eine hohe Geldstrafe abgeknöpft), für Kaffee und Kuchen aus. Sie kann jede Minute ihrer Abenteuer beschreiben, seit sie die Präfektur verlassen hat: wie sie die Astern gekauft und dabei an Amalia gedacht hat, wie sie sich in einer Teestube an einen weißen Marmortisch gesetzt hat, und den dampfenden Kaffee, den sie in der weißen Porzellantasse bewunderte, und die Farbe des Kaffees, als die Milch hineingegossen wurde, und wie gut er war, wie heiß. Durchs Erzählen teilt sie mit den Zuhörern eine *baba au rhum.* Man sieht die Gabel den letzten Krumen niederdrücken und hat das *napperon* aus Spitzenpapier auf dem Teller vor Augen. Jetzt entschließt sie sich, an der Seine entlangzuspazieren, zwischen dem garstigen abendlichen Verkehr und der Steinbrüstung am Kai. Sie läuft meilenweit in die verkehrte Richtung. Sie geht über eine Brücke, die ihr gefällt, dann über noch eine und sieht eine Uhr. Es ist halb sieben. Von der linken Seite der hölzernen Fußbrücke, die die Île Saint-Louis mit der Île de la Cité verbindet, blickt sie zurück und verliebt sich in den Anblick von Notre-Dame; das spärliche Herbstlaub darunter leuchtet golden. Alles ist golden außer dem Himmel, und der ist hellviolett, und ein junger Mond steht da oben. Sie hat ihr Geld restlos ausgegeben und kann ohne eine Münze keinen Wunsch auf den jungen Mond tun. Sie hält einen Passanten an, indem sie ihn am Arm berührt. Starr vor Empörung weigert er sich, sie auch nur eine Centime-Münze anfassen zu lassen, damit sie ihren Wunsch tun kann. Ohne Münze muß sie ihren Wunsch auf den Mond tun, statt der Münze einen Métro-Fahrschein zweiter Klasse haltend – das ist alles, was sie jetzt in ihrer Manteltasche findet. Sie wendet den Fahrschein, als sei er aus Silber, und wünscht sich von ganzem Herzen etwas.

Marie erzählt Dino und Amalia davon. Das kann die beiden nur reizen, doch sie ist nicht klug genug, es für sich zu behalten. Sie machen sich Sorgen wegen der Polizei: »Was ist passiert? Was haben sie gesagt?«

»Nichts«, sagt Marie. »Sie haben mir eine Karte gegeben. Ich kann noch ein Jahr in Frankreich bleiben.«

»Kein Jahr; drei Monate«, sagt Dino ärgerlich. »Es geht immer drei Monate und drei Monate und drei Monate ...« Sie zeigt ihm die Karte. Es ist die rote Karte – sie kann ein Jahr bleiben. Das ist der Anfang. Vielleicht kann sie für immer bleiben.

»Sie haben einen Fehler gemacht«, sagt Dino.

Die Polizei macht nie einen Fehler. Sie ist eine ältere Flüchtlingsfrau mit einer chronischen Krankheit und ohne Geld, und sie hat eine Vorschrift mißachtet und sogar einen Polizisten belehrt, man hat sie einen ganzen Tag eingesperrt, und doch haben sie ihr das gegeben.

Dino gibt ihr die Karte zurück – er hält sie, als sei sie aus Kristall.

»Wenn ich mich vor Polizisten fürchten würde«, sagt Marie und steckt das Ding beiläufig in ihre Brieftasche, »dann wäre ich nicht mit einem Paß aus Rumänien herausgekommen, und ich wäre nicht hier bei euch.«

Die Scham verschließt ihnen den Mund, sie schämen sich für die Gedanken, die sie beim anderen vermuten. Vor Maries Ankunft hatten beide gehofft, daß sie an irgendeiner Grenze verhaftet und aus dem Zug geholt werden würde. Sie hatten sie nie haben wollen.

Amalia hält Marie von diesem Moment an für eine Hexe. Was spricht sie vor sich hin, wenn sie einen Métro-Fahrschein umwendet und den jungen Mond anstarrt? Wünsche haben keine Macht, die Vergangenheit zu korrigieren – selbst die leichtgläubige Marie muß das wissen. Madame Gisèle sagt, die meisten Frauen erkundigen sich nach ihren Ehemännern oder anderen Männern. Wenn Amalia Madame Gisèle aufsucht, will sie Fragen über Marie stellen.

»Ich glaube, ich weiß Ihr Geheimnis«, hat Madame Gisèle einmal gesagt.

Amalia stockte das Herz. Welches Geheimnis, welches?

»Ich glaube, Sie sprechen nicht von einer wirklichen Person. Warum decke ich nie die richtigen Karten auf oder finde heraus, was sie denkt? Wahrscheinlich ist sie einfach eine Erfindung von Ihnen, oder es ist eine andere Art, über sich selbst zu sprechen. Das habe ich schon einmal erlebt.«

Amalia lachte, in ihrem Aprilmantel mit dem adretten Kragen. »Glauben Sie das wirklich? Marie ist meine alte Freundin. Sie haben ihr Foto gesehen. Ich habe zentimeterweise Vergrößerungen von ihren Lungen.«

»Wenn sie Selbstmord begangen hat und Sie sich fragen, warum – solche Fälle hatte ich auch schon.«

»Das wird sie nie tun. Marie wird immer weitermachen.«

»Das ist Ihre Antwort – Marie wird immer weitermachen. Ich weiß nicht, was Sie von mir wollen. Ich kann Ihnen keine Antworten geben. Gehen Sie nach Hause, Amalia. Kommen Sie nie wieder. Gehen Sie fort.«

Marie und sich selbst umbringen? Man müßte Marie schon ersticken; den ganzen Stadtplan von Paris auf ihr Gesicht legen und ihn festhalten.

Amalia probt für ihre nächste Sitzung mit Madame Gisèle: »Manchmal möchte ich ihr die Slums zeigen, möchte ihr meine Hände zeigen, mein Haar, wenn es nicht gefärbt ist, möchte ihr zeigen, wie mein Leben gewesen ist. Daraus wird ein hysterischer Film im Zeitraffer ... Sie sollten sie jeden Morgen zur Arbeit gehen sehen. Sie kann kaum einen verkrüppelten Fuß vor den anderen setzen. Sie kommt auf dem Weg zur Métrostation an zwei Kiosken vorbei und bleibt stehen, um die Zeitungen zu lesen. Jeden Sonntag kommt sie zum Essen und bringt eine Flasche Sekt und eine Schachtel Gebäck – ihr krummer Finger steckt unter der rosa Schleife auf der Schachtel. Sie bringt die ersten Erdbeeren, die erste Melone im Sommer, den ersten Flieder; sie lächelt und erzählt von ihrer Arbeit, von ihren Briefen, die sie von den Amerikanern erhält; sie sagt, daß sie in der Opéra-Comique gewesen ist – ihr gefällt *Louise* –, und sie lächelt, und wir sehen ihre Zähne. Sie bringt Dino Zigaretten. Sie hat nie nach einer Rechnung gefragt. Dino hat sie fertig, aber sie hat nie gefragt. Man könnte meinen, es wäre etwas für Marie geklärt worden, vor langer Zeit gelöst.«

Amalia denkt, daß sie Marie vielleicht verzeihen könnten, wenn sie sie beleidigen würde – wenn sie mit dem Fuß aufstampfen, sie Lügner und Betrüger nennen würde. Dann hätte sie ihren Respekt. Und wenn nicht

Respekt, dann vielleicht immer noch Mitleid. »Weine nur«, würden sie ihr sagen. »Gib zu, daß du nicht glücklicher bist als wir, daß jede Entscheidung ein Fehler war, daß du eine von den Toten bist. Sei eine von uns und sei geliebt.« Einmal hat Marie gesagt: »Ihr hättet Kinder haben sollen, Amalia. Emigranten brauchen sie; sonst ersticken sie.« Sie glaubt, daß sie ein Gefäß für ihre Hoffnungen und Träume brauchen. Was ist mit ihren eigenen? »Wünsch dir was«, sagt dann Marie, als gäbe es noch etwas zu wünschen. Sie sollten es tun: sie sollten ihre Gesichter so dicht aneinander bringen, daß sie die Augen des anderen nicht sehen könnten, und sagen: »Wir wünschen uns – wir wünschen uns – aber zuerst müssen wir wissen, was Marie für uns gewünscht hat.«

Ernst in Zivil

Während Ernst ein Fenster aufmacht, um den Zigarettenqualm aus Willis Zimmer zu bekommen, beobachtet er, daß sich der Nachmittagshimmel nicht verändert hat, seit er ihn vor ein oder zwei Tagen angeschaut hat. Er ist eine dicke Winterdecke, weiß und grau. Nichts bewegt sich. Das schwarze Kopfsteinpflaster unten im Hof gibt ein Muster von feuchtem Licht ab. Hinter den Fenstern jetzt mehr Licht, und die Gardinen werden spiegelglatt und klar. Das Leben hinter ihnen ist streng privat. Gestalten erheben sich an Herd und Tisch, vor Spiegeln, unverschämt gleichgültig gegenüber Ernst. Seine Nachbarn auf diesem Hof in der Rue de Lille in Paris kümmert es nicht, wenn er sie anstarrt, und wer weiß, vielleicht wird er seinerseits nie offen beobachtet. Trotzdem knipst er die Tischlampe nie an, so dämmrig es auch sein mag, ohne Willis Cretonne-Gardinen mit einer Sicherheitsnadel zusammenzustecken. Er fühlt sich in seiner neuen Zivilkleidung und den ganzen Tag müßig so auffällig, daß es ihn nicht wundern würde, wenn irgendein gutbürgerlicher eifriger Denunziant bereits Kontakt mit der Polizei aufgenommen hätte.

An einem Januarnachmittag trägt Ernst, der Zivilist, ein Nylonhemd, einen Wildlederschlips, einen Blazer mit Kunststoffknöpfen und Hosen ohne Aufschläge, die unten so eng und kurz sind, daß sie, wenn er sich setzt, die Wade hochrutschen. Mit seinen braunen Militärstiefeln – für das Zivilleben erfolglos mit schwarzer Kiwicreme getarnt – wirkt er wie verankert. Es ist französische Kleidung und, abgesehen von den Stiefeln, sieht sie aus, als wäre sie schnell und billig von einem kleinen Mädchen zusammengenäht. Willi, der die Kleider für Ernst ausgeliehen hat, konnte keine Schuhe in seiner Größe finden, ist aber im ganzen vom Ergebnis seiner Schnorrerei angetan. Es versteht sich (für Willi), daß Ernst, wenn er wieder in Deutschland ist und Geld verdient, entweder Hemd, Schlips, Blazer und Hose bezahlen oder sie per Paketpost zurückgeben wird. Ernst wird keins von beidem tun. Er hat schon vergessen, daß die Kleidung in Willis Namen geliehen ist. Er wird vergessen, daß er in Willis Zimmer gewohnt hat. Wenn er sich dennoch erinnert, wenn eines Tages eine Stimmung jenen Januar in Paris in Erinnerung bringt, wird er einfach weinen. Seine Schulden und Verpflichtungen lösen sich in seinen Tränen auf. Ernsts warme Tränen, seine gute Gesundheit und sein schlechtes Gedächtnis sind es, was ihn über Wasser hält.

In einer Innentasche des geliehenen Jacketts sind Papiere, die nachweisen, daß er kein Deserteur ist. Seine Entlassung aus der Fremdenlegion ist rechtens. Aus Gründen, die an diesem Nachmittag unklar sind, ist sein Leben ein endloser Urlaub ohne die Hoffnung und die Angst, in die Kaserne zurückzukehren. Er ist jetzt wie einer, der auf Scheidung geklagt hat und erschüttert ist, als sie gewährt wurde. Das Dokument besagt, daß er Ernst Zimmermann ist, geboren 1927 in Mainz. Wenn er dieses Papier verlieren sollte, würde er von keinem normalen Polizisten erwarten, daß er ihm sein Ehrenwort abnehme. Seinen Namen würde er wahrscheinlich nicht vergessen, aber wenn er in die Enge getrieben wäre, könnte er den Zusammenhang zwischen einem unbescheinigten Namen und sich selbst vergessen. Zum Glück wird sein Ausweis von einem runden violetten Stempel bestätigt, auf dem *Préfecture de Police* zu lesen ist. An die Bescheinigung ist eine Zweite-Klasse-Fahrkarte nach Stuttgart geheftet, wo der nützliche Willi einen Schwager im Baugewerbe hat. Willi hat ihm geschrieben, daß Ernst nicht mehr in der Legion ist und Arbeit braucht und kein Deserteur ist. Der Schwager ist reich genug, jovial zu sein; er antwortet, daß er Ernst, selbst wenn er ein Deserteur wäre, aufnehmen würde. Dieser Brief verblüfft Ernst. Wozu sind Papiere gut, wenn der erste beste, mit dem man als Zivilist zu tun hat, nicht einmal verlangt, Kopien davon zu sehen? Was ist Ernst, wenn seine Papiere nichts bedeuten? Er kennt seinen Namen und was er war (Exlegionär), aber viel mehr auch nicht. Er weiß nicht, ob er Deutscher oder Österreicher ist. Seine Mutter war Österreicherin und sein Stiefvater Deutscher. Er wurde geboren, ehe Österreich Deutschland wurde, aber als er im April 1945 von den Amerikanern verhaftet wurde, gehörten Österreich und Deutschland zusammen. Österreicher dürfen nicht in die Fremdenlegion. Wenn er jetzt Österreicher wäre und in Österreich leben wollte, würde er wohl erhebliche Schwierigkeiten bekommen. War er Deutscher oder Österreicher im September 1945, als er Legionär wurde, weil das Essen auf der Seite des Gefangenenlagers besser war? Seine Mutter *ist* Österreicherin, aber er hat sich für den Stiefvater entschieden; der ist Deutscher. Er schaut die Eisenbahnplakate an, mit denen Willi das Zimmer geschmückt hat, und in einem Entschluß, der ein Datum tragen muß (28. Januar 1963), entscheidet er: Mein Land. Ein neuer Patriotismus, aus der Legion herausgefiltert, flutet über ein Feld mit Osterglocken, das Kasino in Baden-Baden, ein Pfefferkuchenhaus, einen Teil des Hamburger Hafens und ein paar Seemöwen.

Tatsächlich könnten falsche Angaben in seinen Papieren sein. Nur seine Mutter, wenn sie noch am Leben ist und sich noch dafür interessiert, könnte Wesentliches verbessern. In Wirklichkeit wurde er 1929 in Vorarlberg geboren. Als er zur Legion kam, sagte er, er sei achtzehn, denn sowohl der Irrtum wie die Genauigkeit brachten da Vorteile; Gefangene unter achtzehn bekamen die doppelte Essensration, aber Gefangene, die zur Fremdenlegion gingen, meinten, daß dies der schnellste Weg nach Hause sei. Ernst ist entweder vierunddreißig oder sechsunddreißig. Er hat seine Treuepflicht vor Jahren offiziell zu Papier gegeben – gegenüber Offizieren, der Legion, gegenüber abgestempelten und beurkundeten Tatsachen. Eine beurkundete Tatsache ist, daß er in Mainz geboren wurde. Mainz ist eine Stadt, durch die er einmal in einem verriegelten Lastwagen gefahren ist, als er mit einem Gefangenenkonvoi nach Frankreich transportiert wurde. Er weiß nicht, warum ihn die Amerikaner, die ihn in Deutschland verhafteten, nach Frankreich auslieferten. Willi sagt bis heute, daß die Amerikaner ihre Gefangenen für tausendfünfhundert Franc pro Kopf verkauften, aber Ernst findet solche Mutmaßungen belastend. Während einer der langen, unerklärlichen Aufenthalte auf der mysteriösen Fahrt, wo Ankunft und Unterwegssein gleichermaßen gefürchtet waren, sagte ein anderer Kerl in Uniform, eng an Ernst gedrängt: »Wir sind in Mainz.« »Wie?« – »Mainz ist am Ende. Nichts ist übrig.« – »Woher weißt du das? Wir können doch nicht raussehen«, sagte Ernst. »Für uns ist nirgends was übrig«, sagte der Junge. »Mein Vater sagt, das ist die Apokalypse.« Was für ein Idiot, dachte Ernst; aber später, als er gefragt wurde, woher er käme, sagte er ohne Zögern und ohne sich zu erinnern warum: »Mainz.«

Ernst fährt morgen früh aus Paris ab. Er wird die Métro zum Gare de l'Est zu einer Zeit nehmen, in der die Fenster des Cafés vom Dampf der gescheuerten Böden beschlagen sind. Die Métrobahnsteige werden nach Desinfektionsmittel und Zigarettenstummeln riechen. Willi wird wahrscheinlich seinen Matchsack tragen und ihm für unterwegs Brot und Schokolade mitgeben. Er fährt ab, ehe er abgeschoben wird. Er hat keine Wohnung und keinen Beruf; er ist ein Vagabund ohne Zuhause (sein Zuhause war die Legion) und ohne ein Gewerbe (sein Gewerbe war auch die Legion). Manche Exlegionäre sind gut davongekommen. András ist Masseur, Thomas Autowäscher, Carlo lebt mit einer Prostituierten, Dietrich ist Nachtwächter, Vieko hat ein Stipendium und besucht Kurse über französische Kultur, Piotr zeigt sich mit einer schlauen Innendekorateurin, Lothar ist verlobt mit einer seriösen Französin. Ernst hat nichts, nicht einmal seine Pension. Er hat auf die Pension gewartet, aber das hat er jetzt aufgegeben. Er ist nicht bitter, aber er fühlt sich schlecht behandelt. Außerdem meint er, er sähe sonderbar aus. Er ist nicht mehr nach Deutschland gekommen, seit er vor achtzehn Jahren durch Mainz befördert wurde, und er trägt jetzt zum ersten Mal, seit er sieben Jahre alt war, Zivil als normale Kleidung.

Seine österreichische Mutter war schrecklich arm, sogar nachdem sie seinen Stiefvater heiratete, und als Ernst mit sieben seine Hitler-Jugend-Uniform anzog, bedeutete das vor allem eine große Ersparnis an Kleidung. Seither hat er immer in Uniform gesteckt. Seine Uniformen haben ihm kein Glück gebracht. Er hat immer zu einer geschlagenen Armee gehört. Er hat für Deutschland und für Frankreich gekämpft und, nach dem, was er immer zu hören bekam, für die Zivilisation.

Vor Jahren hat er einen Tag lang Zivilkleidung getragen, als er konfirmiert wurde, und dann noch mal, als er mit sechzehn Werwolf war, aber das waren keine alltäglichen Ereignisse. Als er konfirmiert und dann zum Werwolf gemacht wurde, fühlte er sich verkleidet und merkwürdig versteckt. Heute ist er verkleidet und sich selbst fremd, wie er so aus Willis Fenster auf den Himmel und das Kopfsteinpflaster und die Nachbarn im Hof schaut. Er sieht schäbig und arbeitslos aus, wie auf den Bildern von Menschenmengen in deutschen Straßen vor der Hitlerzeit.

Es ist ganz dunkel, als der kleine Junge auf den Hof kommt, der seine Mutter an der einen Hand und eine Tüte mit gerösteten Kastanien in der anderen hält. Die Mutter stößt die schweren Tore auf, die den Hof vor der Straße verbergen, und das Paar kommt langsam herein, als wären sie durch schweren Schnee weither marschiert. Sie sind wieder einmal sicher von ihrem Nachmittagsbummel durch den Jardin des Tuileries zurückgekehrt. Die Kastanien haben sie an dem Teich in der Nähe der Place de la Concorde bei dem alten Algerier gekauft. Der Qualm des blauen Holzkohlenfeuers war dunkler als der Himmel, und der Geruch der gerösteten Kastanien ist schärfer als ihr Geschmack. In einer Tüte aus Zeitungspapier (eine Viertelseite von *France-Soir*) wärmen sie Herz und Hand.

Vor vier Tagen ist Ernst hinter den beiden hergegangen. Sie wohnen über Willis Zimmer. Er wollte gerne wissen, wohin sie gingen. Der Spaziergang führte zu nichts. Als der Junge und seine Mutter das Ziel ihres Ausflugs erreichten – den alten Mann, die Kastanien, den zugefrorenen Teich –, kehrten sie um und verschwanden zwischen den schwarzen, kahlen Bäumen und den kalten Statuen, die Ernst wie Bäume vorkommen. Merkur ist ein Baum; der Raub der Deidameia ist auch ein Baum. Sie standen um ein Meer fressender Tauben, aus dem eine unerschrockene verrückte

Alte mit einem Baumwolltuch um den Kopf aufragte. Es ist verboten, Krümel für die Vögel von Paris auszustreuen, aber an diesem sibirischen Tag ist es den Ordnungshütern zu kalt, um tätig zu werden. Die Mutter, das Kind und Ernst hinter ihnen stapfen auf Schnee wie auf Streuzucker, vorbei an den römischen Kaisern, vorbei an den strohbedeckten Beeten. Unter großer Gefahr überqueren sie den Quai des Tuileries. Auf halbem Weg springt die Verkehrsampel ohne Warnung von Grün auf Rot, und sie bleiben stehen und verursachen einen Strudel. Der Wind schlägt feindlich den Pont-Royal entlang, aus allen Richtungen gleichzeitig. Nach einem sonnenlosen Tag liegt eine blasse orangefarbene Wolke auf dem Gare d'Orsay. Die Türme von Notre-Dame und die Busse, die im Verkehrsstau auf dem Pont du Carrousel steckengeblieben sind, scheinen perlmuttartig und weiß, wie im Mondlicht. Mutter und Kind werden plötzlich von Beamten, die nach Dienstschluß aus ihren Büros hinter dem Gare d'Orsay strömen, überflutet und fast niedergetrampelt. Sie laufen, als wären Löwen hinter ihnen her. So kalt ist es in Paris noch nie gewesen. Man sieht den Atem; bei Ernst quillt er aus Marmorlungen. Mutter und Kind stehen der letzten Gefahr ihrer Tour gegenuber – dem Quai Anatole France. Selbst wenn die grüne Ampel zu ihren Gunsten steht, werden sie von Autos eingeholt, die am Pont-Royal rechts abbiegen. Zu ihrem Schutz sind zwei Polizisten da und die Verkehrsampeln, nach denen man sich richten soll, aber alles, Menschen und Gegenstände, sind eingetaucht in die Dunkelheit und die Kälte und die Autoflut und in eine Angst wie vor Löwen. Von alldem erschöpft, schlängelt sich Ernst über die Straße, auf die Ampel zu, und läßt Kind und Mutter zitternd am Bordstein zurück. Er hatte wissen wollen, wer sie sind, wo sie jeden Tag hingehen, und jetzt weiß er es. Das war vor vier Tagen. Seitdem hat er Willis Zimmer kaum verlassen .

»Beeil dich«, sagt die Mutter, als sie und das Kind die Hofmitte erreichen. Sie nimmt die Kastanien und die Handschuhe des Jungen, und das Kind verschwindet hinter der verrottenden Holztür des Klos auf dem Hof. Beim Warten schaut die Mutter hoch zu einem Fenster nach einer Freundin. Sie hat eine Freundin – eine Hexe, die Ernst immer in dem Laden sieht, wo er und sie wortlos den gleichen tintendicken offenen Rotwein kaufen. Sie kauft jedesmal einen Liter, Ernst mehrere. Ihr Fenster ist genau links unter dem seinen. Die Mutter könnte sechsundzwanzig sein. Sie steht im kalten Licht eines offenen Fensters. Ihr nach oben gerichtetes Gesicht ist breit und blaß, die Angorakappe auf ihrem Kopf ist wie weißes Moos. Sie hat einen schmuddeligen Pelz um den Hals gewickelt, wie eine alte russische Gräfin. Auch ihre Handtasche sieht aus wie die einer alten Vertriebenen – groß und ausgebeult von abgelaufenen Pässen. Sie spricht mit der dünnen Stimme dieser Stadt, einer Stimme wie eine hohe gezupfte Saite, die das Universum klein macht.

»Mir reicht's, und das hab ich ihm auch gesagt«, meint sie, ohne sich darum zu kümmern, wer das hören könnte. Es klingt mindestens wie der Anfang einer Tragödie, aber dann lädt sie die Hexe, die mit einem Tischtuch um den Kopf aus dem Fenster hängt, ein, später vorbeizuschauen und mit ihr fernzusehen. Um halb acht gibt es eine Sendung mit dem Titel *L'Homme du XXe Siècle.*

Ernst war hinter dieser Frau her, weil sie seiner Beachtung wert war. Er hätte versucht, sich irgendwo mit ihr zu treffen, aber das Wetter stand dem entgegen. Er hätte sie nicht in Willis Zimmer mitbringen können, weil Willi Angst vor Klatsch und wegen der Nachbarn Bedenken hatte. Ernst hätte nach oben gehen können (er zweifelte keinen Augenblick an seinem Erfolg), aber die Wände waren aus Pappe, und in seiner Zivilistenaufmachung wäre er womöglich aufgefallen.

Am frühen Morgen ist die Stimme der Mutter frisch und schnell. Der Vater geht um sechs Uhr zur Arbeit. Sie bringt das Kind um Viertel vor acht zur Schule. Das Kind ruft oft nach ihr: »Maman, komm her.« – »Maman, guck mal.« Sie hetzt herum und klappert mit dem Besen. Um neun geht sie auf den Markt, und sie kommt um zehn zurück und ruft zu ihrer Freundin hinauf, daß sie nichts bekommen habe, nichts Richtiges zum Essen, aber der Korb ist voll mit irgend etwas; sie ist zur Seite gebeugt von dem Gewicht. Um zwölf, nachdem sie nochmals losgegangen ist, um das Kind zum Mittagessen abzuholen, wird ihre Stimme allmählich höher. Entweder will der Junge nicht essen, was sie ihm gekocht hat, oder er ißt nicht schnell genug, aber sein Essen ist begleitet von der wiederholten Frage: »Wirst du wohl gehorchen?« Er wird weinend wieder zur Schule gezerrt. Sie sind beide schon ganz zermürbt von alldem, und ihr Abendspaziergang ist erschöpft und ruhig. Abends klettert die Stimme noch höher. »Wart nur, bis dein Vater nach Hause kommt!« Sie hört sich wie ein kreischender Vogel an. Was auch immer das Kind getan oder gesagt haben mag, ist so furchtbar ungehorsam, daß sie es gar nicht erwarten kann, bis der Vater kommt. Sie muß hinter dem Kind herlaufen und es einfangen, ehe sie es schlagen kann. Man hört den Lärm von Laufen, einen umgestoßenen Stuhl, etwas wie Murmeln, vielleicht die Kastanien, die über den Boden rollen. »Du *wirst* mir jetzt gehorchen!« Das ist jetzt ein Zukunftsversprechen. Das eingefangene Kind schreit. Wenn das Haus brennen würde, wenn Löwen auf der Treppe wären, könnte es nicht lauter schreien. Um den ganzen Hof herum bleiben die Nachbarn geflissentlich ihren Fenstern fern. Es geht ja niemanden etwas an. Wenn die Mutter es schlägt, ruft das Kind um Hilfe und schreit »Maman«. Seine richtige Mutter wird bestimmt kommen und es von seiner verwandelten Mutter wegholen. An wen sonst kann es sich denn wenden? Es ist sinnvoll so. Ernst hat erwachsene Männer nach ihren Müttern rufen hören. Er weiß um Unterwerfung und Bestrafung und Gerechtigkeit und Macht. Er weiß, was das Kind nicht weiß – daß das Schreien aufhören wird, daß alles aufhört. Er hat keinen Beruf in der Fremdenlegion erlernt, aber gehorchen hat er gelernt.

Heute morgen hat der gutmütige Willi mit einem fiktiven Mädchen in den Armen Java getanzt. Zum Glück hatte er keine Partnerin, denn sie wäre in Stücke zertrampelt worden. Seine dicken Hände beschrieben Kreise zu der Musik aus dem Radio, und seine dicken Beine traten zur Seite und nach vorn. Ernst sah die Sohlen von Willis Schuhen und sein fliegendes unmilitärisches Haar und sein rundes Gesicht, das vom Lachen ganz rot war. Als die Musik aufhörte, hielt er inne, und als er wieder zu Atem gekommen war, nutzte er ihn, um zu wiederholen, daß er früh nach Hause kommen würde, um den Eintopf für ihr letztes Abendessen zu kochen. Dann entschwand Willi zur Arbeit. Heute ist er Fremdenführer und Dolmetscher für siebzehn Männer einer deutschen Firma, die Badesalz herstellt. Er wird ihnen das Kaisergrab und den Eiffelturm zeigen und sie am Pigalle ihrem Schicksal überlassen. Da Willi weder raucht noch trinkt und eigentlich nicht einmal an Bildern von nackten Tänzerinnen interessiert ist, hält er es für nutzlos, dort einen Abend zu verbringen. Er wägt das kostenlose Festessen ab gegen die Zeitverschwendung und entscheidet sich für die Zeit. Er wird ihnen sagen, was das Preislimit für eine Flasche Champagner ist, und sie dann im Stich lassen, siebzehn an der Zahl, in Hüten, Schals, Mänteln und gutbesohlten Schuhen, sicher in einem Lokal, *Man spricht Deutsch*. Dann wird er nach Hause hasten, um den Lauch und die Möhren für Ernsts letzten Eintopf zu schnippeln. Willi hat Verantwortungsgefühl und findet die meisten Leute lauter und dümmer als vor zehn Jahren. Er weiß nicht, daß zehn Jahre vergangen sind. Den Wandel von Zeit, Geld und Entfernung spiegelt sein Gesicht nicht. Er ist klein von Statur, als hätte sein jugendlicher Wachstumsschub noch nicht begonnen. Er sieht aus und redet wie damals vor achtzehn Jahren, als er und Ernst in Westfrankreich Gefangene waren.

Heute morgen, ehe er sich um seine siebzehn Männer von der Badesalzfabrik kümmerte, ist Willi auf den Markt gegangen und mit einer Zeitung zurückgekommen, die jemand in einem Bus-Wartehäuschen fallen gelassen hat. Was für ein Fund! Für fünfundzwanzig Centimes neueste Nachrichten! Er hatte außerdem ein Stück Suppenfleisch und einen Markknochen, und er entfaltete eine alte Zeitschrift, um vier Möhren und zwei Lauchstangen hervorzuzaubern. Der Lebensmittelhändler wog das Gemüse samt Zeitschrift ab, so daß Willi beschummelt wurde, aber er war dankbar, daß er überhaupt Gemüse erwerben konnte. Das einzige Gemüse, das es an diesem Morgen öffentlich zu kaufen gab, war erfrorener Rosenkohl.

»Es ist wie im Krieg«, sagt Willi, ganz angetan davon, daß es wie im Krieg ist. Er würde die Entbehrungen eines weiteren Krieges genießen, abgesehen vom Töten. Er findet Entbehrung gut für den Menschen. Wenn Willi ein Stück Schokolade bekommt, gibt er die Hälfte jemand anderem und hebt den Rest auf, bis er alt und weiß ist. Dann ißt er ihn langsam und voll Dankbarkeit und bemerkt, daß er köstlich schmeckt. Auf dem Boden liegend hat Ernst zugeschaut, wie Willi arbeitet – wie er Übersetzungen für vier Franc die Seite tippt. Seine stumpfen Finger arbeiten flink. Seine Augen schauen nie von dem Papier neben der Maschine auf. Er hat sich das Übersetzen vom Blatt selbst beigebracht, sogar Themen, die ihn nicht interessieren, so wie Neonröhren und historische Grundsätze. Sie waren noch nicht weit von ihrem Lager im Jahr 1945 entfernt, da sagte jemand zu Ernst: »Ihr habt den Krieg verloren. Ihr seid keine gewöhnlichen Gefangenen. Ihr werdet nie wieder nach Hause kommen.« Am anderen Ende des Lagers, auf der anderen Seite eines Zauns, spielten die Fremdenlegionsrekruten Fußball und warfen Essensreste in Mülleimer; und so hatte Ernst Willi verlassen mit seinem Ungeziefer, seinen Kartoffelschalen, seinen kranken Füßen, seinem geschorenen Kopf und war zur Legion gegangen. Willi meinte, er würde schneller nach Hause kommen, wenn er bleibe, wo er sei. Beide verschätzten sich. Willi ist noch immer in Paris und tippt Übersetzungen, führt reisende Geschäftsleute, spielt SS-Offiziere in Filmen über den letzten Krieg. Es ist nur eine Art zu leben, kein richtiges Leben. Ernst hänselt Willi, weil er für wenig Geld so hart arbeitet und weil er sich um Dinge Sorgen macht, die unwichtig sind – warum Kinder verwöhnt werden, warum Mädchen ihre Unschuld verlieren, warum Kriege verloren, gewonnen oder begonnen werden. Er sagt zu Willi: »Willst du nur mit dem hier ins Grab gehen?« Wenn Ernst wirklich das glaubt, was er sagt, wie läßt sich dann die Redewendung erklären, die er gebraucht, wenn er sich plötzlich auf dem Boden umdreht und sagt: »Mädchen sind nichts, Willi. Du hast nicht viel verpaßt. So bist du besser dran.«

Heute ist ein langer Tag ohne Tageslicht. Ernsts Matchsack ist gepackt. Er hat nichts zu tun. Er hat vergessen, daß Willi ihn gebeten hat, spätestens um vier Uhr den Markknochen und das Suppenfleisch in einen Topf mit Wasser auf die Elektroplatte zu setzen. In der Zeitung, die Willi an dem Bus-Wartehäuschen gefunden hat, entdeckt Ernst, daß wegen des harten Winters – dem kältesten seit 1880 – die Armen fünfzig Kilo kostenlose Kohlen bekommen sollen. Oder auch hundertundfünfzig oder einhundert Kilo; er versteht die Zeitungsnotiz nicht, die alle drei Zahlen angibt. Gas soll bis zum 31. März für die Armen kostenlos sein (bei mäßigem Gebrauch). Willis Gasofen brennt den ganzen Tag, weil Ernst, als Zivilist, wetterfühlig ist. Ernst wird Willi die Rechnung bezahlen lassen, und in verschwommener Erinnerung an einst Gelesenes wird er annehmen, daß Willi das Gas kostenlos hatte – und, wer weiß, vielleicht Wohnung und Licht auch! –, und dies den ganzen Winter über. Wenn Ernst einen Gedanken für den Augenblick passend findet, wird er wahr. Er hat viele Sorgen, und wenn man nur ein Zehntel von dem, was er so erzählt, glaubt, wird er einen für anständig halten.

Früher war Ernst ein als Zivilist verkleideter Werwolf. Seine Uniform war verschwunden, und seine Waffen und seine Ausweispapiere waren in der Erde vor einem Dorf vergraben, an dessen Namen er sich nicht mehr erinnert. Er fangt mit »L« an. Er hat auf dem Boden gelegen und Gras, Rinde und was er sonst noch gegessen hatte, erbrochen. Man hatte ihm gesagt, er solle die Papiere, aber nicht die Waffen loswerden. Er hörte nicht darauf. Er lief eine ganze Nacht bis zu der Stadt, in der seine Mutter und sein Stiefvater lebten. Die Tür war verschlossen, weil die Zwangsarbeitslager jetzt geöffnet waren und überall Gespenster in Lumpen herumstreiften und die Leute Angst vor ihnen hatten. Seine Mutter machte die Tür einen Spalt auf, als sie die Stimme des Werwolfs erkannte (aber nicht sein Gesicht oder seine Verkleidung), und sie sagte: »Du kannst nicht hierbleiben.« Es roch nach Verbranntem. Sie verbrannten gerade im Keller die SS-Uniform seines Stiefvaters. Ernsts Mutter küßte ihn, aber er hatte sich schon weggedreht. Die verpaßte Umarmung war wie ein Gruß an die schreckliche Nacht, und sie machte die Tür vor ihrem Sohn zu und ging zu ihrem Mann zurück. Selbst wenn sie ihm etwas zu essen angeboten hätte, er hätte es nicht hinunterschlucken können. Sein Hals verschloß sich dem Atem. Er konnte nicht mal seine Spucke schlucken. Er kann sich jetzt nicht an sein Alter erinnern oder daran, wie seine Mutter aussah. Er ist entweder vierunddreißig oder sechsunddreißig und in Mainz geboren.

Willi liest immer über den letzten Krieg. Er schneidet Zeitungen aus und klebt Ausschnitte in Notizbücher. Das alles ist Beweismaterial. Willi wartet auf den erleuchteten, auf den hellwachen und vor allem den vernünftigen Menschen, der aus der Vergangenheit auftauchen und mit Autorität verkünden wird: »Dies war die Wahrheit«, und: »Dies war sie nicht.« Die Fotos, die Filme, die Dokumente, die Zeugen und die Überlebenden hätten erfunden oder erträumt sein können. Willi läßt den Blick über den klaren blauen Himmel seiner Kindheit schweifen und sucht nach einem Flecken des Bösen, von dem man ihm erzählt hat. Er kann ihn nicht entdecken. Am Himmel ist kein Flecken.

»Was war an der Hitler-Jugend auszusetzen?« sagt Willi. Was war dagegen einzuwenden, daß über Goethe, Rilke, Wagner, Schiller, Beethoven gesprochen wurde?

Wenn Ernst Willi zuhört, wirkt er alt und pfiffig. Er sieht aus wie eine böse alte Frau. Vieles in seinem Gesichtsausdruck ist weibisch. Er gleicht der alten Frau, die zu dem jungen Mädchen sagt: »Laß dich bloß mit niemandem ein. Bleib, wie du bist.« Er weiß mehr als Willi, weil er sein ganzes Leben lang Soldat gewesen ist. Er weiß, daß Torheit und Schmerzen keine Grenzen haben, einmal abgesehen von Erschöpfung und Mangel an Phantasie. Er hat immer mehr gewußt als Willi, aber wegen seiner eigenen lebensrettenden Kraft der Vergeßlichkeit ist er ihm keine Hilfe.

Es ist der zwanzigste Jahrestag von Stalingrad, und die an der Bushaltestelle gefundene Zeitung ist voll davon. Stalingrad – jetzt wieder mit dem alten Namen wird so abgehandelt, daß es als totale Niederlage erscheint, und ein Mensch mit schlechtem Gedächtnis wie Ernst kann leicht auf den Gedanken kommen, Frankreich und Deutschland hätten vor zwanzig Jahren auf derselben Seite gekämpft. Oder daß es zwei verschiedene Kriege gab, einen tatsächlichen und einen in der Erinnerung. Es muß ein genauso kalter Winter wie dieser gewesen sein, ein Winter in Grau auf Weiß und voller Niederlagen. Ernst stellt das Radio an, und als er nur ernste Musik findet, stellt er es wieder ab. Vom Hof her hört er eine romantische Melodie, von Charles Aznavour gesungen, und ist ganz bewegt davon. Auf einem leeren Bildschirm schlurft eine Reihe von Gespenstern im Schnee, schleppt sich durch die siegreiche Stadt, und ein Wasserkarren macht das Pflaster sauber, das ihre Füße berührt haben. Ernst, der ewig Geschlagene, könnte um den Unterschied zwischen Sieg und Niederlage wissen, wenn er seinen Verstand gebrauchen würde; aber in Paris ist er jungen Mädchen begegnet, die meinen, Dien Bien Phu sei ein französischer Sieg gewesen, und er hat ihnen diese Vorstellung gelassen, weil es nicht von Bedeutung ist. Ernst war in Indochina dabei und weiß, daß es eine Niederlage war. In der Erinnerung gibt es keine Angst. Manchmal muß ein anderer, ein jüngerer Ernst jemanden retten, der »Mutti!« ruft. Er geht hin; er watet in einem überschwemmten Keller. In Träumen gibt es mehr Angst als im Leben. Was ist mit dem Traum, in dem ein Bekannter manchmal ein Mann, manchmal eine Frau – eine Maske und eine Perücke trägt? Das Grauen der Perücke! Er wacht mit trockenem Mund auf. Willi war immer bereit zu sterben. Wenn der Richter, den er erwartet, sagt: »Das ist wahr, und Sie waren nicht unschuldig«, erklärt er, er wäre bereit zu sterben. Er könnte morgen sterben. Aber Ernst, der seit seinem siebten Lebensjahr in Uniform steckte und in jedem Krieg ein Besiegter war, war nie darauf vorbereitet.

Im Hof schneite und regnete es, und der Regen gefror auf den Fenstern. Um drei Uhr konnte er ohne Licht nichts mehr sehen. Er heftete die Gardinen zusammen, knipste die Tischlampe an und legte sich auf den Boden. In der Zeitung las er folgendes:

A l'occasion d'un premier colloque
européen
LE »DOPING« HUMAIN
a été défini et condamné

Es muß irgend etwas bedeuten. Würde Willi das ausschneiden und in sein Notizbuch kleben? Willi, der in zwei, drei Stunden wieder zu Hause ist, wird schlecht von dem Geruch von Zigarettenrauch, und deshalb steht Ernst auf, schiebt die Gardinen auseinander und lüftet das Zimmer. Er muß über der Zeitung eingeschlafen sein, denn es ist ziemlich dunkel, und das Kind und seine Mutter sind von ihrem Spaziergang zurück. Das Zimmer ist kalt und riecht nach Hof statt nach Zigaretten. Er macht das Fenster und die Gardinen zu und sucht nach etwas zum Lesen. Willi hat einen Zeitschriftenartikel von einem hervorragenden

Autor aufgehoben, in dem behauptet wird, daß die jungen Werwölfe Tiere waren. Ihre Ausbildung hatte die Grenze zwischen Wölfen und Menschen verschoben. Zeugen hörten sie nachts heulen. Wenn der Richter kommt, wird Willi zu ihm sagen: »Und was ist hier?« Ernst fängt den Artikel an, aber findet ihn langatmig. Er grinst plötzlich beim Lesen, ohne zu merken, daß er die Zähne zeigt. Wenn man ihn in diesem Augenblick sähe, würde etwas Folkloristisches durch Europa wehen, wo die Geschichte innerhalb einer Generation zu Folklore wird: »In der Rue de Lille verwandelte sich ein Mann, entweder sechsunddreißig oder vierunddreißig, der als Zivilist verkleidet war, in einen Wolf.« Er liest: »Zeugen sahen, wie sie Babys fraßen und lebendige Hühner zerfleischten.« Er vergrub seine Waffen und seinen Ausweis in der Erde vor einem Dorf, an dessen Namen er sich nicht mehr erinnert. Er erbrach Rinde und Gras und den gelben Schaum der Angst. Er steckte in einer Bauernjacke, die von Fett und Schweiß steif war. Ernst rostet dahin und verrottet in der weichen Erde bei einem Dorf. Unter Laub, Schnee, Löwenzahn, Zweigen vermodert seine Schande. Ohne Papiere war er niemand; ohne Waffen war er nichts. Ohne Papiere und ohne Waffen ging er wie im Fieber und fragte sich dauernd selbst, was er vergessen hatte. In dem Dorf, dessen Name mit »L« anfing, sah er einen Amerikaner. Der saß da und warf ein Messer auf ein Zeichen an der Wand. Er stand immer wieder langsam auf, ging zu der Wand hin, zog das Messer heraus, ging langsam zurück, setzte sich, wog das Messer in der Hand und zielte auf das Zeichen, wobei er das Messer an der Klinge anfaßte.

Ernst geht nach Hause, aber nicht in dieses Dorf. Er würde es nie wiederfinden. Er weiß nicht, was er finden wird. Willi, der jedes Jahr an Weihnachten nach Hause fährt, kommt voll Ekel zurück. Er kann alte

Männer nicht leiden, die dasitzen und Geschichten erzählen. »Alte Männer um die vierzig«, sagt Willi, der nicht weiß, daß er selber bald alt ist. Die alten Männer reiben ihre Ärmel durch Bierlachen und sagen, daß, wenn die Amerikaner dies getan hätten, wenn von Paulus das getan hätte, wenn Hitler ein Jahr eher gestorben wäre... fingern durch die Bierlachen, zeichnen eine Linie und einen Pfeil und einen Speer.

Nachdem er Luft und Kälte ins Zimmer gelassen hat, zündet Ernst noch eine Zigarette an. Er wird nach Hause fahren. In Willis Notizbuch blättert er in losen Ausschnitten über Terroristenprozesse 1962 in Paris. Zwei Exlegionäre, Deserteure, wurden vor Gericht gestellt – das wird er zu Ende lesen, wenn er sich wach halten kann. Zwei Exlegionäre wurden von einem Exekutionskommando erschossen, weil sie jemand anderen erschossen hatten. Es ist eine verwirrende Geschichte, weil einige Ausschnitte von »Gangstern« und andere von »Patrioten« sprechen. Er versteht nicht genau, was passiert ist, und die beiden Terroristen hatten offenbar auch nicht viel verstanden, denn als das Todesurteil verkündet wurde, nahmen sie ihre französischen Orden und warfen sie im Gerichtssaal auf den Boden und riefen: »Lang lebe Frankreich!« und »Lang lebe Französisch-Algerien!« Sie waren keine Franzosen, aber sie hatten in der Legion gedient, und wahrscheinlich wußten sie nicht, daß man auch etwas anderes hätte sagen können. Das war 1962 – an politischer Zeit gemessen vor Lichtjahren.

Ernst wird heimkehren. Das hat er beschlossen, vor einem Feld von Osterglocken. Mein Land. Er wird nicht erschossen werden mit »Lang lebe« irgendwas auf den Lippen. Nein. Er wird keine neue Uniform anziehen oder weiter seine Pension beanspruchen oder mit einer Prostituierten leben oder Nachtwächter in Paris werden. Was wird er tun?

Wenn Ernst nicht weiß, was er tun soll, legt er sich schlafen. Er sitzt am Gasofen auf dem Boden mit angezogenen Knien und den Kopf auf den Armen. Er kann in jeder Stellung schlafen, und innerhalb von Sekunden schläft er tief. Das Zimmer ist wie eine Kiste versiegelt und sein Matchsack eine unsichtbare Drohung in der Ecke. Er watet in einem überschwemmten Keller durch das Wasser. Seine Taschenlampe ist naß; die feuchten Batterien tun es nicht mehr. Ein anderes Opfer ist im Keller und ruft »Mutti!«, und seine Pflicht ist, es zu finden und es zu retten und nach oben ans Tageslicht zu zerren. Er watet auf das Dunkel zu und weiß im Schlaf, in dem es keine Hilfe für ihn gibt, daß die Stimme seine eigene ist.

Als Ernst wieder auf den Füßen ist, steif von der Kälte eines vergessenen Traums, kommt er zu einer neuen Entscheidung. Alle lügen; er wird sich seine eigene Wahrheit ausdenken. Ist es wichtig, wenn ein Zehntel einer Lüge wahr ist? Gibt es Schrecken in einer Erinnerung, wenn sie nur ein Traum war? In Willis Rasierspiegel hat er jetzt das Gesicht aufgesetzt, das noch kein höherer Vorgesetzter, kein Gefangener und kein verliebtes Mädchen je gesehen hat. Er wird nur glauben, was er weiß. Es ist eine große Entscheidung an einem wichtigen Tag. Das Leben beginnt mit Tatsachen: Er ist Ernst Zimmermann, Exlegionär. Er hat eine Fahrkarte nach Stuttgart. Am 28. Januar, im kältesten Winter seit 1880, schreit in Paris in der Rue de Lille das Kind, das von seiner Mutter geschlagen wird, um Hilfe und ruft: »Maman, Maman.«

Transitgäste

Nachdem die Cook-Reisegruppe mit fünfundzwanzig japanischen Touristen nach Oslo abgeflogen war, blieben nur noch vier Leute im Warteraum des Flughafens von Helsinki – ein junges französisches Paar namens Perrigny, das noch nicht lange verheiratet war, und ein älteres Ehepaar, das man als Amerikaner erkennen konnte. Als sie sicher waren, daß die jungen Leute zwei Bänke vor ihnen sie nicht verstehen konnten, setzten die alten Leute ihren permanenten, im Gang befindlichen Streit fort. Der Mann hatte die Angewohnheit, Schilder laut vorzulesen, obwohl er das vielleicht nur tat, um seine Frau zu ärgern. Er las die Schilder über den drei Türen, die auf das Rollfeld führten: »›Oslo.‹ ›Amsterdam.‹ ›Kopenhagen.‹ ... ›Stockholm‹ sehe ich nicht.«

Sie antwortete: »Ich frage mich, was ich dir all die Jahre über bedeutet habe.«

Philippe Perrigny, der Englisch verstand, drehte sich um und tat so, als betrachtete er in den Schaukästen rechts von ihnen finnische Keramik. Er sah, daß der Mann Flugpläne und Tickets prüfte, wobei er »Stockholm, Stockholm« murmelte, während die Frau wegblickte. Sie hatte die Brille abgenommen und wischte sich die Augen. Wie ist sie hier, auf dem Flughafen von Helsinki, bei dieser Frage angekommen, und wie kann er darauf antworten? Sie muß mit einem Wort beantwortet werden: alles/nichts. Es war, als säße man in einer Dorfkirche und hörte plötzlich eine

Frage des Bauernpfarrers, über die keiner gern nachdenkt, eine Frage nach der Schuld oder der Pflicht oder der Gegenwart Gottes, und man atmete erleichtert auf, wenn er diese Stelle hinter sich hatte und zu den Gebeten kam.

»In der nächsten Welt werden wir anders wählen«, sagte der Mann. »Wenigstens weiß ich das von dir.«

Die wilden Gedanken des jüngeren Mannes waren: Sie sind für den Rest ihres Lebens aneinandergefesselt. Zu alt für einen Wechsel? Nur ein Unmensch würde sie jetzt im Stich lassen? Sie gehen zur Tür, über der AMSTERDAM steht, und sie hinkt. Deshalb können sie sich nicht trennen. Sie ist behindert. Er hat sich jahrelang um sie gekümmert. Sie gehen durch die Amsterdamer Tür, egal, was auf ihren Flugtickets gestanden haben mag. Welche Tür sie auch nehmen, sie werden die Rasenrondells von Vororten sehen, und die Familienautos vor jedem Haus und im Hinterhof einen blauen Swimmingpool. In ganz Nordeuropa sind Straßen nach Akazienbäumen benannt, aber das wissen sie vielleicht nicht.

Perrigny befand sich auf der Hochzeitsreise, aber es war gleichzeitig eine Dienstreise für seine Pariser Zeitung, und er stellte in Gedanken die Serie über Skandinavien zusammen. Er hatte nun vier Jahre lang einen Artikel, überschrieben mit »Der stumme Schrei«, wiederholt, und weder er noch seine Zeitung hatten gemerkt, daß er sich wiederholte. Er fing wieder an zu erfinden, im Stil der Pariser Wochenzeitungen: »Es war ein stummer, qualvoller Schrei, der sich aus den Herzen und Kehlen löste ...« Nein. »Es war ein stummes Lied, erstickt ...« »Es war eine stumme, leidenschaftliche Hymne an ...« Diesmal würde der Anfang mit dem blauäugigen puritanischen Norden verknüpft; er hatte Verwendung gefunden für bretonische Bauern, die keinen anständigen Preis für ihre Artischocken bekommen konnten, für die weihnachtliche Menschenmenge an der Berliner Mauer, für das von Touristen vergewaltigte Griechenland, für schwarze Musiker, die in der Olympia-Konzerthalle auftraten, für unglückliche portugiesische Fischer, die nach Frankreich geschleust und dort auf den Arbeitsmarkt geworfen wurden, für Dichter, die unter Drogeneinfluß schrieben.

Der alte Mann nahm die Hand seiner Frau. Sie hatte sich noch immer abgewandt, doch war jetzt trockenen Auges und durch Brillengläser geschützt. Um sie abzulenken, während ihre Tickets kontrolliert wurden, sagte er rasch: »Sieh mal das nette Restaurant, das ansprechende Restaurant. Es ist halb drinnen und halb draußen, siehst du? Es ist drinnen *und* draußen.«

Perrignys neue Frau entzog ihm sanft ihre Hand und sagte: »Warum hast du sie verlassen?«

Darauf war er gefaßt gewesen und sagte: »Weil sie sich nicht auf eine Person konzentrieren konnte. Sie war zu jedem nett, aber sie konnte sich für eine Ehe nicht genug konzentrieren.«

»Sie war untreu.«

»Auch das. Das war eine Folge desselben Konzentrationsmangels. Sie war schon einmal verheiratet gewesen.«

»Oh? War sie alt?«

»Sie ist jetzt siebenundzwanzig. Sie hatte Angst davor, siebenundzwanzig zu sein. Sie zitierte immer eine Stelle aus Jane Austen – eine englische Schriftstellerin«, sagte er, als Claire die Stirn runzelte. »Irgend etwas über eine Frau diesen Alters, die niemals mehr auf etwas hoffen konnte. Ich frage mich, worauf sie hoffte.«

»Der erste Mann hat sie auch verlassen?«

»Nein, er ist gestorben. Sie waren nicht sehr lang verheiratet.«

»Du hast sie doch verlassen?« fragte das Mädchen, aus Angst vor einer möglichen Demütigung – aus Angst, einen Mann geheiratet zu haben, den eine andere Frau weggeworfen hatte.

»Aber ja. Ohne Erklärungen. Eines Sonntagmorgens bin ich aufgestanden, habe mich angezogen und bin fortgegangen. Ich bin zurückgekommen, als sie nicht da war und habe meine Sachen abgeholt – mein Tonbandgerät, meine Platten. Ich bin zweimal wiedergekommen wegen meiner Bücher. Ich habe sie nur wiedergesehen, um über die Scheidung zu sprechen.«

»Warst du nicht unglücklich, einfach so fortzugehen? Bei dir klingt das so einfach.«

»Ich mache mir nichts aus Leiden«, sagte er und merkte, daß er seine erste Frau zitierte. Sie fand Leiden abstoßend; das Sinnbild für Schmutz war jemand wie Kafka, der allein in einem Zimmer saß und Schicksalsschläge und Schrecknisse verarbeitete.

»Keiner macht sich was aus Leiden«, sagte das Mädchen und dachte an Schmerzen und Krämpfe. »Sie hatte einen komischen Namen.«

»Ja, schrecklich. Shirley. Sie mußte ihn am Telefon immer buchstabieren. Suzanne Henri Irma Robert Louis Émile Yvonne. Er wird nicht so ausgesprochen, wie er geschrieben wird.«

»Hast du sie wirklich geliebt?«

»Ja, als ich sie kennenlernte. Der Fehler war, daß ich sie geheiratet habe. Es war ein Rätsel, warum ich sie jemals geheiratet habe.«

»War sie hübsch?«

»Sie hatte schönes Haar, wie alle amerikanischen Mädchen, aber sie hat es immer abgeschnitten und es häßlich gemacht. Sie hatte schöne Beine, aber sie trug flache Schuhe. Wie alle Amerikanerinnen trug sie ihre Kleider immer etwas zu lang, und mit den flachen Schuhen ... sie sah nie gut angezogen aus. Sie war blind wie ein Maulwurf und trug immer eine Sonnenbrille, weil sie die andere verloren hatte. Wenn sie die Brille abnahm, wirkte sie manchmal hart. Aber sie war ängstlich und leicht erregbar und glaubte, daß die Männer sie immer ausgenutzt hatten.«

Claire sagte: »Wie soll ich wissen, daß du mich nie verlassen wirst?« Doch er konnte an ihrem Tonfall erkennen, daß sie darauf keine Antwort erwartete.

Ihr Flug wurde aufgerufen. Sie gingen unter KOPENHAGEN hindurch und trugen ihre Kameras und Regenmäntel. Er war froh, daß dieser erste Teil der Reise vorüber war. Er und Claire waren die ganzen vierundzwanzig Stunden zusammen. Sie war brav, wenn er sagte, er müsse arbeiten, aber erstaunt und beleidigt, wenn er las. Wenn er sich ihr widmete, machte er Fehler. In Helsinki hatte er sie zum Kleiderkauf begleitet. Unter Gestellen mit Kleidern sah er ihre Beine und bloßen Füße. Sie kam heraus, lächelte und hielt sich ein helles, mit Sonnen bedrucktes Kleid an. »Das kannst du in Paris nicht anziehen«, sagte er und sah, wie sich ihr Gesicht veränderte, als hätte er eine Vorstellung getrübt, die sie sich davon gemacht hatte, was sie sein könnte. Gestern hatte er sich in einem Park neben einer hohen Wasserfontäne dabei ertappt, wie er ein anderes Mädchen angestarrt hatte, das dasaß und die Eichhörnchen fütterte. Er bewunderte den Nacken des Mädchens, den weichen Scheitel, die braune Schulter und den braunen Arm. Müßiggang dieser Art kam nie vor in dem, was seiner Meinung nach das wirkliche Leben war – als stellten Liebe und Reisen einen Gegensatz zum Leben dar, einen Traum. Er rückte näher an seine neue Frau, dieses blonde Sommerkind, und dachte an die winterlichen Flitterwochen mit seiner ersten Frau. Er hatte ihr aus der Hand gelesen, um sie von Kälte und Regen abzulenken, hatte ihre Hand gehalten und auf dem Handteller die extrem flache

Kopflinie nachgezeichnet (kein Urteilsvermögen, hatte er ihr mitgeteilt) und die bewegte Lebenslinie – ein amerikanisches Leben, hatte er gesagt und ihre Hand geschlossen. Er schenkte Claire Aufmerksamkeit, weil er ein anderes Mädchen bewundert und sich an etwas Glückliches im Zusammenhang mit seiner ersten Frau erinnert hatte, alles innerhalb einer Minute. Wie würde es Claire gefallen, ihm bei der Arbeit zu helfen, sagte er. Zusammen sahen sie nach, wieviel die Schaufensterware kostete, und sie schrieb für ihn auf, wieviel sie für ein Essen mit Fischfilet und alkoholfreiem Bier bezahlten. Jeder Tag mußte ausgefüllt werden, wie zu Hause nie. Eine Zwischenzeit von zwei Stunden in einer fremden Stadt, unterwegs, das war so, als wäre man in einem steckengebliebenen Lift eingeschlossen und hätte nichts zu lesen dabei.

Claire hätte alles darum gegeben, das Mädchen im Park zu sein, diesen Nacken und dieses Haar zu haben *und* gleichzeitig daneben zu stehen und es zu sehen. Sie sah seine Huldigung für die kleinen Ohren, die anliegenden Ohrläppchen. Ihre Revanche kam später im Hafen, als eine große Touristengruppe sie mit einer Berühmtheit verwechselte – mit einer Filmschauspielerin, nahm sie an. Man hatte ihr gesagt, sie sähe wie Catherine Deneuve aus. Sie hielten ihr Karten und Zettel hin, und sie signierte mit ihrem neuen Namen, »Claire Perrigny«, »Claire Perrigny«, immer wieder, und schaute glücklich und triumphierend zu ihm zurück. Alles flog und schrie um sie herum – die Möwen, der Wind, die Fremden, die in einer unbekannten Sprache etwas riefen, was sie als »Ihr Name, Ihr Name!« interpretierte.

»Sie halten mich für berühmt!« rief sie durch ihr dichtes fliegendes Haar. Sie lächelte und grinste verschwörerisch, weil sie überhaupt nicht berühmt war, nur ein hübsches Mädchen, das seit acht Tagen verheiratet war. Ihre Zunge war dunkelviolett von den Heidelbeeren, die sie auf dem Markt gegessen hatte – bis Philippe es ihr erklärt hatte, hatte sie nicht gewußt, was Heidelbeeren waren. Sie lächelte ihr fleckiges Lächeln und versuchte, ihren hochfliegenden Rock zwischen die Knie zu klemmen. Mitgefühl, Stolz, Zärtlichkeit, Eifersucht und scharfe Qual – all das empfand er in rascher Folge. Er sah, wie seine erste Frau ausgesehen hatte, ehe er sie kennenlernte, als sie jung und verliebt gewesen war.

O ewiger Friede

Obwohl meine Tante Charlotte, meine traurige Mutter, mein Onkel Theo und ich alle zusammenwohnen und obwohl wir uns so oft wie nötig sehen können, kommt Onkel Theo, wenn er mir etwas Dringendes zu sagen hat, hierher ins Städtische Touristik- und Reisebüro. Er stellt sich in die Schlange, als warte er darauf, sich nach dem Programm für die Bayerischen Seen und Berge oder nach der Busrundfahrt auf den Spuren Ludwigs II. zu erkundigen. Er schleicht sich an meinen Schreibtisch heran. Ich blicke auf und muß plötzlich nach unten schauen; Onkel Theo ist so klein, daß er einen immer überrascht. Er grinst, zu Tode erschrocken über mich. Er ist jetzt völlig kahl, nicht ein Haar, das seitwärts gelegt werden könnte. Er sieht aus wie eine Kinderzeichnung mit zwei Augen und einem Lächeln. Nach einer heimlichen Spritztour nach Berlin im letzten Sommer schob er sich langsam an der Warteschlange vorbei, um mir zu sagen, daß er meinen Vater besucht habe, seinen und auch Tante Charlottes Bruder.

»Hilde, bei ihm ist alles schiefgegangen«, sagte Onkel Theo und hielt sich am Schreibtisch fest, als könnte mich dies davon abhalten, ihn wegzuschicken. »Erinnerst du dich noch, wie er Zigarettenqualm nicht ausstehen konnte? Wie keiner von uns rauchen durfte, wenn er in der Nähe war?« Ob ich mich erinnere? Es war einer der Gründe dafür, daß mein jüngerer Bruder verschwand und es mir überließ, für den halben Haushalt zu sorgen. »Nun, *sie* raucht die ganze Zeit«, sagte Onkel Theo. »Sie bläst ihm Qualm ins Gesicht, genau wie ihre Freunde. Sie stachelt sie auch noch dazu auf.«

»Ihre Freunde«, wiederholte ich und schrieb es auf. Mein Gesichtsausdruck war offen, aber reserviert. Für jeden Beobachter sollte Onkel Theo ein Kunde wie alle anderen sein.

»Ordinäre Freunde«, sagte Onkel Theo. »Ordinäre Berliner in finsteren Berliner Geschäften. Die Sorte Leute, die in verlassenen Lagerräumen wohnen. Keine Gardinen, nur weißgetünchte Fenster.« Bei dem Wort »finster« sah ich tatsächlich so aus, als hätte ich meinen Onkel schon mal irgendwo gesehen, aber schließlich ist er heute ein ehrenwerter Überlebender, ein Held von gestern. »Ach, und die Küche deines armen Vaters«, lamentierte er weiter. »An der Decke so dick Fett«, zeigte er mit Daumen und Zeigefinger. »Sie sind derart heruntergekommen, daß sie Wohn- und Schlafzimmer vermieten mußten. Sie schlafen auf einer Matratze hinter der Wohnungstür.«

»Das hat er doch gewollt.«

»Nun, es war ein langes Verhältnis zwischen den beiden, stimmt's?« Vor Verlegenheit trat er auf die Zehenspitzen; es war fast wie ein Tanzschritt. »Nach fünfzehn Jahren haben sie und deine Mutter sich zusammengetan und ihm gesagt, er müsse sich entscheiden. Deine Mutter wußte nicht, was sie da tat. Sie meinte, es wäre wie irgendeine Geschichte im Fernsehen.«

Mein Vater hat uns im Winter vor fünf Jahren verlassen, mit dreiundsechzig. Ich habe noch vor Augen, wie meine Mutter, in Ohnmacht auf dem Sofa, aussah und meine Tante Charlotte mit einer Schürze über dem Gesicht, zitternd und weinend. Ich erinnere mich noch, wie mein Onkel Theo ins Telefon flüsterte und wie meine Tante Charlotte den feuchten Schürzenzipfel nahm, um die Blätter des Gummibaums abzuwischen. Ich kam an einem dunklen Abend von der Arbeit nach Hause und merkte, was sich da abspielte. Ich dachte, Onkel Theo hätte irgend etwas vor. Ich ging stracks auf meine Mutter zu und schüttelte sie. Ich hatte keine Angst – sie fällt nach Bedarf in Ohnmacht. Ich sagte: »Jetzt siehst du, was für einer Onkel Theo wirklich ist.« Sie machte die Augen auf und schniefte. Ihr Nylondutt, der manchmal wie ein Pfund Butter aussieht, lag schief auf dem Kissen. Sie antwortete: »Sei doch ein bißchen nett mit dem armen Theo, er hat nie eine Frau gehabt, die sich um ihn gekümmert hätte.« – »Wer ist denn daran schuld?« fragte ich. Ich wußte noch nicht, daß mein Vater weg war, oder gar, daß so etwas je passieren könnte. Jetzt sieht es so aus, als habe meine Mutter fünfzehn Jahre lang darauf gewartet. Ein ganzes Leben lang wird man nicht ans Ende ihrer Lügen und Rätsel kommen. Ich bin die Aufpasserin, die Gouvernante, der sie Geschichten erzählen. Und trotzdem sind sie abhängig von mir! Ohne mich wären sie Bettler, Außenseiter! Tante Charlotte und meine Mutter würden in Schulhäusern Fenster putzen; sie würden Eimer mit Dreckwasser die Treppen von Bürogebäuden hochschleppen; sie würden auf freien Parkplätzen stehen und Plastikkämme und Miniaturweihnachtsbäume verkaufen!

Mein Onkel Theo fing an, sie zu beschreiben – die andere. Sein Gesicht war so strahlend, als würde er eine Liste von Tugenden herunterbeten: »Ich habe meinen Bruder nie verstanden. Sie hat keinen Geschmack, keinen Charme, kein Aussehen, keine Kultur, keine Bildung. Hier hat sie ein Muttermal«, und er berührte seine Nase an der Seite.

»Ich habe zu tun, Onkel Theo.«

»Wir müssen ihm Geld schicken«, sagte er und kam damit zur Sache.

»Bitte?« sagte ich zu dem nächsten in der Schlange.

»Hilde, wir müssen dem armen alten Mann Geld schicken«, sagte er über die Schreibtischkante herüber. »Jeden Monat ein bißchen, nur wir beide.« Onkel Theo hält alle anderen für arm und alt. »Hilde – er ist Nachtwächter in einem Krankenhaus. Nichts an dem Job gefällt ihm. Er verträgt das Essen nicht.«

Manchmal kommt Onkel Theo hierher, um sich für unsere Nachbarn einzusetzen, wenn er gehört hat, daß ich wieder gegen sie klage. Wir haben Flüchtlinge aus Ostdeutschland in der Nachbarwohnung – laute, flegelhafte Sachsen, sechs in einem Zimmer. Es dringt alles durch die Wand, von ihren unanständigen Liedern bis hin zu ihren Wanzen. Vor langer Zeit hat man ihnen ein vorübergehendes Anrecht auf Wohnung zugestanden, und dann hat die Stadt sie vergessen. Diese Leute leben wahrhaftig von Anrechten. Sie haben sich in alles reingedrängelt. Fragt man irgend jemand, wer die Wäschereien besitzt, das beste Ackerland, die Elektronikindustrie, bekommt man immer die gleiche Antwort: »Flüchtlinge aus Ostdeutschland«.

Einmal machte ein beliebter Witz, basierend auf diesem Thema, die Runde. Frage: »Wer waren die drei größten Wundertäter aller Zeiten?« Antwort: »Jesus, weil er aus Wasser Wein gemacht hat. Hitler, weil er aus Juden Seife gemacht hat. Adenauer, weil er aus ostdeutschen Flüchtlingen Millionäre gemacht hat.« Kaum jemand kann das noch fehlerlos wiederholen. Nur zwei Prozent der Leser unserer Tageszeitung halten Hitler noch für eine »große Gestalt«. Meine eigene Schwägerin weiß nicht, wer Adenauer war oder was ihn berühmt machte. Was Jesus angeht, habe sogar ich vergessen, wovon gerade dieses Wunder handelt. Eine Geschichte, die früher die Leute zum Lachen brachte, bewirkt heutzutage nur noch »Wer?« oder »Was?« oder gar »Vorsicht!«. Am besten ist es wahrscheinlich, man versucht gar nicht, sich zu erinnern.

Um Viertel vor zwei an diesem Weihnachtsabend tauchte mein Onkel Theo wieder hier auf. Der Wachmann hatte bereits seinen Mantel an und stand mit einem Schlüsselbund in der Hand an den Glastüren. Die Banken, Lebensmittelläden, Buchhandlungen und Friseure hatten dichtgemacht. Die Straße draußen sah wie ausgestorben aus, denn wer nicht die asiatische Grippe hatte, erholte sich gerade erst allmählich davon. Onkel Theo schlüpfte hinter dem Pförtner herein. Er trug seinen besten Wintermantel mit dem Seehundkragen und seinen Seehundpelzhut. Er sah kleiner aus denn je, wegen des Paletots und wegen eines riesigen braunen Pakets, das er trug. Er wollte geradewegs herüberkommen, aber ich runzelte die Stirn und senkte den Blick. Auch die Kassiererin war wegen Krankheit nicht da, und ich hatte die doppelte Arbeit. Ich wußte, das Paket war unsere Weihnachtsgans. Onkel Theo kauft jedes Jahr eine. Also, da weiß er zu wählen; es ist kein importiertes polnisches Tier, sondern eine Gans von hier, gute Qualität. Ich stand da und zählte Geld, fünfundzwanzig, dreißig, fünfzig, und ich hörte Onkel Theo sagen: »Sie ist meine Nichte.« In meiner Position kann ich nicht murmeln: »Ach, halt den Mund«, aber ich stellte mir ihn verschnürt und dressiert wie die Gans vor, und mit Klebestreifen über dem Mund. Er spricht mit einem Mann vor ihm in der Schlange, einem großen Kerl, der eine von diesen eckigen Pelzkappen mit Ohrschützern trägt. Die Kappe stammte bestimmt aus Rußland. Ich ahnte gleich, daß der Mann ein Angeber war. Onkel Theo erzählte ihm seine Lebensgeschichte, natürlich, und vermutlich auch meine – daß ich vier oder sogar sieben Sprachen spreche und daß das Touristikbüro nicht ohne mich auskommen könne. Was für eine Zeitverschwendung, und wie töricht von

Onkel Theo! Sogar von meiner Schreibtischplatte aus konnte ich den Ehering des Angebers sehen. Keiner von den Mitarbeitern war gut gelaunt. Wir waren fast die einzigen in der ganzen Stadt, die noch arbeiteten. Es war so ein Tag, an dem man die Zentralheizung riecht wie einen anbrennenden Aluminiumkochtopf. Ich schaute angestrengt zu Hausen, meinem Assistenten, hinüber. Er hat eine Methode entwickelt, die Zeitung in einer Schreibtischschublade in Viertel gefaltet zu lesen. Er kann die Seiten mit so sparsamen Bewegungen umblättern, daß nur ich sie sehen kann. Man würde nie vermuten, daß er liest – es sieht so aus, als suche er nach Bleistiften. »Übernehmen Sie doch einige der Leute, ja?« rief ich. Hausen reagierte nicht, und die Schlange bewegte sich nicht. Onkel Theos Stimme klang jetzt deutlich: »Ich war auch ganz zufällig in Kalkutta, als man gerade das Ende der Welt erwartete. Das war am 5. Februar 1962. Die Börse in Kalkutta wurde geschlossen. Die Leute liefen von zu Hause weg und schliefen in Zelten. Stellen Sie sich mal vor – die Börse in Mitleidenschaft gezogen. Alles wartete. Hervorragende Persönlichkeiten, gebildete Professoren.« Onkel Theo schüttelte den Kopf.

»Sie waren vermutlich geschäftlich dort«, sagte der Mann mit der eckigen Kappe. Er mußte seitlich stehen, damit sie weiterreden konnten. Dadurch kam die Schlange durcheinander. Onkel Theo sah lächerlich aus. Der Mantel deckte ihn zu.

»Nein, nein, ich war schon längst im Ruhestand«, sagte er. »Zwangspensioniert. Meine Fabriken wurden ja bombardiert. Ich habe ein bißchen Porzellan hergestellt – hübsche Sächelchen. Aber ich war zu anderem berufen.« Während er das wirken ließ, nahm er seine Zitatenstimme an und sagte: »›Und wie viele andere gescheiterte Existenzen werfe ich mich jetzt in die Arme der Literatur.‹ Ich habe viel Inspirierendes in

Indien gefunden. Die Heiligen. Das Ende der Welt am 5. Februar 1962. Den Mond. Der Mond hat in Indien keine Phasen. Er ist das ganze Jahr lang rund.«

Am besten hätte man bei einem Job wie dem meinen überhaupt keine Verwandten. Nichts bei Onkel Theo ist ganz die Wahrheit oder total gelogen. Die Bemerkung über den Mond war ein Irrtum, dies lag an seinem Mangel an Schulbildung. Mit »Fabriken« meinte er »ein Arbeitsraum«, und mit »Porzellan« meinte er »handbemalte Aschenbecher«. Das mit der Literatur stimmt allerdings. Zwei von seinen Gedichten sind vertont und von unserem Gesangverein gesungen worden. »Im Herbst, im Sommer, im Herbst, im Sommer«, wobei die Stimmen auf dem letzten Wort verklingen, nicht ohne Effekt. Das andere, das anfängt mit »O Friede, o Friede, o ewiger Friede, / wir alle fordern ewigen Frieden« ist weniger gelungen. Es hört sich moralisierend an, selbst wenn es schwungvoll gesungen wird.

»Würde, bitte, jemand diese Leute übernehmen«, sagte ich, dieses Mal laut genug, daß Hausen nicht mehr so tun konnte, als höre er nicht. Die ganze Schlange schlurfte gehorsam nach links – alle, bis auf die beiden letzten. Das waren natürlich Onkel Theo und sein neuer Freund. Der Freund strebte auf mich zu und legte einen Reisescheck auf die Theke. Ich sah ihn genau an. Er war unterschrieben mit »F. T. Gellner«, und die Gegenunterschrift lautete »F. Thomas Gellner«. Hast, Unvorsichtigkeit vielleicht. Aber das »T« auf der obersten Linie war ein gedruckter Großbuchstabe, während der zweite in Handschrift geschrieben war. Ich schob den Scheck mit einem Finger zurück: »Tut mir leid, das ist nicht dieselbe Unterschrift.«

Er tat so, als sähe er nicht, was ich meinte, und sagte dann: »O das. Ich kann ja das ›Thomas‹ ausstreichen und den Anfangsbuchstaben hinsetzen, nicht wahr?«

»Nicht auf einem Reisescheck. Der nächste, bitte!« sagte ich, obwohl der nächste Onkel Theo war, der hier geschäftlich nichts zu suchen hatte.

»Ich schreibe einen normalen Scheck aus«, sagte der Mann und zog erst mal einen Kugelschreiber heraus.

»Wir sind keine Bank«, sagte ich. »Wir lösen Reiseschecks nur als Gefälligkeit für unsere Kunden ein.«

»Aber die Banken sind doch geschlossen.«

»Ja«, sagte ich. »Es ist Weihnachtsabend. Es ist nicht nur das ›Thomas‹, sondern auch Ihre Großbuchstaben. Die beiden Unterschriften sind absolut nicht dieselben.«

»Ist das alles?« rief er erleichtert (in der Meinung, das sei jetzt geregelt), daß sogar der taube Hausen herüberschaute. »Manchmal schreibe ich so, manchmal so. Kommen Sie, ich zeige Ihnen – meinen Führerschein, meinen Paß ...« Er fing an, Papiere aus seinen Innentaschen purzeln zu lassen. »Ich sollte vorsichtiger sein«, sagte er zu mir und versuchte es auf die freundschaftliche Tour. »Es ist nicht meine Aufgabe, Ihren Führerschein zu überprüfen«, sagte ich. »Die beiden Unterschriften sind nicht dieselben.« Er schaute sich im Büro um und sagte: »Ist denn da sonst niemand, an den ich mich wenden kann?«

»Es ist Weihnachtsabend«, sagte ich, »und ich bin verantwortlich. Der Chef liegt mit asiatischer Grippe zu Hause. Möchten Sie seine Telefonnummer?«

Onkel Theo streckte seinen Kopf seitlich hervor, wie ein kleines gekochtes Ei mit Mützchen, und sagte: »Ich kann für den Herrn bürgen.« Er hatte offenbar vergessen, wer und wo er war. »Ich kann alles unterschreiben, was du willst«, sagte er. »Mein Name ist hier am Ort bekannt.«

»Es gibt nichts zu unterschreiben und ich brauche deinen Namen nicht.« Am Ort bekannt? Wo steht sein Name? Am Kriegerdenkmal? Haben sie eine Straße nach ihm benannt? Sein Name existiert nicht mal beim Standesamt – er hat nie geheiratet, obgleich es ja seit Bismarck zuwenig Männer gab.

Der Mann nahm weiter keine Notiz von Onkel Theo; er hatte schließlich begriffen, daß der ehrenamtliche stellvertretende Vorsitzende des Gesangvereins für niemanden von Nutzen war. Um den Vorfall loszuwerden sagte ich: »Unterschreiben Sie einen anderen Reisescheck in meiner Gegenwart.«

»Das war mein letzter.«

Onkel Theo wiederholte: »Ich kann für den Herrn bürgen. Ich habe den Herrn in Geschäften einkaufen sehen Geld – ausgeben«, sagte mein Onkel und machte dabei zur Betonung unter dem braunen Paket mit Daumen und Zeigefinger einen Kreis, als wären wir arme Dörfler, für die der bloße Anblick von Geld bereits ein Versprechen von Ehre ist.

»Bitten Sie Ihr Hotel, einen Scheck einzulösen«, sagte ich. »Es tut mir leid, aber ich kann mich nicht länger mit Ihnen abgeben. Es ist Weihnachtsabend.«

»Ich bin in keinem Hotel. Ich meine, ich wohne hier bei Freunden.« Natürlich, die »Freunde« hatte ich gesehen. Die Dame wartete draußen und versuchte, lässig auszusehen, in einem jener rötlichen Pelzmäntel. Schnee fiel ihr aufs Haar.

»Bitten Sie Ihre Freunde, Ihnen etwas zu leihen.«

»Die Peinlichkeit könnten Sie mir ersparen«, sagte er, wieder um Freundlichkeit bemüht.

»Es ist nicht meine Aufgabe, Ihnen Peinlichkeit zu ersparen«, sagte ich mit Blick auf seinen Ehering.

Selbst als er schon an der Tür war und als der Wachmann sie gerade hinter ihm abschließen wollte, schaute er immer wieder zu mir zurück. Ich machte klar, von Onkel Theo beansprucht zu sein, der jetzt kläglich dastand und mit den Füßen schlurfend seine Last von einem Arm auf den anderen verlagerte.

»Das war gar nicht nett, Hilde«, fing er an. »Der arme Mann – er wird ein trauriges Weihnachten haben.«

»Beeil dich, Onkel Theo. Was willst du?«

»Heute abend«, sagte er, »wenn wir zu Abend essen, und wenn die Kerzen am Weihnachtsbaum angezündet werden ...«

»Ja?«

»Versuch, nicht zu weinen. Laß den Mädels ihre Freude. Denk nicht an traurige Dinge.« Die Mädels waren meine Mutter und Tante Charlotte.

»Was gibt es sonst?« sagte ich. Ich hätte alle unsere traurigen Weihnachtsfeste auf dem Schreibtisch zwischen uns aufstapeln können – das Weihnachten, als ich dreizehn war und wir von Brandbomben getroffen wurden und nichts außer einem Messer und einer Gabel gerettet wurde, die meiner Mutter gehört hatten, als sie klein war. Die benutzt sie noch immer; »Traudi« ist jeweils auf dem Griff eingraviert. Es ärgert meine Mutter, wenn sie irgend etwas anderes neben ihrem Teller vorfindet. Dann kommt es ihr vor, als würde niemand sie beachten – als würde sie in ihrem eigenen Haus entwertet. Ich erinnere mich an ein anderes Weihnachten, als mein Vater mit Onkel Theo Wein trank; Wein machte ihn müde, wir mußten seine Sätze für ihn zu Ende sprechen. Angeblich hat er sich, als er uns verlassen hat, nur einen Apfel in die Tasche gesteckt. Meine Tante Charlotte packte später einige seiner Sachen und hinterlegte sie bei einem Kellner, den er kannte. Am nächsten Weihnachten betrank sich Onkel Theo allein, damals der einzige Mann im Haus, und er fing an, wie eine kleine Ziege herumzutollen, immer um den Baum herum. Ich schaute auf den Tisch, wunderschön mit einer gestärkten Decke gedeckt, und ich sah vier große Messer und Gabeln, wie für vier riesige Leute. Tante Charlotte hatte nicht an meine Mutter gedacht.

»Oh, mein eigenes kleines Messer und meine Gabel, ich seh sie gar nicht!« rief meine Mutter aus, die gerade in dem Augenblick hereinkam, in blauer Spitze von Kopf bis Fuß.

»Oh, mein eigenes kleines Arschloch«, sagte Onkel Theo mit der Stimme meiner Mutter, noch immer tanzend.

Er war genauso überrascht wie wir. Er schaute in die Runde, um herauszubekommen, wer so etwas sagen konnte. Meine Mutter schloß sich in ihrem Zimmer ein. Meine Tante Charlotte klopfte an die Tür und sagte: »Wir wollen ja nur, daß du ein bißchen Kompott ißt, liebe Traudi.«

»Dann werdet ihr es mir eben herbringen müssen«, sagte meine Mutter. Aber nachdem sie das gesagt hatte, machte sie die Tür nicht auf. Wir wußten, daß sie pünktlich herauskommen würde, um die *Nußknacker-Suite* zu sehen, und so gingen wir aus dem Haus und taten so, als wollten wir unsere Weihnachtsbesuche einen Tag eher abstatten. Wir saßen lange im Bahnhof, als warteten wir auf jemanden. Als wir zurückkamen, merkten wir, daß sie das kurze Kettenschloß an der Wohnungstür vorgehängt hatte, so daß alle Schlüssel der Welt einen nicht hereinlassen würden. Da standen wir also, alle drei mit Hüten auf dem Kopf, und hofften, unsere Nachbarn würden nicht herausgucken, um zu sehen, wer die ganze Klingelei veranstaltete. Schließlich tauchte jemand auf – ein schmuddeliger kleiner Junge. Hinter ihm sahen wir eine große Gesellschaft um einen Tisch, die herausschaute und über uns lachte, die ungebildeten Münder weit offen. Wir sagten höflich, daß unsere Verwandte wohl eingeschlafen wäre und, leicht taub, die Türklingel nicht hörte.

»Wir wußten doch, daß da ein Tauber in der Wohnung ist«, sagte jemand am Tisch.

»In Indien gibt es kein Weihnachten«, sagte Onkel Theo und gehörte damit zu ihrer Gesellschaft. »Dort hat es keine Bedeutung.« Ich war froh, daß meine Tante und ich anständig aussahen. »Meine Schwägerin hat einen erheblichen seelischen Schock hinter sich«, sagte Onkel Theo und nahm ein Glas entgegen. »Weihnachten ist so traurig.«

Eine Gefühlswelle wogte um den Tisch. Ja, Weihnachten ist traurig. Jeder hat einen Grund, an Weihnachten und im Frühling aus dem Fenster zu springen. Inzwischen rief ich unsere Nummer an und hörte unser Telefon auf der anderen Seite der Wand klingeln. Die Tapete unserer Nachbarn ist mit Fingerabdrücken befleckt wie bei meiner Schwägerin. »Warum nicht die Polizei holen?« sagte jemand. Meine Tante sah aus, als wolle sie sich eine Schürze übers Gesicht werfen und weinen – das war jedenfalls alles, was sie tat, als mein Bruder wegging. »Nun, Onkel?« sagte ich. Alle schauten zu dem Mann, der in Indien gewesen war. Ehe er einen Entschluß fassen konnte, meinte der kleine Junge, der die Tür aufgemacht hatte: »Ich kann über die Balkons rumkommen.« Merken Sie, wie leicht es für diese Leute ist, uns nachzuspionieren? Sie müssen das schon hundertmal getan haben. Er mußte bloß über die Trennwand zwischen den beiden Balkonen grätschen, was er auch tat und dabei die Blumentöpfe umstieß, die für den Winter mit Plastikstücken abgedeckt waren. Meine Tante schaute mich böse an, wie um zu sagen, daß es nichts ausmache. Er hielt sich die Hände über die Augen und guckte durch die Scheiben der Doppelglastüren. Dann klopfte er mit beiden Fäusten, schwer atmend, die Backen so rot, als hätte er eine Backpfeife bekommen. »Die Dame sitzt da auf dem Boden und sieht fern«, sagte er schließlich.

»Stocktaub«, sagte Onkel Theo, um der Geschichte treu zu bleiben.

»Sie ist tot«, jammerte meine Tante. »Meine Schwägerin hat einen Schlaganfall gehabt.«

»Schlag die Scheiben ein«, rief ich dem Kind zu. »Nimm einen Blumentopf. Paß auf, daß du dich nicht schneidest.« Ich dachte an Blut auf dem Parkettboden.

Natürlich war sie nicht tot, sondern schmollte nur und wartete auf die *Nußknacker-Suite.* Sie sagte, sie sei in Ohnmacht gefallen. Wir halfen ihr in einen Sessel. Danach war es schwierig, die Nachbarn hinauszukomplimentieren, und noch schwieriger, zu unserem ursprünglichen Status zurückzugelangen; sie hielten uns auf der Treppe an und erkundigten sich nach »der armen kranken Dame«. Es dauerte ein Jahr, ehe wir zum »Guten Morgen« zurückkehren konnten und wieder bei einem bloßen Kopfnicken angelangt waren. Denn obwohl wir am Weihnachtsabend, als Erinnerung an die deutsche Teilung, brennende Kerzen in die Fenster stellten, ist es anscheinend etwas ganz anderes, wenn Massen von Flüchtlingen nebenan einziehen, zu sechst in einem Zimmer und ohne jede Kultur. Es wäre schon gut, alle wieder unter einer Fahne zu haben, aber die Sachsen in Sachsen, und so weiter, bitte.

Nachdem ich all dies hinter mir habe, die Weihnachtserinnerungen meines Lebens, was könnte ich da anderes sagen als: »Was gibt es denn sonst?«

»Versuch doch, überhaupt nicht zu denken«, sagte Onkel Theo, grinsend vor Nervosität und mit ängstlichen kleinen Räuberaugen, deren Blicke blitzschnell überallhin schossen. »Räuber« ist vielleicht zuviel; sagen wir, er hatte nie auch nur ein Gramm bürgerliches Gefühl. »Ich habe Karten für den *Zigeunerbaron*«, sagte er. Das also wollte er mir erzählen!

»Was meinst du damit, Onkel Theo?«

»Für uns vier, den Tag nach Weihnachten.«

»Unmöglich«, sagte ich.

»Also warum, Hilde? Die Mädchen lieben Musik.«

»Gebrauch deinen Verstand, Onkel Theo. Ich kann jetzt nicht reden.«

Was meinte er mit *warum*? Es war unmöglich, das war alles. Erstens die Grippewelle. Die Leute husteten und niesten, ohne sich etwas vors Gesicht zu halten.

»Ich wollte, du hättest zwei Tage Zeit, darüber nachzudenken«, sagte Onkel Theo. Es kam mir vor, als würde er schleichen, kriechen. Ich weiß gar nicht, warum er solche Angst vor mir hat.

Es schien so klar: Es geht nicht, sie ins Theater auszuführen, oder sonstwo in die Kälte. Es stört ihre Gewohnheiten. Sie sind völlig zufrieden mit ihrem Fernseher. Sie haben ihr eigenes warmes kleines Theater in unserem Wohnzimmer. Meine Mutter darf immer das Programm wählen, wie man sich vorstellen kann. Sie läßt sich mit einer Schale Walnüsse im Schoß nieder. Meine Tante sieht nie den Anfang von irgend etwas, weil sie herumgeht und nach ihren Pflanzen schaut. Schließlich setzt sie sich, und die anderen erzählen ihr den Inhalt, wenn es einen gibt. Onkel Theo trinkt Weißwein und lacht über alles. Einer nach dem anderen schlafen sie in ihren Stühlen ein. Ich wecke sie auf und schicke sie ins Bett, während die Spätnachrichten das Wetter für den nächsten Tag vorhersagen. Warum soll man sie in die Kälte rausfahren, um eine Operette zu sehen? Und außerdem, wie sollen wir denn hinkommen? Das Auto ist für den Winter abgemeldet, die Versicherung ausgesetzt und die Batterie abgeschaltet. Wenn wir es rausholen würden und zum Laufen brächten wo sollte ich nach Meinung von Onkel Theo parken? Vermutlich könnte ich früher am Tag zu Fuß gehen und die Straßen in der Nähe des Theaters aussuchen, wo Parken vielleicht erlaubt ist. Oder wir könnten *alle* sehr früh gehen und im Auto sitzen, bis das Theater aufmacht. Aber wir müßten den Motor laufen und die Heizung in Betrieb lassen, und wir würden sicher innerhalb einer Stunde hämmernde Kopfschmerzen bekommen. Wir könnten zu Fuß gehen, aber diesen alten Leuten wird schrecklich warm in ihren Mänteln, und dann schwitzen sie und erkälten sich. Ich bin erstaunt, daß die Stadt das Stück um diese Zeit aufführen läßt.

Das alles erklärte ich Onkel Theo mit der ruhigsten Stimme, die man sich vorstellen kann.

Er sagte: »Ich sollte die Karten also lieber zurückgeben.«

»Warum?« erwiderte ich. »Warum das? Wie du schon sagst, die Mädchen haben Musik gern. Warum sie um einen Ausflug bringen? Ich wollte nur, daß du dir ausnahmsweise einmal die möglichen Folgen deiner Aktionen klarmachst.«

Warum ist eigentlich jeder deprimiert, wenn er die Wahrheit hört? Ich berichte dem Chef, daß Hausen in einer Schreibtischschublade Zeitung liest. Sein Gesicht verzerrt sich. Ihm wäre lieber, ich hätte es gar nicht aufgebracht. Er sieht aus dem Fenster; er hat beschlossen, es zu vergessen. Er wird es vergessen. Ich habe ja nie etwas gesagt; er muß ja nicht mit Hausen sprechen, geschweige denn ihn entlassen. Als mein Bruder ein Mädchen mit einem Kinn wie ein türkischer Pantoffel heiratete, habe ich ihn gewarnt, wie seine Kinde aussehen würden – daß er sich wegen ihrer häßlichen Gesichter schämen würde, sie fotografieren zu lassen.

Ich sage zu meiner Mutter: »Wie kannst du nur über nichts so kichern? Einer deiner Söhne wurde umgebracht, der andere besucht dich nie, und dein Mann hat dich im Alter von dreiundsechzig einer anderen Frau wegen verlassen.« Eine halbe Stunde später hat sie, wenn nicht jemand ihre Gefühle verletzt oder das Fernsehprogramm ohne zu fragen gewechselt hat, ihre eigene Lebensgeschichte vergessen. Die Familie behauptet, Onkel Theo sei ein politischer Held, aber ist er nicht eigentlich ein Mann, der sich davor drückte, in den Krieg zu ziehen? Nach Stalingrad wurde er zum Militärdienst einberufen. Bei der medizinischen Untersuchung wies er auf sein Alter hin, auf seine Krampfadern, seinen Blutdruck, aber das half alles nichts. Er war diensttauglich – für das nächste Ausverkaufsangebot, meinte Onkel Theo. Er zog sich wieder an, noch immer schimpfend, und er sollte dann einen Aktenordner mit seinem Namen darauf in ein Zimmer ein Stockwerk höher bringen. Auf dem Weg nach oben hatte er eine Erleuchtung. Alles, was seine Person betraf, war in diesem Aktenordner. Wenn der Aktenordner verschwinden würde, dann würde auch Onkel Theo verschwinden. Er drehte sich um und ging geradewegs aus der Tür. Er vernichtete den Aktenordner nicht, falls man vorbeikommen und nachfragen würde; er wollte sagen, er habe die Anweisungen nicht verstanden. Niemand kam, und kurz darauf wurde sein Arbeitszimmer bombardiert und der Aktenordner wurde zu Asche. Als Onkel Theo verhaftet wurde, geschah das aus einem ganz anderen Grund, der mit Schwarzmarktkontakten zu tun hatte. Zuerst kam er ins Gefängnis, dann, als das Gefängnis bombardiert wurde, in ein Lager. Dort trug er auf seiner gestreiften Jacke das schwarze Abzeichen, das »gesellschaftsfeindlich« bedeutete. Allgemein wird angenommen, daß er das rote Abzeichen trug, das »politisch« bedeutete. Wie die Dinge nun heute so stehen, verleiht ihm dies Ansehen. Aber zu der damaligen Zeit war das anders, und er hat mir selber erzählt, daß das Lager von jenen gesellschaftsfeindlichen Elementen bestimmt wurde. Sie waren es, die die innere Ordnung voll unter Kontrolle hatten, das Margarinegeschäft, das Extra-

Suppen-Geschäft, den Zigarettenumschlag. Onkel Theo war kaum einen Monat dort, so hieß es allerseits, aber die Zeit veränderte seine Lebensauffassung.

Jetzt stellen Sie sich bloß meine Lage vor: Achtzehn Jahre beim Städtischen Touristik- und Reisebüro, zugunsten anderer nicht befördert, weil ich eine Frau bin, zu Hause umgeben von alt gewordenen Kindern, die ihre eigene Geschichte nicht auf die Reihe bekommen. Sie haben kein Geld, kein Eigentum, keine Zukunft, keine dokumentierte Vergangenheit, nichts als Heimlichkeiten. Meine Eltern haben sich nie gerechtfertigt. Lange Zeit dachte ich, sie würden in unserem Kellerschrank Apfelsaft aufbewahren. Nachdem mein Vater uns verlassen hatte, ging ich runter und zählte achtzehn Flaschen Weißwein. Wo kamen die her? »Sagt mir die Wahrheit«, habe ich gebettelt. »Erzählt mir alles, woran ihr euch erinnert.« Sie sitzen lächelnd da und nippen Wein aus Nachkriegsgläsern. Meine Mutter knackt Walnüsse und reicht die Schale herum. Das ist alles, was ich als Antwort erhielt.

Manchmal nehme ich auf dem Weg nach Hause die Abkürzung über den Friedhof. In dem langgestreckten, kahlen, verschneiten Areal wurden russische Gefangene beerdigt. Als die Leichen in die Heimat überführt wurden, wurden sogar die Grabsteine mitgenommen – alle bis auf zwei. Vielleicht haben die Familien vergessen, die Herausgabe der Leichen zu erbitten; oder vielleicht waren es keine richtigen Kriegsgefangenen, sondern irgendwelche Betrüger. Warum auch immer, zwei ziemlich saubere Grabsteine ragen einsam aus dem Schnee, nichts rundum. In der Nähe sind die Gräber russischer Gefangener aus dem Ersten Weltkrieg. Die Steine sind alt und dunkel und in alle möglichen Richtungen umgekippt. Je mehr ich darüber nachdenke, um so sicherer bin ich, daß diese beiden keine Russen gewesen sein können.

Gestern um sechs Uhr stand ein Liebespaar auf dem Friedhof, reglos wie ein Baum. Ich mußte beiseite treten; Schnee kam auf meine Stiefelspitzen. Auf einigen Gräbern sah ich in kleinen Vertiefungen Kerzen brennen und auf den Kindergräbern Weihnachtsbäume. Was soll ich machen, wenn ich die Familie beisetzen muß? Onkel Theo redet davon, ein Grab zu kaufen, aber in dem Grab, das er im Sinn hat, ist kein Platz für mich, und das weiß er. Ich hätte heiraten sollen, und wenn ich dann sterben würde, würde ich bei meinen Schwiegereltern beigesetzt – das ist es, was Onkel Theo sich sagt. Wenn man vom Sterben redet, sieht er verwirrt aus. Sein Gesicht verliert die Symmetrie eines gekochten Eis. Er sagt dann: »Nur Mut, Hilde, so schlimm kann es doch nicht sein, sonst hätte man inzwischen ein Mittel dagegen gefunden.«

Er war Aufseher in einem Kriegsgefangenenlager. Das habe ich vergessen zu erwähnen. So ist er eigentlich aus dem ersten Lager herausgekommen; in ihrer Verzweiflung forderten sie Freiwillige aus dem gesellschaftsfeindlichen Bereich – Diebe, Zuhälter, Schwarzmarkthändler. Die meisten von ihnen gingen an die Ostfront und fielen dort. Onkel Theo, so klein an Statur und schon älter, wurde Aufseher nicht allzu weit von zu Hause weg. Selbst dort ging es ihm gut, und als am Ende die russischen Gefangenen ausbrachen, hängten sie ihn nicht auf, prügelten ihn auch nicht zu Tode, sondern fesselten ihn lediglich an einen Baum. Sie sagten ihm einen Satz vor, den er dem Klang nach wiederholen sollte, wenn russische Truppen vor den anderen kommen würden. Zu seinem Glück tauchten die Amerikaner zuerst auf; alles, was er je in einer Fremdsprache sagen konnte, ist *»Pro domo sua«*, und das muß er auch dem Klang nach gelernt haben. Er ist kaum zur Schule gegangen. Onkel Theo konnte nachweisen, daß er damals verhaftet wurde, und das erwies sich als Vorteil für ihn. Jetzt hat er eine Pension und wird als Held angesehen, was ärgerlich ist. Er ist nie irgendwo Parteimitglied gewesen. Er geht nicht in die Kirche. Er sagt »*Pro domo sua*« und macht dabei die Augen zu.

Onkel Theo hat 1955 Kriegsentschädigung beantragt. Er hat seine Akte vorgelegt – Zerstörung einer Porzellanfabrik, ungerechtfertigte Gefangenschaft, pazifistische Überzeugungen, menschenfreundlicher und beliebter Aufseher in Kriegsgefangenenlager –, und 1960 bekam er einen Pauschalbetrag und eine Mitteilung über eine künftige Pension. Er brach unverzüglich nach Indien auf, mit einer Reisegruppe, hauptsächlich kleine Witwen. Aber er entschied sich, keine von ihnen zu heiraten. Er brachte jedem von uns einen Schal mit und einen Satz Messingschalen. Nach seiner Rückkehr schrieb er dann »O ewiger Friede«.

Ein letztes: Ohne meine Zustimmung, sogar ohne mich zu fragen, gab Onkel Theo eine Heiratsanzeige für mich auf. Das war vor Jahren, ehe er seine Pension bekam. Er gab mein Alter als »jugendlich« an, Gesicht und Figur als »anmutig«, meine Ansichten als »modern« und meine Erziehung als »fein«. Zu der Zeit war die Arbeitslosigkeit zu groß, und deshalb reagierte niemand darauf. Elf Jahre später gab er dieselbe Anzeige auf, ohne ein Wort zu verändern. Der einzige, der reagierte, wurde – von Onkel Theo – aufgefordert, vorzusprechen und zu schauen, ob er mich wollte. Ich sah den Kandidaten durch einen Nebel von Scham. Ich erinnere mich noch an sein Haar, das merkwürdig von seiner Stirn abstand, wie dunkles Gras, und daß er dasaß mit den Füßen nach innen gedreht und eine Schuhspitze über der anderen. Er war eigentlich kein Dummkopf, nur eben komisch, wie alle, die eigentlich nicht bis zur Hochzeit durchhalten wollen. Meine Tante, meine Mutter und mein Onkel stellten meine

Qualitäten heraus und drängten ihn, Obstkuchen zu essen. Meine Mutter sagte tatsächlich: »Hilde ist schon so viele Jahre im Touristikbüro, daß wir sie schon gar nicht mehr zählen können«, was das »jugendlich« ein bißchen umstieß, selbst wenn er sich davon hätte einnehmen lassen. Es war ein paar Tage nach Weihnachten; am Baum wurden frische Kerzen angezündet. Der Kandidat drehte den Kopf und schluckte. Alle wollten, daß er etwas sagte. »Können die Gardinen nicht Feuer fangen?« fragte er. Ich bin sicher, Onkel Theo hätte den Baum genommen und weggetragen, wenn er dazu fähig gewesen wäre, so begeistert war er von seinem Gast. Dann aß der Mann seinen Kuchen auf und ging, und ich wußte, daß wir nie wieder von ihm hören würden; und das war ein Glück.

»Ihr wollt doch diese Wohnung unbedingt für euch haben«, sagte ich zu meiner Familie. »Ihr habt euch über einen armen Bauern lustig gemacht, der mit einem Fuß auf dem anderen dasitzt. Wie würdet ihr denn die Miete hier ohne mich bezahlen? Begreift ihr denn nicht, daß ich euch nicht im Stich lassen kann?« Gleichzeitig wäre ich am liebsten auf den Balkon gelaufen und hätte gerufen: »Kommen Sie wieder!«, aber ich hatte Angst, die Blumentöpfe umzustoßen. Ich weiß nicht mehr, warum ich das erwähnen wollte.

Potter

Pjotr war fast einundvierzig, als er sich in Laurie Bennett verliebte. Sie lebte in Paris, aus keinem bestimmten Grund, soweit er wußte; das heißt, sie war weder von einer Arbeit noch von einem bestimmten Menschen angezogen worden. Sie kam ihm jung vor, etwa halb so alt wie er. Die Weltgeschichte begann für sie mit dem Vietnamkrieg; der Ursprung aller Dinge war ihre eigene Kindheit in Kanada. Sie verschleuderte ein Erbe sorgenloser Freiheit mit einer Hemmungslosigkeit, die Pjotr faszinierend fand, da er sich selbst schon lange als bankrott betrachtete – was Glauben, Liebe und die Freiheit, sich zu entscheiden, anging. Er war hier in Paris gefesselt, festgehalten, gebunden an ein Visum und dann an das System mysteriöser Gefälligkeiten, von denen sein polnischer Paß abhängig war. Die Hände waren ihm mit einem lose hängenden, zu einer Schlinge gedrehten Seil gebunden. Wenn er sich jäh bewegte, zog sich die Schlinge zu. Er besaß einen beschränkten Umfang an Gebärden, eine vernünftige Auswahl. Die neue Welt seiner Liebe schien ihm manchmal zu weit, um erquicklich zu sein, obwohl Laurie sie mit Leichtigkeit ausfüllte.

Er nannte seine Angebetete »La-o-rie«, was sie zum Lachen brachte. Sie konnte »Pjotr« nicht aussprechen und versuchte es auch nie; sie sagte Peter, Prater, Potter und Otter zu ihm, und er hörte auf alles. Warum auch nicht? Er liebte sie. Wenn sie bestimmte

Ungerechtigkeiten als selbstverständlich betrachtete, so nur deshalb, weil sie nicht wußte, daß es Ungerechtigkeiten waren. Von Pjotr wurde erwartet, daß er *instinktiv* auch noch den kleinsten Unterschied zwischen Victoria in British Columbia und Charlottetown auf Prince Edward Island kannte, während er, der arme Potter, aus einer nebulösen östlichen Ebene kam, die bar aller Straßen, Schulen, Busse, Fahrstühle und vielleicht sogar Grenzen war – und dies, weil sie Warschau auf einer Landkarte gar nicht gefunden hätte. Sie wußte, daß er Dichter und Lehrer war, mußte ihn aber wohl für eine drastische Ausnahme halten. Sie hatte sich rührend gefreut, als er ihr Gedichte von sich in dem Vierteljahresheft einer amerikanischen Universität zeigte. Drei Seiten auf Englisch waren alles, was er gebraucht hatte, um ihre kulturellen Schranken zu passieren. Sie hob ein Exemplar des Hefts in einer Plastiktüte auf und las, soweit er wußte, niemals mehr als seinen Namen auf dem Umschlag. Nichts von alledem störte ihn. Nicht als Dichter hatte Laurie Pjotr begehrt, sondern als Liebhaber – Gott sei Dank. Für ihn wiederum war, nach ihrer ersten Unterhaltung, überraschend, daß es in Kanada Straßen, Schulen usw. gab, obwohl sie häufig von einer Anglikanischen Internatsschule sprach, auf die man sie »geschickt« und sich »selbst überlassen hatte«, und die sie mit einem Konzentrationslager verglich. »Du hast wirklich nie davon gehört, Potter?« Es schien unglaublich, daß ein Mann von seiner Bildung nichts von der Bishop-Purse-Schule und ihrer berühmten Direktorin Miß Ellen Jones wußte. Bishop Purse, was immer sonst die Vorteile dieser Schule sein mochten, hatte Lauries sonnigen Verstand weder mit Geographie noch mit Geschichte, noch auch nur einfachen Rechenkenntnissen verdüstert. Sie hatte die Handschrift eines kleinen Jungen und beherrschte nicht einmal die Rechtschreibung ihrer eigenen Sprache. Lange Zeit hütete Pjotr einen Brief wie einen Schatz, in dem er als ein »echt sensiebler Mensch« und Laurie selbst als »bißchen verkwer in manchem, aber im großen und ganzen sehr frölich« beschrieben wurde.

Ihre gute Laune machte sie gänzlich exotisch. Pjotr war an Menschen gewöhnt, die keinen Brief sehen konnten, ohne gespannt zu fragen: »Schlechte Nachrichten?« Er hatte Frauen gekannt, die sich von jedem Tag eine Spanne für Phasen leisen, erstickten Weinens reservierten. Das Problem bei den polnischen Frauen war, nach Pjotrs Ansicht, daß sie immer gerade von ihren Männern verlassen wurden oder verlassen worden waren. Beim ersten Schatten einer Zurückweisung (ein aufgeschnapptes Stückchen Klatsch, irgendein bedeutungsloser Beweis der Vernachlässigung durch einen Liebhaber) gaben sie sofort auf, kämmten sich nicht mehr, machten ihr Bett nicht mehr. Sie lagen da wie Seesterne und rauchten auf die zerfahrene, aufgescheuchte Art der Niedergeschlagenen. Er sah sie kollektiv vor sich, mit nassen und fiebrigen Wangen, hörte einen Chor gebrochener Stimmen, die die entsetzliche Geschichte vom männlichen Verrat hinausschluchzten. Aus der Furcht, den gegenwärtigen Mann zu verlieren, erwuchs die feuchte Entschlossenheit, einen anderen als Ersatz zu finden. Pjotr lebte getrennt von seiner Frau, er war unschlüssig, und er fand nie ganz das, was er wollte. Was er nicht wollte, war ein Ruhekissen der Traurigkeit. Er wußte, daß Unglück ansteckend ist, und fragte sich, ob nicht auch Glück ansteckend sein könnte. Vielleicht brauchte er nur eine glückliche Person zu lieben und sie dazu bringen, ihn wiederzulieben.

»Bin ich zu fröhlich?« fragte Laurie. »Angeblich bin ich manchmal zu fröhlich. Das hat man mir schon gesagt. Es schreckt die Leute ab. Weißt du, nach dem

Motto: ›Da gibt's doch nichts zu lachen.‹« *Das hat man mir schon gesagt.* Schon damals, zu Anfang, hatte sie ihm Rohmaterial für zukünftige Seelenqualen geliefert; wenn er nur wachsam gewesen wäre. Doch war es gekoppelt mit einer zweiten Aussage, nämlich der, daß Potter wenn nicht gerade ihr erster Liebhaber, so doch einer unter den ersten sei, jedenfalls der erste, mit dem es Spaß mache – eine unsinnige Behauptung, die er auf der Stelle akzeptiert hatte.

Pjotr lernte Laurie über einen Cousin kennen, den er in Paris hatte, einen emigrierten Junggesellen, der in einem Reisebüro arbeitete. Pjotr hatte Mareks Büro nie gesehen. Wenn er sich mit Pjotr in einem der verrauchten Bistros um die Place de l'Opéra zum Lunch traf, schaute Marek oft auf die Uhr und flüsterte: »Ich habe eine Verabredung mit einem hohen Tier vom Schweizer Fernsehen« oder »mit dem Herausgeber der wichtigsten Zeitung – dem politisch mächtigsten Mann südlich der Loire« oder »mit einer Gräfin, die absolut alles am Quai d'Orsay beherrscht«. Pjotr sprach es nicht aus, aber es klang ihm sehr nach einem der typischen Warschauer Versuche, gesellschaftlich zu überleben. Mit Hilfe seiner Liebenswürdigkeit, seiner Sprachbegabung und einer gewissen kulturellen Schaumschlägerei hatte Marek sich einen Kreis französischer Bekannter erworben, auf den er extrem stolz war. Allerdings war dies ein anfälliges System, wie ein Kind mit einem ständigen Bronchialkatarrh. Er verschwendete viel Zeit, Aufmerksamkeit und Sorge darauf, es am Leben zu erhalten, was ihn aber nicht daran hinderte, auch jeden Namen, jedes Ereignis, jeden Skandal und jedes politische Manöver in der polnischen Kolonie am Ort zu kennen. Er wußte in der Tat so viel, daß man vielfach glaubte, er arbeite für die französische Polizei. Wie viele Spitzel – sollte das wirklich stimmen – war er häufig sehr knapp bei Kasse und hatte dann wieder unerwartet viel Geld zur Verfügung. Er wohnte in der heruntergekommenen Gegend östlich des Hôtel de Ville. Die Straße kam Pjotr trostlos und schmierig vor, aber sein Cousin beruhigte ihn, sie gelte in den höchsten Bereichen der Bohemiens als schick. Seine Räumlichkeiten befanden sich neben einer Synagoge, eine Treppe über einem Leichenbestatter. Wenn, wie es manchmal geschah, nächtliche Ausbrüche von Antisemitismus dazu führten, daß die Synagoge mit Hakenkreuzen beschmiert wurde, gerieten gewöhnlich auch ein paar an das melancholische Fenster des Leichenbestatters und über die Tür in das Treppenhaus, das zu Marek führte. Die Hakenkreuze schufen eine weitere Legende: Marek sei in der französischen Résistance Doppelagent gewesen. In Wirklichkeit war er am Ende des Krieges weit von Frankreich entfernt und erst knappe dreizehn Jahre alt gewesen. Gerüchte wollten auch wissen, daß er für Israel arbeite (möglicherweise wegen der Nähe der Synagoge) und für den CIA. In seiner Wohnung standen große weiche Möbel, grau im Farbton, die als »modern« und »amerikanisch« betrachtet wurden und zweifellos per Luftfracht von Washington eingeflogen worden waren, im Austausch gegen Informationen über Mr. X, der einen beherrschenden Anteil an einem Spielwarenladen aufgekauft, oder die kleine Miß Y, die triumphierend ein weiteres Schuljahr abgeschlossen hatte. In Wirklichkeit waren die Sessel und Sofas das Geschenk eines Schweizer Innenausstatters, der Marek Geld oder eine Gefälligkeit oder sonst irgendeine Hilfe schuldete – die Erklärung verlor sich jeweils. Obwohl er sich sehr viel mehr für Männer als für Mädchen interessierte, waren gewöhnlich mehr Mädchen als Männer auf seinen Parties. Die schönsten jungen Frauen, die Pjotr je gesehen hatte, kletterten die unbeleuchtete Treppe hinauf, unbeeindruckt vom nüchternen Drum und Dran des Todes im Erdgeschoß oder den gelegentlichen Hakenkreuzen. Pjotr bewunderte die Ungezwungenheit seines Cousins mit Frauen, das beiläufige Umarmen und Händchenhalten. Es war, als machte es den Mädchen, die weder etwas fürchten noch viel zu hoffen hatten, Spaß, das unbedeutendere Beiwerk der Verführung an ihm auszuprobieren. Die Mädchen waren Däninnen, Deutsche, Französinnen und Amerikanerinnen. Sie waren Studentinnen, Mannequins, Messehostessen, zögernde Verlobte, aufmüpfige Töchter. Ihre Uniform in dem Jahr, in dem Pjotr Laurie kennenlernte, bestand aus Bluejeans und Samtblazer. Sie glichen in nichts den abgeschabten, ausgefransten Mädchen, die er im Quartier Latin sah und die so niedergeschlagenen Gesichts, so mutlosen Haares und Saums herumliefen, daß er sich von Marek überzeugen lassen mußte, daß sie die wohlgenährten Kinder der Mittelklasse waren und nicht die Randgestalten einer zusammenbrechenden Wirtschaft. Mareks Mädchen trugen das Haar lang und glänzend und hielten ihre Figur schlank und fit. Sie diskutierten über ihre Gedanken, nicht über ihre Gefühle, mit einer feierlichen Arroganz, die Pjotr unendlich rührend fand. Doch kamen sie ihm nicht leicht und unbeschwert vor. Sie waren einfach nur von Natur aus weniger der Verzweiflung hingegeben als die polnischen Frauen. Er war auf der Suche nach jemandem, obwohl das keiner gemerkt hätte. Vielleicht wußte es sein Cousin. Wieso hätte er sonst Pjotr immer wieder mit all diesen hübschen Frauen zusammen eingeladen? Ein stirnrunzelndes französisches Mädchen hätte beinahe Pjotrs Herz gewonnen, als er merkte, daß die Sommersprossen auf ihrer Nase rostbraune Farbtupfer waren. Sie war ernsthaft und hielt ihre Zigarette wie eine Herrscherin, doch alleine, vor dem Spiegel, mußte sie sehr demütig gewesen sein. »Hilf mir«, mußte sie das Spiegelglas angefleht haben. »Hilf mir, passend zu sein, begehrenswert.« Zu Pjotr sagte sie: »Wie kann man heutzutage überhaupt Gedichte schreiben? Ich persönlich lehne das Absolute ab.« Pjotr hatte keine Ahnung, was sie damit meinte. Er hatte weder sie noch eine andere Frau jemals darum gebeten, das Absolute zu akzeptieren. Er hatte mit der Hoffnung gespielt, daß sie ihn akzeptieren könnte. Bevor er eine Antwort aber auch nur planen konnte, trat Laurie Bennett dazwischen. Sie kam einfach auf Pjotr zu und sagte ihren Namen. Sie hatte blaue Augen, blondes, schulterlanges Haar und eine Lücke zwischen den oberen Schneidezähnen.

»Ich habe das nie richten lassen wollen«, erklärte sie Pjotr. »Es soll angeblich Glück bringen.«

»Hast du Glück?« sagte Pjotr.

»Natürlich. Das hat doch jeder. Hast du keins?«

Sie setzten sich, Pjotr in einen der Schweizer Sessel, das Mädchen auf den Boden. Bemerkungen in einer fremden Sprache versetzten ihn oft vor eine eingebildete Backsteinmauer. Glück haben? Aber noch bevor er antworten konnte, sagte sie: »Bist du der berühmte Cousin? Von da drüben?« – mit einer Handbewegung, die eine Welt von schlechten Zugverbindungen und entsetzlichem Essen umschrieb. »Kennst du Solschenizyn? Wenn Solschenizyn hier hereinkäme, würde ich auf die Knie fallen und ihm danken.«

»Wofür?« sagte Pjotr.

»Weiß *ich* doch nicht. Ich dachte, du weißt es vielleicht.«

»Es ist nicht sehr wahrscheinlich, daß er hereinkommt«, sagte Pjotr. »Dann wirst du dich also nicht lächerlich machen müssen.«

Zufällig kniete sie aber schon, hockte auf den Fersen zu Pjotrs Füßen. Sie rutschte näher, stellte ihr Glas rosigen Weines auf die Armlehne seines Sessels, legte ihren Ellbogen auf sein Knie: »Ich habe ja nur versucht, dir mein Mitgefühl zu zeigen.« Er hätte gern ihr Haar berührt, legte aber statt dessen die Hände ineinander. Sein Cousin hatte ihm gesagt, daß er manchmal wie ein mißglückter Priester aussehe. In der Tat inspirierte er Frauen eher zu Beichten als zu flammender Leidenschaft.

Wenn er sich später daran erinnerte, meinte er, es müsse damals gewesen sein, daß Laurie ihm von ihrer verwahrlosten Kindheit und ihrer Schule zu erzählen begann. Sie wirkte nicht im geringsten traurig, obwohl die Geschichte so trostlos war, wie dieses lächelnde Mädchen sie nur machen konnte. Das, was sie nach der Bishop-Purse-Schule am meisten gehaßt hatte, war jemand, den sie »mein Bruder Ken« nannte. »Mein Bruder Ken« litt unter einem so neurotischen Snobismus, daß er einen Nervenzusammenbruch hatte, als er versuchte, sich zwischen einem Golden und einem Labrador zu entscheiden. Seine Frau, deren Name so klang wie »Bobber Ann«, ging mit dem Fall zu einem Psychotherapeuten, der ihr riet, von jeder Sorte einen zu kaufen. Pjotr wußte nicht, daß Laurie von Hunden sprach, und nachdem sie es erklärt hatte, kam ihm die Geschichte noch rätselhafter vor. Ihm gefiel sofort, wie sie die Spannung aufbaute. Sie entzündete sich an ihren eigenen Geschichten und konnte sie schließlich vor Lachen kaum zu Ende erzählen. Ja, die Frau ihres Bruders hieß Bobber Ann. Barbara vielmehr – sie hatte Bobber Anns Torontoer Akzent nachgemacht. »Mein Bruder Ken ist eigentlich ein ganz gemeiner Scheißkerl«, sagte Laurie vergnügt. »Und sie, Bobber Ann, hat immer weiße Handschuhe an, die macht sie mit Brotkrümeln sauber – das stimmt wirklich. Wie lange bleibst du in Paris, Otter, Potter, ich kann das nicht aussprechen. Würdest du zu einer Party kommen, wenn ich eine geben würde?«

Zu der Zeit lebte sie in der Wohnung anderer Leute in der Avenue Mozart. Der Name dieser Straße blieb für Pjotr noch lange nachdem er wußte, daß er Laurie nie wiedersehen würde, eine Art Zauberformel. In Erinnerung blieben ihm von den fremden Zimmern die kaltblauen Wände, eine Pflanze, die wie ein Haufen Salatblätter aussah und die Laurie zu gießen vergaß, und ganze Wände voller fürchterlicher Sepiadrucke von Brücken und Flüssen.

»Meine Freunde sind gut im Druck, was?« sagte Laurie. Ihre Freunde arbeiteten bei der UNESCO oder »irgendsoeinem Kulturzirkus«. Als die letzten englischsprechenden Nachzügler die Party verließen, nachdem sie den letzten Rest des zollfreien Gins der Gastgeber ausgetrunken hatten, sagte Laurie, ohne besonderen Nachdruck: »Nein, Potter, du bleibst da.«

Die Wohnung in der Avenue Mozart war eine von so vielen, daß Pjotr im Laufe der Zeit aufhörte, sie zu zählen. Ihre Wohnung gehörte niemals ihr selbst, sondern es waren immer Räumlichkeiten, in denen sie hauste, solange die Besitzer fort waren. Manchmal mußte sie einen Hund ausführen oder einen Wellensittich füttern, aber meistens nur das Haus versorgen. Sie erzählte Pjotr, sie ziehe soviel umher, weil sie Frieden suche und ihn nie finden könne. Er nahm, nicht ohne Wohlwollen, an, daß sie eine Bemerkung in dieser Richtung auf einer von Mareks Parties gehört hatte. Ein Jahr nach der Avenue Mozart war die Seite »B« in seinem Adreßbuch ein solches Gewirr von durchgestrichenen Adressen, daß er ein Buch nur für Laurie allein kaufte. Er hielt darin die zauberhaften Namen ihrer Pariser Straßen fest, und mysteriöse postlagernde oder American-Express-Adressen in Cannes, Crans-sur-Sierre, München, Portugal, der Normandie, Gstaad, Madrid. Sie schickte ihm bunte Fetzen von

Nachrichten über exzentrische Wohnquartiere, witzige kleine Jobs, die nie lange dauerten, und sie schickte Pjotr alles, ja alles Liebe. Von sonnigen Stränden kam die Nachricht, daß Laurie zu viel esse, daß sie faul und braun sei und köstlichen Wein trinke. Oft klang es, als sei sie allein. Wenn sie »wir« schrieb, dann klang es, als seien sie zu dritt; sie reiste mit Ehepaaren, niemals mit dem gleichen Paar zweimal. »Hier werden wir einmal zusammen herkommen«, versprach sie von Orten, die er niemals in seinem Leben sehen würde. Er hatte ihr von seinem Paß erzählt, und daß es eine unberechenbare Gunst war, ihn auch nur für drei Wochen zu besitzen, da er einmal, vor zwanzig Jahren, wegen politischen Hochverrats verhaftet worden war. Er erklärte es ihr, aber sie vergaß es immer wieder. Sie hatte keine Erinnerung, außer an ihre Schulzeit; sie war wie eine Tafel, die jede Woche einmal leergewischt wird. Laurie konnte sich nicht an Lokale erinnern, in denen ihre wichtigsten Gespräche stattgefunden hatten. Ihr Leben kam ihm zerbrechlich und silbern vor wie eine Christbaumkugel. Wenn er und Laurie getrennt waren, was so gut wie immer der Fall war, spiegelte ihr Leben ein weibliches westliches Geheimnis wider: es spiegelte Hotelzimmer und gebückte Skifahrer, Wein in Gläsern und verzerrte Gesichter. Er hörte im Geiste ihre Stimme und erinnerte sich an ihr helles Haar. Er war verbannt aus Lauries Nähe – niemals Laurie aus Pjotrs Nähe. Sie sammelte einfach ihre Welt zusammen und nahm sie mit. Er war böse auf sein Exil. Er hätte ihre Welt gern genommen, sie zerdrückt, glitzernden Staub daraus gemacht. Er hätte sich fast dazu bringen können, sie zu hassen, ihrer gedankenlosen, unsinnigen Freiheit wegen, ihrem nachlässigen Umgang mit Grenzen. Sie wanderte von einem Ort zum anderen, ohne wahrzunehmen, wo sie war – das merkte er ihr an. Und was tat sie? Essen, trinken, wahrscheinlich lieben, herumalbern. Aber sogar ihre Albernheit war etwas, was sie beide verband, miteinander verschwor. Ihre Albernheit hatte ihn angezogen, hatte ihn dazu gebracht, persönliche Witze mit ihr zu teilen, die dann lebendig blieben, ihn zwangen, ihr Zeichnungen, Bilder, Erinnerungen oder was sonst die Beziehung festigen konnte zu schicken. Aber wenn diese Dinge dann ankamen, hatte Laurie den Witz meistens schon längst vergessen und war einem anderen auf der Spur.

Sie war nicht immer albern. Manchmal bekam er ein tief unglückliches Gesicht zu sehen, und immer seinetwegen – weil sie ihn liebte und ein halber Kontinent zwischen ihnen lag; weil er Kinder hatte; weil die Frau, mit der er nicht mehr zusammenlebte, die er bewundert, aber nie geliebt hatte, wie ein Buch war, das er weder lesen noch zuklappen konnte. Dann kam es ihm vor, als hätte er eine Krankheit, die das zuversichtliche Mädchen anstecken und verkrüppeln könne. Er sah die Selbstzweifel in ihrem Gesicht und das verwunderte Elend. Wenn sie sagte: »Mit mir stimmt wohl irgendwas nicht«, hörte er im stillen auch seine Frau.

Sie trennten sich zweimal; sie wurden dazu gezwungen. Pjotr mußte zurück. Laurie nahm ihr altes Leben wieder auf und machte sich keine Gedanken um seines; zumindest fragte sie nie danach. In Warschau wachte er jeden Morgen mit derselben Frage auf: Kommt heute ein Brief? Ihre Briefe waren komisch, freundschaftlich, liebevoll, voller Rechtschreibfehler. Sie waren kein Ersatz für Laurie; sie waren wie Medizin, die ein Symptom beseitigen kann, aber nicht die Wurzel des Übels. Manchmal rief sie an, aber ihm war die Stimme in seiner Erinnerung lieber, und die Anrufe ließen ihn leer zurück.

Als er zum zweitenmal nach Paris kam, geschah es am Ende eines heißen Sommers. Er fand sie über einer Kunstgalerie am Boulevard Malesherbes. Sie erzählte, daß Proust irgendwo in der Nähe gewohnt habe, vielleicht im Nachbarhaus. Sie war nicht sicher, wer Proust war. Wie die Bemerkung über Solschenizyn wurde auch diese nur ausgesprochen, um ihm eine Freude zu machen; es war Lauries Art, jemandem ein Kompliment zu machen, den sie für klug hielt.

Sie lebten hinter geschlossenen Läden, wegen der Hitze, und kamen nach Einbruch der Dunkelheit heraus auf die immer noch dampfenden Straßen. Ihm fiel auf, daß sie eine neue Uhr mit einem weißen Armband trug. Die Uhr war durchsichtig, und drinnen drehte sich eine Vielzahl von Sternen.

»Die habe ich doch schon immer«, sagte sie, als er fragte, wo solch ein Wunder zu haben sei. Sie trug sie auch beim Schlafen und wenn sie sich liebten – deshalb war sie ihm aufgefallen. Er beobachtete, wie Laurie (sie sah nicht, daß er zuschaute) die Uhr vor dem Baden abnahm und küßte. Ein wenig später sagte sie: »Die habe ich mal in Zürich gekauft«, und dann, so groß war ihre Fähigkeit zu vergessen: »Sie war ein Geburtstagsgeschenk.« Als die Zeit gekommen war, Pjotr zum Flughafen zu bringen, zauberte sie plötzlich ein Auto aus dem Nichts. Für Pjotr, der kein Auto von einem anderen unterscheiden konnte, war es einfach nur cremefarben und klein. »Das gehört dem Mädchen, dem auch die Wohnung gehört«, sagte sie, obwohl sie bisher von den Besitzern als »ihnen« gesprochen hatte. Auf dem Flughafen sagte sie im letzten Augenblick, daß sie und Pjotr einander lieber vergessen sollten. Diese Trennungen brächten sie Zentimeter für Zentimeter um. Sie mochte ihn nicht ansehen und wollte nicht, daß er sie berühre. Es war ein gequält sich windendes Elend, wie das eines sterbenden Tieres. Sie sagte: »Ich nehme das Auto und fahre irgendwohin. Ich weiß noch nicht wohin. Ich weiß noch nicht einmal, wo ich heute nacht schlafen werde. Ich kann nicht zurück in diese Wohnung gehen und dort allein schlafen.«

»Wirst du mir schreiben?« fragte Pjotr.

Sie drehte sich weinend um und lief weg.

Wochenlang war er betäubt von ihrer Abwesenheit, ihrem Schweigen, ihrem Kummer, seiner eigenen Schuld. Aus einem Bedürfnis heraus, aus Eitelkeit hatte er sich in ein junges Leben eingemischt. Er hatte das Geschenk dieser tiefen Empfindung nicht erwartet. Vielleicht wußte er nicht, was er damit anfangen sollte. Er kannte sich mit Frauen nicht aus; in dem Alter, in dem er es hätte lernen sollen, hatte er im Gefängnis gesessen. Vielleicht besaß Laurie, die so leichtherzig und sorglos war, eine Fähigkeit zur Leidenschaft, die über Pjotr hinausschoß. Im Gefängnis hatte er gelernt, daß Fasten, wie jede andere Entbehrung, ein Ganzsein unmöglich machte. Ihm war schlecht geworden, als er einen Apfel aß; es war gewesen, als äße er einen nassen Stein. Die Einsamkeit des Gefängnisses machte die Gegenwart jedes anderen Menschen erschöpfend, und das Fehlen von Liebe in seinem Leben machte jetzt die Liebe zu dem transformierten Apfel – dem nassen Stein, den er weder schmecken noch verdauen konnte.

Drei Tage nach seiner Rückkehr nach Warschau brach er sich den Knöchel – einfach so, ganz dumm, als er von einem Bordstein trat. Er schrieb in das Schweigen von Paris, daß er behindert sei, Schmerzen habe, aber der Schmerz sei nichts, verglichen mit seiner Sehnsucht nach Laurie. Wochen später antwortete sie, daß sie noch immer ihn liebe, und keinen anderen. Sie schien beunruhigt über den Knöchelbruch; in gewisser Weise gab sie sich selbst die Schuld. Sie waren jetzt, was sie zuvor gewesen waren – zwei Verliebte, Meilen voneinander, ohne eine Hoffnung, sich wiederzusehen. Es schmeichelte ihm, daß sie sich genügend an ihn erinnerte, um ihm zu versichern, daß sie ihn immer noch liebe – sie, die keine Erinnerung hatte.

Pjotr wurde dreiundvierzig. Nach verzögerten, umständlichen, von Daumendrücken und angehaltenem Atem begleiteten Verhandlungen bekam er einen neuen Paß und ein Dreimonatsvisum für Frankreich, wohin er eingeladen war, um eine Vortragsreihe zu halten. Im Austausch kam eine junge Frau nach Warschau, die polnische Studenten über Tendenzen der französischen Lyrik seit 1950 unterrichten sollte. In Gedanken wünschte Pjotr ihr Glück. Sein Abreisedatum war zweimal verschoben worden, deshalb fand er sich in einem Zustand von Spannung, Schwindel und unerträglicher Selbstbeherrschung, als er an einem kalten Herbsttag das Flugzeug der Air France bestieg. Bis das Flugzeug abhob, erwartete er noch, zurückgerufen zu werden, weil man es sich anders überlegt hatte. Das unverständliche Willkommen des Stewards über den Bordlautsprecher schien einen Übelkeit erregenden Augenblick lang ihn zu betreffen – das Flugzeug würde landen, damit Professor S. entfernt werden konnte. Unter einem Dutzend von Geschenken für seine Liebste waren zwei, um die sie gebeten hatte: polnische Anti-Baby-Pillen, allen Produkten auf dem westlichen Markt überlegen (sie verhüteten die Empfängnis und machten gleichzeitig schlank), und ein Schlafmittel, das aufregend suchterzeugend war und die abhängig Gewordenen mit den lebhaften, farbigen Träumen des Opiumrausches versorgte. Auf diese Weise, schrieb Laurie, sei das Schlafen weniger langweilig.

Marek holte ihn in Paris ab und weinte, als sie sich umarmten. Er hatte ein Hotelzimmer ohne Bad für seinen Cousin genommen, um seine geringen Geldmittel zu schonen. Er gab Pjotr verwirrende Anweisungen über ein verschlossenes Badezimmer am Ende des Flurs, Ratschläge über den französischen Francmarkt (Pjotr hatte die zugelassenen einhundert Dollar in seinem Besitz, sonst nichts) und berichtete ihm den gesamten polnischen Klatsch vor Ort. Pjotr, der Marek noch niemals belogen hatte, außer im Zusammenhang mit Laurie, erfand ein Universitätsessen. Fünfzehn Minuten nachdem Marek gegangen war, nahm Pjotr, den kleineren seiner beiden Koffer in der Hand, ein Taxi zu Lauries neuer Wohnung. Die Namen ihrer Straßen sollten ihn sein Leben lang verfolgen: Avenue Mozart, Boulevard Malesherbes, Impasse Adrienne, Place Louis-Marin, Rue de l'Yvette, Rue Sisley, Rue du Regard. Dieses Jahr bewohnte sie ein Studio mit Bad im Obergeschoß eines Neubaus in der Rue Guynemer.

»Die Wohnung gehört mir, Potter. Sie ist nicht nur geliehen«, war das erste, was sie zu ihm sagte. »Sie kostet ein Vermögen.« Dann, ohne Zusammenhang: »Ich bin nicht immer hier. Manchmal fahre ich weg.«

Das Studio war hell, so ordentlich und fast so kahl wie eine Zelle, und roch nach frischer Farbe. So war Laurie also auch. Er fand ihr Gesicht eine Spur schmaler, ihre Figur einen Hauch voller; aber das Haar, die Augen, die Stimme – unverändert. Jetzt erinnerte er sich an ihr Parfüm und ihren Geruch unter dem Duft. Sie lachte über seinen Koffer, weil er, plötzlich verlegen, versuchte, ihn hinter der Tür zu verstecken; lachte über seine Baskenmütze, die er trug; lachte, weil sie ihn immer noch liebte, aber trotzdem nicht mit ihm schlafen wollte: »Ich kann nicht, noch nicht, nicht einfach so.« Ihr Abend zusammen entsprach seiner Erinnerung an frühere Abende – Laurie, gierig über eine Speisekarte gebeugt, hielt Pjotr mit einer plötzlich pedantischen Stimme einen Vortrag über Weinsorten. Vermutlich wiederholte sie eine Lektion, aber Pjotr fühlte sich unermeßlich sicher und tolerant den Männern gegenüber, die sie vielleicht zitierte. Laurie sagte: »Ist das nicht wundervoll?« und nahm seine Fröhlichkeit als selbstverständlich hin, nur weil sie selbst so voller Leben war. Er erinnerte sich daran, daß sie, wenn sie einmal unterwegs war, höchst ungern wieder nach Hause ging. »Aber das ist doch eine Bettzeit für kleine Kinder«, protestierte sie, als er um Mitternacht sagte, daß er müde sei. Vier Stunden später, als sie in einem grellen Café saßen, sagte sie: »Potter, ich bin so froh, daß ich geboren bin«, und hob ihr glattes weiches Haar in einer rituellen Geste der Freude von ihrem Hals. Er nahm dies als einen Tribut an seine Gegenwart. Pjotr genoß es nicht zu leben, aber er wollte auch keinesfalls sterben, was etwas ganz anderes war. An ihrem Tisch schlief ein Betrunkener tief und fest, den Kopf in den Armen. Der vergangene Tag lag in Schnipseln hinter Pjotr wie die alten Métro-Karten und schmierigen Zettel auf dem Fußboden des Cafés. Laurie sagte, die Zettel seien Quittungen – das Café sei ein rennbahnfernes Wettbüro. Wie die alte Geschichte mit dem Golden und dem Labrador enthielt diese Information ein unlösbares Geheimnis. Er wußte nur, daß Laurie inmitten einer Hölle von städtischem Abfall froh war, daß sie geboren war. Die Erschöpfung ließ Pjotr halluzinieren; er sah in kahlen Wänden Türen gähnen, dunkle Treppenaufgänge, vorüberhuschende Nonnen, aber er verlor die Nacht nicht aus den Augen. Die Nacht mußte irgendwann zu Ende gehen, und selbst Laurie würde dann zugeben müssen, daß es Zeit war, nach Hause zu gehen.

Sie hatten den nächsten Tag, eine Nacht, einen Tag mit Sonne und langen Spaziergängen, und wieder eine Nacht. Von Lauries Fenster schaute er zum Jardin du

Luxembourg hinüber, der golden war, rostbraun und tiefgrün, einem unergründlichen Nachtschatten gleich. Jeden Morgen ging er zu seinem Hotel, brachte sein Bett durcheinander und fragte nach Post und Nachrichten. Am dritten Morgen übergab der Portier Pjotr einen Umschlag von seinem Cousin, der einen Kredit in französischem Geld enthielt, einen Vorschuß auf sein Universitätsgehalt. Er zählte fünfzehnhundert Franc. Die letzte Barriere zwischen Pjotr und seinem Seelenfrieden zerschmolz.

Auf dem Weg zurück zu Laurie kaufte er Croissants, eine Morgenzeitung und Zigaretten. Er wußte, daß er nie wieder so glücklich sein würde. Er fand Laurie angezogen, in Jeans und einer russischen Tunika vor, beim Packen eines Koffers. Das Bett war gemacht, das Bettzeug, in dem sie geschlafen hatten, lag zusammengefaltet auf einem Stuhl; durch die Tür sah er ihre feuchten Handtücher Seite an Seite über der Duschvorhangstange hängen. Sie blickte auf, lächelte und sagte, sie fahre nach Venedig.

»Wann?«

»Heute. In ein paar Stunden. Ich treffe mich mit jemand.« Er stellte sich plötzlich das Mädchen mit angemalten Sommersprossen vor. »Du hast die nächsten Tage ja ohnehin zu tun«, fuhr sie fort. »Und du hast deine Parisreise zweimal verschoben, erinnerst du dich. Ich konnte diese Reise nicht mehr hinausschieben. Ich habe es dir nicht vorher gesagt, weil ich uns nicht gleich bei deiner Ankunft alles verderben wollte.«

Er trug ihr den Koffer zum Gare Saint-Lazare. Auf dem Bahnhof steckte sie Münzen in einen Automaten, der Fahrkarten zweiter Klasse ausgab. Er sah sich um und sagte »Fahrt ihr von hier aus nach Venedig?«

»Nein, dies sind Vorortszüge. Wir treffen uns an einem Bahnhof außerhalb der Stadt. Um die Fahrt durch Paris zu sparen. Bei dem vielen Verkehr und so.«

Eine ungeheure Hoffnung lag in dem »wir treffen uns«. Jetzt endlich begriff er, daß Laurie mit einem Mann nach Venedig fuhr. Es schien Laurie nicht klar zu sein, daß er das bisher nicht begriffen hatte oder nicht klar, daß das eine Rolle spielte. Sie war hungrig; sie hatte nicht gefrühstückt. »Café de la Passerelle« stand in leuchtend grünem Neon am Ende eines dunklen Büfetts. Laurie wählte unter zwanzig leeren Tischen einen aus, als komme es darauf an. Pjotr, jetzt schlafwandlerisch, bestellte und aß Aprikosentorte. Das Café hatte die Form eines Korridors und staubige Fenster an beiden Seiten. Er und Laurie hatten das Klima, die Jahreszeit, den Ort gewechselt – denn die Fenster gingen auf schrägfallenden Regen und verlassene Straßen hinaus. Laurie schob ihr Ärmelbündchen zurück, damit sie die Uhr im Auge behalten konnte. Pjotr war stumm. Sie sagte – fast schmollend – Aber warum denn nur? Was denn so schlimm daran sei, ein paar Tage mit einem alten Freund zu verreisen, wo er doch so viel anderes zu tun hatte?

»Das ist eine alte Geschichte, weißt du«, sagte sie. »Kaum der Mühe wert, Schluß zu machen. Er fährt immer an meinem Geburtstag irgendwohin mit mir.« Sie hielt inne, als überlege sie, wie sie erklären könne, worauf die alte Freundschaft sich gründe. Sie sagte einfach: »Du weißt, wie das ist. Ich war jung damals.«

»Liebst du ihn?«

»Nein, so ist das nicht. Ich liebe dich. Aber wir haben diese Reise vor ewigen Zeiten geplant. Ich konnte doch nicht wissen, ob du es je schaffen würdest, nach Paris zu kommen. Ich möchte ihn nicht verletzen. Du würdest ihn mögen, Potter. Ehrlich, das würdest du. Er spricht drei verschiedene Sprachen. Er ist unabhängig – er hat sein eigenes Geschäft, und es macht ihm Spaß. Ich spiele in seinem Leben überhaupt keine Rolle.«

»Liebt er dich?«

»Ich sage dir doch, so ist es nicht. Wir sind eigentlich gar kein Liebespaar. Ich meine, nicht so, wie du und ich. Wir schlafen zusammen – na ja, wenn wir uns zufällig im gleichen Bett befinden.«

»Versuch, dich nicht zufällig dort zu befinden«, sagte Pjotr.

»Was?« Sie schien genauso offen, so zuversichtlich, so zärtlich wie immer. Ihre Augen waren klar wie die eines Kindes. Plötzlich zitterte ihre Hand. Was kam jetzt? Die ungeliebte Kindheit? Der Tag, an dem ihre Mutter sie in der Bishop-Purse-Schule ließ? Die Schule mußte doch zumindest sauberes Bettzeug, warme Zimmer und regelmäßige Mahlzeiten geboten haben, aber Laurie stammte aus einer Welt, die diese bemerkenswerten Gaben als selbstverständlich hinnahm. Seine Frau, damals jünger als Laurie jetzt, hatte für Pjotr Lebensmittel gestohlen, als er im Gefängniskrankenhaus lag, absolut sicher, daß er sterben müsse. Sie war auch eine Gefangene gewesen, als medizinische Gehilfin und Putzfrau abgestellt. Sie blieb am Fußende seines Bettes stehen. Als sie einmal begonnen hatte zu reden, konnte sie nicht mehr aufhören. Er sah, daß ihre bernsteinfarbenen Augen nirgends hinsahen – ihre »Nach-innen-Augen« sollte er sie später nennen. Wegen dieser Augen und dem irren Strom von Worten und der Gefahr, in die sie sie beide brachte, hatte er gedacht: Das Mädchen ist nicht normal. Dann hatte sie, ganz normal, leise gesagt: »Ich habe etwas Brot für dich.« Man konnte Laurie Bennett nicht mit einer Person dieser Qualität vergleichen. Trotzdem, Pjotr hatte richtig geraten: Seine Frau war nicht normal, allerdings nur ihm gegenüber. Die Gefahr hatte ihn erreicht, nachdem er sie schon weit hinter sich gelassen zu haben schien, nur um dann von der Gefahr, die zwei Menschen einander schaffen, eingeholt zu werden.

»Schau, Potter«, sagte Laurie. »Wenn es dir gar so viel ausmacht, dann fahre ich nicht. Ich werde mit ihm reden.«

»Wann?«

»Jetzt; bald. Aber ich wäre sehr traurig. Er ist ein guter Freund. Warum sollte er mich denn mit nach Venedig nehmen wollen, wenn nicht aus reiner Freundschaft? Er braucht *mich* nicht. Er kennt alle möglichen interessanten Leute. Ich wäre ärmer ohne ihn – wirklich allein.« Sie machte bereits weibliche Gesten des Aufbruchs, rückte den Löffel auf der Untertasse zurecht, sammelte ihre Habseligkeiten zusammen, holte ihre Sachen näher zu sich – wie zum Schutz. »Komm nicht mit zum Zug«, sagte sie. »Trink deinen Kaffee, lies deine Zeitung. Schau, ich habe sie dir mitgebracht. Behalte den Schlüssel zu meinem Zimmer. Du bleibst dort wohnen, nicht? Wie wir ausgemacht haben? Wenn es dir unangenehm ist, daß die Concierge dich sieht – obwohl ihr das egal sein dürfte –, geh durch die Garage, nicht durch die Haustür. So machen es die verheirateten Damen im Haus mit ihren Liebhabern. Ich schreib dir«, sagte sie. »Ich schreibe dir ins Hotel.«

Er schob seinen Stuhl zurück. Als er aufstand, gab sein Knöchel nach. »O Potter, dein armer Knöchel!« sagte Laurie. »Ich war segeln, als du ihn dir gebrochen hast. Ich war am Bodensee und bekam keine Post dorthin. Ich habe auch keine Zeitung zu sehen bekommen, und als ich schließlich zurück nach Paris kam, erzählte mir jemand, daß im Nahen Osten dieser Krieg gewesen war. All die Toten, und er war schon vorüber, und ich hatte überhaupt nichts davon gewußt – von deinem Knöchel nichts und gar nichts.« Sie lächelte, küßte ihn, nahm ihren Koffer in die Hand und ging fort. Ohne zu wissen warum, faßte er sich an die Stirn.

Er trug seine Baskenmütze, was in Paris nicht zu tun Marek ihn inständig gebeten hatte; die Baskenmütze gab Pjotr das Aussehen eines ausländischen Intellektuellen, eines Lehrers aus der Provinz, des Priesters einer Arbeitergemeinde. Was spielte das schon für eine Rolle? Jede Verkleidung war ihm recht, um die Scham, Pjotr zu sein, zu verbergen.

Jetzt waren nur noch ein paar wenige Männer in dem Café – Algerier, die Stellenanzeigen lasen, Bummler mittleren Alters, die Pjotr offensichtlich haßten, weil er allein und von Sinnen war, wie das halbe Universum auch. Später hatte er keine Erinnerung mehr daran, daß er die Métro genommen hatte, nur daran, daß der Regen aufgehört hatte, als er wieder nach oben ans Tageslicht kam. Er ging auf nassen Blättern. Wie die Liebhaber der verheirateten Frauen betrat er Lauries Haus durch die Garage, rutschend und schliddernd, da die Einfahrt steil war und die Sohlen seiner Schuhe feucht geworden waren. Ihr Zimmer war stickig, jetzt, wo die Sonne wieder auf das geschlossene Fenster brannte. Er fing einen neuen Tag an, den dritten seit diesem Morgen. Seine Croissants lagen noch auf dem Tisch. Er nahm sie, in der Überlegung, daß es besser sei, nichts liegenzulassen. Dann sah er, daß er gar nicht viel liegenlassen konnte, weil Laurie seine Sachen gepackt hatte. Pjotrs Koffer stand abgeschlossen, zugeschnallt neben einem Stuhl, auf dem das zusammengefaltete Bettzeug lag, in dem sie geschlafen hatten. Ihre Ordentlichkeit radierte ihn aus. Das zweite Handtuch auf der Duschvorhangstange hätte jedem Beliebigen gehören können. Er wurde ausgelöscht durch ihre Kleider, die säuberlich dahingen, von ihren Pullovern und Hemden in Plastikschachteln, der peinlichen Ordnung der Bouillonwürfel, des Nescafés und der gelben Trinkschalen auf dem Regal, von den Büchern – Geschenken vermutlich –, die der Größe nach unter dem

Fenster aufgereiht standen. Er sah das Heft, das seine Gedichte enthielt, noch immer durch die staubdichte Plastiktüte in Ehren gehalten. Vorher war ihm allerdings noch nie aufgefallen, daß die Tüte auch noch ein dünnes gelbes Buch mit Versen enthielt, die Insel-Ausgabe von Christian Morgensterns *Palmström*-Gedichten. Pjotr hatte einmal einige davon übersetzt, nur zum Vergnügen. Als er verhaftet wurde, hatte er allerlei Zettel in den Taschen, mit unzusammenhängenden polnischen und deutschen Sätzen beschrieben, die dadurch, daß die Polizisten sie lasen, vollends unheimlich wurden. »Ja, sehen Sie«, sagte ein blonder, ernster Pjotr von vor zwanzig Jahren, »Morgenstern wurde eben vielfach nicht verstanden, und am Schluß wurde er wirklich verrückt, aber die Gedichte sind in ihrer Art schon komisch.«

»Warum ausgerechnet ein Deutscher?« Der Sarkasmus der Analphabeten. »Gibt es denn nicht genügend verrückte Polen?«

»Bald ja«, sagte Pjotr zu seinem eigenen Nachteil.

Jetzt, in Lauries Zimmer, schien sogar der gelbe Umschlag zu ihm zu sprechen. Wo kam das Buch her? Jemand, ein anderer vernarrter Pjotr hatte es ihr zu Füßen gelegt mit dem Gedanken, liebe etwas, was ich liebe, und du wirst auch mich lieben. Aber wer? Auf dem Deckblatt stand nichts. Er blätterte langsam die Seiten um und stieß auf der Seite mit einem Gedicht des Titels »Der Träumer« auf eine Farbfotografie von zwei Menschen in einem unbekannten Zimmer. Pjotr erkannte Laurie, aber den Mann nicht. Der Mann war blond, wie Pjotr, aber um einiges jünger. Sein Haar war gebürstet. Er hatte einen korrekten Anzug und eine dunkelrote Krawatte an. An seinem Gesicht fiel Pjotr sofort die natürliche Fröhlichkeit auf. Hier endlich, durch Zufall eingefangen, war das *bon naturel*, das Pjotr hoffnungslos bei einer Frau nach der anderen gesucht hatte. Laurie, nackt bis auf die Armbanduhr, saß auf der Armlehne seines Stuhles, die Beine verschlungen wie der Schwanz einer Meerjungfrau. Eine Hand hatte sie hinter den Hals des Mannes geschoben. Sie hielt eine weiße Duschhaube, vermutlich genau dic Haube, die im Badezimmer nebenan am Wasserhahn hing.

Ein lässiges Glück durchflutete dieses Bild. Pjotr betrachtete Menschen, die nicht wußten oder gar nicht recht begriffen, wie glücklich sie waren. Eine Sonne, die nur für die Liebenden aufgegangen war, schien durch das Fenster hinter ihnen und ließ Lauries Haar weiß funkeln, wie Licht, durch einen Eiszapfen gesehen. Das waren Pjotrs erste geordnete Gedanken. Er empfand die merkwürdige Erotik des völlig bekleideten Mannes und des nackten Mädchens, und erst dann spürte er den Schock, wie eine Tür, die eingeschlagen wird. Die Tür brach auf, und Pjotr sah vor sich alles, was er gefürchtet hatte, seit er es gewagt hatte, sich zu verlieben – Verlassenheit, Grausamkeit, die Einsamkeit des Sterbens: alles auf einmal.

Laurie hatte das Bild absichtlich dagelassen, damit er es finde. Sie war in eine Fremdsprachenbuchhandlung gegangen, vielleicht zu der in der Rue du Dragon, die sie ihm gezeigt und von der sie erzählt hatte, daß sie dort einmal eine Woche lang gearbeitet hatte, bis sie merkten, daß sie keine andere Sprache als Englisch konnte – und hatte das Buch ausgesucht, das seinen Blick auf sich ziehen mußte. Dann hatte sie das Foto inszeniert. Pjotrs Frau hatte in ihrem kalkulierten Wahnsinn ihre Liebesspiele mit einem anderen Mann auf ein Band aufgenommen, auf dem Pjotr die Grundlagen eines Kurses über russische Dichtung zusammengestellt hatte. Als er sich daran erinnerte, machte er sich klar, daß, wo seine Frau rasend gewesen, Laurie nur unachtsam war. Das Buch und das Bild waren Teil der fröhlichen Unbekümmertheit der beiden Liebenden, sonst nichts.

Ihn überkam plötzlich ein Bedürfnis, die Augen zu schließen, den Segen der Dunkelheit zu erfahren. Er lag flach auf dem Bett ausgestreckt und sagte zu sich selbst: Was kann ich ihr schon geben? Ich bin ja nie hier. Als er aufstand und das Bild noch einmal betrachtete, schien ihm, daß es nicht mehr dort lag, wo er es hingelegt hatte. Er sah auch in der ordentlichen Reihe von Kleidern einen schiefhängenden Bügel. Wo auf dem Tisch nur Potters Croissants gelegen hatten, lag jetzt außerdem eine Emaillebrosche in der Form eines vierblättrigen Kleeblatts, offen, als habe sie sich unversehens von ihrer Trägerin gelöst. Man mußte die Tür von innen abschließen, er probierte am Griff und sah, daß er vergessen hatte, den Schlüssel umzudrehen. Es hätte gut jemand hereinkommen können, während Pjotr die Augen geschlossen hatte, den Schnappschuß betrachten und ihn an die falsche Stelle legen. Laurie, sah er jetzt, hatte ein grobes Gesicht, kleine, berechnende blaue Augen und einen gierigen, leeren Gesichtsausdruck. Was er für Munterkeit gehalten hatte, war nichts als Tücke. Der Mann schien irgendwie ansprechender. Einmal war er anständig gekleidet. Er sah normal aus. An diesem Mann war eigentlich alles in Ordnung, außer der merkwürdigen Tatsache, daß er von vornherein eine Kamera aufgestellt hatte. Von Kleidung, Haarschnitt, Gesichtsausdruck her war er ein Westeuropäer. Er kam aus keiner Mittelmeergegend. Er hatte auch kein englisches Gesicht. Pjotr spürte eine plumpe Selbstsicherheit an ihm. Er war sich seiner selbst vor, während und nach jeder Begegnung absolut sicher. Ihm mußte Pjotrs ängstliche Bedachtheit, es Laurie recht zu machen und es sich selbst recht zu machen, völlig fremd sein. Er hätte ein junger Offizier solider kaisertreuer Herkunft sein können, der sich in der alten Kaiserlichen Armee hochgedient hatte – eine Figur aus einem Wiener Roman vor 1914 vielleicht. In diesem Augenblick und für alle Zeit wurde er in Pjotrs Gedanken »der Österreicher«.

Pjotr legte das Bild zurück an die Stelle, wo es seiner Meinung nach gelegen hatte, neben ein Gedicht mit dem Titel »Korf in Berlin«. Keiner hatte das Zimmer betreten – das wußte er. Das Kleeblatt war von Lauries Tunika abgefallen. Es war normal, daß ein Kleiderbügel schief hing, wenn jemand, selbst wenn er so ordentlich wie Laurie war, in Eile gepackt hatte.

Diesmal ging er zur Haustür hinaus, mutig genug, der Concierge gegenüberzutreten und Lauries Schlüssel abzuliefern.

»Bennett«, sagte er, und sagte es, als er keine Antwort bekam, noch einmal.

»Hab's gehört.« Sie kam ihm verschwommen und feindselig vor. Er mußte die Augen zusammenkneifen, um sie klar zu sehen. Die Bäume im Jardin du Luxembourg waren undeutlich, wie durch einen Tränenschleier. Er fand sich von einer Gruppe zwei und zwei gehender Schuljungen umzingelt. Eine alte Vettel in einem Kamelhaarmantel kreischte sie, und mit ihnen Pjotr an: »Aufgepaßt! Zusammenbleiben!« Pjotr begann etwas zu suchen, was ihm Schutz gewähren könnte – Bäume, in einem magischen Ring um ein Monument, mochten angemessen sein. Kaum hatte er sich einen Metallstuhl ausgesucht, der nicht zu dicht bei den anderen stand, verschwand die Sonne. Ein Nordwind fiel ihn an. Blätter trieben endlos über den feuchten Weg. Er saß am Rand eines verbotenen Rasens und starrte eine Büste an, die er zunächst für die von Lenin hielt. Er hatte immer noch seine Lesebrille auf – der Grund, warum die Concierge so verschwommen geschienen hatte. In Wirklichkeit war die Büste ein Denkmal für Paul Verlaine.

Das Gras hatte sein mittsommerliches Grün behalten; als die Sonne für kurze Zeit herauskam, waren die Baumschatten noch Sommerschatten. Doch der Jahreszeit nach war es Herbst, und er sah eine glänzende Kastanie zwischen ihren aufgeplatzen Hüllen liegen. Er hätte sie fast aufgehoben, aber es hätte ihn ja jemand sehen können.

Laurie war aus ihrem verschlossenen Zimmer geflohen. Nicht ihr Gesicht, nicht ihr Haar, sondern ihre Stimme und die Stimme ihrer Briefe verfolgten Pjotr. *Er. Wir. Ich.* »*Er* fährt immer an meinem Geburtstag irgendwo mit mir hin.« »*Wir* sind mit der Seilbahn gefahren und zu Fuß vom Reservoir abgestiegen.« »*Ich* war segeln am Bodensee.« In Südtirol war es *Wir* gewesen – »Wir nehmen uns herrliche Picknicks mit hinters Hotel, man kann die Glocken vom nächsten Tal hören.« *Wir* tauchte wieder in Rom auf, in Crans-sur-Sierre, in einem Hotel in der Normandie. *Wir* waren alte Freunde James und Nancy, Mike und Sylvia, Hans und Heidi. Das *Wir* existierte in ein paar Briefen lange genug, um eine Ferienreise zusammenzuhalten, dann fiel es aus Lauries Gesichtskreis heraus. Der einzige Balsam für Pjotr war, daß *Er* völlig ausgelöscht war. Ein großes X war über seinem häßlichen Gesicht. Laurie, oder *Ich* war allein gewesen, zumindest so lange, wie es dauerte, sich an Pjotr zu erinnern, und ihm einen eifrigen, liebevollen Brief voller Rechtschreibfehler zu schreiben. Pjotr war mit ihr in Portugal, in der Schweiz gewesen; sie hatte ihn großzügig eingeschlossen, indem sie sich, ein paar Minuten lang, allein für ihn verfügbar machte. Vielleicht war Laurie in Gedanken allein gewesen, Pjotr von Herzen treu – und *Er* derweile in der Hotelbar? Unter der Dusche? Fort, unter einem treulosen Vorwand auch er, um seiner Frau eine *Ich*-Botschaft zukommen zu lassen?

Sie war trotzdem ein liebes Mädchen, denn sie hatte immer darauf geachtet, Pjotr eine Geschichte zu liefern, die so plausibel war, daß er sie glauben konnte, ohne sich selbst zu verachten. Jetzt, wo sie ihm die Wahrheit mitgeteilt hatte, war er so verbittert, als habe sie ihn belogen. Warum sollte Laurie sich nicht zu einer Ferienreise einladen lassen? Wollte er sie alleine, verdrossen, verschlampt, säuerlich? Der einzige Schatten über ihrem Leben, um den Pjotr wußte, war Pjotr selbst gewesen. Noch einmal sagte ihre Stimme: »Ich setz mich ins Auto und fahre einfach los...« Wessen Auto übrigens? Pjotr bewegte die Füße und stieß an seinen Koffer. Sein Knöchel machte ein knackendes Geräusch. Er spürte keinen Schmerz, aber das Geräusch war beunruhigend, als sprächen die Knochen zu ihm. Sie hatte ihn am Flughafen verlassen; sie hatte nicht gewußt, wo sie in dieser Nacht schlafen würde. »Damals, als du dir den Knöchel gebrochen hast... habe ich Segelferien am Bodensee gemacht.« Ja, und noch etwas anderes, von einem Krieg im Nahen Osten. Die Fragmente waren wie glatt gemaserte Holzlatten. Die Teile fügten sich ineinander, berührten sich, paßten. Ihre wilde Fahrt, um Pjotr zu vergessen, hatte nur ein Ziel: den Bodensee, wo jemand auf sie wartete.

Es gab in Lauries Verhalten Aspekte, die Pjotr, um seiner geistigen Gesundheit willen, einfach nicht hatte wahrnehmen wollen. Jetzt, wo er auf einem kalten Metallstuhl saß, die Augen auf eine Kastanie fixiert, die aufzuheben er sich genierte, konnte er sich von diesem Wissen nicht freimachen; es war wie der dunkle Wind, der durch den Kreis von Bäumen strich. Sie hatte ihn benützt, ihn zum Publikum gemacht, mit seinen Gefühlen gespielt, und jetzt, in diesem Augenblick, befand sie sich auf der Fahrt nach Venedig mit – das Element der Farce in jeder Ungerechtigkeit – Pjotrs polnischen Anti-Baby-Pillen. Noch schlimmer, sie hatte

Pjotr völlig vergessen. Sein Kummer war so jenseits von Eifersucht, daß Pjotr im wahrsten Sinne des Wortes außer sich schien; es gab einen Pjotr in einem öffentlichen Park, der mit aller Macht versuchte, wie andere Leute auszusehen, und einen Pjotr, der von dieser Person losgelöst war. Seine Arbeit, seine Kindheit, seine Gefangenschaft, seine Ehe, sein noch im dunkeln liegender Tod waren zu einer kompakten Kugel zusammengerollt, kullerten über das Gras, fort von dem, was noch von ihm übrig war. Dann, als die Kugel gerade zu verschwinden schien, kamen die beiden Pjotrs wieder zusammen. Der Schock der Vereinigung ließ ihn in Schlaf sinken. Sein Kopf fiel nach vorn; erschreckt riß er ihn hoch. Er hatte vielleicht eine Sekunde geschlafen, länger nicht. Keiner hatte es gemerkt – er schaute sich um. Der kurze Tod hatte ihn gereinigt. Sein einziger Gedanke war jetzt, daß sein Gedächtnis besser war als ihres und daß nur er wußte, was ihnen verlorenging. Daß Laurie ihn verletzt hatte, kam einfach daher, daß sie die Bedeutung von Worten nicht kannte, ihre Präzision, ihre Macht – sie konnte sie ja nicht einmal richtig schreiben. Sie merkte es gar nicht, wenn sie log, weil sie nicht wußte, worum es bei Worten ging. Diese sanfte, neue Toleranz ließ in Pjotr den Gedanken aufkeimen: Was, wenn sein Gefühl für Laurie nichts weiter als Zärtlichkeit war, und was, wenn Pjotr einer anderen Liebe als der, die er für seine Kinder empfand, unfähig war?

Das hatte seine Frau gesagt – ihm entgegengeschrien. Sie wollte nicht seine Freundschaft, seine Loyalität, seine Zuneigung, seine Verehrung, seine Kameradschaft. Sie wollte das, was er schließlich Laurie geschenkt hatte; zumindest zu schenken geglaubt hatte.

Seinen ersten Vortrag mit einer Lesung von Gedichten hielt er in einem Hörsaal, der normalerweise von einem polnischen Kulturinstitut für Filmvorführungen und Vorträge von zu Gast weilenden Kunsthistorikern benutzt wurde. Der größte Teil des Publikums setzte sich aus Mitgliedern der polnischen Kolonie zusammen. Ein paar wenige waren gekommen, um ihn lesen, zu hören, aber die meisten waren da, um zu sehen wie er aussah. An diesem Abend war die Kolonie nicht in ihre üblichen sozialen oder politischen Gruppierungen aufgeteilt, sondern die Geister schieden sich an dem Problem, wie Pjotr angeblich seine Frau behandelt hatte. Alle waren sich über die ersten Abschnitte von Pjotrs Geschichte einig: Es gab in seinen frühen Gedichten Hinweise und Spuren, die das Mädchen betrafen, das ihm das Leben gerettet hatte. Er und das Mädchen hatten geheiratet, hatten jahrelang von seinen Einkünften als anonymer Übersetzer gelebt. Hier kam die erste Spaltung der öffentlichen Meinung, denn einige sagten, in Wirklichkeit habe seine Frau die ganze Arbeit geleistet, während Pjotr müßig gewesen sei und freudenreiche Lehrjahre für seine spätere Karriere verbracht habe, indem er Studentinnen nachstellte. Andere behaupteten, seine Frau sei keiner Fremdsprache mächtig; und auch, daß nur Pjotr aus den übersetzten Werken etwas Lesbares habe machen können.

Als nächstes kam die Sache mit den Liebhabern seiner Frau: Keiner stritt sie ab, aber wie stand es mit Pjotrs Affären? Und wie stand es mit seiner Impotenz? Denn er wurde für einen Satyr und einen Eunuchen gehalten und, auf unvorstellbare Weise, für beides gleichzeitig. Vielleicht war er nur impotent. Wer aber hatte dann mit seiner Frau die beiden – oder vier oder sechs – Kinder gezeugt? Namen wurden in die Runde geworfen, von Männern, die in politischen und kulturellen Kreisen Machtpositionen besaßen.

Pjotr habe versucht, seine Frau umzubringen – einige behaupteten, indem er sie eine Steintreppe hinunterstürzte, andere behaupteten durch einen Fenstersturz. Er sei mit einem Messer auf sie losgegangen, und um sich zu retten, sei sie aus einem Fenster gesprungen und zwar weich gelandet, habe sich aber an den zerbrochenen Scheiben das Gesicht zerschnitten. Eine pro-Pjotrsche Fraktion wollte wissen, daß die Frau Trinkerin war und mit einer Flasche und einem Glas in der Hand gestolpert sei. Die Symmetrie der Gerüchte ließ alle Fraktionen über den Anfang übereinstimmen (das Ehepaar, das sich im Gefängnis kennenlernte) und über das Ende – daß Pjotr die Kleider seiner Frau zu einem Bündel zusammengeschnürt und auf der Türschwelle ihres derzeitigen Liebhabers abgelegt habe.

Bevor er seinen Vortrag begann, blickte Pjotr in die erwartungsvollen Gesichter und überlegte, welche Geschichte wohl im Augenblick aktuell war. Nach dem Vortrag drängten sich Fremde nach vorn, um ihn zu beglückwünschen. Er freute sich, in dieser Menge eine Frau wiederzuerkennen, eine alte Bildhauerin, die seine Eltern vor dem Krieg gekannt hatten. Wenn sie lächelte, wurde ihr Gesicht so flach und orientalisch und runzlig wie Seidenpapier. Maria, jungfräulich wie ihr Name, war einst militant politisch gewesen; oft wurden solche Frauen automatisch Beamtinnen und von der jüngeren Generation als die »Tanten der Revolution« bezeichnet. Der Lohn für Maria war von anderer Art gewesen: Von einem, dem sie traute, nach Moskau beordert, war sie dort ganz beiläufig verhaftet, willkürlich wieder auf freien Fuß gesetzt worden und lebte nun schon seit Jahren in Paris. Sie erwähnte ihre Vergangenheit nie, und doch befand sie sich immer noch in ihr, denn ihre Kenntnis von Paris war eine Kenntnis von Bushaltestellen. Ihr Denken, das feurig und jugendlich war, bewegte sich in Richtung auf überraschende Veränderungen, aber inzwischen waren das veraltete Veränderungen – sagen wir etwa aus den Jahren 1934, 35. Pjotr erinnerte sich an ihre Junggesellinnenwohnung mit den wackeligen, unnützen Tischen, den stumpfen, grünen, geliebten Pflanzen, den Büchern in verblaßten Umschlägen, den Sesseln mit unregelmäßiger Polsterung, den Diwanen, über die merkwürdige Bahnen handgesponnenen Stoffs gebreitet lagen, in Obstgartenfarben Reineclaude, Traube, Pflaume. Ihre Kommentare waren streng und dialektisch gewesen, bis sie schließlich sanft und verzeihend wurden und Beispiele aus Romanen enthielten, die sie auswendig kannte. Er wußte von keiner leidenschaftlichen Erfahrung in Marias Leben außer der Politik. Ihre Arbeiten als Bildhauerin waren getreu und genau und sentimental gewesen; wenn man sie Jahre zuvor gesehen hatte, hätte man ihre Zukunft eigentlich schon voraussagen können. Sie hatte ihn nie etwas gefragt. Wenige Frauen hatten für ihn eine Rolle gespielt; sie war eine davon: eine diskrete, in Irrtümern befangene alte Frau, die er seit seiner Kindheit zweimal gesehen hatte, mit der er nie über etwas anderes als Politik und Kunst sprach. Beides waren Themen, die ihm so wichtig waren, daß ihre Unterhaltungen zutiefst persönlich geschienen hatten. Maria lobte Pjotrs Vortrag nicht, sondern sagte nur: »Ich habe jedes Wort gehört«, was bedeutete: »Ich habe genau zugehört.« Es waren zu viele Menschen da, sie konnten nicht miteinander sprechen. Sie verabredeten, sich zu treffen, und im selben Augenblick schob sich eine andere Frau mit trockenem rotem Haar und einem breiten, nervösen Lächeln an Maria vorbei und sagte zu Pjotr: »Mein Mann und ich würden es als Ehre ansehen, wenn Sie bei uns wohnen würden. Wir haben eine große Wohnung, wir sind beide den ganzen Tag fort, und Sie hätten Ihre Ruhe. Wir bewundern Ihre Arbeit.« Sie hatte etwas, das Pjotr bei Frauen als Nachteil betrachtete, man sah nämlich beim Lächeln und Reden ihr Zahnfleisch. »Sie wohnen wahrscheinlich in einem Hotel«, sagte sie. »Kommen Sie doch einfach zu uns, wenn Ihnen das Geld ausgeht.«

Pjotr hob die Karte auf, die sie ihm gab, und später studierte Marek sie und sagte: »Ich weiß, wer die Leute sind. Sie ist Ärztin. Nein, nein, sie sind nicht politisch, nichts dergleichen. Du wärst dort gut aufgehoben.«

War es wegen des Vortrags? Weil er Maria gesehen hatte? Weil er von der Ärztin eingeladen worden war? Pjotr betrachtete Lauries Abwesenheit jetzt mit einem Gefühl der Befreiung, so, als sei ein fremder Gegenstand aus seinem Leben entfernt worden. Sie hatte immer gelogen. Er erinnerte sich daran, wie sie willentlich zittern konnte – wie sie einmal eine Tasse Kaffee zum Überlaufen gebracht und dann später erklärt hatte, sie sei in diesem Augenblick so von ihm angezogen gewesen, habe aber nicht gewagt, es ihm zu sagen. Sie hatte ihn im Glauben gewiegt, sie sei unerfahren, um ihn zu quälen, hatte ihn Stunden des Zögerns und der Monologe in ihrem Bett hingehalten und behauptet, sie habe Angst vor einer Beziehung, die zu bindend sein könnte, sie habe Angst, sich in ihn zu verlieben – dies nach der Party, auf der sie zu ihm gesagt hatte: »Nein, Potter, du bleibst da.« Später erzählte sie Pjotr, daß sie ihren ersten Liebhaber mit fünfzehn gehabt hatte. Ein alter Freund der Familie, sagte sie, mit Kindern etwa in ihrem Alter. Er holte sie öfters von der Bishop-Purse-Schule für die Ferien nach Hause. Sie sei sein Ersatz für eine verbotene Tochter gewesen, sagte Laurie ruhig und trank Kaffee, diesmal ohne ihn zu verschütten. Pjotr hätte sie schlagen sollen, mit den Füßen treten, ihre Kleider mit einer Schere in Stücke schneiden und die Fetzen über die Lampen und die

Möbel hängen. Er hätte ihr durch Paris hinterherlaufen, ihr Beleidigungen nachschreien, sie in Restaurants lächerlich machen sollen. Da er unfähig war, etwas auch nur annähernd so Gewalttätiges zu unternehmen, war es ihm gerade recht, daß sie fort war. Die Erleichterung machte ihn großzügig: Er rief sich ins Gedächtnis zurück, daß sie auch etwas zu seinem Leben beigetragen hatte. Sie hatte Pjotr das gegeben, was noch übrigblieb von ihrer Liebe zu sich selbst. Man konnte sich durch jede Schicht von Lügen hindurcharbeiten und darunter den Menschen, den man wollte, erreichen, entschied er, aber den Narzißmus konnte keiner durchdringen. Er war wie die Erdkruste.

Er schlief tief in dieser Nacht und einen Teil des nächsten Nachmittags. Marek hatte im Hotel Bücher für ihn abgegeben, die neuen Romane der Herbstproduktion. Nichts in ihnen gab Pjotr einen Anhaltspunkt über die Leute, die er auf der Straße sah, aber das frische Aussehen der Bände, ihre sauberen Umschläge, das glatte Papier und die ausgefallenen Titel brachten noch mehr Distanz zwischen ihn und seine närrische Liebesaffäre. Nach Einbruch der Dunkelheit kam sein Cousin, um ihn zu einer französischen Abendeinladung abzuholen. Pjotr hatte Gnade gefunden vor den Augen einer schönen, gefeierten Gastgeberin namens Eliane, die für ihren Witz, ihre Liebhaber und ihre Abneigung gegen Ausländer bekannt war. Sie war bei Pjotrs Vortrag gewesen. Sie hatte vor, Pjotr während des Essens zu ihrer Rechten zu plazieren. Marek fürchtete, daß Pjotr gar nicht begriff, welche Ehre das war. Ein jeder der bei dem Vortrag Anwesenden hätte einen Arm und ein Bein gegeben, wenn dieses Opfer bedeutet hätte, Elianes Schwelle überschreiten zu dürfen.

Pjotr fragte: »Was macht sie beruflich?«

Sie fuhren mit dem Taxi quer durch Paris. Marek setzte seine ausführlichen Instruktionen fort und erzählte Pjotr, worüber Eliane vermutlich reden würde und was sie über Lyrik und Polen dachte. Pjotr dürfe auf keinen Fall widersprechen, auch wenn er genau wisse, daß etwas unrichtig sei; vor allem dürfe er nicht davon ausgehen, daß irgend etwas, das zu ihm gesagt werde, als Witz gemeint sei. Marek und Pjotr würden die beiden einzigen ausländischen Gäste sein. Er bat Pjotr inständig, ihn nicht auf polnisch anzusprechen, wenn jemand anders es hören könne. Und schließlich, als Antwort auf Pjotrs Frage, sagte er, daß Eliane beruflich nichts »mache«. »Du mußt dir abgewöhnen, Frauen über ihre Arbeit zu definieren«, schloß er.

Während des Aperitifs – einem Fingerhut süßen Ports wich Marek seinem Cousin nicht von der Seite. Die Gastgeberin war die kleinste Frau, die Pjotr je gesehen hatte, eben über Zwergengröße. Sie trug ein langes rosa Kleid und hatte Ringe an jedem Finger. Bei Tisch saß rechts neben Pjotr ein schwangeres Mädchen mit weichem dunklem Haar und einem unterwürfigen Profil. Er lächelte sie an. Sie starrte auf einen Punkt zwischen seinen Augen. Sein Lächeln war wie ein zu früh geäußertes Urteil. Mareks Gesichtsausdruck signalisierte, daß Pjotr sich umdrehen und seine Gastgeberin ansehen sollte. Eliane fragte ihn ernst: »Haben Sie schon einmal Lachs gegessen?« Als nächstes sagte sie: »Ich habe mir Ihren Vortrag angehört.« Pjotr, noch der Lachsfrage nachhängend, gab keine Antwort. Sie fuhr fort: »Die Gedichte, die Sie gelesen haben, waren nicht auf französisch, und ich habe nichts davon verstanden.« Sie wartete; er wartete auch. »Sind Sie sehr stark von Paul Valéry beeinflußt?« Pjotr dachte darüber nach. Seine Gastgeberin drehte sich geschmeidig dem Mann an ihrer Linken zu, der ein rotes Band mit einer Rosette im Knopfloch trug.

»Cézanne war Freimaurer«, hörte Pjotr ihn sagen. »Ebenso Braque. Ebenso Juan Gris. Ebenso Soutine. Noch nie sind Werke von jemand, der nicht Freimaurer war, in einem Nationalmuseum ausgestellt worden.«

Das gesellschaftliche Uhrwerk des schwangeren Mädchens schrieb ihr zum zweiten Gang Pjotr vor. »Ist dies Ihr erster Besuch in Paris?« sagte sie. Ihre Augen tanzten, rollten fast. Sie warf den Kopf nach hinten wie ein nervöses Pony. Der Rest des Tisches hätte glauben können, sie und Pjotr erzählten einander köstlich amüsante Privatangelegenheiten.

»Dies ist meine dritte Parisreise als Erwachsener. Einmal war ich als Kind mit meinen Eltern hier.« Er überlegte, ob seine Entdeckung von Kastanienmeringuen in »Rumpelmayer's Tearoom« im Jahre 1938 von Interesse sein könnte.

»Die restliche Zeit waren Sie immer in Ihrem reizenden Polen?« Das begleitende Lachen verwirrte ihn. »Was kann Sie nur dort gehalten haben?« In einem anderen Zusammenhang, in einer Welt, die vertrauter war, wäre der Gesichtsausdruck des Mädchens eine Einladung gewesen. Doch Pjotr sah, was die anderen nicht sehen konnten, nämlich, daß sie ihn gar nicht richtig ansah.

»Nun ja, einmal war ich im Gefängnis«, sagte er, »und gelegentlich habe ich Bücher übersetzt und gelegentlich an der Universität gelehrt. Manchmal läuft das Ganze auch umgekehrt ab, der Dichter fängt an der Universität an und endet im Knast.«

»Haben Sie Kalbfleisch schon einmal so zubereitet gegessen?« sagte sie, nach einem raschen Blick zu ihrer Gastgeberin, um zu sehen, ob sie bereit war, sich wieder Pjotr zuzuwenden. »Es ist typisch französisch. Aber nicht typisch pariserisch. Nein, im Gegenteil, es ist sogar typisch Provinz. Eliane macht gern diese komischen provinziellen Dinge.« Sie hielt wieder inne.

Pjotr gehörte immer noch ihr. »Und wo haben Sie Ihr ausgezeichnetes Französisch und Ihre charmanten Manieren gelernt?« sagte sie. »In Polen?«

»Am schwersten fiel es mir, zu lernen, nicht auf den Tisch zu spucken«, sagte Pjotr.

Danach ließen beide Frauen ihn in Frieden. Aber natürlich hatte er doch keinen Frieden, denn Marek beobachtete ihn. Er tadelte Pjotr nicht, aber Pjotr wußte, daß er nicht noch einmal zu einem französischen Abend eingeladen werden würde.

Vielleicht weil er am Nachmittag zu viel geschlafen hatte, fand er die Nacht lang und voller dunklen Jammers. Er wachte zur schlimmstmöglichen Stunde auf, um vier, als es zu spät zum Lesen war – seine Augen tränten und wollten nicht klar sehen – und zu früh zum Aufstehen. Er hörte die Hoteluhr unten fünf schlagen, dann sechs. Er fiel noch einmal in einen leichten Schlaf und erwachte, als es sieben Uhr schlug. Sein Körper hatte die Oberhand gewonnen und versuchte ihm zu zeigen, daß die Nonchalance wegen Laurie ein falscher Burgfriede gewesen war. Er fühlte sich dumpf und krank. Er rasierte sich am Waschbecken in seinem Zimmer und bat das Zimmermädchen, die Tür am Flurende aufzuschließen, damit er ein Bad nehmen konnte. Er betrat den dampfenden Raum mit seinen kalten Wänden und undurchsichtigen Fenstern und rief sich ins Gedächtnis zurück, daß Laurie ein fremder Gegenstand war, daß er ein eigenes Leben, ein eigenes Schwerezentrum hatte. Sein Körper reagierte auf diese Demonstration von Unabhängigkeit mit Magenkrämpfen und heftiger Übelkeit. Sein Mund wurde trocken, als er in sein Zimmer zurückkam und dort auf das Frühstückstablett wartete. Die Haut um seinen Mund fühlte sich an wie von kleinen stechenden Insekten angegriffen. Ein Kopfweh am Haaransatz hinderte ihn daran, die Morgenzeitung zu entfalten oder einen Brief von zu Hause zu lesen. Der Tag war sonnig und er sah jetzt, daß die Gemeinplätze über enttäuschte Liebe alle stimmten: Das Wetter verhöhnte ihn; er sehnte sich nach Dunkelheit und Regen. Sein Unglück war eine Krankheit. Fremde würden Zeichen davon sehen und würden ihn verachten.

Er liebte sie. Mehr als zwei Jahre lang war sein erster Gedanke beim Aufwachen gewesen: Ist ein Brief da? Er hätte gern die Hand nach ihr ausgestreckt, direkt nach Venedig, aber sie mußte ihn wollen – sonst war er eine Forderung, ein Anspruch, ein totes Gewicht auf ihrem Leben; er war wie die weichen, zusammengekrümmten, niedergeschlagenen Frauen, die mit der Liebe den gleichen Schlamassel anrichteten wie mit ihrer Zigarettenasche. Laurie war in Venedig, an einem schneeweißen Strand. (Das Venedig seiner Vorstellung war ganz blau und weiß.) Sie lag unverschämt nahe bei einem schattenhaften Mann. Pjotr konnte ihn nicht richtig erkennen. Vielleicht war er ruhig und gemütlich wie der Österreicher, oder dünn und verhärmt wie Pjotr. Vielleicht war er ein widerlicher Boulevardier mit Wangen wie gekochte Krabben. »Er spricht drei Sprachen ... er hat ein eigenes Geschäft, es macht ihm Spaß.« Oh, wie niedrig, gefühllos, dumm!

Pjotr sagte seinem sich minderwertig fühlenden Selbst vor: Meine Gedichte sind ins ... übersetzt ... Ich habe mit ... korrespondiert, bin von ... eingeladen worden ... Ich kann Vorträge auf polnisch, russisch litauisch, deutsch, englisch, französisch halten, und ich kann außerdem. . .

Laurie hatte Pjotr versichert, daß keiner jemals wie er gewesen sei. Sie hatte gesagt: »Wenn man sich vorstellt, daß ich bisher geglaubt habe, ich wäre auch nur eine dieser frigiden Nordamerikanerinnen!« Pjotr hatte ihr geglaubt. Er hätte gern einen Aufschrei von einem Brief komponiert. Wo bist du? Warum schickst du mir kein Telegramm, gibst mir kein Zeichen? Ich mache das Hotelbüro unsicher, wo die Post aufbewahrt wird. Ich halte die Hotelrechnung für eine Nachricht, daß du zurückgekommen bist. Sie sagen, die Post aus Italien dauere lang, aber ich sehe, daß andere Leute Post mit italienischen Briefmarken bekommen. Ich erwache im Morgengrauen und überlege, ob heute wohl der Tag des Briefs sein wird.

Seine Qual wurde durch die große Anzahl der Postzustellungen noch verstärkt; es gab drei am Tag und eine vierte für Pakete (falls sie mit einer Buchsendung zeigen wollte, daß sie an ihn dachte). Der Portier sah Pjotr herumstehen, wenn er Briefe sortierte, und rief: »Nichts!«, und Pjotr schlurfte fort, als sei er in der beschämenden Haltung eines Voyeurs ertappt worden. Jetzt hörte und sah er »Venedig« überall: Wenn er Obst kaufte, sah er es auf eine Orange gestempelt. Er sagte sogar: »O Gott«, obwohl er bisher gedacht hatte, es gebe keinen Gott, der ihn hören könnte.

Pjotr hatte immer noch kein Geld von der Universität bekommen. Er war an bürokratische Langsamkeit gewohnt, aber die Francs, die sein Cousin ihm vorgestreckt hatte, schmolzen schnell dahin, und Pjotr wollte Marek nicht mehr bitten. Es kam der Tag, an dem er beschloß, das Hotel zu verlassen und zu der Ärztin und ihrem Mann zu ziehen. Marek billigte die Adresse, die dicht bei der École Militaire lag; er hatte, wie er fand, nützliche Informationen ausgegraben: Die Ärztin und ihr Mann waren nach Frankreich emigriert, unabhängig voneinander, vor dem Krieg. Sie hatten sich in einem polnischen Widerstandsnetz, das außerhalb von Grenoble operierte, kennengelernt. Die Ehe war nicht glücklich. Der Mann hatte eine Geliebte und eine uneheliche Tochter, mit denen er jeden Sonntag verbrachte. Die Ärztin würde sich todsicher in Pjotr verlieben, sagte Marek.

Pjotr mochte die Straße nicht sonderlich, sie kam ihm erstarrt und feindselig vor. Das Haus hatte etwas verzweifelt und ehrbar Schäbiges an sich. Laurie wäre hier nie eingezogen. In dem eisigen Treppenhaus quietschte ein Fahrstuhl an schwankenden Kabeln. Die Flure waren düster. Die Bewohner benutzten den Lift und begegneten sich in den Fluren, ohne miteinander zu sprechen und mit ausdruckslosem Blick. Er stellte sich jede der hohen Wohnungen von nur einer Person bewohnt vor, die allein lebte, in einem Ministerium arbeitete und abends an der Tischkante ein Fertiggericht verzehrte. Seine Gastgeberin hieß ihn willkommen wie einen alten Bekannten und machte ihm ein Bett in einem Zimmer zurecht, das sie früher für Privatbehandlungen benützt hatte. Spuren des alten Regimes waren geblieben – die helle Deckenbeleuchtung, das Waschbecken in einer Ecke, ein lederner Paravent. Unter seinem Bett entdeckte er eine Kiste mit Büchern. Keines war später als in den frühen fünfziger Jahren erschienen; wahrscheinlich war damals die Ehe des Paares zerbrochen. Die Einbände waren vergilbt. Eine Anzahl von Kriegsbüchern war dabei. Pjotr, etwa ein Jahrzehnt jünger als die heldische Generation, war über solche Bücher schon immer eine Spur irritiert gewesen.

Die Ärztin gehörte dem Stab einer Klinik im Dreizehnten Arrondissement an, wo sie jetzt eine Praxis hatte und ihre Privatpatienten behandelte. Sie gab Pjotr einen Schlüsselbund mit Hausschlüsseln und den Schlüssel zu einem Briefkasten unten im Hof. Dies versetzte Pjotr in neuerliche Qualen. Er konnte sich nicht dazu bringen, den Hof zu überqueren, ohne durch den Briefkastenschlitz zu spähen, selbst wenn er erst vor einer halben Stunde geschaut hatte. Er erwartete zu jeder Tages- und Nachtzeit eine Nachricht von Laurie; sein altes Hotel hätte ja einen Expressbrief bekommen und ihn durch einen Boten herüberschicken können. Manchmal sah ein Lichtstrahl auf der Metallinnenseite des Briefkastens wie ein Brief aus, und die Hoffnung, die er verspürte, entschädigte ihn fast für die Enttäuschung. Er hatte auch eine neue Sorge: Ein Klumpen, wie ein großer schwarzer Stein, erfüllte seine Brust. Er spürte ihn, wenn er morgens aufwachte. Das erste, was er hörte, war ein Wecker im Schlafzimmer der Ärztin kurz vor sechs, und dann bemerkte er den Stein. Er hörte den Mann der Ärztin aufstehen und im Badezimmer die 6-Uhr-Nachrichten hören. Er war klein und kahlköpfig und höflich zu Pjotr. Er brauchte eigentlich nicht vor sechs aufzustehen. Er wollte einfach nur nicht länger mit seiner Frau allein sein als nötig. Das sagte die Ärztin jedenfalls zu Pjotr, wobei sie ihn listig und kühn ansah und offenbar auf eine ähnlich versteckte Vertraulichkeit über seine Frau hoffte. Pjotr hörte, daß sich das Ehepaar, wenn es allein war, auf französisch stritt. Es war ihre Sprache für Tadel und Rechtfertigung. Er erinnerte sich daran, wie er sich von seiner Frau getrennt und auf seine Kinder verzichtet hatte, damit sie nicht mehr aus ihrem dunklen Schlafzimmer die Auseinandersetzungen der Erwachsenen mit anhören mußten. Oft hörte Pjotr in der Nacht das eintönige Klagelied der Ärztin, das fast einen poetischen Rhythmus hatte. Sie warf ihrem Mann vor, er sei ein Geizhals und liebe sie nicht. Er nehme ihr Geld weg; er entziehe ihr Wärme. Wenn der Mann antwortete – ein leises Gemurmel von Worten, aus denen Pjotr »niemals« und »Ahnung« heraushörte –, wurde ihre Stimme mißtönend und abgehackt, so, als schlage ein Kind wild und wahllos auf die Tastatur eines Klaviers. Er hörte: »Manche Männer sind grausam, aber sie sind wenigstens noch intelligent. Wie schadenfroh du sein mußt! Du glaubst, *du* hast deine Schäfchen im trockenen. Freu dich nur nicht zu früh!«

Manchmal frühstückte die Ärztin mit Pjotr. Sie erzählte ihm, wie sie in Frankreich Medizin studiert hatte und vom Krieg und der Résistance, und fügte unweigerlich hinzu: »Sie sind zu jung, um sich daran zu erinnern.« Sie sagte: »Mein Mann war tapfer in diesem Krieg. Aber er versteht nichts von gebildeten Frauen und hätte nie eine heiraten sollen.« In Wirklichkeit wollte sie über Pjotr und seine Frau reden. Sie schaute, sie blickte unverwandt, sie hoffte, sie wartete. Pjotr war daran gewöhnt.

Er hielt seinen zweiten Vortrag, auf französisch, in einem Hörsaal im Souterrain. Dieses Mal hatte er eine Reihe gutgekleideter parfümierter Französinnen vor sich – die unvermeidlichen *femmes du monde*, die von dem ausländischen Poeten angezogen wurden – einschließlich, zu seiner Überraschung, des schwangeren Mädchens von jener fatalen Abendeinladung. Eine Anzahl von Studenten, die finster dreinschauten, als beabsichtigte Pjotr in irgendeiner Weise, sie in die Irre zu führen, hockten im Hintergrund. Nach dem Vortrag stand ein junger Mann mit einem Militärhaarschnitt auf, um zu fragen, ob Pjotr sich als rechts betrachte. Pjotr sagte nein.

»Ich habe gehört, sie lassen nur Faschisten raus.«

»Ich bin nicht rausgelassen worden wie ein Hund«, sagte Pjotr liebenswürdig. »Ich bin hier wie jeder andere ganz normale Gastdozent.«

Ein Mädchen applaudierte. Eine der gutgekleideten Frauen nannte ihn *»Maître«*. Pjotr zog seine Baskenmütze bis zu den Ohren herunter und zog sich hastig nach draußen auf die Straße zurück. Die Studenten waren mißtrauisch gewesen, die Damen distanziert und verwirrt. Was erwarteten sie denn? Er erinnerte sich an Lauries Lächeln, ihre helle Stimme, wie plötzlich ihr Gesichtsausdruck sich verändern konnte, wenn eine schnelle Gefühlswelle der nächsten folgte. Er erinnerte sich daran, daß sie ihn geliebt und versucht hatte, ihn glücklich zu machen, und daß er auf dem Weg zu der stillen Wohnung der Ärztin war. Der Stein in seiner Brust dehnte sich aus und drückte auf seine Lungen. Das einzige, was ihn daran hinderte, auf der Straße seinen Tränen freien Lauf zu lassen, war der Gedanke daran, daß er das noch nie einen Mann hatte tun sehen. In seinem Zimmer überkam es ihn. Er war überrascht darüber, wie warm Tränen waren – bestimmt wärmer als Blut. Er sagte sich: »Wenigstens weine ich doch über etwas Reales«, und das war seltsam, denn er glaubte, daß er stets in der Realität lebe, daß er es müsse. Der Stein löste sich auf, und jetzt verstand er, was Weinen bedeutete. Aber die fiebrige Rekonvaleszenz, die den Tränen folgte, war unangenehm, und nach ein paar Stunden kam der Stein zurück.

Und so dauerte der herrlichste Herbst in Paris seit Menschengedenken an. Der regnerische Morgen von Lauries Abreise war blauen und goldenen Farben gewichen. Trotzdem verspürte Pjotr, jetzt ein Heimsucher anonymer Parks, wenn er mit dem Rücken im Schatten saß, einen Schauer von Kühle, als kippe ihn die Erde in die Dunkelheit. Marek, der ihm das Dinner-Fiasko vergeben hatte, lud ihn in ein neues Restaurant ins Quartier Latin ein. Pjotr hatte die Angewohnheit, alles, was ihm vorgesetzt wurde, zu essen, ohne viel zu schmecken oder wahrzunehmen. Er hörte Lauries Stimme voller Spott ihre Mahlzeit beschreiben: »Pilze in Dieselöl, Steak, über modrigem Stroh geröstet, Beaujolais wie Essig vom letzten Jahr.« Die anderen Speisenden waren unscheinbar aussehende Ehepaare um die Dreißig oder Vierzig, die

Le Monde oder *Le Nouvel Observateur* zusammengefaltet neben ihrem Teller liegen hatten. Er nahm das alles wahr, als sammle er Fakten, um sie Laurie zu erzählen. Die Unterhaltung seines Cousins bestand aus leisem Klatsch über Polen. Sie erinnerten sich an einen Schriftsteller, der einstmals in Warschau solche Macht gehabt hatte, daß sein Einspruch gegen eine Studentenzeitung Pjotr ins Gefängnis gebracht und Marek ins Exil getrieben hatte. Jetzt lehrte dieser Mann in den USA, wo er hoch geachtet wurde als einer, der unter der Knute gewesen war und überlebt hatte, um davon zu erzählen. Er habe immer noch seine spärlichen schwarzen Zähne, sagte Marek, dessen Wissen um solche Details unendlich war, und die Universität, an der er unterrichtete, hatte angeboten, sie durch etwas Weißes, Glänzendes zu ersetzen. Tatsache aber war, daß der Schriftsteller, der in den fünfziger Jahren anderen Menschen das Leben kaputtgemacht hatte, Angst vor dem Zahnarzt hatte.

Marek bestellte eine zweite Flasche Wein und sagte: »Jeden Tag frage ich mich, was ich eigentlich in Paris mache. Ich habe keine echten Freunde. Ich habe Feinde, die mir Hakenkreuze ins Treppenhaus schmieren. Ich spreche sieben Sprachen. Meine Großmutter mütterlicherseits war die Tochter einer Prinzessin. Wen interessiert das hier? Vielleicht sollte ich zurück nach Polen gehen.« Dies war ein üblicher Emigrantenmonolog; Pjotr versuchte gar nicht, darauf zu antworten. Sie gingen durch die milde Nacht, durch hell erleuchtete Straßen, fädelten sich zwischen Bettlern und Gitarrenspielern durch, blieben stehen, um die Auslagen nordafrikanischer Bäckereien zu betrachten. Pjotr machten die Bettler zu schaffen – die heruntergekommenen jammernden Mütter mit betäubten, dösenden Babys, die verkrüppelten Männer, die ihre Blindheit und die Stümpfe ihrer Arme und Beine für

Geld vorzeigten. »Jugoslawische Banden«, sagte Marek schulterzuckend. Er erinnerte Pjotr daran, daß Betteln ein Stück Freiheit sei. Hier stand es Männern und Frauen frei, ihre Miete, ihren Alkohol, das Essen für ihre Kinder zu erbetteln. Pjotr sah ihn an, konnte aber kein Augenzwinkern, nichts Doppeldeutiges feststellen. Marek hatte sich mit etwas abgefunden, ein für allemal, ebenso wie Pjotr es in einer völlig anderen Existenz getan hatte. Als sie sich der Seine näherten, überkam ihn eine kindliche, weihnachtliche Erwartung, weil er wußte, daß sich die angestrahlte Seite von Notre-Dame zitternd in dem dunklen Wasser spiegeln würde. Er war dabei, Laurie zu vergessen, o ja, ganz sicher! Er faßte den Entschluß, ihre Geschichte aufzuschreiben, Stück für Stück. Das Schreiben würde die letzten Spuren von Laurie aus seinen Gedanken und seinem Herzen wischen. Er war kein Prosaschriftsteller und nur ein periodischer Tagebuchschreiber, aber nun begann er, hier und jetzt, an Laurie und der Liebe kühl und historisch Maß zu nehmen. Er fühlte sich kühn genug, etwas über Laurie Bennett zu sagen und noch etwas über Venedig.

»Ach Laurie – Laurie ist in Florenz«, sagte Marek. »Ich habe eine Karte bekommen.« Zwischen Pjotrs Rippen wurde der Stein doppelt so groß. »Sie reist herum«, fuhr Marek fort. »Ein älterer Mann schenkt ihr das Geld.« Dann ließ er das einzig wichtige Thema der Welt fallen, um weiter über sich zu reden.

»Der ältere Mann«, sagte Pjotr, »ist er ihr Liebhaber?«

»Sie hat ihn nie vorgezeigt«, sagte Marek. »Laurie sieht man immer nur allein. Ich kenne sie seit Jahren. Du kannst niemals Laurie anschauen und dann einen anderen Mann und sagen ›mit dem schläft sie‹. Aber dieser Mann – als sie nach Paris kam, war sie so naiv, daß sie versucht hat, ihn bei der Polizei als ihre Einkommensquelle anzugeben, und fast ausgewiesen worden wäre. Das ist jetzt Jahre her.«

Jahre her? Pjotr hatte ihr wahres Alter niemals in Frage gestellt. Laurie sah jung aus, und sie redete von ihrer Schulzeit, als läge sie gerade hinter ihr. Vielleicht war sie eine von jenen, die sich weigern, überhaupt etwas mit der Zeit zu schaffen zu haben. In diesem Falle würde ihre Jugendlichkeit einen Mangel an Verständnis bedeuten: Genauso, wie sie Worte falsch schrieb, weil sie nicht wußte, was Worte bedeuteten, konnte sie auch nicht von der Zeit verändert werden, weil sie nicht wußte, was Veränderung bedeutete.

Pjotr wachte am nächsten Morgen mit einem entzündeten Hals und einem Schmerz in der linken Schulter auf. Er konnte sich kaum anziehen und kaum schlucken und sprechen. Seine Gastgeberin saß, in eine Decke gehüllt, gebeugt vor einer Kanne starken Tees. Heute war Sonntag.

»Morgens Messe, nachmittags Pferderennen«, sagte sie und meinte ihren Mann, der verschwunden war. Pjotr erinnerte sich an das, was Marek über das uneheliche Kind gesagt hatte. Die Ärztin setzte Pjotr dunkles Brot, Frischkäse und Pflaumenmarmelade vor und wartete darauf, etwas zu hören – über seine Frau natürlich. Sie hörte nie auf zu warten. Von der Küche aus konnte er das Zimmer sehen, das er gerade verlassen hatte. Er dachte an sein Bett und wünschte, er läge darin, aber dann wäre er ihr Gefangener und sie würde vielleicht den ganzen Vormittag mit ihm reden.

Draußen glitten, über dem Hof, dünne Herbstwolken vor der Sonne vorbei. Er hörte das kalte Geräusch von Wasser, das über Kopfsteinpflaster gegossen wurde, und den Verkehr wie einen gedämpften Hubschrauber. Sein Leben schien über Nacht zu einer festen Masse erstarrt zu sein. Die Substanz war durchsichtig, wie Jaspis. Er war eingeschlossen in alles, was er je gesagt oder getan hatte. Was seine Schmerzen anging, so waren sie ein banges Rätsel. Meine Schulter, mein Hals, meine Rippen: Ist das eine tödliche Angina? Luftröhrenkrebs? Lungenkrebs? Die linke Hälfte seines Körpers rottete krank dahin, in der Jaspishülle seines Lebens.

Er sagte zu der Ärztin: »Ich habe mir wohl eine Erkältung geholt.« Er hörte sich alle seine Symptome beschreiben, als sei jedes ein Leiden für sich.

Die Ärztin hörte ihn bis zu Ende an. »Ich glaube, es ist nur etwas, das ich die Junggesellenkrankheit nenne«, sagte sie. »Sie sollten eine Geliebte haben, und sei es auch nur, damit Sie sich um etwas Echtes Sorgen machen können.« Vielleicht meinte sie das nett, aber sogar eine Ärztin kann kuriose Motive haben, besonders eine, bei der man das Zahnfleisch sieht, wenn sie lacht, und deren Mann früh aufsteht, um das Alleinsein mit ihr zu vermeiden. »Wollen Sie jemanden in meiner Klinik konsultieren?«

»Nein. Es wird schon vorbeigehen.«

»Ganz wie Sie wollen.«

Seine dritte Vorlesung hielt er durch einen engen, schlackigen Hals. Dieses Mal war der Saal voller Studenten, die rauchten, unruhig hin und her rutschten, lasen, flüsterten. Er fragte sich, was sie an einem strahlenden Tag wie diesem drinnen taten. Sie zeigten wenig Interesse und stellten nur einige ihrer verwirrenden Fragen. Nach der Vorlesung lud ein dicklicher Mann, der sich als Journalist vorstellte, Pjotr auf die Terrasse der Brasserie Balzar ein. Er trug einen Rollkragenpulli aus Nylon und einen Blazer und eine große chromblitzende Armbanduhr. Pjotr nahm an, daß Marek ihn geschickt hatte – eine der wichtigen Verbindungen seines Cousins. Der Reporter trank Bier. Pjotr, dessen Organen im Augenblick schon allein der Geruch von Bier widerstand, trank einen schwachen Tee, aber sogar dieser Tee schien ihm aggressiv.

Der Reporter nahm einen tiefen Zug von seinem Bier und sagte: »Sind Sie einer dieser rebellischen Dichter?«

»Keineswegs«, sagte Pjotr leidenschaftlich.

»Und wie war das mit dem Brief, den Sie an die *Prawda* geschickt haben und den abzudrucken die *Prawda* sich weigerte?«

»Ich habe nie einen Brief an die *Prawda* geschrieben«, sagte Pjotr.

Der Reporter kritzelte los, viel mehr Worte, als Pjotr gesagt hatte. Pjotr stellte fest: »Ich bin kein sowjetischer Dichter. Ich bin ein polnischer Gastdozent, von einer französischen Universität offiziell eingeladen.«

Hierauf schrieb der Reporter noch heftiger als zuvor und fragte Pjotr dann nach der Warschauer Legia – die Pjotr nach einem Augenblick vollständigen Nichtverstehens als Namen einer Fußballmannschaft erkannte – und ihren großen Star Robert Gadocha, von dem Pjotr niemals gehört hatte. Der Reporter schüttelte Pjotr die Hand und entschwand. Pjotr hatte vor, sich eine Notiz über diese merkwürdige Begegnung zu machen und Marek nach dem Mann zu fragen, aber als er seinen Taschenkalender aufschlug, sah er etwas von viel größerer Wichtigkeit – heute war der sechzehnte Oktober, der Tag der heiligen Jadwiga. Seine Gastgeberin, deren Name Jadwiga war, hatte ausdrücklich gewünscht, daß er zum Abendessen da sei. Er ging in einen Schweizer Film über ein Mädchen, das sich in einen verheirateten Zahnarzt verliebt hatte, schlief seelenruhig bis zu der Szene, in der sie ihm entsagte, und erinnerte sich beim Hinausgehen daran, daß er seiner Gastgeberin ein Geschenk mitbringen müßte. Als er Blumen kaufte, fiel sein Blick quer durch den Laden, und er sah den Österreicher. Er war mit einer alten Frau da – seiner Mutter vielleicht. Sie ging hin und her, deutete und lachte auf eine Weise, die Pjotr senil vorkam. Als sie ihren Nackenknoten über die Callalilien beugte, sah Pjotr den Österreicher ganz deutlich. Ja, er war es, der Mann mit der breiten Stirn und dem leichten Lächeln. Er widmete der plappernden alten Frau all seine Aufmerksamkeit und seinen ganzen Charme. Aber als er und Pjotr Seite an Seite standen und beide bezahlten – einer die Lilien, der andere die Rosen –, sah Pjotr, daß er älter als der Österreicher auf dem Bild war, und daß seine Arme und Schultern steif waren, eine leichte Lähmung. Die senile alte Mutter war in Wirklichkeit zupackend und behende; sie trug die Blumen. Der Österreicher war wieder in Venedig, wo er hingehörte. Will ich ihn dort hinhaben, fragte Pjotr sich.

Die ganze Wohnung, sogar Pjotrs Teil davon, roch nach Essensvorbereitungen. Die Ärztin hatte sich die Haare gewellt und getönt und die Wimpern getuscht. Ihr Mann trug einen dunklen Anzug und eine düstere Krawatte. Sein Geschenk für seine Frau, ein Paar Korallenohrringe, ruhte auf einem Samtkissen auf dem Eßzimmertisch. Die Gäste, Überbleibsel aus den alten glücklichen Résistance-Tagen des Ehepaares, saßen steif herum und tranken französische Aperitifs. Es waren »kleine« Polen. Marek hätte ihre Namen nicht gewußt, und sie auch nicht wissen wollen. Ihre Ehefrauen waren Französinnen, so daß die Unterhaltung auf französisch geführt wurde und sich auf Höflichkeiten beschränkte. Keiner kam überraschend vorbei, wie Freunde das normalerweise an Namenstagen taten. Die heilige Jadwiga, Fleisch geworden in Paris, kam Pjotr pedantisch und mittelständisch vor. Vom Himmel schweiften seine Gedanken natürlich nach Venedig, wo er einen weißen Tisch und weiße Stühle am Rande eines blauen Quadrats sah. Aber vielleicht war Venedig ganz anders – vielleicht war es ganz aus dunklem Stein.

Er hatte Mühe beim Schlucken des Aperitifs. Ein Dämon, der eine Mistgabel hielt, saß ihm in der Kehle. Manchmal streifte die Mistgabel sein Ohr. Die drei Männer und Jadwiga verfielen bald ins Polnische und in Kriegserinnerungen. Die französischen Ehefrauen plauderten untereinander, und dann zog die Ärztin ihre Stühle in die Nähe des Fernsehers. Sie war Mitglied einer Ärztedelegation gewesen, die an diesem Tage den Gesundheitsminister aufgesucht hatte; wenn sie ganz genau hinschauten, konnten sie vielleicht einen Blick von ihr erhaschen. Alle sieben starrten schweigend auf das Zifferblatt, das jetzt auf dem Bildschirm zu sehen war. Die Sekunden tickten vorüber. Sobald die Nachrichten anfingen, begann der Mann der Ärztin die Läden zu schließen und die Vorhänge zuzuziehen. Es war eine lautstarke Aktion, und Pjotr sah, daß die Ärztin Tränen in den Augen hatte. Pjotr dachte daran, wie dieser Angriff aus dem Hinterhalt Abend für Abend vor sich ging, ob nun Gäste da waren oder nicht. Er schaute unverwandt die Lichter an, die der gläserne Bildschirm reflektierte, wie Fragmente von Planeten. Eine Uhr auf dem marmornen Kaminsims hatte Zeiger, die sich nicht bewegten. Der Spiegel hinter der Uhr war geneigt, so daß Pjotr sich darin sehen konnte. Seine Gastgeberin, die dem Blick ihres wichtigsten Gastes gefolgt war, rief, die Uhr funktioniere vorzüglich, ihr Mann vergesse nur immer, sie aufzuziehen! Hierauf lächelten alle Pjotr an, als wollten sie sagen: »Darüber also machen Dichter sich Gedanken!«

Das Essen wurde noch einmal verschoben, wegen einer Fernsehserie, die alle Anwesenden mit Ausnahme von Pjotr siebzehn Wochen lang verfolgt hatten. Ein Mädchen namens Vanessa war der Sterbehilfe an der Person ihrer Tante angeklagt, welche Ingrid hieß und

Vanessa ein großes Vermögen hinterlassen hatte. Verdächtigt wurde hingegen von allen im Zimmer (außer Pjotr), Anthony, ein Detektiv der Sûreté, dessen Rolle es war, Vanessa ein hysterisches Schuldgeständnis abzunötigen. Anthony war Witwer. Seine junge Tochter Samantha hatte ihr Zuhause verlassen, um Wettkampfschwimmerin zu werden. Anthony hatte Angst, daß Samantha an Herzversagen sterben könne wie ihre Mutter Pamela. Samantha wußte nicht, daß zum Zeitpunkt des Todes ihrer Mutter Gerüchte über Sterbehilfe laut geworden waren. Die Besorgtheit des Detektivs um Samanthas geerbte Herzschwäche war für alle (außer Pjotr) der Beweis, daß er an Pamelas Tod nicht schuldig war. Der Adoptivsohn der toten Tante, Flavien, der das Testament angefochten hatte und der die Inhaftierung der armen Vanessa im Santé-Gefängnis auf dem Gewissen hatte, sagte jetzt, er wolle doch nicht gegen sie aussagen. Pjotrs Frankreich, das fast ausnahmslos der Literatur entstammte, hatte ihn mit Menschen umgeben, die vernünftige Namen trugen, wie Albertine, Berthe, Marcel und Colette. Diese wuchernde Pracht exotischer Namen verwirrte ihn, aber er hielt das nicht für erwähnenswert. Ein genau umrissener Gedanke kam ihm, nämlich: Wenn seine Halsentzündung sich als Krebs herausstellen würde, so würde ihn das der Notwendigkeit entheben, sich überhaupt noch über etwas zu wundern. Er dachte sich gute Ratschläge aus, die er seinen Kindern hinterlassen wollte: »Versucht nie, einen unglücklichen Menschen glücklich zu machen. Das ist nur eine Vergeudung von Leben, und ihr macht damit das Gute in euch zunichte.« In dem Spiegel hinter der stehengebliebenen Uhr war Pjotr häßlich und alt.

Bevor er an diesem Abend zu Bett ging, las er den Bericht, den er über seine Liebe zu Laurie geschrieben hatte. Er hatte sich zu einer langen Klage ausgewachsen, etwas fürs Ohr, eine wortreiche Jammerei. In seiner Beschreibung von Laurie hatte er unvermeidlicherweise zwei Personen aus ihr gemacht. Hinter dem einen Mädchen – unendlich unbekümmert, allerdings mit einem Mangel an Vorstellungskraft – kam eine kleinere junge Frau zutage, die zerbrechlich und unwahrhaftig war und die aus Angst liebte. Er hatte an Laurie niemals irgendwelche Angst bemerkt. Er beschloß, nie mehr in dieser Weise über sein Leben zu schreiben.

Er wurde durch sein eigenes ersticktes Husten aus einem langen Traum über Flughäfen gerissen. Sein linker Lungenflügel stand in Flammen, und ein neuer Schmerz lief wie ein elektrischer Draht durch seinen Arm bis in die Spitze seines kleinen Fingers. Er versuchte, den Husten zu unterdrücken, weil der nächste Anfall ihn umbringen würde, und während er den Atem anhielt, spürte er, wie eine Kette Glied um Glied um seine Brust geschmiedet wurde. Die letzten beiden Glieder griffen ineinander; die Kette wurde enger. Bevor er ersticken konnte, brach ein Husten aus ihm heraus und durchtrennte die Kette. Er zitterte heftig, war in eisigen Schweiß gebadet. Nach Luft schnappend, wegen des Schmerzes unfähig, sich auf einen Ellbogen aufzustützen, keuchte er: »Hilf mir.« Vielleicht wurde er sogar ohnmächtig. Das Zimmer war hell, die Ärztin beugte sich über ihn. Sie tupfte seinen Arm ab – er spürte die kalte Flüssigkeit, aber nicht die Spritze. Er wollte am Leben bleiben. Das hatte Vorrang vor allem anderen.

Pjotr erwachte frisch und ausgeruht, als sei in der Nacht nichts geschehen. Trotzdem ließ er sich von seiner Gastgeberin einen Termin an ihrer Klinik vermitteln. »Ich glaube immer noch, daß es die Junggesellenkrankheit ist«, brummte sie, aber sie sagte es mit einer falschen Bärbeißigkeit, die bedeuten konnte, daß sie nicht ganz sicher war.

»Es ist eine Halsgrippe«, sagte er. Oh, gesagt zu bekommen, daß man nur noch sechs Wochen zu leben hatte! Schulden begleichen; nichts unvollendet lassen; still davongehen. Alles war danebengegangen: seine Arbeit (weil sie unweigerlich hinter seinen Visionen zurückblieb), seine Ehe, die Politik, und jetzt hatte er, Lauries wegen, auch Endgültiges über die Liebe gelernt. Er war für nichts und wieder nichts im Gefängnis gesessen, war für nichts und wieder nichts Dichter gewesen, war für nichts und wieder nichts verliebt gewesen. Und doch, wie verzweifelt hatte er in der Nacht um sein Leben gebettelt – sein eigenes Leben, nicht um das eines anderen Menschen. Und wie beschämend hatte er sich geängstigt. Laurie hatte einmal zu ihm gesagt, er sei ein Feigling.

»Alle verheirateten Männer deiner Sorte haben Schiß«, hatte sie ganz ruhig gesagt. Dies fand statt an dem kleinen Tisch eines der Drugstores, die sie besonders liebte. Pjotr sagte, er sei nicht verheiratet, nicht richtig. »Ich werde dir sagen, ob du verheiratet bist *und* Schiß hast«, sagte sie. Sie schaute ihn über eine dampfende Kaffeetasse hinweg an. »Angenommen, ich würde einen Matisse kaufen und dir schenken.«

»Wie solltest du das können?«

»Wir stellen uns das ja jetzt nur vor. Sagen wir, ich würde auf einen Wintermantel verzichten, um dir einen Matisse zu kaufen.«

»Was von Matisse?«

»Irgendwas. Signiert.«

»Für einen Wintermantel?«

»Kannst du dir denn nichts einfach nur vorstellen, Potter? Dein herrlicher Matisse kommt also in Warschau an. Du packst ihn aus. Er ist ein Geschenk von mir. Du weißt, daß meine Liebe ihn begleitet. Er ist das Zeichen meiner Liebe und meines Verzichts.« Das Problem war, daß er es wirklich sehen konnte. Er sah sich, wie er das Bild aufrollte. Es war der Kopf einer Frau. »Würdest du es an die Wand hängen?«

»Natürlich.«

»Und den Leuten erzählen, wo es herkommt?«

»Was für Leuten?«

»Wenn deine Frau zu Besuch käme, was würdest du sagen?«

»Daß es aus Paris ist.«

»Von einem Menschen, der dich liebt?«

»Das geht sie nichts an«, sagte Pjotr.

»Siehst du?« sagte Laurie. »Du würdest es nicht wagen. Du bist doch nur ein verheirateter Mann, und ein Angsthase. Ein Angsthase wie sonst einer. Du hast sogar Schiß vor einer Ex-Frau. An dem Tag, an dem du ihr erzählen kannst, woher dein Matisse kommt, an dem Tag, an dem du sagen kannst: ›Ich bin stolz darauf, daß ein Mädchen mich so sehr lieben konnte‹, da wirst du wissen, daß du kein armer kleiner Angsthase mehr bist.«

Der Matisse war jetzt für ihn genauso wirklich wie das Auto, in dem sie vom Flughafen weggebraust war. Laurie hätte nie im Leben einen Matisse kaufen können. »Matisse« war nur ein Name, das Symbol für etwas Berühmtes und Kostbares. Sie konnte Pjotr der Angst beschuldigen, weil sie gar nicht genau wußte, was Angst eigentlich war; zumindest hatte sie selbst nie Angst gehabt. Pjotr dachte all dies ganz kühl. Ihre Stimme, die seit ihrer Abfahrt in seinen Gedanken gesungen hatte, verließ ihn plötzlich. Sie war mit den letzten Worten: »armer kleiner Angsthase« verstummt.

»Wie still mein Leben jetzt sein wird«, sagte Pjotr zu sich. Doch schien ihm auch, als ob sich seine Seelenqual vermindere und nur noch die schwache alltägliche Sorge zurückließ, die ein Mensch ertragen kann.

Ein paar Tage später verspürte er sogar ein langsames Glück, wie ein steigendes Wasser, wie eine vordringende Flut. Er saß in Marias enger kleiner Wohnung voller Nippes und durchhängender Diwane und trank mit ihr schwarzen Tee. Er sah die Sonne auf einem Blumenkasten und spürte die langsam steigende Flut. Maria redete über Männer und Frauen. Sie zog Bücher als Beispiele heran und sprang mit Namen von Romangestalten um, als seien sie Freunde: »Anna lebte eigentlich ja fast auf einer Ebene der Idiotie.« »Wenn Natascha nicht alle diese Kinder gehabt hätte...« »Lavretzky war zu resigniert.« Pjotr entschied, dies könne der klügste Weg sein, an die Wahrheit heranzukommen. Erfahrung hatte ihn niemals der Wahrheit über etwas nähergebracht. Wenn er aus Warschau geflohen wäre, seine Kinder im Stich gelassen und versucht hätte, mit Laurie zusammenzuleben, und dann von ihr verlassen worden wäre, wäre er in Zimmern wie denen von Maria gestrandet. Er hätte sich daran erinnert, das Bett frisch zu beziehen, wenn ein neues Mädchen in Sicht war, hätte Gästen aus der Heimat Tee angeboten, Schriftsteller zitiert, ein komisch klingendes Französisch und ein zunehmend altmodischeres Polnisch gesprochen, bis er schließlich von allen Menschen bis auf eine Handvoll anderer Emigranten verlassen gewesen wäre.

Um zehn Uhr morgens kam Pjotr zum Termin in die Klinik, in der seine Gastgeberin ihre Praxis hatte. Sie hatte ihm einen Plan gezeichnet und ihre Wegbeschreibung in jeder möglichen Form außer Blindenschrift wiederholt. Die Klinik war in einem Backsteinhaus aus dem neunzehnten Jahrhundert untergebracht, Meilen von jeder Métrostation und fern von allen Bussen. Er näherte sich ihr durch Straßen voller abbruchreifer Häuser mit leeren Fenstern. Eine Schwester wies ihn hinaus auf einen vermoosten Hof, der nach

Pilzen roch, und hinüber in ein niedriges, schäbiges Gebäude, in dem das dämmrige Licht, die Atmosphäre von Furcht und Warten, der Geruch von Äther und Karbol an ein Gefängniskrankenhaus am Inspektionstag erinnerten. Er reihte sich zwischen ein Dutzend Frauen und einen einzelnen Mann ein, die rings um die vier Seiten des Raums saßen. Auf einem Küchentisch, genau in der Mitte, lagen Illustrierte des letzten Winters. Keiner schaute sie an außer Pjotr, der auf Zehenspitzen zum Tisch und wieder zurückging. In dem Zimmer war es so still, daß er hörte, wie eine der Frauen schluckte. Dann kamen vom angrenzenden Raum Geräusche von etwas Schwerem, das zu Boden fiel, und Eisenschlössern. Seine Gefängniserinnerungen, die leicht auflebten, sagten ihm: Da stirbt einer. Sie sind hinausgegangen, allesamt, und lassen einen Gefangenen allein sterben.

»Mein Hals«, probte er. »Ich habe kein Fieber, keine anderen Symptome, mit mir ist sonst nichts Schlimmes, nichts, nur ein unheilbarer Luftröhrenkrebs.«

Ein paar Tage später klopfte morgens seine Gastgeberin an die Schlafzimmertür und kam sogleich, ohne zu warten, herein. Seine Schlafanzugjacke war nicht zugeknöpft. Er tastete nach seiner Brille und setzte sie auf, als könne sie ihn bekleiden. Die Ärztin legte ein mit rosa Tabletten gefülltes Glasröhrchen auf den Nachttisch.

»Ich glaube immer noch, daß es die Junggesellenkrankheit ist«, sagte sie. »Aber wenn der Schmerz Ihren Hals verläßt, wo Sie ihn wohl haben wollen, und Sie *hier* etwas spüren«, wobei sie eine unverschämte Hand auf seine Brust legte, »nehmen Sie im Abstand einer halben Stunde zwei hiervon. Sobald Sie wieder in Warschau sind, gehen Sie zu einer gründlichen Untersuchung ins Krankenhaus. Ich gebe Ihnen Ihr

Krankenblatt, bevor Sie abreisen, mit einem Brief für Ihren Arzt.«

»Was ist es?«

»Tun Sie, was ich Ihnen sage. Es ist nichts Ernstes.«

»Ich werde mir das Schlimmste vorstellen«, sagte Pjotr.

»Sich das Schlimmste vorzustellen schützt Sie davor.«

Das Schlimmste war keine tödliche Krankheit; es war immer noch ein aus weißem Stein erbautes Venedig, mit weißen Brücken und Statuen. Auf einer schneeigen Straße studierte Laurie vor einem Restaurant die Speisekarte. Hand in Hand mit dem Österreicher sagte sie: »Ich würde lieber nach Hause gehen und mit dir schlafen.« Pjotrs Hand krampfte sich um das Tablettenröhrchen. Er vermutete, daß die Medizin ein Placebo war, aber sie konnte auch ein Heilmittel gegen das Schlimmste sein. Ein Placebo könnte durch Zufall den heimlichen Feind angreifen, der, ohne Wissen der wachsamsten und intelligentesten Ärzte in Paris, Pjotr langsam tötete.

Das Schlimmste stellte sich, wie immer, als etwas sehr Simples heraus. Die französische Lektorin, die im Austausch gegen Pjotr nach Polen geschickt worden war, hatte ihr Thema verfehlt. Als sie festgestellt hatte, daß ihre Studenten materialistisch und grob bürgerlich waren, hatte sie versucht, sie mit revolutionären Ideen zu bombardieren, und war des Landes verwiesen worden. Als Vergeltungsschlag wurde Pjotr aus Frankreich ausgewiesen. Marek begleitete seinen Cousin zum Polizeihauptquartier. Er schien ebenso hilflos wie Pjotr und hatte ausnahmsweise keine Lösung parat. Pjotr erhielt einen Aufschub von fünf Tagen, um seine Angelegenheiten zu ordnen. Er würde nun keine weiteren Vorträge mehr halten, und, es sei denn Laurie käme vorher zurück, sie nie wieder sehen. Marek fragte ihn aus – nahm ihn geradezu ins Kreuzverhör: Wer der Reporter gewesen sei, mit dem er im »Balzar« gesprochen habe. Ob Pjotr ihn beschreiben könne? Ob er Pole, ob er Amerikaner gewesen sei? Und was mit dem schwangeren Mädchen gewesen sei – ob Pjotr sie beleidigt habe, ob er während des Vortrags an jenem Tag dumme und unübersetzbare Witze gemacht habe? Pjotr antwortete geduldig, aber Marek war nicht zufrieden. Es müsse jemanden gegeben haben, sagte er, und meinte damit den schattenhaften Jemand, der sie auf Schritt und Tritt verfolgte, der die Ängste und Phantasien der Emigranten nährte. Nach Mareks Erfahrung hatte der Jemand letztendlich immer einen Namen, war immer aufspürbar. Als kaum zwei Tage später Jemand Pjotr mitteilte, daß er seine Vereinbarung gebrochen habe (da er vorzeitig abreise) und deshalb kein Geld erhalten würde, starrte er die unleserliche Unterschrift an und wußte ganz sicher, daß dahinter kein menschliches Gehirn stecken konnte; es war das Werk einer bürokratischen Maschinerie, die ganz allein vor sich hinarbeitete. Marek fuhr fort zu murren und über den Jemand zu spekulieren, während Pjotr sich auf die Maschinerie einschoß. Es war eine bequeme Lösung und eine, mit der zu leben er gelernt hatte.

Mit Ausnahme seiner Schulden bei Marek, die zu bezahlen er jetzt keine Möglichkeit sah, bedauerte Pjotr nichts an seiner Abreise. Er schien schon ewig in dem alten Praxiszimmer der Ärztin zu schlafen und nachts ihre verwundete Stimme zu hören, von den schrillen Radionachrichten um sechs Uhr angefallen zu werden, die Tagesgröße des Steins in seiner Brust zu messen, die Läden einem unbarmherzigen Himmel zu öffnen, an den Briefkasten und den Schlüssel und die Nachricht von Laurie zu denken. Plötzlich fiel Pjotr auf, daß er an diesem Tag zweimal im Haus ein und aus gegangen war, ohne nach einem Brief zu schauen. Das war Freiheit! Es war wie die Rückkehr ins Leben nach einer langen Krankheit, wie damals, als seine Frau ihn mit eingeschmuggelter Suppe aus einem Glas fütterte und sagte: »Natürlich wirst du wieder gesund!« Als er Maria anrief, um sich zu verabschieden, nahm sie die Nachricht von seiner Abreise gelassen hin. Pjotr war nur ein weiterer Roman. Sie blätterte die Seiten langsam um. In Romanen muß es notgedrungen gelegentlich einen Schock geben. Sie lud ihn zum Tee ein, als sei er gerade angekommen und als sollten ihre besten Gespräche miteinander noch kommen. Auf dem Weg zu seinem letzten Besuch zwang Pjotr sich, in den Briefkasten zu schauen, aus einem fernen Mitgefühl mit dem Opfer, das er einmal gewesen war. Drinnen lehnte schräg ein Blick auf San Pietro in Venedig und eine Botschaft in Lauries kindlicher Handschrift mit den unvermeidlichen Rechtschreibfehlern:

Es ist forbei.
Mein Freund und ich trennen uns auf ewich.
Ich liebe nur dich.
Bin Montag 8 Uhr zurück. Bitte kome chez moi.

»Liebe« war dreimal unterstrichen.

Pjotr war zum Tod durch Erhängen verurteilt gewesen, aber jetzt wurde ihm die Augenbinde abgenommen. Er trat die Stufen vom Galgen herunter in die vollkommene Sicherheit. Der Henker band ihm die Hände los und zündete sich seine Zigarette an. Ihm wurde ein Paß ausgestellt, der für alle Länder und für die Ewigkeit galt. Seine ersten Gedichte waren soeben veröffentlicht worden. Er hatte sich verliebt, und sie liebte ihn auch, sie war »wirklich verknükt«, und Liebe, Liebe, Liebe war dreimal unterstrichen. Heute war Montag; er mußte noch vier Stunden warten. Der Hof und die graue Straße dahinter wurden so weiß wie das Venedig in Pjotrs Einbildung. Er stand in der verwandelten Straße und sagte sich, daß er dreiundvierzig Jahre alt sei und daß jetzt endlich zum ersten Mal eine Frau etwas um seinetwillen aufgegeben hatte. Laurie hatte sich von dem Mann, der Reisen, Freundschaft, Wärme, materielle Hilfe schenkte (irgend jemand mußte ja das Studio im siebten Stock bezahlen), losgesagt, um Pjotrs willen. Sie hatte es getan, ohne ihn zu bitten, für ihr Risiko zu bürgen, ohne jede Garantie. Jetzt verstand er die Geschichte mit dem Matisse, der Liebe und dem Verzicht.

Er begann langsam auf eine Bushaltestelle zuzugehen. Jetzt denk mal darüber nach, forderte er sich auf. Sie ist allein, bis auf diesen einen Bruder, der nie schreibt. Sie hat keinen Beruf, keine erwähnenswerte Bildung und kein Geld, und Geld ist hier im Westen wie Sauerstoff. Gut, sie hat mich, dachte er. Sie hat nur mich, und dabei könnte sie zehn an jedem Finger haben. Das Gefühl, daß ihre silbrige Welt jetzt von ihm abhing, machte das Ganze noch viel rätselhafter und begehrenswerter. Jetzt denk mal praktisch, sagte er sich. Jetzt denk mal praktisch … Aber er wußte nicht, was er praktisch überdenken sollte; es war ein Teil seiner neuen, aufregenden Rolle als Lauries Beschützer. Wie weiter? Pjotr lebte getrennt, war nicht geschieden. Er würde nach Warschau zurückkehren, sich von seiner Frau scheiden lassen, wieder nach Frankreich kommen und Laurie heiraten. Er fragte sich, warum er bisher so begriffsstutzig gewesen war, warum er nicht früher daran gedacht hatte. Laurie hatte eine solche Regelung nie erwähnt – ein weiterer Beweis ihrer Großzügigkeit. Er würde sich in Frankreich um eine Stelle bewerben, vielleicht an einer Universität in der Provinz. Er würde den Frauen von Ärzten und Notaren Gedichte vorlesen, und sie würden sich vorstellen, daß er aus Sibirien geflohen und das, was sie hörten, Russisch sei.

Pjotr hatte vergessen, daß er ausgewiesen worden war, vielleicht nie mehr in seinem Leben aus Polen heraus oder nach Frankreich herein durfte, daß er Marek Geld schuldete, daß er verstrickt, behindert, gebunden war. Seine Kinder entfernten sich und wurden stumm, als hätten sie außerhalb der Vorstellungskraft ihres Vaters nie gelebt.

Pjotr, der niemals über seine persönlichen Angelegenheiten sprach, erzählte Maria von Laurie. Sein Bericht über die lange Reise, bis hin zur Ankunft der Postkarte, und Marias Reaktion darauf schufen eine dritte Person im Zimmer: ein stilles, edles Mädchen, das ohne eine Spur von moralischer Erpressung Sicherheit gegen Liebe eingetauscht hatte. »Das ist die wunderbare Frau, die du verdienst«, sagte Maria, die aufmerksam zuhörte. Bevor ihn die Glückseligkeit vollends überspülte, war Pjotr noch dazu fähig, Maria und sich selbst als zwei Gestalten wahrzunehmen, die im Kielwasser eines Wracks auf und ab tanzten. Ihre Zuversichtlichkeit der Liebe gegenüber hatte Gefängnisse überdauert. Und doch schien ihm jedes Wort, das er sagte, wie Teil einer langen Wahrheit. Seine neue Laurie ähnelte dem imaginären Matisse, den sie nach Warschau geschickt hatte, und den er mit Staunen und Bewunderung entrollt hatte: Sie war bewegungslos, stumm, sie war schwarzweiß, und sie schaute ihn nicht an.

»Versprich mir eines«, sagte Maria. »Daß du ihr keine Fragen stellen wirst. Versprich es mir.« Er versprach es. Sie beugte sich nach vorn, nahm Pjotrs Gesicht in ihre Hände und küßte ihn. »Ich wünsche dir so viel Glück«, sagte sie.

Seinen ausgepackten Koffer zu Füßen, saß Pjotr auf der Bettkante. Laurie lag auf der Seite, den Kopf auf dem Arm. Der Aschenbecher zwischen ihnen hinderte sie nicht daran, die weiße Tagesdecke mit Asche zu bestäuben. Sie war unter der Dusche gewesen, als er ankam, und hatte noch einen Frotté-Bademantel an. Ihr feuchtes, dunkel gewordenes Haar lag dicht am Hals und an der Wange an und gab ihr ein straffes, glattes, fremdes Aussehen.

»Ach, es ging ja noch, als wir herumreisten und diese blöden Kirchen besichtigten«, sagte sie. »Aber ich wußte schon von Anfang an, daß es schiefgehen würde. Ich spürte ihm etwas an – eine Art Unzufriedenheit mit mir. Alles, was er bisher gemocht hatte, begann er plötzlich zu kritisieren. Diese Katholiken – die enden doch immer wieder bei dem, was sie einmal waren. Sex war Sünde, Leben war auch Sünde. Nur Gott war in Ordnung. Er sagte, warum ich nicht arbeiten würde, warum ich keine Schwesternausbildung anfangen würde. Er sagte, auf der ganzen Welt wären Krankenschwestern knapp. ›Du könntest so ein nützliches Leben führen‹, sagte er. Es war gräßlich, Potter. Ich weiß gar nicht, was passiert war. Ich dachte, er hätte vielleicht ein Mädchen kennengelernt, das er lieber mochte als mich. Ich drang weiter in ihn, aber er wollte nichts herauslassen. Er zog Vergleiche – das merkte ich. Er sagte: ›Das einzige, woran *du* denkst, ist dein Mittagessen und dein Frühstück‹ – so ähnlich.«

Pjotr sagte: »Was ist das denn für ein Geschäft, das er so begeistert betreibt?«

»Uhrarmbänder.«

»Uhrarmbänder?«

»Deswegen war er in Italien. Um sie zu kaufen. Wir waren in Florenz und Mailand. Venedig waren die Ferien. Du hättest sehen sollen, was für Devisen er eingeschmuggelt hat – Schweizer Geld, amerikanisches Geld. Das Zeug fiel ihm aus den Taschen wie Eichenblätter. Er war mit den Gedanken die ganze Zeit woanders. Wir waren gar nicht richtig zusammen. Wir waren einfach nur zwei Reisende, die zufällig ein Zimmer teilten.«

»Du befandest dich nicht zufällig im selben Bett mit ihm?« fragte Pjotr. Er rückte den Aschenbecher aus dem Weg und schob eine Schachtel mit Papiertaschentüchern an seine Stelle. Ohne daß ihr Gesicht sich verzog und ihre Stimme sich änderte, bildeten sich Tränen in Lauries Augen und liefen ihr über Wangen und Nase.

»Ja, manchmal, nach einem guten Essen. Er hat etwas Schreckliches gesagt. Er sagte: ›Manchmal ertrage ich es nicht, dich zu berühren.‹ Nein, nein, wir waren einfach nur zwei Reisende«, sagte sie und putzte sich die Nase. »Wir hatten jeder unsere eigene Zahnpasta, er hatte seine Seife. Ich hatte keine Seife dabei, und als wir so herumreisten von einem Hotel ins andere, da packte er seine Seife schon ein, bevor ich überhaupt gebadet hatte. Ich saß in der Badewanne, und er hatte seine Seife schon eingepackt. Früher war er immer nett gewesen. Ich weiß gar nicht. Ich werde das nie begreifen. Potter, ich schaffe es einfach nicht, jetzt auszugehen. Ich habe den ganzen Tag nichts gegessen, aber ich schaffe es einfach nicht. Könntest du ein bißchen Wasser heiß machen und mir eine Würfelbrühe aufgießen?«

»Uhrarmbänder«, sagte Pjotr in einer Sprache, die sie nicht verstehen konnte. Er schaltete die kleine elektrische Heizplatte an. »Uhrarmbänder.«

»Er behauptete, er täte es für mich«, sagte Laurie, die jetzt flach auf dem Rücken dalag. »Mich gehen lassen, damit ich mir mein eigenes Leben zurechtzimmern könnte. Diese Katholiken. Er wollte nur selbst frei sein, aus einem ganz anderen Grund. Um sich sein Leben zurechtzimmern zu können, nehm ich an.«

»Ist er denn noch jung genug dafür? Um sich sein ganzes Leben zurechtzuzimmern?«

»Er ist jünger als du, wenn das jung ist.«

»Ich dachte, es wäre jemand viel Älteres gewesen«, sagte Pjotr. »Dein allererster Freund. Der dich in den Ferien zu sich nach Hause holte, von der Bishop-Purse-Schule weg.«

»Ach der. Nein, nein. Bei dem lief es so, daß seine Frau krank wurde. Sie bekam eine fürchterliche Gesichtsneuralgie. Das hat einen Heiligen aus ihm gemacht. Glaub mir, Potter, wenn du dich mit einem verheirateten Mann einläßt, läßt du dich auch auf seine Frau ein. Die arbeiten als Team. Sogar, wenn sie es nicht weiß, weiß sie es doch. Das ist eine Insider-Sache. Sie fuhren in der ganzen Weltgeschichte herum, um immer neue Ärzte zu konsultieren. Sie schrie vor Schmerzen in den Hotelzimmern. Das ist die Krankheit der unglücklichen Ehefrauen – hast du davon etwas gewußt?«

»Ich weiß etwas von der Junggesellenkrankheit. Ich dachte, es sei dieser Venedig-Mann« – er war im Begriff »der Österreicher« zu sagen – »der dich schon gekannt hat, als du noch jung warst.«

»Alle haben mich jung gekannt, wenn man es so nimmt. Oh«, sagte sie, plötzlich wachsam, und setzte sich mit trockenen Augen auf, »sitz nicht da und schau so überlegen.«

»Ich stehe ja«, sagte Pjotr. »Ich stehe hier wie ein Hund auf den Hinterbeinen mit einem Schüsselchen Suppe.«

Sie nahm die Schüssel, mit einem Stirnrunzeln, das Undankbarkeit hätte bedeuten können, wäre seine Quelle nicht nur tiefe Gekränktheit gewesen. »Na ja«, sagte sie zusammenhangslos, »mit dir konnte ich ja nicht rechnen, oder? Du kommst und gehst, und du hast diese Kinder. Bei wem leben sie?«

»Bei ihrer Mutter.«

Ein Zittern, wie ein Schauder, überlief sie, und er erinnerte sich daran, wie sie vor langer Zeit gezittert und ihren Kaffee verschüttet hatte. »Wie alt sind sie?«

»Zwölf und sechs.«

»Warum habt ihr das zweite überhaupt bekommen?« (Ihre erste vernünftige Beobachtung.) »Mädchen?«

»Zwei Jungen.«

»Ich hoffe, sie kratzen ab.«

»Ich nicht«, sagte Pjotr.

»Lieben sie dich?«

Er zögerte; wo es um die Liebe ging, hatte er die Orientierung verloren. Er sagte: »Mir scheint, sie verschlingen die Liebe und warten immer auf mehr.«

»Gibt es immer noch mehr?«

»Bisher ja.«

»Dann sind sie wie ich«, sagte Laurie.

»Nein, für Kinder ist das die richtige Nahrung. Die Liebe macht sie groß und stark.«

»Dann ist es nicht wie bei mir. Ich sauge die Liebe auf, und dann ist sie verschwunden, und ich komme mir unterernährt vor. Mögen sie dich?«

»Sie sind aufgeregt und freuen sich, wenn sie mich sehen, aber sie merken es kaum, wenn ich gehe.«

»Das kommt, weil du ihnen Geschenke mitbringst.« Sie fing an zu weinen, diesmal heftig. »Sie werden dich nicht mehr lange brauchen. Sie haben doch ihre Mutter. Ich brauche dich wirklich. Ich brauche dich mehr als sie. Ich brauche jeden Mann mehr als seine Kinder ihn brauchen.«

Pjotr suchte Bettzeug im Schrank und machte das Bett, er fand einen Schlafanzug in einer ihrer Plastikschachteln und das polnische Schlafmittel im Badezimmer. Er zählte die magischen Tropfen heraus. »Jetzt schlaf«, sagte er. Etwas fehlte. »Wo ist deine weiße Uhr?«

»Ich weiß nicht. Ich muß sie verloren haben. Ich habe sie vor ewiger Zeit verloren«, sagte sie und drehte sich auf die Seite.

Pjotr hängte Lauries Bademantel auf und leerte den Aschenbecher. Er spülte die gelbe Schale aus und stellte sie zurück ins Regal. Er mußte ihr noch beibringen, daß er wegging; er kam sich nicht wie ausgewiesen vor, sondern eher so, als habe er sich entschlossen zu gehen, als habe er sein eigenes Schicksal besiegelt. Wer hat dir die *Palmström*-Gedichte geschenkt, fragte Pjotr stumm. Ein anderer Potter? Der Mann, der dich mit fünfzehn nahm und dich dann nach Europa verschiffte, als du anfingst, ihm lästig zu werden? Oder war es der Österreicher? Der Mann in Venedig, der plötzlich vermeint zu sündigen und es nicht ertragen kann, dich zu berühren? Hinten in seinen Gedanken saß ein kleiner ängstlicher, eifersüchtiger Pjotr, für den er wenig Mitgefühl empfand.

Laurie hatte, obwohl sie frisch aus der Dusche kam, einen leicht säuerlichen Geruch an sich, den Geruch, den Schock und Entsetzen auf der Haut hervorbringen. Sie war jung, deshalb war er nicht schlimmer als frische Hefe oder der Geruch von gehendem Brot – die Aura der Lebenden, noch nicht der Toten. Er erinnerte sich an seine Frau und daran, wie ihre Haut, dann ihre Stimme, dann ihr Denken sauer geworden war. »Bin ich häßlich?« hatte sie gesagt. »Bin ich krank? Betrachtest du mich nicht als normale Frau?« Du bist gut, du bist mutig, du bist deinen Kindern eine vorbildliche Mutter, aber ich will dich nicht, zumindest nicht auf die Art, wie du mich willst, war seine Antwort gewesen. Und so wurde sie häßlich, krank, gehetzt – all das, was er an Frauen verabscheute. Ihm kam vor, als sähe er die ersten Anzeichen dieser Verwandlung an der schlafenden Laurie. Sie hatte ihre guten Referenzen verloren, den Stempel des Aristokratischen. Sie war auf eine tiefere Ebene gesunken, eine, die von Pjotrs Frau und Pjotr selbst bevölkert wurde; sie waren Geringere, unfähig, Treue oder Loyalität oder auch nur Achtung im Austausch für Leidenschaft zu gewähren. Lauries silberglänzende Welt, die nur Pjotrs verzweifelte Erfindungen widergespiegelt hatte, schwamm und versank in Venedig. Das ist es, womit Menschen wie Maria und ich konfrontiert sind, dachte er – unsere Erfindungen. Wir gehören entweder in Bücher oder ins Gefängnis, jedenfalls aus dem Weg geräumt. Romantiker sind eine Bedrohung für die zivilisierte Welt. Der Mann in Venedig, der aus der armen Laurie eine Krankenschwester machen wollte, war auch ein Romantiker, ein gefährlicher Irrer.

Laurie lag tief und langsam atmend in einem Schlaf voller bunter Träume – Träume von einem imaginären Matisse, einem wirklichen Bodensee, einem wirklichen Venedig, dunkel und traurig. »Segelferien am Bodensee ...« Sogar jetzt noch, wo es gar nicht mehr wichtig war, krampfte sich die Wahrheit dieses einen Traums um Pjotrs Brust wie das Gespenst eines alten Schmerzes. Leise, um sie nicht zu stören, nahm er eine seiner rosa Placebotabletten ein. Er dachte daran, wie sie erschrecken müßte, wenn sie aufwachte und ihn in den Klauen eines Anfalls vorfände – im Augenblick würde ihr nahezu alles einen Schrecken einjagen. Er sah noch immer das Auto quer durch die Landstraße jagen, als Laurie damals versucht hatte, vor ihm und dem, was sie die »Situation« nannte, wegzulaufen. Er sah es vor sich, obwohl die Reise nur in ihrer Vorstellung stattgefunden hatte, und dann in seiner. Sie war vermutlich nach Zürich geflogen und war dort, mit Sicherheit, von dem Mann erwartet worden, dessen Geschäft Uhrarmbänder waren, oder sogar ... Das spielt jetzt keine Rolle mehr, sagte er. Sie hatte die Wahrheit gesagt, denn ihr Geist war auf der Flucht gewesen.

Er legte sich neben sie, streckte die Hand aus und löschte das Licht. Das Muster der widerscheinenden Straßenlaternen, das an der Decke zum Leben kam, war drei Nächte lang, vor langer Zeit, wie das Himmelsgewölbe für ihn gewesen. Nach der heutigen Nacht würde Laurie es alleine betrachten – jedenfalls ohne Pjotr. Arme Laurie, dachte er. Arme, arme Laurie. Er empfand Zuneigung, Wohlwollen – weniger als er für seine Kinder spürte, weniger als die Verpflichtung, die er noch immer seiner Frau schuldig war. Aus Mitleid strich er ihr über ihr dunkler gewordenes Haar. Kein anderer als Pjotr selbst konnte das Ausmaß seiner Enttäuschung ermessen, als er sagte: Dann war also wirklich gar nichts dahinter, oder? Dann ist das hier alles, was je gewesen ist – nur Zärtlichkeit. Ein ungeheures Gewicht von Selbstanschuldigungen zermalmte ihn und wälzte ihn platt und reinigte ihn in diesem Prozeß und erteilte ihm die Absolution. Ich war unfähig, mehr zu empfinden als dies. Ich habe niemals mehr als Wohlwollen empfunden. Von Anfang an war nichts dahinter. Es war doch nur Zärtlichkeit.

Baum, Gabriel, 1935-( )

Onkel August

Anfang der sechziger Jahre tauchte Gabriel Baums einziger überlebender Verwandter, sein Onkel August, in Paris auf. Es war nicht etwa rein zufällig; das Internationale Rote Kreuz hatte schließlich – in Antwort auf eine Suchanzeige, die für Gabriel vor vielen Jahren aufgegeben worden war – diesen in Montparnasse aufgestöbert und seinen Onkel in Argentinien. Für Gabriel war sein Onkel »der andere Baum«, weil es nur die beiden gab. Anders als Gabriels Vater und Mutter war Onkel August rechtzeitig aus Europa weggegangen. Er besaß Garagen in Rosario und Santa Fé und Liegenschaften in Buenos Aires. Er war so verschieden von Gabriel wie ein Baum sich von der Skizze eines Baums unterscheidet, trotzdem sah Gabriel in ihm so etwas wie den alternden Junggesellen, der er selbst vielleicht einmal sein würde.

Gabriel war jetzt fünfundzwanzig; er war vor kurzem nach zwanzig Monaten Dienst in Algerien aus der französischen Armee entlassen worden. Die Nachricht von der Ankunft seines Onkels erreichte ihn in einem Theater mit zweihundert Sitzen, wo er eine Rolle in einem Stück über J. K. Huysmans hatte. Das Stück befaßte sich mit Huysmans' Wende von düsterem Naturalismus zu mystischem Christentum. Gabriels Satz war: »Aber Joris Karl hat doch durchaus profunde psychologische Erkenntnisse beschrieben«, und noch ein paar andere Sätze.

Die beiden Baums dinierten im »Bristol«, wo Gabriels Onkel abgestiegen war. Sein Onkel bestellte für beide, weil Gabriel sich nicht entschließen konnte. Onkel August sprach Deutsch und Spanisch und jenes blasse, sorgfältige Französisch und Englisch, das einstmals in Kurorten, Sälen und Lobbys großer, eleganter Hotels zu hören war. Seine Kleidung war altmodisch und britisch; Armbanduhr und Koffer stammten aus der Schweiz. Seine Manieren waren deutsche Vorkriegsmanieren – vor 1914. Gabriel schien es, als verberge sein Onkel ein überholtes gesellschaftliches Rätsel; aber einige noch lebende Mitteleuropäer hätten ihn wohl ohne weiteres als steifen, unnachgiebig harten Überrest des europäischen Schiffbruches eingestuft.

Der alte Herr studierte Gabriel genau, stellte fest, wie sein verwaister Neffe erzogen worden war, ob er sein Brot brach oder es schnitt, wie gelassen er seinen Spargel anging. Gewiß war er erfreut, einen jüngeren Baum entdeckt zu haben, und mochte vielleicht Gabriel als Teil von Gottes unergründlichem Rat betrachten, ihm einen Ersatzsohn zu bescheren, der ihm sein Alter erleichtere, jemanden, dem er Baum-Garagen hinterlassen könne. Andererseits war es klar, daß er nicht von irgendeinem Baum »Onkel« genannt werden wollte.

»Ich habe einen Namen zu schützen«, sagte er zu Gabriel, »einen geachteten Namen. Ich schulde es meinem verstorbenen Vater.« Er meinte seinen eigenen Namen: August Ernst Baum, geb. Potsdam 1899–(   ).

Nach dem Essen saßen sie eine lange Zeit über ihrem Brandy in dem stillen Speisesaal. Sein Onkel zahlte alles.

Er sagte: »Waren deine Eltern eigentlich verheiratet? Man hat uns nämlich nie gesagt, ob er sie wirklich *geheiratet* hat.«

Zu jener Zeit dachte Gabriel, eine robuste Gesundheit und Gelassenheit zu haben. Sein Haar, das dunkel und üppig war, fiel lockig in eine überraschend klare Stirn. Er litt an nur zwei Beschwerden, die er jedoch nie erwähnte. Die erste betraf sein Atmen, das nicht automatisch geschah wie bei anderen Menschen. Manchmal, wenn er sich seltsam und krank fühlte, spürte er, wie Herz und Lunge bei einem dieser angehaltenen Atemzüge ins Stocken kamen. Nichts Unheilvolles hatte sich daraus ergeben. Seine zweite Beschwerde hatte damit zu tun, daß es ihm schien, als sei er von einem Kind besessen oder verfolgt – einer kleinen, unsichtbaren Version seiner selbst, einem Gabriel, dessen mißhandelten Stolz er beschwichtigen müsse, dessen Ansprüchen an das Leben er – ungeachtet der von der Zeit ihm zur Verfügung gestellten unzureichenden Mittel – zu entsprechen habe, dessen Rechnungen er unbesonnenerweise zu begleichen versprochen hatte, ehe ihm klar wurde, daß Schuld und Schuldbegleichung niemals ineinandergreifen. Die überraschende Frage seines Onkels und die Bemerkung, die ihr folgte, weckten das unbändige Kind auf, das nun an Gabriels Herz hämmerte.

Er konzentrierte seine Aufmerksamkeit auf die Flasche – eine jener dunklen Flaschen, deren Etiketten Faksimiles von auf internationalen Ausstellungen gewonnenen Goldmedaillen zeigten, von denen niemals jemand gehört hatte, in Städten, deren Namen längst von den Landkarten verschwunden waren: Breslau 1884, Danzig 1897, St. Petersburg 1901.

»Das einzige Mal, als ich sie sah, waren sie sicher nicht verheiratet«, fuhr sein Onkel fort. »Es war während des heißen Herbstes neunzehnhundertdreißig. Er hatte sein Studium aufgegeben und verkündet, er werde seinen Unterhalt mit dem Schreiben satirischer Gedichte verdienen. Mein Vater schickte mich nach Berlin, um herauszufinden, was los war. *Sie* war los.

Ihr Kleid hatte kurze Ärmel. Sie trug keine Strümpfe. Sie hatte einen Teddybären, den sie dauernd aufzog und auf dem Tisch herumspazieren ließ. Sie war hoffnungslos jung. ›Hast du die Konsequenzen bedacht?‹ fragte ich ihn. ›Keinen Studienabschluß. Untergeordnete Tätigkeiten dein ganzes Leben lang. Die Tür deines Vaters für immer verschlossen. Und was ist mit *ihr*? Ist sie etwa eine reiche Erbin? Wird ihr Vater dich adoptieren?‹ Angeblich nahm sie Gesangsstunden«, fügte er hinzu, als ob das irgendwie nicht in Ordnung sei.

»Mach, daß er den Mund hält«, befahl der jüngere Gabriel, aber Gabriel rang nach Luft.

»Ich habe alles und alle verloren, aber ich habe immer noch einen Namen«, sagte sein Onkel. »Einen Namen, den ich schützen und verteidigen muß. Es gibt immer noch irgendwo die Spur eines Trauscheins, selbst wenn das Standesamt ausgebombt wurde. Selbst wenn die Akten zurückgelassen werden mußten. Wie alt warst du, als du sie zum letzten Mal gesehen hast?«

»Acht«, antwortete Gabriel, der sich jetzt unter Kontrolle hatte.

»Waren sie zusammen?«

»Aber ja.«

»Hatten sie Zeit, sich zu verabschieden?«

»Sie ließen mich in der Obhut eines Nachbarn. Der Nachbar meinte, sie würden zurückkommen.«

»Wo war das?«

»In Marseille. Angeblich stammten wir aus dem Elsaß, aber ihr Französisch klang nicht echt. Die Leute merkten, daß ich nicht zur Schule ging. Irgend jemand hat sie angezeigt.«

»Klang nicht echt!« sagte sein Onkel. »Alles muß nicht echt geklungen haben, seit er die Universität verließ. Es ist eine schreckliche Geschichte«, sagte er dann. »Nicht schlimmer als die meisten, aber trotzdem schrecklich. Warum, warum hat er nur bis zum letzten Augenblick gewartet? Und wenn er erst einmal bis Marseille gekommen war, was hat ihn davon abgehalten, sich eine Schiffspassage zu besorgen?«

»Er war eben ein Mann der Tat«, sagte Gabriel.

Wenn sein Onkel tatsächlich noch einen Baum wollte, dann sollte dieser jedenfalls nicht frivol sein. Er sagte: »Er war viel jünger als ich. Nach neunzehnhundertdreißig habe ich ihn nicht mehr gesehen. Er ging seiner eigenen Wege. Nach dem Krieg ließ ich die Familie ausfindig machen. Alle waren tot – Konzentrationslager, Selbstmord, Altersschwäche. In seinem Falle wußte niemand, was geschehen war. Er war einfach verschwunden. Selbstverständlich fand es in einem fremden Land statt. Nur die Deutschen zeichneten alles genau auf. Ich wünschte, du wüßtest etwas über diese Heirat. Ich weiß, daß mein verstorbener Vater keinen Bankert in seiner Familie haben wollte.«

Onkel August besuchte Nizza, Lugano und Venedig, die für ihn nicht mehr dieselben Städte waren, und ging dann nach Südamerika zurück. Mehrmals im Jahr schickte er Gabriel lange Briefe und ließ sich nicht davon abhalten, obwohl er nur selten eine Antwort bekam. Er bat seinen Neffen dringend, sich stark und positiv zum Leben zu stellen und vor allem Paris zu verlassen, was schließlich niemals mehr als eine Emigrantenzwischenstation war. Sein moralisches Klima begünstige Apathie und Fäulnis.

Gabriel las die Briefe seines Onkels im »La Meduse«, einer unweit des alten Montparnasse-Bahnhofs gelegenen Kneipe. Schauspieler und Komparsen fürs Fernsehen wurden oft dort rekrutiert; niemand erinnerte sich, wie oder weshalb gerade dieses Arrangement entstanden war. Gabriel saß gewöhnlich mit dem Rücken zum Fenster, an einem Tisch rechts von der Tür gegenüber der Bar. Dort trank er Bier vom Faß oder Kaffee und blätterte in Zeitschriften, die andere Gäste liegengelassen hatten. Als er von einem der Briefe seines Onkels aufblickte, sah er das beschlagene Fenster im Spiegel hinter der Bar. In einem schmutzigen Winternebel glühten warme Neonlichter – die Lichter der Heimat.

Sein Onkel schrieb, er habe seinen Besitz mit Verlust verkauft und trage sich mit dem Gedanken, sich in Südafrika niederzulassen. Er mußte es sich aber anders überlegt haben, denn in seinem nächsten Brief beschrieb er sich als Rentner, der in der Nähe eines Golfplatzes wohnte. Eine Haushälterin, von der er Gabriel oft erzählt habe, kümmere sich um ihn – das erste Mal, daß er überhaupt eine derartige Person erwähnte. Er habe einen Herzanfall gehabt, das Briefeschreiben ermüde ihn. Die Haushälterin informierte ihn weiterhin über alles, was geschah. Gabriel, der kein Spanisch verstand, versuchte zu entziffern, was in den Briefen stand. Sie unterschrieb mit »Anna Meléndes«, dann mit »Anna Baum«.

Gabriel spielte gerade in einem Brecht-Zyklus bei einem Kulturinstitut in einer Pariser Vorstadt, als die Nachricht ihn erreichte, daß sein Onkel gestorben war. *Der kaukasische Kreidekreis* und *Mutter Courage* wurden abwechselnd für ein Publikum gespielt, das aus Schulkindern und Fabrikarbeitern bestand, die offenbar höchst unfreiwillig mit Bussen herangekarrt wurden. Gabriel dachte an Onkel August, seine Sturheit und seinen Stolz, und trauerte aufrichtig um ihn. Sein Onkel hinterließ ihm einen Briefumschlag; er machte sich nicht die Mühe, ihn zu öffnen, denn er war sich ziemlich sicher, daß kein Scheck darin war.

Kein Baum-Denkmal existierte, also erfand er eins. Auf seine Marmoroberfläche schrieb er:

Verschiedene Baums:	Verschollen
Vater:	1909–1943 (wahrscheinlich)
Mutter:	1912–1943 (wahrscheinlich)
Onkel:	1899–1977
Gabriel B.:	1935–( )

Unter den letzten Namen zog er einen Strich, was sagen sollte: Dies ist das Ende. Er merkte jedoch, daß der Strich keineswegs die Baum-Frage beendete, sondern ein neues Problem schuf: Er hinterließ beim Betrachter das Gefühl, daß diese Daten und Namen Faktoren seien, die einer Lösung harrten. Er mußte die Toten den Lebenden hinzufügen oder aber die Lebenden von den Toten abziehen – um zu irgendeiner Lösung zu gelangen.

Er dachte daran, eine Null zu schreiben, aber die verschiedenen Baums plus vier weitere summierten sich nicht zu Null. Der Tod seines Onkels verringerte die Gesamtzahl der Baums nicht etwa, sondern vergrößerte sie irgendwie. Gabriel, mit den Füßen auf dem Schlußstrich und mit ungezählten Baums hinter sich, war eine variable Größe: Einige Jahre lang war er der letzte der Baums gewesen, dann aber hatte es zwei gegeben. Nun war er wieder einmalig.

Jemand anderes muß damit fertig werden, fand er – jemand, den er nicht kannte, jemand, der vielleicht noch gar nicht auf der Welt war. In der Zwischenzeit trug er das Denkmal mit sich im Kopf herum, wo es weder verlorengehen noch gestohlen werden konnte.

Gabriels Liselotte

Kurz nach Onkel Augusts Besuch erblühte plötzlich eine Generation besonders hübscher deutscher Mädchen in Paris. Es gab nur diese eine Blütezeit – dieses eine helle Wachstum. Sie kamen, weil ihre Väter tot waren oder im Exil unter unbedeutenden Namen lebten. Einige davon fühlten sich von Gabriel angezogen – Gabriel, wie er war, mit den dunklen Locken, der klaren Stirn –, und er war seinerseits angezogen, wie von einem undeutlichen Spiegelbild, einem halberinnerten Gesicht.

Damals glaubte Gabriel immer noch, daß jedermann in etwa dasselbe Leben lebe, so etwas wie ein halb gelöstes Kreuzworträtsel. Immer hielt er Ausschau nach Definitionen und neuen Lösungen. Wenn er jedoch den Menschen näherkam, erkannte er, daß ihr Leben keineswegs einem Kreuzworträtsel glich, sondern aus kodierten Problemen bestand, von denen keine zwei zueinander paßten.

Die hübschen Mädchen gingen schließlich nach Hause, zurückgepfiffen von ernsthaften jungen Männern mit ernsthaften Beschäftigungen. Sie bekamen je zwei Kinder und waren wahrscheinlich gerade im Begriff, das erste Grau aus ihren Haaren herauszuspülen. (Gabriel trug seins so kurz wie möglich, als es schütterer wurde.) Er erinnerte sich an Freya, die sich wegen eines verheirateten Mannes in die Seine geworfen hatte, aber schwimmen konnte, und an Barbara, für deren Abtreibung zwei, drei von ihnen sich zu zahlen verpflichtet fühlten, und an Marie, die ins Elsaß gegangen war und beinahe zur Miss Oberrhein gekürt worden wäre, ehe man dahinterkam, daß sie eine Ausländerin war. Gabriels Gedächtnis, das sich hinter einem Namen nach dem anderen versteckte, brachte ihn von Angesicht zu Angesicht mit seiner Liselotte. Sie war die Tochter eines toten Mannes und einer Hure (dies war anscheinend die übliche Biographie damals) und hatte sich auf ein Au-pair-Abenteuer eingelassen, was bedeutete, daß sie geistige Reinheit mittels Kultur anstrebte. Nachmittags sah man sie im Parc Monceau, wo sie Gedichtbände las, deren enger Druck und schäbiger Einband so etwas wie eine kulturelle Garantie versprach. In der Biegung ihres Halses war etwas Demütiges. Jemand hatte ihr einmal erklärt, daß, würde man verhaftet und ohne Prozeß festgehalten, man nicht den Verstand verliere, wenn man eine Anthologie von Gedichten im Kopf habe. Die arme Liselotte, deren geistiger Rettungsanker noch nie in etwas verhaftet war, was über »Le ciel est, pardessus le toit, Si bleu, si calme!« hinausging, hielt das Buch flach auf den Knien und folgte den Zeilen mit dem Finger.

»Wer würde dich verhaften wollen?« fragte Gabriel.

»Man kann nie wissen.«

Nun ja, das stimmte. Er dachte, es könne eine bessere Karriere für sie geben; deshalb gab er ihr Zeilen zum Probieren. Sie übte: »Wirst du *heut nacht* sterben müssen?« Gabriel zählte sechs, sieben, acht verschiedene Grüntöne um den Platz, wo sie im Parc Monceau saß und dies fragte. Er nahm gewöhnlich den 84er Bus, um sie zu treffen – er, der sich nur vom Montparnasse wegbewegte, wenn es unbedingt sein mußte, er, der sich niemals die Mühe gemacht hatte, Busstrecken oder Straßennamen im Kopf zu behalten. Um Liselottes willen überquerte er die Seine in Gesellschaft von gouvernantenhaften, behandschuhten Frauen, von alten Männern, die in ihren Knopflöchern winzige Bänder trugen als Zeichen für diesen oder jenen Krieg. Liselotte, die sich nun mittels der Liebe verbessern wollte, bat ihn, französisch mit ihr zu sprechen. Sie hörte sich seine Lebensgeschichte an, prägte sie sich ein und gab sie fehlerlos wieder. Dem Kind Gabriel hatte er versprochen, niemals eine Deutsche zu heiraten, aber so einfach war das nicht; auf eine seltsame Weise schien sie nicht deutsch *genug*.

Sie hatte ihren Text vergebens gelernt. Der Regisseur, dem er sie vorstellte, meinte auch, sie sehe nicht deutsch aus. Sie gehörte zu jenen braunäugigen, katholischen Mädchen aus der Gegend von Speyer. Sie betete für Gabriel, aber auch nach den Fürbitten blieb sein Leben unverändert. Sie hatte etwas Stockendes in der Stimme, fast ein Stottern; sie wollte Gabriel fragen, ob er sie heiraten wolle, aber das Wort blieb ihr im Halse stecken. Er überlegte, sie werde womöglich gar nicht so gern Liselotte Baum sein, nachdem sie Liselotte Pfligge gewesen war. Ihr Stiefvater, Wilhelm Pfligge – er stamme ursprünglich aus der Schweiz, behauptete sie – habe versucht, sie zu vergewaltigen; immerhin trug sie seinen Namen. Gabriel überlegte, daß, wäre die Sitte der Namensänderungen umgekehrt gewesen und wäre er auf Grund der Eheschließung Gabriel Pfligge geworden, er dies, ohne zurückzuschrecken oder mindestens taktvoll getan hätte. Vielleicht würde von ihm erwartet, Wilhelm Pfligge »Papa« zu nennen. Er stellte sich Papa Pfligge mit einem Schnurrbart vor, mit seltsam fleckigen Ohren, sportlichen Schuhen, einem federnden Gang, wie er, die Lippen an Gabriels Ohr, flüsterte: »Wir beide lieben doch Liselotte so sehr, was?« Während Gabriel an dieser Vorstellung weiterspann und Papa Pfligge immer groteskere Dinge sagen ließ, gab Liselotte Liebe und Kultur und Au-pair-Abenteuer auf und ging nach Hause.

Er begleitete sie zum Gare de l'Est und verstaute ihre zwei Koffer im Gepäcknetz. Dann stieg er aus, stellte sich auf die graue Plattform und sah dem Zug nach, der sie forttrug. Der Zug war undeutlich, als sähe er ihn durch Liselottes Tränen. Eine Zeitlang waren ihre Briefe wie die Fährte eines immer tiefer in den Wald eindringenden Kindes. Er konnte sich einfach nicht entschließen, ob er folgen solle oder nicht; während er noch zögerte, verlor sich die Fährte, und der Pfad hinter Liselotte wurde von Gras überwuchert.

Baum, Gabriel, 1935–( )

Das Interview

Bis zu dem Zeitpunkt, als er keine Briefe mehr schreiben konnte, hatte Gabriels Onkel ihm mit nutzlosen Ratschlägen zugesetzt. Die meisten drehten sich um Geld. Da Gabriel die Heiratsurkunde seines Vaters nicht auftreiben konnte (in der Tat hatte er es auch niemals versucht), könne ihm sein Onkel auch nicht guten Gewissens Baum-Besitztümer vererben.

Deshalb sei es Gabriels Sache, sich um seine eigene Zukunft zu kümmern. Er flehte Gabriel an, in einem großen, wohltätigen internationalen Unternehmen eine Anstellung zu finden. Dies würde ihm nicht nur ein regelmäßiges Einkommen verschaffen, sondern würde französische Sozialversicherungsbeamte veranlassen, sich für ihn zu interessieren, und würde ihm am Ende mit fünfundsechzig eine Rente einbringen.

»Fünfundsechzig ist dein nächster Schritt«, warnte ihn sein Onkel an Gabriels dreißigstem Geburtstag.

Er riet Gabriel, sich um jene Zuwendungen zu bemühen, die als Wiedergutmachung bekannt waren, aber Gabriels Eltern waren spurlos verschwunden; es gab keine Möglichkeit zu beweisen, daß sie sich nicht nach Tahiti eingeschifft hatten. Und es hätte auch nicht in Gabriels Macht gestanden, mit Banknoten die Verzweiflung eines Kindes auszugleichen. Sein Onkel zog sich zurück auf den algerischen Krieg. Hatte Gabriel denn nicht Anspruch auf eine Rente? Nein, das nicht. Der Krieg war niemals offen erklärt worden. Für Gabriel war er ein langes, strategisches Training gewesen, für das es keine Kompensation gab außer Erfahrung.

Die Geschichte mit der Algerien-Rente verfolgte Gabriel. Wenn er Stellungsformulare ausfüllen mußte, verlangte man eine Bestätigung, daß er »seine militärischen Verpflichtungen erfüllt habe«. Manchmal nahm man es für selbstverständlich, daß er kurzerhand für untauglich befunden worden war. Dafür gab es keine rationale Grundlage; er vermutete, weil er als Beruf »Schauspieler« angab. Nach seiner Rückkehr interessierte er sich weiter für den Krieg. Er war wie einer, der zwanzig Minuten eines Matchs gespielt hat und das Resultat wissen muß. Soweit er sah, war es unentschieden ausgegangen. Die Aufregung legte sich, und dann wußte keiner mehr, worüber man in den Zeitschriften und politischen Wochenzeitungen noch schreiben sollte. Einige Journalisten wollten Gabriels Interesse an der Bretagne wecken, wo es eine Artischockenschwemme gab; andere wiederum deuteten an, der neue Ökumenismus, der aus Rom zu sickern begann, sei in Wirklichkeit ein Angriff auf französische Institutionen. Gabriel bezweifelte dies. Auf der Suche nach neuen Ansatzpunkten, was seine Rente betraf, erfuhr er etwas über die westliche Konsumgesellschaft und die moralischen Wunden, die Frankreich durch die Vollbeschäftigung beigebracht worden waren. Zwischen seinen verschiedenen Jobs las er Artikel über Leute, die behaupteten, Papierservietten und Waschmaschinen hätten sie unglücklich gemacht.

Die meisten Gäste im »La Meduse« hofften auf ein Fernsehengagement. Der Rest bestand aus Emigranten, Dichterwitwen und ausländischen Studenten, die Arbeit suchten, um ihre Stipendien aufzubessern. An der Theke, wo die Getränke weniger kosteten, drängte sich die zweite Generation emigrierter Schauspieler; für Gabriel waren sie Junggesellenwaisen. Im Gegensatz zu Gabriel waren sie überall gewesen – in Brasilien, wo sie die Sprache nicht verstanden, und in New York, wo sie sich über das Klima beschwerten, in Israel, wo das Essen sie enttäuschte. Und nun waren sie in Paris, wo sie die Polizei nicht mochten.

Manchmal setzte sich Dieter Pohl an Gabriels Tisch. Er war ein Bayer, etwa im Alter von Gabriel – dreißig

– und spielte in Filmen über die Besatzungszeit. Dieter hatte als gewöhnlicher Soldat angefangen, wurde zum Leutnant befördert und hoffte, demnächst zum Hauptmann zu avancieren. Er hatte zwei gute Gesichtsausdrücke, einen für Sieg und einen für Niederlage. Wenn er zum Sturm ansetzte, blickte er angespannt nach oben, als verfolge er einen Falken bis zum Fluchtpunkt. Manchmal hielt er einen Feldstecher an die Augen. Ging es um eine Niederlage, starrte er auf seine Stiefel. Man konnte ihn auch manchmal sehen, wie er mit bandagiertem Kopf in die Gefangenschaft marschierte. Die Gefangenschafts-Szene stand immer am Schluß. Gabriel, der die Opfer spielte, wurde in der Regel in der ersten Szene abgefertigt. Sein schnelles Verschwinden sollte angeblich eine Epoche charakterisieren, an die sich ein zu junges Publikum nicht erinnern konnte.

Ungefähr um diese Zeit, als die französischen Zeitungen den moralisch-zerstörerischen Aspekt westlicher Prosperität am heftigsten unter Beschuß nahmen, kam ein Mann, der sich Briseglace nannte, in die Bar und fragte alle Ausländer und Fremden, ob sie froh seien, arm zu sein. Er behauptete, er sei Journalist, seine Frau habe ihn wegen eines Psychiaters verlassen und seine jetzige Freundin sei in einem Kino derselben Straße Platzanweiserin. Er behauptete auch, die Bahnstation Montparnasse würde demnächst abgerissen und ein dunkler Turm an ihrer Stelle errichtet; niemand glaubte ihm. Er trug eine Krawatte aus einer Art gelbem, orientalischem Stoff. Seine Kleider wirkten, als seien sie von Nonnen auf einer der Nähmaschinen eines Klosters zusammengestoppelt worden. Gabriel und seine Generation trugen damals schwarz – schwarze Pullover, schwarze Lederjacken, weiche, schwarze Stiefel. Ihr Haarschnitt war kurz und zeugte immer noch von Wehrdienst und Kolonialkriegen.

Briseglaces widerspenstige, graumelierte Locken, sein formloser, schäbiger und merkwürdig weiblich aussehender Mantel, seine fleckigen Finger und billigen Zigaretten, sein Pessimismus und sein Glaube an die moralischen Vorzüge der Armut – sie alle kamen geradewegs aus dem Quartier Latin der vierziger Jahre. Er war die Besatzung; aber er war auch die Befreiung. Die Filme, in denen Dieter und Gabriel spielten, wuchsen wie gemeines Unkraut aus dem Herzen dessen, was jeder einst als junger Mann gewesen war. Deshalb war Gabriels einzige Reaktion beim Anblick Briseglaces Abscheu vor dem, was es bedeutete, alt zu werden.

Die im »La Meduse« getragene dunkle Kleidung gab der Bar das Aussehen eines Lagers voller bewaffneter Miliz, in das Briseglace, anachronistischer Zivilist, beiläufig gestolpert war. In Wirklichkeit aber bedeckten die Lederjacken nur dauernde Besorgnis. Manche Leute hielten Briseglace für einen Agenten der CIA, andere wiederum vermuteten in ihm einen hochrangigen KGB-Mann. Die Waisen waren überzeugt, er sei ein Polizeiinspektor, der sich vergewissern wolle, ob ihre Aufenthaltsgenehmigungen nicht gefälscht waren. Aber seine Fragen führten alle nur zu einer zahmen Schlußfolgerung, die er unbedingt von ihnen bestätigt haben wollte: daß arm zu sein sie frei mache und daß frei zu sein sie glücklich mache.

Da nun keine unmittelbare Gefahr mehr bestand, setzten oder stellten sich die Ausländer aufrechter hin, sahen lässig oder gekränkt aus, je nachdem, wie intensiv ihr erster Schreck gewesen war. Dieter behauptete, glücklich in seinem Beruf zu sein, der ihm moralische Genugtuung und materiellen Komfort bringe und der das Geschichtsbewußtsein des allgemeinen Publikums stärke. Einige von denen, die an der Theke standen, erwiesen sich als Touristen, nur vorübergehend in Paris und in komfortablen Hotels untergebracht. Einer erwähnte die hohen Preise, die für Fußballstars bezahlt würden. Ein anderer erinnerte daran, daß Christus in bezug auf persönlichen Reichtum Vieldeutiges, aber auch Beruhigendes gesagt habe. Briseglace schrieb alles nieder. Als er für seinen Kaffee bezahlte, bat er um die Rechnung, die er für die Spesen einreichen müsse. Gabriel, der sich entschlossen hatte, nichts mit ihm zu tun zu haben, blätterte in seinem *Paris-Match*.

Sechs Wochen später tauchte Gabriel auf den Seiten einer linksgerichteten Zeitschrift als »Gabriel B., Sprecher für das Strandgut Westeuropas« auf.

»Seine Muttersprache war deutsch«, las Gabriel. »Mangels des Steuers politischer Motivation haben ihn seine ziellosen Wanderungen in Montparnasse ans Ufer gespült, in den traurigen Dunst der Kaffeemaschinen. Glauben Sie etwa, er ißt im jüdischen Bezirk, bei Jo Goldenberg in ›La Rose d'Or‹? Niemals. Sie werden Gabriel B. im ›Wienerwald‹ vorfinden, wo er Kalbskoteletten verschlingt oder im ›Tannhäuser‹, wo er Kartoffelklöße ißt. Für Gabriel bedeutet diese bizarre Ernährungsweise eine primäre Erinnerung, von der frühesten Kindheit bis zum zwölften Lebensjahr.« »Siebenten«, verbesserte Gabriel gewissenhaft, aber es war zu spät, die Sache war gedruckt. »Dieser gutaussehende Bohemien-Prinz hat das schicksalhafte Alter von dreißig Jahren erreicht. Was kann er tun? Wohin kann er gehen? Wiedergutmachungsgelder aus der reichen Bundesrepublik versorgen ihn mit Zigaretten. Ein Überbleibsel aus schlechten Zeiten, schlüpft er durch die guten, ohne sie zu sehen. Die westliche Konsumgesellschaft ist nicht so sehr ein ökonomischer als vielmehr ein Geisteszustand.«

Gabriel las die Passage über den Bohemien-Prinzen mehrere Male. Er fragte sich, wo wohl der »Wienerwald« war. In dem Bild, das den Artikel illustrierte, war Dieter Pohl zu sehen, dessen Augen eingeschwärzt waren, damit er nicht identifiziert werden und die Identifikation als Vorwand benutzen konnte, die Zeitschrift zu verklagen.

Es war unerklärlich; Dieter wußte genau, daß er sich nicht hatte fotografieren lassen; Gabriel war ebenso überzeugt, den Mund nicht aufgemacht zu haben. Er spielte mit dem Gedanken, den Artikel Onkel August zu schicken, aber dieser hätte ihn für glatten Unsinn gehalten, genauso wie einen mechanischen Teddybären. Dieter kaufte sich ein halbes Dutzend Exemplare der Zeitschrift für seine Verwandten in Bayern; es war das erste Foto von ihm, das jemals irgendwo veröffentlicht worden war.

Gabriels Rettung vor der Vernichtung in zwei wirklichen Kriegen (obwohl der eine anders bezeichnet wurde) hatte bei ihm eine Achtung vor unbekannten Mächten hinterlassen. Möglich, daß Briseglace geschickt worden war, um ihn in eine neue Richtung zu stoßen. Möglich, daß der Mann wieder auftauchte und zugab, daß er niemals Journalist gewesen war und daß er sich verstellt habe, nicht etwa, um Gabriel zu schaden, sondern um seine endgültige Sicherheit zu garantieren.

Selbstverständlich geschah nichts Derartiges – niemals. Briseglace wurde nie wieder im »La Meduse« gesehen. Die einzige Reaktion auf das Interview kam von einer Kusine Dieters namens Helga. Sie konnte nicht sehr gut französisch lesen und entnahm dem Artikel, daß Dieter nicht genügend zu essen habe. Deshalb schickte sie ihm eine Menge sehr guter Pfefferkuchen in einer Blechdose und flehte ihn an, und das nicht zum erstenmal, doch seine Siebensachen zu packen, nach Hause zu kommen und eine Frau sein Leben in die Hand nehmen zu lassen.

Alarmierende Gerüchte

Als er älter und kahler, untersetzter und nachdenklicher wurde, verstand sich Gabriel mit den wenigen Junggesellen, die er immer noch in Montparnasse traf, nicht mehr. Diese neigten dazu, die sechziger Jahre als den Frühling des Lebens zu betrachten, obwohl keiner von ihnen damals noch jung war. Wahrscheinlich, weil sie ihre Eltern überlebt hatten und kinderlos waren, hatten sie auch kein Gefühl für den Ablauf der Zeit. Für Gabriel war dieses Jahrzehnt wie ein Südwind, der jeden nervös und kribbelig machte. Je kälter ihre Aussichten, desto ruhiger waren seine Bekannten geworden. Sie schliefen gut, kassierten ihr Arbeitslosengeld ohne Murren, schlenderten die Boulevards entlang durch eine Brandung gefallener Blätter und verzichteten auf revolutionäre Appelle, standen in friedfertigen Schlangen vor den Kinokassen, wo man immer noch nur elf Franc bezahlte. Drinnen vergammelten die Sitze und Läufer. Die Hälfte derer, die da langsam zur Kasse hinaufrückten, war wahrscheinlich arbeitslos. Gabriels Bekannte zogen Filme vor, in denen Frauen keine Hindernisse oder Probleme darstellten und entweder nackt oder im Abendkleid gezeigt wurden.

Viele seiner wachen Stunden verbrachte Gabriel nun ebenfalls so – nicht etwa im Leerlauf, sondern in den gegenwärtigen Augenblick versunken.

Kurz nach dem Yom-Kippur-Krieg war im »La Meduse« eine Notiz erschienen: »Wegen der wirtschaftlichen Lage darf kein Gast länger als eine halbe Stunde bei einer einzigen Bestellung verweilen.« Natürlich hatte die Geschäftsleitung keine rechtliche Handhabe, dies geltend zu machen; jedoch das Schild hing dort, Symptom einer neuen Härte, der Säuerlichkeit, die der Niedergang hervorruft.

»Das Schild ist das Ende des Lebens, wie wir es in den sechziger Jahren gekannt haben«, sagte Dieter Pohl. Er war jetzt zum Oberst avanciert und pedantisch wie ein Monarch bei einer Parade, wenn ein Rangabzeichen unkorrekt befestigt wurde oder ein Knopf offenstand. Gabriel hatte keine entsprechende Stufenleiter hinaufzuklettern; wer hätte jemals von einem Opfer gehört, das befördert worden war? Immerhin hatte er verschiedene Arten von Erfahrungen gesammelt. Gabriel wurde erschossen, gesteinigt, ertränkt, erstickt und für den Galgen bestimmt; war beleidigt und verraten worden, war in Züge hineingestoßen und von ihnen heruntergezerrt worden, war vom Laderaum eines Lastwagens mit einer zwar unbeabsichtigten, aber derartigen Gewalt heruntergeworfen worden, daß er sich das Schlüsselbein brach. Sein Ableben, das Millionen Zuschauer verfolgten, von denen einige gerade ihr Abendbrot aßen, war immer noch nötig, um der alten, unehrenhaften Handlung – die nun jedesmal simpler, wie eine Fabel, erzählt wurde – die gewünschte Dramatik zu verleihen, während Dieters Schicksal immer noch Teil der Moral war.

Von diesem wiederholten Spiel vom Tod und dessen Folgen hing Dieters Altersversorgung ab. Er erzählte Gabriel, daß die Franzosen etwa im Jahr 1982 die Unterhaltung, die auf der Besatzungszeit basierte, satt haben würden. Zu dieser Zeit würde er mindestens einmal zum General befördert worden sein und genügend Geld zusammengespart haben, um sich in seiner Geburtsstadt geschäftlich niederzulassen.

Oft sprach er, als stünde der Abschied vor der Tür, obwohl er immer noch den Rang eines Obersten hatte: »Unsere Lebensläufe sind nicht dieselben, und du bist ein echter Schauspieler, der Unterricht genommen hat, und ein echter Soldat, der in einem echten Krieg gekämpft hat. Aber sieh dir das Resultat an – wir sind an demselben Ort geendet, tun die gleiche Arbeit, sitzen am gleichen Tisch. Jahrelang keine Meinungsverschiedenheit. Es ist eine männliche Situation. Frauen wären nie dazu fähig.«

Gabriel nahm an, Dieter meinte, daß Frauen, die von Natur aus dazu neigten, schnell beleidigt und ewig nachtragend zu sein, kein Talent für loyale Freundschaften hätten. Vielleicht stimmte das, aber es schien irgendwie unvollständig. Selbst die einsamsten Frauen, die er beobachten konnte – Dichterwitwen zum Beispiel, mit ihren gehäkelten Kappen, ihren mysteriösen Einkaufstaschen, ihren überfütterten, watschelnden Hunden – scharten sich nicht zusammen wie verängstigte Tauben, die taten, als seien sie befreundet. Jede kam allein herein, saß allein, las, was immer an faszinierendem Zeug sie aus der Einkaufstasche hervorkramen konnte, starrte mit ungetrübtem Interesse auf Fremde und gab manchmal laute Kommentare über die Neuankömmlinge.

Eine Frau, fand Gabriel, kann aus einem zerrissenen Leben immer noch Nutzen ziehen. Sie repariert und flickt es und versichert sich, daß die Kanten gerade sind. Sie breitet den letzten Fetzen aus und mißt ihn ab. »Was kann ich mit diesem Rest anfangen? Wie lange muß er halten?« Ein Mann dagegen zieht sich sein Leben lang von der Stange an. Paßt es nicht, wird er versuchen, es umzutauschen. Nur ein Narr von einem Mann würde sich die Mühe machen, die Ärmel zu ändern oder die Knöpfe zu versetzen; er weiß ja nicht, wie man's macht.

Einige der älteren Kunden wurden durch alarmierende Gerüchte beunruhigt. Angeblich war »La Meduse« von ihrem Besitzer, einem mürrischen Bretonen mit sehr kleinen Augen, verkauft worden. Bald werde das Lokal in eine chemische Reinigung verwandelt, Teil der Modernisierung des Montparnasse. Stühle,

Gläser, die dicken, grünlichen Tassen und Untertassen, der zinkverkleidete Tresen, die Neonröhren an der Decke – soziologische Artefakte –, sie alle seien zu Phantasiepreisen von einem Museum in Stockholm erworben worden. Gabriel fand das zwar weit hergeholt, aber nicht unmöglich; der Montparnassebahnhof war tatsächlich abgerissen und ein dunkler, häßlicher Turm an seiner Stelle errichtet worden. Er entsann sich, daß Briseglace dies vorausgesagt hatte.

Seit kurzem hatte Gabriel bemerkt, daß er Paris nicht mehr so erlebte, wie es war, sondern wie es in seinem Gedächtnis haftete; immer noch sah er Metzger- und Gemüseläden und Konditoreien, wenn diese in Wirklichkeit Garagen und Banken geworden waren. Ein neuer Geruch hing in der Luft, metallen und heiß. Auch er veränderte sich. Wenn er hungrig war, merkte er es nur noch durch ein Gefühl von Traurigkeit und Verlust. Er atmete ohne Mühe. Das Kind Gabriel rührte sich nicht mehr. Besatzungsfilme wurden nicht mehr so häufig gedreht, aber Gabriel hatte mehr Rücklagen als Dieter. Er trug jetzt eine karierte Mütze und sang die »Internationale«; er spielte ein Komiteemitglied, das Seneca schlechte Nachrichten brachte. Während einer Sommerspielzeit bekam er die Rolle des Flavius in *Julius Cäsar*, dann spielte er Aston im *Hausmeister* und den Zoodirektor in *Die Wanze*. Diese Aufführungen wurden in Arbeitervororten veranstaltet, deren Bewohner ihren Urlaub an der Cote d'Azur verbrachten. Eines Sommers ging »La Meduse« in andere Hände über, blieb drei Monate lang geschlossen und eröffnete dann wieder mit Reihen von Nischen, Autositzen aus Kunstleder, orangefarbenen, gläsernen Lampenschirmen und britischen Rekrutierungsplakaten aus dem Ersten Weltkrieg an den Wänden. Die Warnung, daß man nicht länger als dreißig Minuten, ohne neu zu bestellen, sitzen bleiben dürfe, war verschwunden, und statt dessen las man eine Ankündigung, daß Eiscreme und Hamburger erhältlich waren. Toiletten und Telefone befanden sich nun eine Treppe höher, statt wie früher im Untergeschoß. Jemand war da, der Trinkgelder entgegennahm und Botschaften vermittelte. Auf jedem Tisch lagen eine vierseitige Speisekarte und eine Postkarte, welche die Gäste ihren Bekannten schicken konnten, wenn sie wollten. Auf der Karte war eine Medusenqualle mit langen Augenwimpern und einer Schleife auf dem Kopf abgebildet, die aus einem winzigen Drahtnetz lächelte. Darunter war zu lesen:

Pub la Méduse
Der älteste und berühmteste
Treffpunkt Pariser
Fernsehstars

Gabriel probierte eine Anzahl von Nischen aus, ehe er eine fand, die ihm paßte. Zwischen dem Autositz und einem Heizkörper befand sich eine Spalte, in der er seine Zeitschriften aufbewahren konnte. Das Faßbier war nicht so gut wie das vorherige. Der Hauptunterschied zwischen dem alten und dem neuen Ort war jedoch der Geruch. Eine Zeitlang konnte er ihn nicht definieren. Am Ende erwies er sich als der Gestank eines Zichoriengebräus in der Farbe von Schuhwichse, zweifellos erfunden, um die Inflation zu bekämpfen. Tat man Zucker hinein, wurde es ekelerregend. Außerdem war es zweimal so teuer, wie Kaffee jemals gewesen war.

Die Kapitulation

Dieter hatte erfahren, daß eine dreizehnstündige Fernsehserie über die Besatzungszeit geplant war; er hatte den Entwurf gelesen.

Er sagte: »Momentan brauchen sie nur ein paar Leute, die deportiert werden und dann von einem Zug springen.«

Ein paar Veteranen hörten Dieter sagen: »Sie wollen die Polen ausweisen«, und wieder andere hörten: »Sie wollen alle im Ausland geborenen Sozialisten hochnehmen«, und wieder andere schworen, er hätte zwölf Juden angefordert, die von einer Lokomotive überfahren werden sollten.

Dieter trug neue Winterzivilkleidung, einen hellbraunen, pelzgefütterten Mantel und eine russische Mütze. Er aß geröstete Kastanien, die er mit den Fingernägeln schälte. Sie befanden sich in einer spitzen Tüte, die aus einer halben Seite des *Quotidien de Paris* gedreht war. In dem alten »Méduse« hätte man jemand, der aus Zeitungspapier aß, sofort hinausgeworfen. Dieter breitete die Zeitung auf Gabriels Tisch aus, setzte sich und erzählte ihm von dem Film. Er sollte mit einer Gruppe von Résistancekämpfern beginnen, die bei der Deportation von einem fahrenden Zug sprangen. Ihre Gruppe würde aus einem Bergmann bestehen, einem antisemitischen Aristokraten, einem kommunistischen Aktivisten, einem Bauern mit drolligem provençalischen Akzent, einem protestantischen Intellektuellen mit einem langen Gesicht und einem Priester, der Zweifel an seiner Berufung hatte. Drei Juden würden dann mit ihnen zusammen entweder aus dem Zug fallen oder springen: ein alter Rabbi, ein Schwarzmarkthändler und ein Irgendwer. Der Irgendwer werde ich sein, beschloß Gabriel und nahm sich ein paar Kastanien. Im Geiste sah er, ohne daß Dieter es beschreiben mußte, grelle Lichter, Hunde, die an ihren Leinen zerrten, Wachtpersonal, das herumrannte und pfiff, den stillstehenden Zug und vielleicht auch einen heftigen Regen. »Der Aristokrat wird dagegen sein, die zusätzlichen drei Männer mitzunehmen«, sagte

Dieter, »aber der Priester wird sich für sie einsetzen. Der Bergmann oder vielleicht auch der Schwarzmarkthändler werden als Köder für die Hunde zurückbleiben, während alle übrigen in ein Ruderboot steigen und sich ins Maquis begeben. Der Bauer wird sich als ein britischer Geheimagent namens Scott entpuppen. Der Protestant wird aus dem Boot fallen, der Priester wird, weil er ihn retten will, ertrinken; der Kommunist...«

»Wir wissen das alles«, unterbrach ihn Gabriel. »Wer bleibt am Ende übrig?« »Der Von und Zu«, sagte Dieter. Der Aristokrat und der alte Rabbi werden zwölf Episoden überleben und gemeinsam ihren Weg nach Paris machen, um bei der Befreiung dabei zu sein. Dort werden sie Dieter und seine Leute entdecken, die sich im Palais du Luxembourg gegen die örtliche Résistance und ein paar Polizisten verteidigen. Der Rabbi wird neben dem Medicibrunnen in den Armen des Herrn Von und Zu sterben.

Gabriel meinte, dies lasse nichts Gutes für die Zukunft ahnen, aber Dieter beruhigte ihn. Der Von und Zu wird nun ein anderer Mensch sein. Er wird das Palais erstürmen und zum Schluß in Großaufnahme gezeigt werden, wie er »MEINEN UNVERGESSENEN FREUNDEN GEWIDMET« auf die Mauer schreibt, während Dieter und die anderen mit erhobenen Händen vorbeimarschieren.

»Und was ist mit dem Irgendwer?« fragte Gabriel. »Wie lange überlebt er?«

»Lieber Freund und alter Kamerad«, sagte Dieter, »bitte nimm mir's nicht übel. Vor zehn Jahren wärst du als erster genommen worden. Wen kümmert es, was einem Mann von dreiundvierzig passiert? Du bist weder alt noch jung genug, um irgend jemanden zu Tränen zu rühren. Tatsache ist – bitte verzeih mir –, daß du im falschen Alter bist, um einen Juden zu spielen. Eine Uniform ist zeitlos«, fügte er hinzu, denn er war auch dreiundvierzig. »Und niemand soll am Ende weinen, sondern nur nachdenklich und zufrieden sein.«

Während Gabriel noch darüber nachdachte, berichtete ihm Dieter von den Helmen, die die Deutschen tragen würden. Manche waren aus schwerem Metall, echte Museumsstücke, die ihren Trägern Kopfschmerzen verursachten und rote Striemen auf der Stirn hinterließen. Eine Anzahl leichter Plastikhelme würde verteilt, aber nur für die Offiziere. Je höher der Rang, desto leichter der Helm. Worauf Dieter hinauswollte, war dies: Er wollte wissen, ob Gabriel nicht lieber dieses Stadium seiner Besatzungskarriere überbrücken wolle, indem er ein kapitulierender Offizier würde, der in den letzten Szenen erscheint, statt gleich nach der ersten zu verschwinden. Er könne zum Beispiel ein Wehrmachtsoberst sein (human, idealistisch, extreme Maßnahmen ablehnend), während Dieter der SS-Oberst (nicht so gut) sein würde. Er und Dieter würden gewichtslose Helme tragen und bequeme, gut sitzende Uniformen.

Gabriel vermutete, daß Dieter irgendwie recht hatte. Gewiß konnte er sich in seinem Alter keine gefährlichen Mätzchen mehr erlauben. Die Zeit war gekommen, da jüngere Männer an der Reihe waren, von fahrenden Vehikeln abzuspringen, in eiskalte Gewässer zu tauchen und Platzpatronen auszuweichen; andererseits hatte er noch nicht das Alter erreicht, da er segnend sterben und eine Inspiration für diejenigen sein konnte, welche das Drehbuch auserkoren hatte zu überleben. Als Offizier, der für die Niederlage bestimmt war, durfte er wenigstens seinen Rang und seine Rolle behalten und am Ende doch noch heil sein.

Zwei Wochen später verkündete Dieter den Veteranen, daß man die ganze erste Szene geändert habe;

nun würde es einen Massenausbruch aus einem Konvoi von Militärlastwagen geben, wo Dutzende von Männern auf der Stelle totgeschossen würden. Die ursprüngliche Besetzung werde verkleinert, der Protestant, der Kommunist und der Bergmann völlig gestrichen. Diese neue Situation verursachte Streiterei und Beschuldigungen, an denen sich Gabriel jedoch nicht beteiligte. Alles, worauf er nun zu warten hatte, waren der richtige Helm und gutes Wetter.

Die üblichen Verzögerungen ergaben sich, und es war Mai geworden, ehe der letzte der Baums seine neue Uniform anprobieren konnte. Dieter rückte die Schultern zurecht und setzte ihm den Plastikhelm schräg auf. Gabriel begutachtete sich. Dann nahm er den Helm ab und setzte ihn gerade auf. Dieter redete ihm gut zu; anscheinend dachte er, Gabriel mache sich Gedanken darüber, zu korpulent, zu kahlköpfig, zu alt für seinen Rang zu sein.

»Nur die Uniform verrät einem Mann sein richtiges Alter«, sagte Dieter. »Aber aus der Entfernung sehen alle in Uniform gleich aus.«

In seiner neuen Uniform sah Gabriel sich selbst nicht nur wie in einem Spiegel, er schien tatsächlich durch ihn durchzugehen. Er bewegte sich durch einen flüssigen Spiegel, vorwärts, rückwärts. Jedesmal wurde sein Atem ein wenig kürzer.

Dieter bemerkte tröstend: »Viele Soldaten sind vorzeitig kahl geworden, weil die Helme ihnen die Haare abgescheuert haben.«

Wieder wurde die Kapitulation verschoben, diesmal, weil das Wetter schlecht war. An einem regnerischen Nachmittag, nachdem Dieter und Gabriel stundenlang im Jardin du Luxembourg herumgestanden hatten, liehen sie sich von zwei Schauspielern, die Polizisten darstellten, Capes, um ihre Uniform zu verdecken, und gingen zum nächsten Postamt, damit Dieter seine Kusine Helga anrufen konnte. Helga, die von beiden Familien als seine Braut bestimmt worden war, hatte lange Zeit gewartet; gerade als es so schien, als hätte sie allzu lange gewartet, machte ein Witwer ihr einen Heiratsantrag. Am nächsten Tage sollte die Hochzeit stattfinden. Dieter mußte erklären, weshalb er nicht bei der Feier dabeisein konnte: Das Warten auf die Kapitulation habe es verhindert.

Helga redete mit Dieter wie ein Wasserfall. Er hörte es sich eine Zeitlang an und reichte dann Gabriel den Hörer. Helga war gerade dabei, Dieter oder vielmehr Gabriel zu erzählen, daß der zukünftige Ehemann eine Enkelin habe, die Ziehharmonika spielen könne. Die Kleine sollte bei der Hochzeitsfeier vorspielen. Die Harmonika war fast so groß wie das kleine Mädchen und zweimal so schwer.

»Du solltest ihre Finger auf den Tasten sehen«, schrie Helga. »Wie sie fliegen – schnell, schnell.«

Gabriel gab den Hörer an Dieter zurück, der mit wortloser Konzentration lauschte. Als er genug hatte, winkte er Gabriel, der wiederum den Hörer an sein Ohr drückte und erfuhr, daß Helga Sorgen habe. Sie hatte nämlich geträumt, sie sei verheiratet und ihr Ehemann wolle in seiner Wohnung keinen Platz für sie machen. Als sie die Waschmaschine ausprobieren wollte, war er bereits dabei, seine eigenen Kleider zu waschen. »Was hältst du von dem Traum?« fragte sie Gabriel. »Kannst du mich verstehen? Ich liebe dich noch immer.« Gabriel legte den Hörer behutsam auf ein Brett unter dem Telefon und winkte Dieter heran, damit er sich verabschieden könne.

Als sie aus dem Postamt kamen, schüttete es. Dieter war besorgt, daß ihre Uniformen leiden würden, wenn sich die Kapitulation noch lange hinzöge. Aber Gabriel hielt ihm entgegen, daß die Originaluniformen nach der Belagerung des Palais du Luxembourg Zeichen von Verschleiß getragen haben müßten. Dieter wiederum entgegnete, daß es nicht seine oder Gabriels Aufgabe sei, solche Dinge zu entscheiden.

Es regnete noch zwei Wochen lang, aber schließlich, an einem kühlen, sonnigen Junitag, konnten sie kapitulieren. Während langer Perioden unentwirrbaren Durcheinanders schlenderten Dieter und Gabriel bis zum Delacroix-Denkmal und setzten sich auf dessen Rand. Dieter war enttäuscht von seinen Truppen. Es gab keine echten Deutschen unter ihnen, sondern nur Jugoslawen, Türken, Nordafrikaner, Portugiesen und ein paar arbeitslose Franzosen. Die Résistance-Leute, meinte er, seien nicht viel besser. Es hatte Klagen gegeben. Gabriel gestand, daß sie in der Tat ein armseliger Haufen seien. Dieter entsann sich, wie in den sechziger Jahren Statisten wirkliche Franzosen, wirkliche Deutsche, authentische Juden waren. Die Juden hätten die Deportation so gespielt, wie sie es in Filmen gesehen hatten, und die Deutschen hätten ebenso gemäß der Filmtradition kapituliert, aber es hätte einen Unterschied gegeben: Wenigstens taten sie etwas, was ihre Eltern vor ihnen getan hatten. Sie hatten nicht nur die Folklore der Filme zum Vorbild, sondern in vielen Fällen – Informationen aus erster Hand. Selbst wenn man jetzt eine authentische Statisterie zusammenbekäme, müßten sie ihre Großväter nachahmen. Das sei zu lange her. Es gebe jetzt keine Gewißheit mehr, ob ein richtiger Deutscher, ein richtiger Franzose plausibler war als ein Türke.

Dieter seufzte und sah hinauf zu den Häusern auf der entfernten Straßenseite, die den Park begrenzte. »Dort oben würde es sich nicht schlecht leben lassen«, sagte er. »Im obersten Stock, mit einer dieser großen

Terrassen. Sie haben dort echte Bäume gepflanzt – Pappeln, Birken.«

»Was würde so eine Wohnung kosten?«

»Etwa einhundertundfünfzig Millionen Franc«, sagte Dieter. »Unmöbliert.«

»Jeder, der Geld hat, kann sich eine solche Wohnung kaufen«, sagte Gabriel. »Interessant wäre nur, wie man dort oben ohne Geld leben könnte.«

»Wie?«

Gabriel nahm seinen Helm ab und blickte tief in ihn hinein. »Das weiß ich nicht«, sagte er.

Dieter zeigte ihm Fotografien von der Hochzeit seiner Kusine. Helga und der Bräutigam trugen randlose Brillen. Auf einem der Bilder schnitten sie gemeinsam einen Kuchen an, auf einem anderen tranken sie gemeinsam aus einem Champagnerglas. Eine ganz ähnliche Brille, nur kleiner, hatte ein unscheinbares kleines Mädchen auf. Auf dem Kopf trug es einen Kranz aus Gänseblümchen. Es hatte ein langes, steifes, gelbes Kleid an. Gabriel konnte gerade noch den Saum erkennen und die kleinen Schuhe und sein schüchternes, ängstliches Gesicht und seine leicht schielenden Augen. Um die Handgelenke trug es ebenfalls Gänseblümchen. Ein Großteil seiner Person jedoch stand hinter der Ziehharmonika, die so aussah, als wolle sie auseinanderfallen und werde nur mit Mühe von ihr zusammengehalten.

»Die Enkelin des Ehemannes meiner Kusine«, sagte Dieter. Dazu las er Helgas Brief. »Sie kann alles spielen – schnell, schnell. Ihre Finger fliegen buchstäblich über die Tasten.«

Gabriel sah sich jedes Detail des Fotos an. Das Kind war geblendet und verängstigt, und die Ziehharmonika viel zu schwer. »Wie heißt sie?« fragte er.

Dieter las weiter in dem Brief und antwortete: »Erna.«

»Erna«, wiederholte Oberst Baum. Wieder besah er sich ihr Knopfgesicht, die Blumenarmbänder, die Füße mit den zusammengepreßten Hacken – sie mußten ihr gesagt haben, sie solle sich so hinstellen. Er gab das Bild zurück, ohne etwas zu sagen.

Inzwischen hatte sich eine Menschenmenge gebildet, von den Scheinwerfern, den Kameras und dem Anblick uniformierter deutscher Soldaten angezogen. Einige wollten mit den Soldaten fotografiert werden; dies kam häufig vor, wenn ein derartiger Film auf der Straße gedreht wurde.

Ein älteres Ehepaar drängte sich zu den zwei Offizieren durch, die Frau fragte mit leiser Stimme auf deutsch: »Was machen Sie hier?«

»Wir warten auf die Kapitulation«, antwortete Dieter.

»Das sehe ich, aber was *machen* Sie hier?«

»Ich weiß es nicht«, sagte Dieter. »Ich sitze seit fünfunddreißig Jahren auf dem Rande dieses Denkmals. Ich warte noch immer auf meinen Befehl.«

Der Mann wollte ihnen Zigaretten anbieten, aber keiner der beiden Obersten rauchte. Das Paar machte Fotos von sich zwischen Dieter und Gabriel und ging weg.

Warum nur, fragte sich Gabriel, hatte sich niemand mit ihm fotografieren lassen wollen, als er ein armseliges, verzweifeltes Opfer spielte? Die Frage beunruhigte ihn und schien von dem jüngeren Gabriel zu kommen, der sich schon lange nicht mehr gemeldet hatte. Er hoffte, sein aufsässiger Untermieter sei nicht zurückgekehrt und rufe nun laut nach der kindlichen Vorstellung von Gerechtigkeit, nach einer unmöglichen Welt.

Manche der Männer stellten ihre Helme umgekehrt auf den Boden und versuchten die Zuschauer zu veranlassen, fürs Fotografieren etwas zu bezahlen. Dieter gefiel das nicht. »Natürlich warst du ein richtiger

Soldat«, sagte er bedrückt zu Gabriel. »All dies muß dir zweitrangig vorkommen.« Eine Zeitlang saßen sie da, ohne zu sprechen, und dann fing Dieter an, über Ökologie zu reden. Wegen der Ökologie herrsche in Bayern eine Nachfrage nach frischem, aus naturbelassenem Mehl, Salz, Wasser und Hefe gebackenen Brot. Wegen der Arbeitslosigkeit gebe es Menschen, die bereit seien, sich wieder den alten, vergessenen handwerklichen Methoden zuzuwenden, bei denen man praktisch nichts verdiene und die ganze Nacht arbeiten müsse. Tatsache war, daß er endlich genügend Geld gespart hatte, und sich eine Bäckerei in seiner Geburtsstadt gekauft hatte. Er hatte genug vom Krieg, von der Besatzung, der Befreiung und der Gefangenschaft. Er würde nach Hause gehen.

Diese Mitteilung veränderte aufs merkwürdigste Gabriels Blick auf den Park. Alles, was vorher grün war, wurde matt und glanzlos, als hätten Gewitterwolken den Himmel überzogen.

»Natürlich bist du jederzeit willkommen«, sagte Dieter. »Dein Zimmer wird gerichtet sein, das Bett frisch bezogen, Blumen in der Vase. Ich habe vor, jemanden aus dem Dorf zu heiraten – jemand Junges.« Gabriel sagte: »Aber wenn du vier oder fünf Kinder hast, wie kannst du dann ein Gästezimmer haben?«

Immerhin war es eine verlockende Idee. Die grünen Farben kamen wieder, frisch und glänzend. Er sah das Zimmer, das ihm gehören würde. Man stelle sich einmal vor, in einem sauberen Zimmer von zwitschernden Vögeln und dem Duft frischgebackenen Brotes geweckt zu werden. Blumen in einer Vase – Gabriel konnte sie kaum unterscheiden, er kannte nur die gezüchteten, eingezäunten Zierblumen in den Parks. Er sah in einem Wäscheschrank Leinenlaken, mit Lavendel bestreut. Seine Kleider, aufgehängt oder zusammengefaltet. Sein Frühstück auf einer weißen Tischdecke, unter einer Linde. Einen Korb voll warmen Brotes, in einem zweiten gekochte Eier. Dieters Frau, wie sie mit der Hand die weiße Kaffeekanne anfühlte, ob der Kaffee auch noch heiß genug sei für Gabriel. Eine Kanne mit Milch, eine weitere mit Sahne. Dieters gehorsame Kinder, wie sie aus Bechern tranken, das Kinn auf dem Tischrand. Jawohl, und dann zappelte der jüngere Gabriel, wiederbelebt und empört und neidisch in seinem Herzen und sagte: »Denk an die leeren Zimmer, die vergessenen Briefe, an die kalten, nach Desinfektionsmittel riechenden Bahnhöfe, an die dunklen Gletscher der Zeit.« Und außerdem, Gabriel kannte das Landleben ja nicht. Er konnte sich nicht direkt *darin* sehen. Er war nie auf dem Lande gewesen, außer beim Sprung aus fahrenden Zügen. Nur in Filmen hatte er den Nebel beobachtet, wie er sich hob, hatte farnüberwucherte Pfade gesehen.

Sie kapitulierten den ganzen Nachmittag über. Der Von und Zu schrieb an die Mauer »MEINEN UNVERGESSENEN FREUNDEN GEWIDMET«, während Dieter und Gabriel irgendwelche Türken und Jugoslawen und ein paar arbeitslose Franzosen in die Gefangenschaft führten. Der Von und Zu hielt es nicht einmal für nötig, sich umzudrehen. Gabriel atmete in einem guten Rhythmus – weder zu flach noch zu schnell. Eine unendliche Menge von Kapitulationen war dieser vorausgegangen, in Farbe und in Schwarz-Weiß, mit Musik und ohne. Eine lange Spur von Bewerbungsschreiben und Fragebögen hatte Gabriel hierhergeführt. »Baum, Gabriel, geb. 1935, in Deutschland, Nat. französisch, wehrdienstl. Verpfl. erf.« (Eigentlich hatte inzwischen sein Geburtsdatum eine Erwähnung seiner militärischen Verpflichtungen überflüssig gemacht.) Ländliche Worte erfüllten jetzt Gabriels Kopf: dichtes Gebüsch, Eidechsen und Schlangen, das Ei einer Drossel, eine

Biene, Flechten, Brombeeren, dunkle, dornige Blätter, bleiche Pilze. Jeder Begriff mit einem anderen Duft.

Am Ende des Tages war Dieters Gesicht weiß und erschöpft und völlig ausdruckslos. Es war, als höre er Helga zu. Der Von und Zu kam herüber mit einer Zigarette im Mund. Vor etwa dreiundzwanzig Jahren hatten er und Gabriel vor einer Jury in einem Einakter von Jules Renard gespielt. Der Von und Zu hatte eine ehrenvolle Erwähnung bekommen, Gabriel seine erste. Der Von und Zu hatte Gabriel wegen der Uniform nicht erkannt. Er fragte: »Was ist los mit ihm?«

Dieter saß zusammengesunken auf einem eisernen, der Parkverwaltung gehörenden Stuhl und starrte auf seine Stiefel. Er hob ruckartig den Kopf, sah sich um, rief »Warum? Wo?« und dann etwas, was Gabriel nicht verstand.

Gabriel hoffte, Dieter werde nicht gerade jetzt die Nerven verlieren, wo doch die Bäckerei, die Kinder und die Blumen in greifbarer Nähe waren. »Na, na, alter Freund!« sagte Dieter, hielt sich an Gabriel fest und wollte sich erheben. »Schon dich! Nimm's dir nicht so zu Herzen! Du wirst noch auf meiner Hochzeit tanzen!«

»Erschöpfung«, sagte der Von und Zu.

Gabriel und Dieter gingen langsam auf die Straße zurück, wo Volkswagenbusse voller Statisten warteten. Sie winkten ihnen, zum Zeichen dafür, daß sie sich beeilen sollten; alle waren sie müde und ungeduldig und erpicht darauf, ihre eigenen Kleider wieder anzuziehen und nach Hause zu gehen. Dieter stützte sich auf seinen alten Freund. Alle paar Schritte hielt er inne und sprach aufgeregt, wie Menschen es tun, die unter großer Spannung stehen. Alles kam gleichzeitig, wie in einem Traum.

»Du mußt schon schneller gehen«, sagte Gabriel, der langsam ärgerlich wurde. »Die Busse warten nicht ewig, und wir können wegen des grundlosen Tragens dieser Uniformen verhaftet werden.«

»Es gibt einen guten Grund«, entgegnete Dieter, aber dann hatte er sich auf einmal wieder gefangen.

Am gleichen Abend, im »La Méduse«, zeichnete Dieter den Grundriß der Bäckerei und der großen, darüberliegenden Wohnung und markierte Gabriels Zimmer mit einem X. Er sagte, Gabriel werde seine Sommerfrische und seinen Urlaub dort verbringen und Dieters Kindern eine korrekte französische Aussprache beibringen. Das durch den orangefarbenen Lampenschirm fallende Licht verlieh dem Papier etwas Warmes, Attraktives. Es stellte sich heraus, daß Dieter die Bäckerei noch nicht wirklich gekauft hatte, sondern nur eine Anzahlung gemacht und mit einer Bank über ein Darlehen verhandelt hatte.

Der Besitzer von »La Meduse« kam in Begleitung eines jungen Paares – jünger als Dieter und Gabriel –, zu ihrem Tisch, er hatte ihnen gerade sein Café verkauft. Er stellte sie vor und sagte: »Meine ältesten Kunden. Sie kennen sie sicherlich vom Fernsehen.«

Die neuen Besitzer schüttelten Dieter und Gabriel die Hand und versicherten, daß sie nichts an der Atmosphäre des alten Cafés zu ändern beabsichtigten; um nichts auf der Welt würden sie die Rekrutierungsplakate oder die Automobilsitze anrühren.

Nachdem sie gegangen waren, schien Dieter das Interesse an seinem Grundriß verloren zu haben; er faltete ihn zur Hälfte zusammen, dann wieder zur Hälfte und stellte schließlich sein Glas darauf ab. »Sie sind ein Gaunerpärchen, mußt du wissen«, sagte er. »Sie mußten Bastia verlassen, weil sie so viele Leute übers Ohr gehauen hatten, daß sie Angst bekamen, umgebracht zu werden. Anscheinend wollen sie ›La Méduse‹ in einen Treffpunkt für die korsische Mafia verwandeln.« Nachdem er dies gesagt hatte, seufzte

Dieter tief und verfiel in Schweigen. Da Dieter nun nicht mehr über die Bäckerei und sein Zimmer sprach, zog Gabriel eine Zeitschrift hinter dem Heizkörper hervor und vertiefte sich in sie. Dieter ließ ihn eine Zeitlang weiterlesen, ehe er wieder aufseufzte. Gabriel sah nicht hoch. Dieter entfaltete den Grundriß und strich ihn glatt. Er prüfte die Zeichnung, trug hier und da mit dem Bleistift eine Änderung ein und murmelte etwas Undeutliches.

Gabriel fragte: »Was?«, ohne den Kopf zu heben. Dieter antwortete: »Mein Vater ist neunzig Jahre alt geworden.«

Luc und sein Vater

Es wunderte niemanden außer seinen Vater und seine Mutter, daß Luc Clairevoie durch das Examen fiel, das ihn geradewegs in eine der besten Ingenieurschulen von Paris hätte befördern sollen; ja, er fiel mit Pauken und Trompeten durch, so daß ein Prüfer, der jemanden kannte, der im selben Ministerium arbeitete wie Lucs Vater, gestand, es sei die Art vergebliche Bemühung gewesen, die man eigentlich auswerten müßte. Luc war ein hervorragendes Beispiel für fehlgeschlagene Bildungspolitik. Er war ein Opfer des verbreiteten Glaubens, daß jeder Student sich nur zu bewerben brauchte, dann könnte er auch schon alle Fragen beantworten, die man ihm stellte.

Lucs Vater gab dem verstorbenen Präsidenten de Gaulle die Schuld. Hätte de Gaulle nicht die Schulen und Universitäten für Horden begabter, aber sonst uninteressanter junger Leute geöffnet, dann hätten die Lehrer mehr Zeit für Luc gehabt. De Gaulle war nun schon seit Jahren tot, doch Roger Clairevoie verdächtigte ihn noch immer, maßlosen Schaden angerichtet und ein doppeltes Spiel getrieben zu haben. (Wie seine Frau hatte auch Roger nie den Verlust von Algerien verwunden. Wenn die Preise für frisches Obst stiegen, wie das jeden Winter geschah, sagten die Clairevoies zueinander, der Verlust der vielen algerischen Obstgärten sei der Grund dafür.)

Was Luc betraf, schlugen sie einen praktischen Kurs ein, richteten ihr Augenmerk auf eine weniger elitäre, aber immer noch erstklassige Ingenieurschule und schickten Luc für ein Jahr zu einem Einpauker, um ihn auf einen neuen Versuch vorzubereiten. Die Mutter nahm Luc mit zum Zahnarzt, ließ ihm eine andere Brille anfertigen und kaufte ihm eine Honda 125, um seinen kürzlich erlittenen Verlust an Selbstvertrauen wettzumachen. Roger leistete seinen Beitrag in Form langer Gespräche. Roger stellte Luc nach dem Frühstück in der Küche oder in seinem Arbeitszimmer, das jetzt von der Familie als Fernsehzimmer genutzt wurde, und erzählte ihm, wie er das vornehmste Ingenieurinstitut in Frankreich erfolgreich absolviert hatte; wie er andere ehemalige Studenten duzen und sogar mit Vornamen anreden konnte, egal ob sie über einen Ministerschreibtisch oder einen Mittagstisch hinweg sprachen. Viele von Rogers Kommilitonen hatten sich für die Beamtenlaufbahn im Staatsdienst entschieden. In Marmorhallen, unter Ölbildern von Staatsbeamten, die den unverwandten Blick von Beratern für Götter hatten, liefen sie einander in die Arme; und diese distinguierten Akademiker, Roger unter ihnen, besaßen eine charmante, besondere Art, sich wie Brüder zu geben – jedenfalls wirkte es so auf die, die sich an »Habe ich die Ehre« und »Wenn der Herr Assistenzunterstaatssekretär so freundlich sein würde« und »Wenn es Ihnen beliebt« halten mußten. Zu dieser Brüderschaft konnte Luc jetzt nicht mehr aufsteigen, aber es gab für die Zukunft noch eine gewisse Hoffnung auf Rang und Würden: Er könnte Ingenieur in der Baubranche werden. Luc erwiderte nichts; er fragte nicht einmal: »Denkst du an Häuser oder Garagen oder was?« Roger nahm an, daß er sich alles durch den Kopf gehen ließ.

Die Paukschule, zu der er ging, war eine florierende, teure Prüfungsfabrik in Rennes, die von Jesuiten geleitet wurde und im Ruf stand, jeden Studenten, sogar den verträumtesten, in »eine respektable höhere Lehranstalt« befördern zu können. Diese Wendung stammte aus der Schulbroschüre. Sie ging Roger Clairevoie im Kopf herum wie ein Wahlversprechen.

Ab September verbrachte Luc die Woche von Montag bis Freitag in Rennes. An den Wochenenden kam er mit dem Zug nach Hause, mit Büchern beladen, und schloß sich zum Lernen ein. Manchmal hörte Roger, wie er Akkorde auf seiner Gitarre probierte – farblose Klänge ohne Rhythmus oder Sequenz. Wenn Luc genug studiert hatte, schnallte er seinen weißen Helm auf den Kopf und donnerte auf seiner Honda durch Paris. (Das Versprechen einer BMW R/80 lag in der Luft, als Belohnung oder Trost, je nach den Resultaten des nächsten Jahres.) Den Helm hatte Luc mit der Aufschrift versehen: BEI UNFALL NICHT ENTFERNEN. »Siehst du, er denkt eben doch mit«, sagte die Mutter. »Luc denkt vernünftig und praktisch.«

Wie viele Pariser Studenten hatte Luc keine engen Freunde, und in Rennes kannte er niemanden. Seine Eltern waren etwas erleichtert, als er sich im Herbst wie ein Tangbüschel am Rande einer politischen Diskussionsgruppe verfing. Die Gruppe traf sich jeden Sonntagabend im Haus eines Mitglieds. Einmal kam die Gruppe bei den Clairevoies zusammen; Simone Clairevoie, die erfreut war, daß Luc nun erkennbar Interesse für erwachsene Probleme zeigte, servierte Fruchtsaft, Sandwiches mit Pastete und zwei Arten Eis. Lucs Freunde malten weder Losungen auf die Bürgersteige, noch warfen sie Brandflaschen auf Polizeireviere, trugen Waffen (wenigstens hoffte das Roger) oder kleideten sich in abgerissene, auf dem Flohmarkt gekaufte Uniformen. Ein paar alte Männer redeten, und die jüngeren Männer, die in Lucs Alter, saßen auf einem Fensterbrett oder auf dem Fußboden und schienen zuzuhören. An dem Tag, als sie zu den Clairevoies kamen, war unter den Rednern ein pensionierter Journalist, der einmal als Spötter und Schwarzseher gegolten hatte, und der frühere Sekretär eines relativ unbedeutenden Phantasten, der jetzt als altersschwacher Mann im spanischen Exil lebte. Extremistische Bewegungen waren verboten, aber – und darauf wies Roger seine Frau hin – man konnte das nicht wirklich eine Bewegung nennen. Es gab kein Gesetz, das verbot, sich an einem Winternachmittag zu treffen, um über die Fehlstarts der Geschichte nachzudenken. Luc sagte nie viel, aber seine Eltern vermuteten, daß er sich die Botschaft der gescheiterten alten Männer zu Herzen nahm; und es war seltsam zu sehen, wie leicht Luc eine heikle, vage Botschaft begriff, während er sich nicht auf sein eigenes Schicksal als Ingenieur konzentrieren konnte. Luc durfte wählen, ohne Erlaubnis heiraten, sein eigenes Konto führen, Schulden machen. Er konnte zu Hause ausziehen, obwohl ihm eine so exzentrische Möglichkeit vielleicht noch nicht in den Sinn gekommen war. Er war volljährig, erwachsen, ein Mann.

Die Clairevoies hatten ihr Ehedasein in einer Wohnung im ersten Stock eines Hauses von gewagtem Stil verbracht, das kurz nach dem Ersten Weltkrieg in einer ruhigen Straße in der Nähe des Bois de Boulogne errichtet worden war. Der Architekt, an dessen Namen sie sich nie erinnern konnten, war Deutscher oder Österreicher gewesen. Roger, von Kollegen befragt, die überrascht waren, ihn in so bizarrer Umgebung zu finden, pflegte zu sagen: »Der Architekt war Schweizer«; das hörte sich solider an. Studenten der Architektur klingelten an der Tür und fragten, ob sie sich die Räume ansehen und fotografieren dürften. Oft wirkten sie schockiert beim Anblick der Möbel, einem Hochzeitsgeschenk von Rogers Familie, dekoriert mit

Schwänen und Sphinxen; die Sessel waren so hart und unnachgiebig wie Gottes Richterstuhl. Für Roger bildete dieses Mobiliar das Gegengewicht zum Haus, das zum fremden Paris der zwanziger Jahre gehörte, von Rogers Vater beschrieben als voll von trägen Künstlern und Emigranten – dem Strandgut Europas.

Die Wohnung, ein Hochzeitsgeschenk von Simones Eltern, hatte sie persönlich ausgesucht. Rogers Leute, die sich das irgendwie erklären mußten, sagten noch Jahre danach, daß Simone moderne Vorstellungen hatte; doch Roger war sich nicht sicher, daß das stimmte. Schließlich war das Haus schon ungefähr vierzig Jahre alt, als die Clairevoies einzogen. Die Straße änderte sich wenigstens kaum im Laufe der Jahre, wenn man von der wachsenden Zahl der Prostituierten absah, die vom Bois einsickerten. Ihrem Haus direkt gegenüber diente ein Café, das einzige Geschäft weit und breit, als Hauptquartier für die Erholungspausen, Unterhaltungen und Streitereien der Prostituierten. Manchmal ging Roger dorthin, wenn ihm die Zigaretten ausgegangen waren. Er kannte einige der älteren Frauen vom Sehen, er sprach sie freundlich an; und sie waren natürlich höflich zu ihm. Als er einmal unter der Markise stehenblieb, um sich eine Zigarette anzuzünden, blickte er hoch und sah Luc am Fenster stehen, die Gardine mit dem Ellbogen beiseite schiebend. Er schien nichts Bestimmtes anzustarren und nur auf etwas zu warten, was seine Aufmerksamkeit erregen könnte. Roger spürte einen altmodischen väterlichen Reflex: Nennt er das etwa Studieren? Falls Luc den Vater bemerkte, so gab er es nicht zu erkennen.

Simone Clairevoie nannte es das Jahr der Schrecken. Da war Lucs Versagen gewesen, dann hatte Roger einen zweiten Herzanfall, sehr viel beängstigender als der erste. Er war den ganzen Tag zu Hause, als Rekonvaleszent von seinem Ministerium beurlaubt, ruhelos und gelangweilt. Heimlich rauchte er, widerwillig führte er den Familienhund aus und verschaffte sich so maßvolle Bewegung. Und schließlich kam eine sozialistische Regierung an die Macht, obwohl alle drei Clairevoies dagegen gestimmt hatten. Simone sah nichts als weiteren Niedergang voraus. Wenn Luc wieder durchfiel, würde das eine recht bescheidene Karriere für ihn bedeuten, der ein Grundwehrdienst vorausging – ganz gewöhnlicher Militärdienst, Gepäckmarsch und Drill, gemeinsam mit Bauernsöhnen und jungen algerischen Kriminellen. Roger würde es nie schaffen, ihn freistellen zu lassen – er kannte absolut niemanden in dem neuen System der Begünstigungen. Die Freunde, deren Karriere nicht gekappt worden war, saßen verbissen auf ihrem Posten, hatten fast Angst, zum Telefonhörer zu greifen. Jeder Anruf bedeutete schlechte Nachrichten. Die schlechteste Nachricht wäre die Stimme eines alten Bekannten, der sich auf ein untergegangenes Regime berief und eine Gefälligkeit erwartete. Obwohl die Clairevoies jetzt selten zur Kirche gingen – die neue Meßliturgie war der Feind – betete Simone am Weihnachtstag inbrünstig und wählte insbesondere die heilige Odile aus, die schon früher hilfreich gewesen war, zu einer Zeit, als es den Anschein gehabt hatte, daß Roger seine Verlobung mit Simone bereute und sie vielleicht auflösen wollte.

Bald nach dem Neujahrstag kam eine Mitteilung vom leitenden Studienberater der Jesuitenschule, und beide Clairevoies wurden zu »einem ehrlichen und offenen Gespräch« gebeten.

»Über das ewige Leben?« sagte Roger zu Simone, weil er sich an ein beunruhigendes Gespräch mit einem Jesuitenlehrer vor langer Zeit erinnerte.

»Über deinen Sohn«, erwiderte sie.

Eine Karte an der Tür wies den Studienberater als »F.-X. Rousseau, *Orientation*« aus. *Orientation* trug einen Trainingsanzug und sah für Roger nicht wie ein Jesuit aus, ja nicht einmal sehr wie ein Priester. Er beugte sich vor (die Clairevoies zogen sich instinktiv zurück) und bot amerikanische Zigaretten an, ehe er sich selbst eine anzündete. Offenbar waren es nicht Lucs Aussichten, die Prüfung zu bestehen, was ihm Sorgen bereitete, der Punkt war Lucs fragmentarisches Frauenbild. Beim Rorschach-Test hatte er zum Beispiel ein Ballettröckchen, ein Paar Beine und einen Frauenkopf in einem Fischernetz gesehen.

»Sie haben mich herbestellt, um mir *das* zu sagen?« sagte Roger. »Mein Sohn sieht schlecht?«

Simone legte die Hand auf Vater Rousseaus Schreibtisch, wie sie seinen Ärmel berührt haben könnte. Sie sagte damit: Seien Sie vorsichtig. Mein Mann ist reizbar, altmodisch, krank. »Ich glaube, Vater Rousseau will uns sagen, daß Luc kein ganzheitliches Bild von Frauen hat, weil Luc kein ganzheitliches Bild von sich selbst als Mann hat. Ist das so?«

Vater Rousseau fügte hinzu: »Und er kann seine Zukunft nicht erkennen, weil er sich selbst nicht erkennen kann.«

Es war Rogers Aufgabe, Luc Vorhaltungen zu machen. Simone schlug eine männliche, virile Umgebung für ihr Gespräch vor, deshalb nahm er Luc mit ins Café gegenüber. Dort sprach er, bei einem Bier für Luc und Mineralwasser für Roger, über Genugtuung. Es war die Pflicht der Kinder, den Eltern Genugtuung zu verschaffen. Roger hatte durch ausgezeichnete Studienleistungen Lucs Großeltern dieses mysteriöse Vergnügen verschafft. Sie hatten ihren Freunden sagen können: »Roger hat uns große Genugtuung verschafft.« Er nahm Luc noch einmal mit auf eine Reise in die Zukunft und zeigte ihm den langsam arbeitenden

Mechanismus der staatlichen Auswahlprüfungen, an denen Väter ihre Söhne maßen. Er sagte: Deine Zukunft. Wenn du durchfällst. Ein schlechtes Examen ist schlimmer als keins. Tausende von verbitterten jungen Männern, die alle die Sozialisten wählen. Wenn du versagst, sinkst du in den Sumpf, aus dem es kein Entkommen gibt. Möchtest du Besen verkaufen? Die Straßen kehren? Fahrscheine in der Métro verkaufen? Möchtest du dein Leben in einer Bank verbringen?

»Nicht daß etwas Schlechtes daran ist, bei einer Bank zu arbeiten«, korrigierte er sich. Fest im Besitz der Familie seiner Frau war eine kleine ländliche Bank mit einer Belegschaft von siebzehn Mitarbeitern. Simone sah ihre Verwandten in der Provinz nicht oft, aber die Bank wurde immer mit Respekt erwähnt. »Eine kleine Bank« klang nicht schlechter als »ein kleines Kronjuwel«. Simone verkörperte in gewissem Sinn ein seriöses und fast magisches Gewerbe; sie hatte in die Ehe mit Roger das Vermögen und den Traum eingebracht. Was hatte Roger eingebracht? Scheußliche Empire-Möbel und einen fragwürdigen Titel aus dem vorigen Jahrhundert, den Simone wegen der Kommunisten kaum zu benutzen wagte.

Nur das Wort »Sozialist« schien Luc zu berühren. »Wir brauchen einen netten kleinen Bürgerkrieg«, erklärte er, wie einer, der noch nie am Meer gewesen war, verkünden mochte: »Wir brauchen eine nette kleine Sturmflut« – dachte Roger.

Er sagte: »Es gibt keine netten kleinen Bürgerkriege.« Aber er wußte, was man ihm nachsagte – daß die Herzanfälle seine Persönlichkeit verändert und ihn ängstlich gemacht hätten. An einem Novembertag waren Roger und sein Vater dem Sarg von Charles Maurras, dem Führer der Nationalisten, gefolgt, den man nach dem Krieg wegen Kollaboration zu einer Gefängnisstrafe verurteilt hatte. »Mein Sohn«, hatte

Rogers Vater gesagt, als er ihn Männern mit hageren Gesichtern vorstellte, von denen einige das Abzeichen der Action Française trugen. Rogers Vater hatte für ein royalistisches Wahlbündnis kandidiert und war bei der Wahl der letzte von fünf Kandidaten geworden, einer davon ein unverschämtes Bürschchen mit einem ausländischen Namen, voller z und k. Er war nicht verbittert; er war höhnisch und ungerührt, und er wollte, daß Roger ungerührt und stolz war. Roger hatte erst vor kurzem angefangen zu denken: Mein Vater sagte immer, und: Mein Vater glaubte. Als er jetzt zu Luc von Genugtuung und Versagen sprach, dachte er daran, wie der Vater hinter der Bahre eines toten alten Mannes hergetrottet war, der sich vielleicht geirrt hatte, bestimmt aber enteignet worden war. Sie erhoben sich zum Gehen, und Roger verbeugte sich vor einer älteren Frau, die er kannte. Sein Sohn hatte sich schon abgewandt.

Um Luc ein total männliches Image zu geben, dekorierte Simone sein Zimmer neu. Die Tischlampe war eine Galeone mit vollen Segeln und einem leuchtend roten Schirm – die Farbe der Entschlossenheit und Tatkraft. Sie nahm das Foto von Rogers Abiturklasse von der Wand und hängte ein gerahmtes Poster von Che Guevara auf. Als sie zurücktrat, um die Wirkung zu prüfen, stellte sie fest, daß Che Guevara auf keinen Fall passend war. Sein Gesicht war feminin, weich. Sie fragte sich, ob die ganze Legende nicht ein Schwindel und Guevara eine verkleidete Frau gewesen war. Guevara hatte natürlich keine politische Bedeutung; er war zu männlichem, dekorativem Kitsch geworden. (Der Verkäufer hatte sie davon überzeugt; sonst wäre sie nie das Risiko eingegangen, Roger zu kränken.) Als sie das Poster wieder abnahm, bemerkte sie zum ersten Mal ein in die Wand gebohrtes Loch. Sie legte das Auge daran und sah einen Ausschnitt vom Mädchenbadezimmer, das in der Vergangenheit von einer Reihe Au-pair-Besucherinnen genutzt worden war, deren Aufenthalt in Paris dazu gedient hatte, ihr Französisch zu verbessern und auf einen jüngeren Luc aufzupassen.

Sie rief Roger und ließ ihn durchschauen: »Wer sagt, daß Luc sich kein Bild von Frauen macht?«

Roger musterte die neuen Vorhänge und die Bettdecke, bedruckt mit Formel-I-Rennwagen. Über das Bett hatte jemand – wahrscheinlich Luc – ein Foto von Hitler an die Wand geheftet. Roger nahm es ab, ohne etwas zu sagen. Ganz so männlich wünschte er sich Luc nicht.

»Die Dusche selbst kann man nicht sehen«, sagte Simone, die das Blickfeld noch einmal prüfte. »Aber ich nehme an, wenn sie auf der Matte steht und sich abtrocknet... Wir sollten es ihm lieber sagen.«

»Wem, Luc?«

»Rousseau. *Orientation.*«

Nicht »Vater Rousseau«, stellte er fest. Es stimmte nicht, daß Frauen treue Hüter der Tradition sind. Sie schwammen mit jeder neuen Welle wie Plankton. Mein Vater hatte recht, entschied er. Er hat immer gesagt, es sei ein Fehler gewesen, ihnen das Wahlrecht zu geben. Er hat gesagt, sie hätten keine Ansichten – nur Vorstellungen. Mein Vater war stolz darauf, für die Vergangenheit einzustehen. Er war stolz darauf, als *Maurrassien* zu gelten, selbst als Charles Maurras eine Niederlage erlitten hatte, in Ungnade gefallen war. Aber wer hat schon mal von einer *Maurrassienne* gehört? Der bloße Gedanke daran brachte Roger zum Lächeln. Simone, der das Lächeln nicht entging, deutete es als Zeichen einer plötzlichen Regung von Toleranz, und so nutzte sie den Augenblick, um ihn daran zu erinnern, daß sie zu Ostern einen Au-pair-Gast haben würden – oh, nicht um auf Luc aufzupassen;

Luc war zu alt. (Es klang, als bedauere sie das.) Aber Luc war dreimal in England gewesen, bei einer Familie Brunt, und nun waren die Clairevoies fairerweise verpflichtet, Cassandra aufzunehmen.

»Wieder eine Schülerin?« Roger dachte an die großen, mürrischen Mädchen aus nordischen Hauptstädten und ihre Fortschritte in der französischen Umgangssprache: Das ist mein Freund. Er hat nicht in meinem Bett geschlafen – er hat die Nacht auf der Fußmatte verbracht. Ich habe Heimweh. Ich bin krank. Eine Biene hat mich gestochen. Ich bin allergisch und sterbe vielleicht.

»Du brauchst dir keine Gedanken wegen Cassandra zu machen«, sagte Simone. »Sie ist eine vernünftige junge Frau von fünfzehn Jahren, einen ganzen Kopf größer als Luc.«

Simone knipste eine Leine an das Halsband des Hundes und packte Roger fest beim Arm. Sie führte zwei ihrer Schützlinge aus, durch Straßen, die sie schon mit Luc im Kinderwagen gegangen war. Auf dem Boulevard Lannes hielt ein Taxi, und zwei Männer in weißen Pelzen, hochhackigen weißen Stiefeln und Marilyn-Monroe-Perücken stiegen aus und gingen in Richtung des Bois. Roger wußte, daß jetzt Transvestiten an den Rändern des Bois arbeiteten, die sich meist in der Gegend Porte Maillot sammelten, wo es Hotels gab. Er hatte gehört, wie sich die Frauen im Café gegenüber beschwerten, daß die Polizei nicht wachsam genug sei, ganz ähnlich wie ein etablierter Handwerker Klagen über Schwarzarbeiter führt. Roger hatte sie sich vage als Kreaturen der Nacht vorgestellt, glitzernd und paillettenbesetzt, wie Libellen von den Scheinwerfern vagabundierender Autos erfaßt. Das Paar war völlig real, und der Mann, der gerade den Taxifahrer bezahlt hatte, schloß seine Goldnetz-Handtasche mit nachdrücklichem Schnappen wie eine Hausfrau, die gerade die Fleischerrechnung bezahlt hat. Der Hund zerrte sofort an der Leine und bellte.

»Brasilianer«, sagte Simone, die sich das Bildungsfernsehen am Nachmittag anschaute. »Sie schicken ihr ganzes Geld nach Hause.«

»Aber am hellichten Tage«, sagte Roger.

»Sie verdienen nicht so viel, wie du denkst.«

»Es könnten Kinder im Bois spielen.«

»Wir können unseren Kindern nicht helfen, wenn wir in der Vergangenheit leben«, sagte Simone. Roger fragte sich, ob sie heimliche Gespräche mit Vater Rousseau führte. »Ruhig jetzt«, sagte sie zum bellenden Hund.

»Er beleidigt sie nicht absichtlich«, sagte Roger. Weil er Tiere – und besonders Hunde – nicht mochte, neigte er dazu, ihren eigenen zu entschuldigen. Eigentlich war der Hund rein zufällig in ihr Leben gekommen und nur angeschafft worden, nachdem der Schulpsychologe in Lucs alter Schule gesagt hatte, die Zensuren des Jungen wären schlecht, weil er keine Geschwister habe, die er lieben und hassen könne, keine Rivalen um die Aufmerksamkeit der Eltern, keine Verantwortung einem Lebewesen gegenüber.

»Ein Hund wird meinem Sohn das Addieren und Subtrahieren beibringen?« hatte Roger gefragt. Simone hatte sich überlegt, ob ein Hund Luc liebevoll und höflich machen würde, dankbarer für die Fürsorge seiner Eltern, eingedenk der vielen Opfer, die sie für ihn gebracht hatten.

Ja, ja, war ihnen versichert worden. Ein Hund konnte das alles bewirken.

Luc war zwölf Jahre alt, der kleine Hund zehn Wochen. Als man Luc ermutigte, ihm einen Namen zu geben, kam er mit »Bastard« an. Simone wählte »Sylvestre«. Sylvestre verbrachte seine erste Nacht in Lucs Zimmer – einen Teil der Nacht, genauer gesagt.

Als er zu winseln anfing, setzte ihn Luc vor die Tür. Danach wurde Sylvestre von Lucs Eltern gefüttert, erzogen und ausgeführt, während Luc die Schule weiter rätselhaft fand und Gleichgültigkeit und Undankbarkeit zeigte. Kindliche Undankbarkeit ist das Los von Eltern, aber Blindheit einfachen Rechenaufgaben gegenüber war wie eine frühe Warnung vor der Katastrophe. Lucs Eltern hatten ihm schon mitgeteilt, daß er ein Ingenieurstudium machen solle.

»Weißt du, wie hart die Konkurrenz ist?« fragte die Mutter.

»Ja.«

»Möchtest du, daß dich die besten Schulen abweisen?«

»Weiß nicht.«

»Möchtest du in eine drittklassige Schule geschickt werden, meilenweit von zu Hause? Hast du schon mal daran gedacht?«

Roger stützte sich auf Simone, obwohl er das nicht nötig hatte, und wurde quengelig: »Sylvestre und ich sind zwei alte Männer.«

Darüber wollte Simone sich nicht unterhalten. Sie sagte: »Deine Familie hat nie an dich gedacht. Du hast im Arbeitszimmer deines Vaters geschlafen. Du hast dich abspeisen lassen.«

»Das habe ich nicht so empfunden.«

»Denk doch mal an unser mickriges Landhaus. Denk doch an das Gut von deinem Cousin Henri.«

»Das hat ihm seine Patentante vermacht«, sagte Roger, als müsse sie daran erinnert werden.

»Er hätte dich entschädigen sollen.«

»Das ist nicht üblich«, sagte Roger. »Was ich gebraucht hätte, wäre nur eine reichere Patentante gewesen.«

»Die Wohnung gehört mir«, sagte Simone, während sie Arm in Arm spazierengingen. »Die Möbel gehören dir. Das Haus auf dem Land gehört dir, aber die meisten Möbel gehören mir. Du hast für den Swimmingpool und den Tennisplatz bezahlt.« Es war kein unerfreuliches Gespräch.

Roger blieb vor einer Konditorei stehen und zeigte Simone einen Schokoladenkuchen. »Wie wäre es damit?«

»Es würde dich umbringen. Der Herzspezialist hat das gesagt.«

»Wir könnten Austern essen«, sagte Roger. »Austern darf ich essen.«

»Luc kommt nach Hause«, sagte Simone. »Er mag sie nicht.«

Vater Rousseau ließ die Clairevoies noch einmal kommen. Diesmal trug er über einem weißen Pullover ein Tweedjackett, mit einem kleinen Kruzifix auf dem einen Revers und einem Solidarność-Abzeichen auf dem anderen. Nachdem er seine Zigarette angezündet hatte, saß er da und trommelte mit den Fingern, als frage er sich, wie er seine düsteren Neuigkeiten anbringen solle. »Niemand kann sich auf ein Examen und auf eine Frau konzentrieren. Nicht zur gleichen Zeit.«

»Frauen?« rief Simone. »Was für Frauen?«

»Frau«, korrigierte Roger ungehört.

Es gab eine Frau in Lucs Leben. Es schien unglaublich, doch es war so.

»Französin?« fragte Roger sofort.

Vater Rousseau konnte das nicht beschwören. Sie hieß Katia, mit Nachnamen Martin, aber wenn Martin der häufigste Familienname in Frankreich war, dann vielleicht weil ihn so viele Fremde annahmen.

»Das kann ich feststellen«, unterbrach Simone. »Wie alt ist sie?«

Katia war achtzehn. Ihre Eltern waren geschieden.

»Das ist schlecht«, sagte Simone. »Wer ist ihr Vater?«

Sie wohnte in Biarritz bei ihrer Mutter, kam aber oft nach Paris, um ihren Vater und Bruder zu besuchen. Ihr Bruder gehörte zu einem politischen Debattierklub.

»Ich habe ihn gesehen«, sagte Simone. »Ich kenne ihn. Sie ist eine Terroristin. Habe ich recht?«

Vater Rousseau bezweifelte das. »Sie ist eine verwöhnte, reiche, mäßig gebildete junge Frau, die es gewohnt ist, den eigenen Kopf durchzusetzen. Sie ist auch sehr verliebt.«

»In Luc?« fragte Roger.

»Luc ist Steinbock«, sagte Simone. »Das vernünftigste aller Sternbilder.«

Das träfe auch auf Katia zu, sagte Vater Rousseau. Sie und Luc schrieben »Steinbock liebt Steinbock« in den Staub auf geparkten Wagen.

»Will Luc sie heiraten?« fragte Simone, das Schlimmste hinter sich bringend.

»Er will etwas.« Aber Vater Rousseau hoffte, daß es nicht Katia sein würde. Sie war offenbar früh von der Schule abgegangen, nach einer Reihe von Fehlschlägen. Sie war kaum die Person, um Luc anzufeuern, der ein Vorbild brauchte, dem er nacheifern konnte. Wenn Katia in der Nähe war, gab Luc nicht einmal vor zu studieren. Wenn sie in Biarritz war, wartete er auf Briefe. Die beiden sammelten Würfelzucker aus Cafés, schienen aber sonst keine kulturellen Interessen zu haben.

»Sie kommt aus einer reichen Familie?« fragte Simone. »Und sie hat nur den einen Bruder?«

»Luc muß seine Aufnahmeprüfung bestehen«, sagte Roger. »Wenn er seinen akademischen Grad hat, kann er heiraten, wen er will.«

»›Reich‹ ist ein relativer Begriff«, sagte Simone, in der Annahme, daß Vater Rousseau zu wenig weltlich sei, um sich da auszukennen.

Roger sagte: »Woher wissen Sie von dem Würfelzucker und von ›Steinbock liebt Steinbock‹, und wie Luc und Katia sich kennengelernt haben?«

»Nun, aus Katias Briefen natürlich«, sagte Vater Rousseau, und es klang erstaunt.

»Haben Sie Kopien davon?« fragte Simone.

»Wissen Sie, daß Luc volljährig ist und daß er Sie wegen Verletzung des Briefgeheimnisses vor Gericht bringen könnte?« sagte Roger.

Vater Rousseau wandte sich an Simone, den vernünftigen Elternteil. »Kein Wort des Tadels«, warnte er sie. »Behalten Sie nur die Situation im Auge. Wir sind der Auffassung, daß Luc die nächsten paar Wochen zu Hause verbringen sollte, in der Nähe seiner Eltern.« Er würde kurz vor der Prüfung wieder nach Rennes kommen, zum Last-minute-Pauken. Roger begriff das als clevere jesuitische Art, Luc loszuwerden.

Luc kam nach Hause, und keiner machte ihm Vorwürfe. Er versprach, hart zu arbeiten, und schlug vor, allein ins Landhaus zu fahren, das sich bei Auxerre befand. Simone wandte ein, daß das Haus den ganzen Winter über ungeheizt gewesen sei. Luc erwiderte, daß er nur ein Zimmer bewohnen und seine Mahlzeiten im Dorf einnehmen würde. Roger vermutete, daß Luc vorhatte, eine ganze Menge Zeit mit Cousin Henri zu verbringen, der in der Nähe wohnte und den Luc – keiner wußte warum – bewunderte, wie er gestand. Cousin Henri und Roger führten seit langem einen Rechtsstreit um Immobilien, doch da es eine vage Chance gab, daß Henri Luc etwas vererbte, sagte Roger nichts. Und wie Simone hervorhob, und damit nichts Unfreundliches oder Verletzendes sagen wollte, war jedes männliche Vorbild für Luc besser als keins.

Mittlerweile trafen Briefe von Katia, von Rennes nachgesandt, in der Pariser Wohnung ein. Roger beobachtete mit größtem Erstaunen, wie es Simone gelang, sie zu öffnen, indem sie ein Streichholz unter die Lasche rollte. Wenn sie den Brief gelesen hatte, klebte sie ihn wieder zu, ohne Spuren zu hinterlassen. Je besser die Papierqualität, desto leichter der Trick mit dem Streichholz, erklärte sie. Sie hielt eine Seite gegen das Licht und lobte das Wasserzeichen.

»Wir werden eine riesige Wohnung brauchen, weil wir so viele Kinder haben werden«, schrieb Katia. »Und wir brauchen Platz für die Würfelzuckersammlung.«

Die einzige riesige Wohnung, die sich Simone vorstellen konnte, war ihre eigene. »Sie wünschen sich, daß wir schon tot wären«, sagte sie zu Roger. »Mein Sohn möchte mich aus dem Weg haben.« Sie las laut vor: »Was wärst du ohne mich? Ein kleiner Franzose mehr, der ewig für Prüfungen lernt.«

»Was meint sie mit ›kleiner Franzose‹?« sagte Roger. Er kam zu der Auffassung, daß Katia Ausländerin sein mußte – vielleicht weißrussischer Abstammung. Zur Zeit seines Vaters hatte es eine weißrussische Kolonie in Biarritz gegeben; die Männer hatten die Diademe ihrer Frauen verspielt, ehe sie schließlich Oberkellner und Croupiers wurden. Luc war in eine Liebesaffäre mit einer Ausländerin verstrickt; er war schon fremd, entfremdet. Roger hatte ihn am Fenster stehen sehen wie einen müßigen Großgrundbesitzer in einem russischen Roman. Was wußte Roger über Russen? Da gab es die modernen, in Grau gekleidet, mit Bulldoggengesichtern; da waren die trägen, melancholischen Leute in Büchern, die impulsiven, schlanken Frauen, die unentschlossenen Männer. Aber es war Jahre her, daß Roger in einen Roman hineingeschaut hatte; was er sah, waren einander überlagernde Bilder, wie Standfotos aus alten Filmen.

»›Wo bist du, wo bist du?‹« las Simone. »›Im Zimmer deiner Eltern brennt Licht, aber deine Fenster sind dunkel. Ich stehe unter der Markise auf der anderen Straßenseite. Meine Schuhe sind durchweicht. Ich bin zu unglücklich, als daß es mir was ausmacht.‹

Sie kann nicht traurig im Regen herumstehen und gleichzeitig schreiben«, sagte Simone. »Und der Poststempel ist Biarritz. Sie kommt nach Paris, um Unruhe zu stiften. Woher weiß sie, welches Zimmer unseres ist? Der Junge hat sie vermutlich schon satt. Er muß auf einer Zusammenkunft gewesen sein.«

Ja, er war vielleicht auf einer Zusammenkunft gewesen und hatte auf dem Fußboden gesessen, und ein alter Mann mit sanfter Stimme hatte ihm von einem älteren, wahren Europa erzählt. Luc erfuhr von einem Europa, in Bernstein konserviert, unveränderlich, mit Bäumen als Göttern. Es gab kein Gesetz gegen Heidentum und Politik oder alte Männer mit sanften Stimmen.

Wenigstens gibt es da keine Waffen, sagte sich Roger. Und wo hatte Simone gelernt, die Briefe anderer Leute zu öffnen? Er staunte darüber, daß Katia für seinen Sohn tat, was keine Frau je für ihn getan hatte; sie hatte im Regen gestanden, vielleicht geweint, nach einem Licht Ausschau gehalten.

Zehn Tage vor Ostern kam Cassandra Brunt. Ihr Vater war Beamter wie Roger. Er war außerdem Autor: Zwei Bücher waren veröffentlicht worden, eins über Napoleons Rückzug aus Moskau, das andere über den Fehlschlag der Maginot-Linie und das beschämende Verhalten der französischen Offizierskaste. Beide waren mit höflichen Widmungen an die Clairevoies gesandt worden. Als Simone allein nach England gefahren war, um zu sehen, ob die Brunts für Luc geeignet wären, vertraute ihr Mrs. Brunt an, daß ihr Mann mehr an der Philosophie des Kampfes interessiert war als an Sieg und Niederlage. Er war ein Träumer, und deshalb hatte er es nie weit gebracht. Simone antwortete, daß auch Roger von seinen Prinzipien behindert worden sei. Als Jugendlicher hatte er zu seinem eigenen Vergnügen gelesen. Sein Leben war ein Traum. Mrs. Brunt sah einen Hauptunterschied: Mr. Brunt war kein Träumer rund um die Uhr. Er hatte fünf Bücher geschrieben, von denen zwei gedruckt worden waren, eins 1952 und eins 1966. Die beiden Frauen hatten dann gegenseitig ihre Kinder begutachtet und waren zu dem Schluß gekommen, daß keine Gefahr bestand und Sex keine Rolle spielte, und daß Luc und Cassandra eine Zeit unter einem Dach verbringen konnten. Danach fuhr Luc dreimal über den Kanal und besuchte sie, während es Simone gelang, Cassandra nicht ein einziges Mal bei sich aufzunehmen. Ihre Entschuldigung war die extreme Jugend von Cassandra und die Gefahren von Paris. Nun, da Cassandra fünfzehn war, hatte Mrs. Brunt, die plötzlich ihren Gerechtigkeitssinn walten ließ, geschrieben, daß Cassandra vorbereitet sei auf mögliche Gefahren und die Franzosen.

Roger und Simone holten Cassandra am Gare du Nord ab. Als Roger sie sah, begriff er augenblicklich, daß sie von ihren Eltern zu dieser Reise genötigt worden war und daß sie ihr damit die Osterferien verdarben. Er staunte, daß eine Fünfzehnjährige von ihrer Größe und offensichtlichen Stärke zu irgend etwas gezwungen werden konnte.

»Ich freue mich darauf, Luc wiederzusehen«, sagte Cassandra, nachdem sie sich in das Auto gezwängt hatte und mit den Knien fast das Kinn berührte. »Es ist schön, Luc wiederzusehen«, sagte sie traurig. Ihr blondes Haar verbarg fast ihr Gesicht.

»Luc ist auf unserem Landsitz und lernt aus Leibeskräften«, sagte Simone. »Er ist in der Yonne«, fügte sie hinzu. Cassandra blickte verwundert drein. Roger vermutete, daß es für einen Ausländer so klingen mußte, als wäre Luc in einen Fluß gefallen.

Es hatte kein Überreden und Bitten bei Luc geholfen; keine Drohung war stark genug, um ihn zu erschrecken. Sie konnten die BMW behalten; sie konnten die Zahlung des Unterhaltsgeldes einstellen; sie konnten ihn ins Gefängnis sperren. Er würde nicht nach Paris kommen und Cassandra begrüßen. Er war fertig mit England, fertig mit den Brunts – eigentlich auch fertig mit Mutter und Vater. Katia hatte ihren Platz eingenommen.

»Wir werden sie eine Woche in Paris haben, ganz allein«, hatte Simone gejammert. Lucs Argument war unangreifbar; allein konnte er studieren. Wenn sie erst einmal alle da waren, müßte er nett zu Cassandra sein, sich mit ihr unterhalten und ihr die Dorfkirche zeigen. Simone gab Mrs. Brunt die Schuld, die in äußerst aufdringlicher Weise auf ihrem Recht bestanden hatte.

»Wie geht es deinen werten Eltern?« fragte sie und drehte sich so weit um, wie es der Gurt zuließ, so daß es wirkte, als ließe sie das Auto allein durch den Pariser Verkehr fahren.

»Papa ist jetzt zu Hause. Er ist vom Ministrant pensioniert.«

»Vom Ministerium«, sagte Simone einfühlsam. Cassandras Englisch war das einzige Englisch, was sie je vollkommen verstanden hatte. »Mein Mann ist auch vom Staatsdienst pensioniert. Es war zu viel für sein Herz. Er ist viel jünger als Mr. Brunt, glaube ich.«

»Papa war ein Spätzünder«, sagte Cassandra. »Aber er wird sich lange halten. Wenigstens hoffe ich das.«

Wie der Hund, gekauft, um Lucs Rechenkünste zu beflügeln; wie die tropischen Fische, die Simone für Luc gepflegt und schließlich betrauert hatte; wie der Tennisplatz, an dem Luc sofort das Interesse verloren hatte und auf dem Roger seinen ersten Herzanfall gehabt hatte, so fiel auch Cassandra auf Lucs Eltern zurück. Mit Simone sah sie fern; mit Roger wanderte sie straßauf, straßab, in Parks und Museen.

»Was war Ihr Ministrant?« fragte sie Roger, als sie zum Bois marschierten.

»Vor Jahren, als es einen Engpaß bei Telefonanschlüssen gab, dank Präsident de Gaulle –«, fing Roger an. »Erinnerst du dich an diese unglückliche Zeit?«

»Leider habe ich keinen bleichen Schimmer.«

»Ich war gut darin, Freunde von der Warteliste wegzubekommen. Das war meine Stärke.«

Er packte sie beim Arm und rettete sie vor Bussen und Taxis, die von links angebraust kamen, während Cassandra unverbesserlich nach rechts schaute.

»Liebst du die Natur?« fragte er und ließ Sylvestre im Bois frei laufen. »Die Bäume?«

»Meine Mutter liebt sie. Obwohl das hier doch kaum Natur ist?

Sylvestre sprang in großen Sätzen und schnüffelte in staubigem Gebüsch herum. Aufjaulend kam er herausgehumpelt. Alles, was Roger von der Person sah, die ihm einen Tritt verpaßt hatte, war das Aufblitzen eines weißen Stiefels.

»Habt ihr die auch in England?« fragte Roger.

»Was?«

»Die da. Männer, Frauen – Prostituierte.«

»Ja, natürlich. Aber sie sind nicht grob zu Tieren.«

»Liebst du moderne Kunst?« fragte Roger, außer Atem, während sie sich die stillstehenden Rolltreppen des Beaubourg-Museums hinaufarbeiteten.

»Ich bin leider schrecklich altmodisch.«

Auf halbem Weg legte er eine Pause ein, um sein Herz ausruhen zu lassen. Sein Herz war eine alte Pumpe, verstopft und verschmutzt. Cassandras Herz war aus glänzendem neuen Metall; es schlug ruhiger und regelmäßiger als jede Uhr.

Über der Stadt lag eine Dunstglocke, unbewegt, von gleichmäßiger Färbung. Die Sonne färbte den Dunst bernsteingelb, woraus durch schlimme Alchimie graubraun wurde. Roger sah durch den Dunst auf eine vergessene Stadt, die sich nicht veränderte, und es reichte, daß sich ihm das Herz zusammenkrampfte. Eine Hand, die in den Brustkorb griff, schien die verstopfte Maschine zu packen. Er wußte, daß ein Teil der Maschine intakt war, ihm treu; wenn sein Herz ihn völlig ihm Stich ließ, könnte er ebensogut sterben.

Cassandra murmelte, daß ihr schwindlig würde, wenn sie in die Tiefe schaute, und drehte sich um. Roger beobachtete ein Paar dort unten, das Hand in Hand ging. Er war zu weit weg, um ihre Gesichter erkennen zu können. Sie aßen gemeinsam aus einer Papiertüte. Der junge Mann blickte sich um, vielleicht auf der Suche nach einem Abfallkorb. Da er keinen fand, gab er die Tüte dem Mädchen, das sie wegwarf. Die beiden waren fast gleich gekleidet, in blaue Jacken und Jeans. Simone hatte Roger versichert, daß Katia Französin war, aber er sah sie noch immer als Russin. Er sah Katia in Winterpelzen, mit einer Pelzmütze und langem blondem Haar über einem beschneiten Kragen. Sie zog einen Handschuh aus und gab die warme Hand Luc.

»Ich fürchte, ich werde allmählich faul«, bemerkte Cassandra. »Ich fand das ziemlich anstrengend.«

Das Paar in Blau war um eine Ecke verschwunden. Von Luc und Katia blieben Fußstapfen in frischem Schnee.

»Dieses Gebäude erinnert mich an eine riesige Küchenmaschine«, sagte Cassandra. »An was erinnert es Sie?«

»An frisch Verliebte«, sagte Roger.

Cassandra hatte in Simones Augen etwas Gutes: Sie führte ein Tagebuch, das Simone zur Vervollkommnung ihrer Englischkenntnisse benutzte.

»Der Baron hat Sex im Sinn«, las Simone. »Sogar ein Museum erinnert ihn an Sex. Im Bois de Boulogne versuchte er die Unterhaltung so zu lenken, daß sie auf Sex und Brutalität kam. Man muß immer auf der Hut sein. Jedesmal wenn wir die Straße überqueren müssen, versucht er, meinen Arm zu drücken.«

Als man Cassandra genug von Paris gezeigt hatte, packte Simone Lebensmittel, die Luc gern aß, in den Wagen und fuhr mit dem Hund, Roger und Cassandra Richtung Südosten. Sie hielten oft während der Fahrt, damit Cassandra, die hinten im Wagen saß, aussteigen und sich übergeben konnte. Sie fanden Luc, der wie ein alter Hausbesetzer in einem Zimmer im Erdgeschoß hauste. Überall waren Toastreste. Es war drei Uhr nachmittags, und er hatte noch seinen Schlafanzug an. Natürlich mußte Cassandra fragen, ob er krank sei.

»Katia ist hier gewesen«, sagte Simone, ging durchs Haus und machte die Fensterläden auf. »Ich merke das. Es liegt in der Luft.«

Luc hatte das Zimmer mit Beschlag belegt, das für Cassandra gedacht war. Er zeigte keine Bereitschaft, es zu räumen. Von seinen Eltern nahm er kaum Notiz und absolut keine von ihrem Gast. Es schien Roger, als sei er gewachsen, aber das war bestimmt eine Illusion, ein psychologisches Bild in Rogers Kopf. Lucs Affäre, wenn Roger das so nennen konnte, hatte ihn ganz bestimmt kühner gemacht. Er erwähnte Katias Namen und sagte, ein Vorteil des Alleinlebens sei, daß er seine Post lesen könne, ehe ein anderer an sie herankäme. Roger sah einen Urlaub mit immer wieder aufflackerndem Streit vor sich. Wahrscheinlich würde Cassandra nach Hause fahren und ihrem Vater, dem Historiker, erzählen, daß die Franzosen immer so wären.

Am Tag ihrer Ankunft fing Simone einen Brief ab und las ihn. Katia erklärte, offenbar als Antwort auf eine von Luc gestellte Frage, daß sie beinahe, aber nicht ganz, den Annäherungsversuchen eines Cousins erlegen wäre. (Luc ging dem Briefträger bis zum Gartentor entgegen, um seiner Mutter zuvorzukommen. Um Luc auszuschalten, hatte Simone die Briefe, die sie interessierten, schon auf dem Dorfpostamt abgeholt.) Katias Beinahe-Verführung hatte in einem Gerstenfeld stattgefunden, während ihr Cousin auf Urlaub vom Militärdienst war. Ein lyrischer Bericht von Wolken, Vögeln und Grillen nahm den größten Teil einer Seite ein.

Roger wollte den Brief nicht anfassen, doch er hörte zu, als Simone laut vorlas. Es machte auf ihn den Eindruck, als verberge sich hinter all den Grillen und Vögeln eine unverblümte Würdigung des Cousins. Katias ungenierte Offenheit war impertinent, eine Beleidigung seines Sohnes. Gleichzeitig schöpfte er Mut: Wenn ein Cousin zur Armee eingezogen wurde, mußte ein Teil der Familie französisch sein. Andererseits, wer außer einem Russen würde seine Cousine in einem Gerstenfeld schänden?

»Du hast geschworen, daß Katia Französin ist«, sagte er, äußerst beunruhigt.

Er wußte nichts von Katia, aber er wußte etwas von Feldern. Roger entschied, daß er kein Wort von der Geschichte glaubte. Katia versuchte, Luc in einen harmlosen und impotenten Junggesellen-Freund zu verwandeln. Die beiden gehörten in einen Roman aus den frühen fünfziger Jahren. (Simone runzelte die Stirn, als Roger das sagte.) »Luc ist der gute, freundliche Mann, dem sie Geschichten erzählen kann«, sagte er. »Ihre Geschichten werden immer mehr von anderen Männern handeln.« Als Simone Luft holte, sagte er schnell: »Nicht daß ich Luc in einem Roman sehe.«

»Nein, aber ich kann dich im Tagebuch eines hysterischen englischen Mädchens sehen«, sagte Simone, und sie erzählte ihm von Cassandra.

Roger, der kaum zuhörte, redete weiter. »In einem Roman wäre Katias Besuch eine Immobilienbesichtigungstour. Sie würde mit ihrer Mutter von Biarritz herübergefahren kommen und von der Straße aus Fotos machen. Katias Mutter würde das Haus klein und spießig finden, und deshalb würde Luc ihnen das von Cousin Henri zeigen. Auch davon würden sie Fotos machen. Luc würde dann mit Kreide und Bandmaß herumgehen und die Möbel kennzeichnen, die er verkaufen möchte, wenn wir erst einmal unter der Erde sind, und die Zimmer planen, die er für Katia einrichten will, wenn das Haus ihm gehört.«

Mit einem Mal spürte er das Drängen der nächsten Generation, und zum ersten Mal teilte er bis zu einem gewissen Grad Simones Angst vor dem unbekannten Mädchen.

»Das Haus gehört dir«, sagte Simone, die ihn falsch verstanden hatte. »Die Möbel gehören mir. Das können sie nicht ändern, indem sie mit einem Stück Kreide herumgehen. Dann gibt es immer noch die Bank. Die kann sie doch nicht spießig finden.« Die Bank hatte vor kurzem einen neuen und unerwarteten Vorzug bekommen: Sie war zu klein, um verstaatlicht zu werden. »Dein Sohn ist ein Träumer«, sagte Simone. »Er träumt vom Studieren und fällt durch die Prüfung. Er träumt von Sex und Revolutionen und wartet nur auf Briefe und hört auf die einfältigen Geschichten alter Männer.«

Roger fiel das in die Wand gebohrte Loch ein. Ein Au-pair-Mädchen unter der Dusche war für Luc Symbol sexuellen Geheimnisses. Von den großen Kurtisanen aus der Zeit seines Großvaters zu den hübschesten Kindern der Armen in Bordellen bis zu einem Mädchen, das man beim Abtrocknen beobachtet – was für ein Niedergang! Hier war der wahre Abstieg, die wahre Deklassierung des Mittelstands. Vielleicht würde er ein Buch darüber schreiben; es würde zumindest mit Mr. Brunts Opus über den Niedergang der französischen Offizierskaste konkurrieren können.

»Sie beherrscht die Rechtschreibung nicht«, sagte Simone, die den Brief noch einmal betrachtete. »Wenn Luc sie heiratet, muß er alle Einladungen und Postkarten für sie schreiben.« Was schreiben Frauen sonst noch? Sie machte eine Pause und dachte nach.

»Ihr Tagebuch?« sagte Roger.

In Cassandras Tagebuch las Simone: »Sie erwarten so viel von dem armen Trottel Luc.« An dem Abend bemerkte Simone beim Dinner: »Mein Vater hat einmal gesagt, er könne glücklich sterben. Er hätte nie einen Ausländer bei sich aufgenommen oder einem Engländer die Hand gereicht.«

Cassandra starrte Roger an, als wolle sie sagen: »Macht sie Witze?« Roger, seit dreiundzwanzig Jahren verheiratet, glaubte das nicht. Cassandras helles Haar fiel herab, als sie den Kopf über ihrem Teller hängen ließ. Sie stocherte in etwas herum, von dem ihr laut Tagebuch schlecht wurde – halbgares Lammfleisch, auf französische Art zubereitet, nach Knoblauch stinkend und blutig.

Im Morgengrauen gab es ein Frühlingsgewitter, es klang wie der Beginn eines Bürgerkriegs. Das Geschützfeuer erstarb, und ein heftiger, anhaltender Regen durchtränkte den Tennisplatz und den Rasen. Roger stand als erster im Haus auf und ließ den Hund aus der Garage, wo er zwischen Stapeln von Paperbacks und vor sich hin rostenden Kanistern mit Unkrautvertilgungsmitteln schlief. Roger wurde an diesem Tag achtundvierzig Jahre alt; er hoffte, daß es keiner merkte. Er dachte, er sähe gelbe Rosen an der Hecke entlanglaufen, doch es war ein Sonnenstrahl. In der Küche entdeckte er einen Topf mit dem Rest Kaffee von gestern abend und machte etwas davon in einer Kasserolle heiß. Während er im Stehen trank und aus dem Fenster sah, klarte der Himmel völlig auf und wurde weich und blau.

»Herzlichen Glückwunsch zum Geburtstag.«

Er wandte den Kopf, und da stand Cassandra in der Tür und hatte einen langen Zigeunerrock und ein besticktes Nachthemd an und Spielzeugringe an jedem Finger. »Ich dachte, ich mache mich fein, weil Sonntag ist«, erklärte sie. »Ich dachte, vielleicht gehen wir in die Kirche.«

»Ich könnte dir besseren Kaffee im Dorf anbieten«, sagte Roger. »Wenn dir der Spaziergang nichts ausmacht.« Er stellte sich ihre Eintragung im Tagebuch vor: »Der Baron wollte mich allein auf eine einsame Landstraße locken, meilenweit von jeder menschlichen Behausung entfernt.«

»Der Hund kommt auch mit«, versicherte er ihr.

Sie liefen am Rand nasser Felder entlang, in denen der befreite Hund herumsprang. Der Saum von Cassandras Rock war dunkel, wo er feuchte Gräser streifte. Roger erzählte ihr, daß die Felder und Wälder, fast so weit das Auge reichte, seinen Großeltern gehört hatten. Jetzt war Cousin Henri der Besitzer.

Cassandra wußte das; wenn Simone nicht von Luc und Katia und der Regierung sprach, dann sprach sie von Cousin Henri.

»Mein Vater möchte wieder ein Buch schreiben, über Torquemada und Stalin und, ich glaube, Cromwell«, sagte Cassandra. »Das Thema hieße Unbeirrbarkeit. Aber er kann sich nicht darauf konzentrieren. Meine Mutter begreift nicht, warum er nicht eine Stunde lang schreiben und sich dann eine Stunde lang mit ihr unterhalten kann. Sie bittet ihn, ihr bei der Suche nach Dingen zu helfen, die sie verloren hat, wie zum Beispiel die Autoschlüssel. Vor seiner Pensionierung hatte sie nie Langeweile. Jetzt, wo er den ganzen Tag zu Hause ist, will sie Gesellschaft, und sie verliert alles.«

»Wie hat er denn seine anderen Bücher geschrieben?«

»Im Ministrant hatte er ein Büro und eine Sekretärin für sich. Eigentlich zwei. Er hatte gedacht, daß er mehr schreiben würde, wenn er erst mal frei wäre, aber offensichtlich wird nichts daraus. Wenn er allein wäre, könnte ich mich um ihn kümmern.« Das kam unerwartet. Vielleicht wußte Luc einfach, wie unberechenbar Cassandra sein konnte, und das war der Grund, weshalb er sie mied. »Ich will damit nicht sagen, daß ich mir vorstelle, meine Mutter wäre nicht da«, sagte sie. »Ich wollte nur sagen, daß ich mich um ihn kümmern könnte, wenn es sein müßte.«

Eine halbe Meile vor dem Dorf stand Cousin Henris Haus. Roger erzählte Cassandra, warum er und Henri nicht miteinander sprachen, außer durch Anwälte. Henri war von ihren gemeinsamen Großeltern ungeheuer bevorzugt worden, dank der Intrigen einer angeheirateten Tante, die Henris Patin war. Die Tante, die sowohl sehr reich als auch verrückt und kinderlos war, hatte zu Lebzeiten der Großeltern deren Ländereien erworben, indem sie mehr Geld dafür geboten hatte, als sie wert waren. Sie hatte diese böse Tat ausgeführt, um sie als Ganzes, ungeteilt und unzerstückelt, Henri zu übergeben, den sie vergötterte. Der Handel war gegen die gesetzlichen Bestimmungen abgewickelt worden, mit Hilfe einer Sippschaft von Protestanten und Freimaurern.

Cassandra sah verwundert und gequält aus. »Siehst du, die Regierung damals...«, sagte Roger, doch er brach ab, weil er sah, daß Cassandra ihm nicht mehr folgen konnte. Wenn er überreizt war, hörte er sich an wie seine Frau. Es war kaum verwunderlich: Er wiederholte einfach, Wort für Wort, alles, was Simone seit ihrer Heirat immer wieder gesagt hatte. Mit seiner eigenen Stimme, die ironisch und zurückhaltend war, erzählte er Cassandra, warum Henri nie geheiratet hatte. Mit zwanzig Jahren war Henri ein Familiengeheimnis anvertraut worden. Henris Mutter war ein uneheliches Kind – auf jeden Fall aus einem Kuckucksei geschlüpft. Henris Vater war nicht der Ehemann seiner Mutter, sondern ein Nachbar auf dem Lande. Man hatte Henri gewarnt, er dürfe nie eine von den Soundso-Mädchen heiraten, weil er dann seine eigene Halbschwester heiraten könnte. Henri hatte das vielleicht gar nicht gewollt: die Soundsos waren häßlich und arm. Er hatte das Geheimnis zum Vorwand genommen, überhaupt nicht zu heiraten, hatte sich im schönsten Haus in der Yonne eingerichtet (das eigentlich zur Hälfte Roger gehören sollte) und hatte die Nachbarschaft mit seinen Zufallskindern bevölkert.

Sie gingen langsamer, und Cassandra schaute auf ein gemauertes und verputztes Häuschen und einige auf den Stufen spielende Kinder mit schmutzigen Gesichtern.

»Dort, hinter dem Bauernhaus«, sagte Roger, und zeigte auf ein dunkles, ernstes Herrenhaus am Ende einer schnurgeraden Auffahrt.

»Es sieht eher wie ein Kloster aus, nicht wahr?« sagte Cassandra. Obwohl Roger anscheinend wartete, fiel ihr nichts mehr ein. Sie gingen weiter, Cassandras Frühstück entgegen.

Auf dem Rückweg blickte Roger Cousin Henris Haus nicht an und erwähnte es auch nicht. Sie waren noch in einiger Entfernung von zu Hause, als sie Simone hörten: »Heirate sie! Heirate Katia! Lebe mit Katia!

Es kümmert mich nicht, was du tust. Mach alles, was du willst, wenn du nur deine Prüfung bestehst.« Roger stieß das Tor auf, und da war Simone, noch im Morgenrock stand sie auf einem mit Lucs Sachen übersäten Rasen, und Luc war am Fenster, noch im Schlafanzug. Luc hob einen Stuhl über das Fensterbrett, dann eine Reihe Kissen und einen ganzen Arm voller Bücher. Nachdem er etwas Unflätiges über die Familie gebrüllt hatte (sie waren sich später nicht einig, was es war), sprang er aus dem Fenster und landete punktgenau in einem Blumenbeet. Er hielt inne, um seine Schuhe aufzuheben, die er vorher hinausgeworfen hatte, rannte linkisch über den Rasen, drängte sich durch eine Lücke in der Hecke und verschwand.

»Er wird zurückkommen«, sagte Simone, Bücher aufsammelnd. »Er wird sein Frühstück haben wollen. Er ist wirklich ein bemerkenswerter Sportler. Bei richtiger Anleitung hätte Luc alles machen können. Aber Roger hat sich nie sehr für ihn interessiert.«

»Was war das letzte Wort, das er gesagt hat?« fragte Cassandra.

»Dummköpfe«, sagte Simone. »Aber ein ordinäres Wort dafür. Sprich es nicht nach, wenn du willst, daß die Leute eine gute Meinung von dir haben.«

»Spione«, hatte Roger gehört. In Lucs Zimmer fand er eine Sonnenbrille auf dem Boden. Er hatte bemerkt, daß Luc hinkte, als er auf die Hecke zulief; vielleicht hatte er sich den Knöchel verstaucht. Er erinnerte sich wieder, daß Luc zu müde gewesen war, um einen Hund auszuführen, zu erschöpft, um einen Goldfisch zu füttern. Roger stellte sich ihn jetzt vor, in schmutzigen Bauernhöfen umherstreifend, mit Schuhen und im Schlafanzug, Kinder kicherten, wenn sie ihn, den trottligen Sohn der Clairevoies, sahen. Vielleicht war er zu Cousin Henri, dem anderen Exzentriker, gegangen, um ihm seine Sorgen zu erzählen.

Seit Rogers letztem Herzanfall kamen ihm leicht die Tränen. Man hatte ihm mitgeteilt, daß sei die depressive Wirkung der Tabletten, die er einnehmen mußte. Er stützte sich auf den Fensterrahmen, in der Hoffnung, Luc zu sehen, und weinte still im Schutz von Lucs Brille.

»Es ist schrecklich neugierig von mir«, sagte Cassandra, die Simone half, »aber was ist nur in Luc gefahren? Bei uns in England war er wie ein Engel. Ihr Mann scheint auch außer sich.«

»Der *Baron*«, sagte Simone, und gab somit zu erkennen, daß sie das Tagebuch gelesen hatte und zum Kampf bereit war, »der *Baron* ist zu penibel. Er hat heute Geburtstag. Er ist achtundvierzig – fast fünfzig.«

Roger nahm an, sie meinte »sensibel«. Simone zu verbessern könnte eine Ablenkung bedeuten, doch er war sich nicht sicher, welcher Art. Es so stehenzulassen, könnte das englische Mädchen verwirren; aber Cassandra war schon von Natur aus verwirrt.

Luc kam rechtzeitig zum Mittagessen nach Hause, bekleidet mit Hemd und Kordhosen, die Cousin Henri gehörten. Sein Schweigen, dachte Roger, forderte ihre Fragen heraus; es kamen keine. Er akzeptierte ein Stück von Rogers Geburtstagskuchen, den Roger natürlich nicht anrühren durfte, und ließ die Hälfte auf seinem Teller. »Sogar als kleines Kind hat sich Luc nie was aus Schokolade gemacht«, erklärte Simone Cassandra.

Am nächsten Tag wurde nur Essen serviert, das Luc gern aß. Simone wendete einen Brief von Katia hin und her. Er war kurz und kühl im Ton: Katia hatte Pferde in einer Reitschule bewegt und damit einem Freund geholfen.

Die Clairevoies packten zusammen und fuhren – Luc als Vorhut auf der Honda – nach Paris zurück. Diesmal durfte Cassandra vorn neben Simone sitzen.

Roger und der Hund teilten sich den Rücksitz mit Lucs Büchern und einer Reihe Päckchen.

Sie verabschiedeten sich auf dem Gare du Nord von Cassandra. Roger gab acht, daß er sie nicht beim Arm packte, sie streifte oder auf andere Weise eine Erwähnung in ihrem Tagebuch provozierte. Sie trug ein T-Shirt mit dem Aufdruck eines lachenden Mundes. »Es war wirklich wunderbar«, sagte sie. Roger verbeugte sich.

Ihr Dankbrief kam prompt. Sie hatte vor, ihrem Vater bei seinem Buch über Stalin, Cromwell und Torquemada zu helfen. Er wollte eine Frau mit aufnehmen, um das Werk dem gegenwärtigen Trend anzupassen. Cassandra hatte Boadicea, Königin der Iceni, vorgeschlagen. Boadicea stand für weibliche Rechtschaffenheit, Standhaftigkeit und wahre Liebe zur eigenen Kultur. Das war Cassandras Meinung.

»Cassandra hat einen ausgesprochen klugen und herzlichen Brief geschrieben«, sagte Simone, die Cassandra nie wiedersehen mußte. »Ich hoffe nur, daß Luc auch so höflich den Brunts gegenüber gewesen ist.« In ihrer Stimme schwang ein neuer Ton der mütterlichen Klage und der mütterlichen Drohung mit.

Luc, den Drohungen nicht länger beunruhigten, packte seine Bücher zusammen und nahm den Zug nach Rennes. Katias Briefe schienen aufgehört zu haben. Als Simone Lucs Zimmer nach Schriftstücken durchsuchte, fand sie nichts außer einem Taschenbuch über Privateigentum. »Ich glaube, er zeigt Interesse«, sagte sie zu Roger.

Es war Ende Mai, als die Clairevoies ihre letzte Reise nach Rennes machten. Weil Simone ahnte, was sie erwartete, trug sie Trauer – ein dunkles Leinenkleid, schwarze Sandalen, Sonnenbrille. Vater Rousseau hatte einen schwarzen Anzug an und einen schwarzen

Schlips um. Nach einigem Zögern sagte er, was Roger zu hören erwartete: Es hatte keinen Sinn, Luc in eine Prüfung zu schicken, bei der er nicht die geringste Chance hatte, sie zu bestehen. Luc war nicht vorbereitet, ein für allemal. Außerdem war er verschwunden, hatte allerdings versprochen zurückzukommen, wenn das Gespräch mit seinen Eltern vorbei war. Luc hatte gestanden, daß er zufrieden damit wäre, wie Cousin Henri zu leben, ohne akademischen Titel vor seinem Namen und mit einem zuverlässigen Pachtbauern, der sich um alles kümmerte.

Mein Sohn ist ein Dummkopf, sagte sich Roger. Katia, die bestimmt schön war, vielleicht sogar klug, liebte ihn. Sie stand weinend auf der Straße und versuchte, ein Licht in seinem Zimmer zu sehen.

»Lucs Cousin ist reich«, sagte Simone. »Luc ist zu unschuldig, um den Unterschied zu begreifen. Er wird etwas lernen müssen. Wie wär's mit Computertraining?«

»Luc hat einen zu unbeständigen Geist, um ihn festzunageln«, sagte Vater Rousseau.

»Literatur?« brachte Simone als letzten Versuch vor.

Roger wurde munter. »Briefe sortieren auf dem Postamt?«

»Das machen Maschinen«, sagte Vater Rousseau. »Luc müßte einen Test absolvieren, um nachzuweisen, daß er die Maschine versteht. Ich habe mich gefragt, ob es nicht in Lucs naher Umgebung eine Familiensache gibt.« Die Clairevoies verstummten. »Einen Familienbetrieb«, wiederholte Vater Rousseau. »Familien sind offene, luftige Gebilde. Sie haben Raum für die Verträumten ebenso wie für die Aufgeweckten. Es gibt immer irgendwo ein Sonderplätzchen.«

Wie die meisten ihrer Freundinnen trug Simone keinen Schmuck mehr – die Straßen waren voller Anarchisten und Straßenräuber. Eine ihrer Freundinnen hatte von einer Frau gehört, der eine Perlenkette vom Hals gerissen worden war, von einem bärtigen Intellektuellen südländischen Typs – das heißt, ziemlich dunkel. Simone behielt als Glücksbringer noch ein Paar goldene Ohrringe, die so groß und schwer waren, daß sie unecht wirkten. Sie berührte ihren Talisman und sagte: »Wir haben in der Familie eine Bank, die zu klein ist, um verstaatlicht zu werden.«

»Meinen Glückwunsch«, sagte Vater Rousseau ernsthaft. Als er sich erhob, um sie zur Tür zu begleiten, sah Roger, daß er Turnschuhe anhatte.

Es war Rogers Aufgabe, Luc mitzuteilen, was aus ihm werden sollte. Nach Militärdienst der stumpfsinnigsten und ordinärsten Art würde er in eine Provinzstadt ziehen und sich im Bankgewerbe ausbilden lassen. Die Unterhaltung fand eines späten Abends in Lucs Zimmer statt. Simone hatte Roger überredet, daß Luc umgeben sein müßte von seinen Sachen – der Galeonenlampe, dem Werbeposter für die Fremdenlegion, das an Che Guevaras Stelle getreten war, dem Foto von Simone, das an die Stelle von Rogers Abiturklasse getreten war. Roger sagte, etwas schüchtern: »Du bist dann viel näher an Biarritz.«

»Katia heiratet«, sagte Luc. »Sein Vater hat eine Reitschule.« Er sagte das, blickte weg und rollte einen Bleistift zwischen Daumen und Zeigefinger, so ähnlich wie seine Mutter ein Streichholz gerollt hatte. Im dunklen Fenster gespiegelt, wirkten Lucs Wangen hohl, seine Augen feurig und schwarz. Er sah fast wie ein Held aus, und wie die meisten Helden einsam.

»Was ist mit deinen Freunden geschehen?« sagte Roger. »Die Freunde, mit denen du dich jeden Sonntag getroffen hast.«

»Oh, das ... das ist auseinandergegangen. Alle Leute, über die sie geredet haben, waren schon tot. Und einige

Eltern waren beunruhigt. Ihr wart die einzigen Eltern, die sich nie eingemischt haben.«

»Wir wollten, daß du dein eigenes Leben lebst«, sagte Roger. »Das muß es gewesen sein. Könntest du Katia zurückgewinnen?«

»Man kann alles mit einer Frau machen, wenn man ihr genug Geld gibt.«

»Wer hat dir denn so was gesagt?« Im Fenster prüfte Roger die gespiegelte Lampe, deren Anblick allein aus Luc einen Mann hatte machen sollen.

»Alle. Cousin Henri. Ich habe ihr erzählt, daß wir eine Bank besitzen, weil Cousin Henri gesagt hat, es wäre gut, ihr das zu erzählen. Sie hat mich gefragt, wie man an einen Bankkredit kommt. Das war alles.«

Glaubt er wirklich, er besitzt eine Bank? fragte sich Roger. »Was das Geld angeht«, sagte er, »höchstwahrscheinlich wird nichts, was Cousin Henri gehört, uns gehören. Uneheliche Kinder können jetzt erben, und mein Cousin«, sagte Roger mit einigem Erstaunen, »hat alle anerkannt. Mir tut die Lehrerin leid. Sie sieht lauter gleiche Gesichter.« Das war es nicht, was Luc hören wollte. »Du wirst alles erben, was deiner Mutter gehört. Ich muß mit meinem Cousin teilen, denn so haben es unsere Großeltern festgelegt.« Er ließ sich nicht über die Freimaurer und Protestanten aus, weil Luc das schon kannte.

»Das ist nicht gerecht«, sagte Luc.

»Mein Anteil wird dann zwischen dir und deiner Mutter aufgeteilt.«

»Wieviel von deinem Anteil gehört mir?« fragte Luc höflich.

»Oh, mindestens etwas von der Größe des Tennisplatzes«, sagte Roger.

Auf Lucs Schreibtisch stand in silbernem Rahmen noch ein Bild von Simone, ein reizendes Foto, während der Verlobungszeit aufgenommen. Sie trug schon die goldenen Ohrringe und die für jene Zeit typische toupierte Ballonfrisur. Sie lächelte und machte einen zuversichtlichen, doch unerfahrenen Eindruck. Luc und Roger blickten das Foto plötzlich beide schweigend an.

Simone glaubte, daß Luc nach Katia angefangen hatte, mit einer ihrer Freundinnen zu schlafen. Sie dachte, sie wisse, mit welcher: mit der ungarischen Frau eines Architekten, die immer sagte, sie hätte gern eine Tochter, die im richtigen Alter für Luc sei. Das war ein direktes sexuelles Kompliment, auf Erfahrung beruhend, glaubte Simone. Roger dachte, daß es gar nichts bedeutete. Es war so eine Art leerer Erklärung, die Mütter fälschlich als Anerkennung interpretieren. Simone hatte Roger gebeten, alles, was er konnte, herauszukriegen, denn das war ihrer beider letzte Chance, mit Luc zu reden. Von da an würde er zweifellos besser mit seinen Eltern auskommen, aber wo ein Zaun gewesen war, würde eine Mauer sein. Luc war auf sich gestellt.

Roger sagte: »Zu meiner Zeit wurde oft angenommen, hauptsächlich von Fremden, die nie in Frankreich gewesen waren, daß junge Männer ihr Leben mit der besten Freundin ihrer Mutter beginnen würden. Absurd, wenn man darüber nachdenkt. Warum sollte man eine alte Frau wählen, wenn man eine junge haben kann?« »Eine junge *kaufen* kann«, wäre ihm beinah herausgerutscht. »Die Freundinnen deiner Mutter wirken auf mich oft jung. Ich nehme an, das hat etwas mit ihren Kleidern zu tun – so lose, nicht zugeknöpft. Die Unordnung ist schon da. Die besten Freundinnen meiner Mutter trugen Rüstung. Sie hieß New Look, erfunden von Christian Dior, einem großen Verteidiger der matronenhaften Tugend.« Ein direkter Blick von Luc – der erste. »Es gab wirklich einen Herrn Dior, wie ich auch annehme, daß es einen Herrn Mercedes und einen Herrn Benz gegeben hat. Meine Mutter und ihre Freundinnen wurden in Fischbeinkorsetts und gestärkte Unterröcke gesteckt, sie trugen breitrandige, mörderische Hüte. Ihre Fingernägel waren spitz und so rot wie dein Lampenschirm. Sie trugen zusammengerollte Sonnenschirme mit Silbergriffen und Handtaschen mit Metallkanten. Sogar die Absätze ihrer Schuhe waren dazu ersonnen worden, Leuten damit den Schädel einschlagen zu können. Kein junger Mann wäre ihnen zu nahe gekommen.« Lucs Blick traf sich im Fenster mit dem Rogers. »Ich habe mich oft gefragt«, sagte Roger, »obwohl es mich eigentlich nichts angeht, was ihr, du und Katia, hättet machen können. Wohin hättest du sie mitnehmen können? Wenn sie nicht eine eigene Wohnung besaß. Das gibt es immer häufiger. Töchter von netten Ehepaaren, Leuten, die wir kennen. Sie haben ihre eigene Wohnung, ihr Auto, Geld. Sie machen Ferien, keiner weiß, wo. Kreditkarten, Bankkonten, Abtreibungen. Zu meiner Zeit hatten wir ein kärgliches Taschengeld, aber wir hatten die Mädchen in der Rue Spontini. Lange nachdem man die Bordelle geschlossen hatte, gab es noch die Rue Spontini. Weißt du, wer mich zuerst dorthin mitgenommen hat? Cousin Henri. Keine Überraschung, wenn man das Leben ansieht, das er seitdem geführt hat. Henri nannte das »die Turnhalle«, weil er dort so viele Freunde aus seiner Schule traf. Immer Donnerstag nachmittags, heißt das.« Eine leise Frage in Lucs Augen. »Donnerstag war unser freier Wochentag, wie für euch Mittwoch. Ich nehme an, du bist nicht jeden Mittwoch – nein, bestimmt nicht. Außerdem sind die letzten dieser Etablissements vor Jahren verschwunden. Es gab dort belgische Mädchen, spanische Mädchen aus Algerien. Einige waren so jung – oh, sehr jung. Eine hat mir gesagt, ich sei wie ein Bruder. Ich habe Cousin Henri gefragt, was sie gemeint hat. Er hat gesagt, er wüßte es nicht.«

Luc sagte: »Katia konnte weinen, wann sie wollte.« Ihr Gesicht veränderte sich nie, doch manchmal quollen zwei große Tränen plötzlich über und liefen ihr die Wangen herab.

Die Vorhänge und Fensterläden waren offen. Jeder konnte hereinschauen. Auf der Straße war niemand – nicht einmal ein Geist. Wie real hatten Katia und Luc geschienen; wie hatten sie das, was von Rogers Herz übrig war, angerührt; wie hatte er sie geliebt. Sie für immer aufgebend, sagte er: »Ich habe dieses Foto von deiner Mutter stets bewundert.«

Simone und Roger hatten sich verlobt, als Roger noch Leutnant in Algerien war. In der Nacht vor ihrer Hochzeit, die um zehn Uhr in der Kirche von Saint-Pierre de Chaillot stattfinden sollte, machte Roger einen völlig unerwünschten Besuch. Simone empfing ihn allein, im Morgenmantel, ein feines Netz über ihrem sorgfältig toupierten Haar. Für ihre Eltern, die an der Tür lauschten, stand fest, daß Roger sich in einem nordafrikanischen Bordell eine Geschlechtskrankheit zugezogen hatte und die Hochzeit aufschieben wollte; Simone vermutete, daß er ein reicheres und hübscheres Mädchen kennengelernt hatte. Roger konnte nur sagen, daß er miterlebt hatte, wie ein algerischer Gefangener zu Tode gefoltert wurde. Simone hatte Roger seither oft gefragt, warum er damals versucht hatte, sie mit etwas zu erschrecken, was so wenig Bedeutung für ihre Zukunft hatte. Roger konnte sich nicht daran erinnern, was seine Gründe gewesen waren.

Er versuchte jetzt, sich etwas Wichtiges einfallen zu lassen, was er Luc sagen könnte, als wäre es möglich, die Quintessenz seines Lebens in Worte abzufüllen und weiterzugeben. Sylvestre, von einer vertrauten Stimme geweckt, kam schnüffelnd an die Tür und erwartete, zu dieser unpassenden Stunde ausgeführt zu werden. Roger bemerkte: »Was auch geschieht, paß auf, daß du im Leben nicht auf den Hund kommst.«

Forain

Ungefähr eine Stunde vor der Trauerfeier für Adam Tremski begann Schnee vermischt mit Regen zu fallen, und als die ersten Trauergäste kamen, waren die Steinstufen der Kirche gefährlich naß. Blaise Forain, Tremskis französischer Verleger und nun sein literarischer Nachlaßverwalter, war nicht überrascht, als später eine ältere Frau ausrutschte und stürzte und mit dem Krankenwagen in das Hôtel-Dieu-Krankenhaus gebracht werden mußte. Forain, in einem Versuch, kartesische Ordnung über slawische Aufregung siegen zu lassen, rief den Krankenwagen und fühlte sich dann verpflichtet, die Patientin in die Unfallabteilung zu begleiten und Geld zu hinterlegen. Die alte Dame war nicht versichert gewesen.

Die Fassade und die Stufen bildeten zusammen eine steile Wand – bedrohlich, schroff, vor allem fremd. Die Freunde aus Tremskis letzter Zeit waren Polen, Juden und ein paar Franzosen gewesen. Von den Franzosen war es nur Forain, dem eine Reihe von Bestattungsriten vertraut waren. Von ihm erwartete man, daß er nicht nur an den Trauerfeiern für seine Autoren teilnahm, sondern auch an denen für ihre Gattinnen. Er kannte alle polnischen Kirchen von Paris, die diplomatische Vertretung Ungarns, die Synagogen in der Rue Copernic und der Rue de la Victoire und die Pseudokapelle des Krematoriums auf dem Friedhof Père Lachaise. Für Nichtgläubige genügten ein paar Worte am Grab. Ihre Freunde sagten als Gruß: »Wieder einer davongegangen.« Keiner, den sie kannten, war jedoch jemals von dieser besonderen Kirche bestattet worden. Man sagte, die Kirchgemeinde sei die älteste der Stadt, doch das Bauwerk, das an dem uralten Ort errichtet worden war, sah abweisend und kalt aus. Tremski hatte an die vierzig Jahre lang dieselbe Wohnung in einem Haus ohne Fahrstuhl am Rand von Montparnasse gehabt. Was machte er hier drüben auf der falschen Seite der Seine?

Vier Monate früher war Forain zur Aussegnung von Barbara, Tremskis Frau, in der polnischen Kirche in der Rue Saint-Honoré zugegen gewesen. Die Kirche, eigentlich eine Kapelle, war rund und hatte keine festen Kirchenbänke – nur zusammengestellte Stuhlreihen. Die Kuppel war ein Fehler – zu imposant für den gedrungenen Bau –, aber sie hatte Jahrhunderte überdauert, und nur die äußerst Furchtsamen konnten in ihr eine Bedrohung sehen. Dort kamen die Tränen leicht, hatte Forain festgestellt, Tränen, nicht nur um die verlorene Freundin, sondern um all die zerrissenen Bindungen und alten, unfreiwilligen Reisen. Das heißt, die Tränen von Fremden um ihn herum; der Kummer, als er ihn erreichte, war blaß und tränenlos. Er war achtunddreißig, geschieden, hatte eine zwölfjährige Tochter, die in Nizza bei ihrer Mutter und deren Freund lebte. Nur ein oder zwei von Forains Freunden hatten das Mädchen kennengelernt. Den meisten Leuten, wenn man es ihnen sagte, fiel es schwer zu glauben, daß er je verheiratet gewesen war. Unterbrochen worden war die Feier für Tremskis Frau durch das verspätete Eintreffen *ihrer* Tochter – von ihrem ersten Mann –, die aus ihrem Zuspätkommen eine Show gemacht hatte, allein im Kirchengang niedergekniet war, das Samttuch über dem Sarg geküßt hatte und geräuschvoll hinausmarschiert war. Sie hieß Halina und hatte glattes, grau werdendes Haar und ein mürrisches

Gesicht mit kleinlichen Zügen. Forain wußte, daß einige der älteren Trauergäste sich an sie als hübsches, nie lächelndes, nicht allzu kluges Kind erinnerten. Einige dachten vielleicht, Tremski sei ihr Vater, und fragten sich, ob er seine Frau schlecht behandelt habe. Tremski, der mit gesenktem Haupt dasaß, mochte es gar nicht bemerkt haben. Jedenfalls hatte er nie etwas darüber gesagt.

Tremski war Jude. Seine Frau war als Katholikin geboren worden, obwohl keiner genau wußte, was dann geschehen war. Um es offen auszusprechen, gehörte sie nun noch der Kirche an oder nicht? Tatsache war, sie hatte in einem ehebrecherischen Verhältnis gelebt – wenn man genau sein wollte –, mit Tremski, bis ihr Mann dem Paar einen Gefallen getan hatte und gestorben war. Eine Scheidung hatte nicht zur Debatte gestanden; vielleicht hatte sie sich nie darum bemüht. Für seine Hochzeit mit Barbara hatte Tremski einen dunkelblauen Anzug in einem guten Geschäft gekauft, Creed oder Lanvin Hommes, und den trug er bei ihrem Begräbnis, und in ihm würde er auch begraben. Einen anderen hatte er nie besessen, war in einer Aufmachung in Paris herumgetrottet, als ob er unter Restauranttischen schliefe, auf einem Bett aus Zigarettenasche und Krümeln. Es hätte ein Team ergebener Frauen gebraucht, nicht bloß eine Gattin, um ihn schmuck zu halten.

Forain wußte nur vom Hörensagen von der Eheschließung in einem der Pariser Rathäuser (damals war Tremski noch nicht übersetzt, hatte eine Stelle in einer Buchhandlung in der Nähe des Jardin des Plantes und hatte den Vorschuß, den er für den dunkelblauen Anzug in Anspruch genommen hatte, über elf Monate hin abgezahlt) – von der Eintragung der Namen in ein Register, von der Weigerung der Tochter, dabeizusein, von dem Wein, den man mit Freunden in einem Café auf der Avenue du Maine trank. Es war ein trauriges Lokal, doch Tremski kannte den Besitzer. Er hatte davon geredet, eine Party zu veranstalten, hatte es aber nie geschafft; seine Wohnung war zu klein. Jetzt hätte er jederzeit in eine größere Behausung ziehen und zweihundertundfünfzig intime Freunde zu einem Festessen einladen können. In der Zwischenzeit blieb er in seiner Mietwohnung, einer typischen Emigrantenwohnung der fünfziger Jahre, nun fast museumsreif: zwei Zimmer auf den Hof hinaus, fensterlose Küche, splittrige Böden, unbeheizbares Bad, kein Aufzug, tyrannischer Wirt – eine Figur, die bei seinen komischen Anekdoten und privaten Sorgen eine große Rolle spielte. Was dachte sich seine Frau? Keiner wußte es, aber wenn er zweihundertundfünfzig Einladungen verschickt hätte, hätte sie zweifellos angefangen, sich zweihundertundfünfzig Gläser und Teller zusammenzuborgen. Selbst als Tremski sich einen Umzug leisten konnte, blieb er in seinen schäbigen Zimmern vor Anker – dort waren all die Bücher und die Kisten mit unbeantworteter Post und die wichtigen Dokumente, die er von niemandem ordnen ließ. Schnappschüsse und Gruppenporträts von Romanciers und Poeten, mit den Kleidern und Frisuren der fünfziger und sechziger Jahre, nahmen viel Platz an einer Wand ein. Ein neues Bedürfnis, seine Vergangenheit zu ordnen, ihre Artefakte zu sortieren, hatte Tremskis Unterhaltung an seinem Hochzeitstag bestimmt. Seine Freunde hatten sich bald gelangweilt, während seine Frau zuzuhören schien. Tremski, endlich verheiratet, befand sich auf einem schiefen Kurs und predigte die Notwendigkeit von Disziplin und einer durchdachten Zukunft. Es hielt nicht vor.

Bei Forains erstem Treffen mit Barbara tranken sie bitteren Tee aus nicht zueinander passenden Tassen und taxierten einander in dem grauen Licht, das vom

Hof hereindrang. Freundlich stellte sie ihm Fragen nach seiner Eignung, Tremski zu übersetzen und zu publizieren. Der war damals noch in der Buchhandlung, verkaufte Kriegsmemoiren und Taschenbücher und versah Pakete mit Adressen. Ob Forain enge Verbindungen zum Nobelpreiskomitee habe? Wie viele seiner Autoren wichtige Auszeichnungen erhalten, es zu internationalem Ruhm gebracht hätten? Sie war warm und freundlich und erinnerte ihn an eine große Butterblume. Er war ungefähr so alt wie ihre Tochter, Halina; das sagte Barbara. Er kam sich väterlich, weise, bar jeder falschen Ideale vor. Er würde Tremskis Führer und Vater werden. Er dachte, das ist die Art Frau, die ich hätte heiraten sollen – obwohl er aller Wahrscheinlichkeit nach lieber nie jemanden geheiratet haben sollte.

Nur wenige der Trauergäste, die die tückischen Stufen erklommen, konnten einen Gedanken für Tremskis Privatleben übrig gehabt haben. Die Flucht seiner Frau von der Seite eines tüchtigen und anständigen Gatten, bei der sie ein dreijähriges Kind mit sich zerrte, gehörte zur Folklore, nicht zur Geschichte der Emigration in der Mitte des Jahrhunderts. Die Chronik zweier Generationen, vertrieben und enteignet, war abgeschlossen. Die Bewertung konnte beginnen, hatte schon begonnen. Wissenschaftler, die beunruhigend jung aussahen und dieselbe Sprache sprachen, doch mit einem neuen, schrillen Wortschatz, zogen in westliche Hauptstädte – sie zeichneten Erinnerungen auf Tonband auf, kopierten alte Briefe. Geschichte stellte sich als mühsame Wissenschaft heraus. Die meisten Emigranten begnügten sich jetzt mit der willkürlichen Genauigkeit einer Erinnerung wie der Tremskis. Zu guter Letzt war es immer ein Gedicht, was einem durch den Sinn ging – nicht aneinandergereihte Daten.

Einige mochten sich gewundert haben, wieso Tremski Anspruch auf eine christliche Feier hatte; oder, um eine andere Bewertung vorzunehmen, warum sie ihm aufgezwungen wurde. Bei seinen sich wandelnden Ansichten über die Ewigkeit und das Leben nach dem Tode wäre vielleicht eine einfache Zusammenkunft angemessen gewesen, mit einem Priester im Rollkragenpullover oder einem jungen, literarisch interessierten Rabbi. Oder mit beiden, abwechselnd Gebete und ehrende Worte darbietend. Tremski hatte nichts gegen Gebete. Er hatte sein halbes Leben damit verbracht, sie zu erfinden.

Wie sich herausstellte, war die hochaufragende Kirche nicht so düster, wie sie von der Straße aus wirkte. Sie wurde verwaltet von einem kleinen charismatischen Orden, der vielleicht hochgestimmt, aber keineswegs schismatisch war. Keiner hatte sich die Mühe gemacht zu fragen, ob Tremski ein echter Konvertit war oder nur ein Schriftsteller, der sich manchmal wie ein solcher anhörte. Seine einzige Verwandte war seine Stieftochter. Sie hatte es so eingerichtet, daß es günstig für sie war – sie wohnte in der Nähe, in einer Straße, die noch bis vor kurzem als Slum galt, doch nun renoviert und teuer war. Zwischen ihrer Wohnung aus dem siebzehnten Jahrhundert und dem ehrwürdigen Ort befand sich ein großes, bequemes, vollgestopftes Warenhaus, in dem Tremskis Freunde über die Jahre hin ihre Farbtöpfe und Farbrollen, ihre derben Teller und Tassen, ihre einbruchssicheren Türschlösser, ihre langlebigen Wolljacken gekauft hatten. Das Warenhaus war vertrauter als die Kirche. Die Stieftochter war eine Fremde.

Sie war auch Tremskis Erbin, und sie verstand Forains Rolle nicht, sie nahm an, Nachlaßverwalter sei eine Ehrenfunktion, Pate für den Toten. Sie hatte Forain erzählt, daß Tremski ihren Vater vernichtet und ihre Kindheit verdorben habe. Er habe ihre Mutter versklavt, in Restaurants laut Polnisch gesprochen und Halina daran zu hindern gesucht, eine französische Identität zu erwerben. Durch sein seltsames Testament zur Verantwortlichen für die Ausrichtung eines passenden Begräbnisses gemacht, hatte sie eine französische Abschiedsfeier gewählt, an die sich die Bestattung auf einem polnischen Friedhof außerhalb von Paris anschließen sollte. Das Wetter und die nicht ausreichend vorhandenen Wagen entschuldigten Freunde, wenn sie dem Begräbnis nicht beiwohnten. Die meisten waren dankbar dafür – mehr als eine schwere Erkältung war durch das Herumstehen in dem eisigen Schlamm eines Friedhofs verursacht worden. Als sie geklagt hatte, sie täte ihr Bestes, Tremski habe sich nie dazu geäußert, was er sich wünschte, hatte sie wahrscheinlich die Wahrheit gesagt. Er brachte es fertig, eine Behauptung zu machen und ihr im gleichen Satz zu widersprechen. Nur Gott konnte den Überblick behalten. Wenn die heutige Totenfeier ein gewaltiger Irrtum war, entschied Forain, dann war es an Ihm, Tremskis Name aus dem Buch zu entfernen und in die richtige Spalte einzutragen. Wenn es Ihm wichtig war.

Die Trauergäste stiegen langsam die Kirchenstufen hinauf. Jüngere Verwandte, die sich von der Arbeit freigenommen hatten, waren einigen von ihnen behilflich. Einige wenige waren in die Hochhauswohnungen der äußeren Vororte gezogen, wo sie einsamer waren, doch weniger Miete zahlten. Sie hatten sich früh aufgemacht, als glaubten sie immer noch, daß kein Tag ohne sie beginnen könne, und nach einer langen Fahrt mit der U-Bahn und einem schwierigen Fahrtrichtungswechsel waren sie aus der Métro-Station Hôtel de Ville aufgetaucht. Sie hielten ihre Schirme schräg, als trotzten sie einer Naturgewalt, die frontal auf sie zukam. Tatsächlich war die Luft vollkommen still, obwohl man kräftige Winde und Graupelschauer vorhergesagt hatte. Schnee, vermischt mit Regen, kam in dünnen, weichen Fäden herunter, setzte sich an Pelzen und wollenen Hüten fest und wurde zu einer dünnen Schicht Matsch unter den Füßen.

Forain stand unmittelbar hinter der Kirchentür, nahm gemurmelte Beileidsbezeugungen entgegen und drückte Hände. Er maßte sich nicht etwa eine familiäre Rolle an, sondern versuchte, die Abwesenheit von Halina auszugleichen. Vielleicht würde sie verspätet hereingeschritten kommen, wie beim Begräbnis ihrer Mutter, womit sie einen persönlichen Groll auslebte. Er trug einen langen Kaschmirmantel, das einzige schwarze Kleidungsstück, was er besaß. Ein Freund hatte es ihm vermacht. Genauer gesagt, der Freund, der wußte, daß er bald sterben mußte, hatte Forain beauftragt, den Mantel beim Schneider abzuholen. Er war anprobiert, fertiggestellt, bezahlt, doch nie getragen worden. Forain wußte, daß ein gemeiner Scherz darüber kursierte, daß er die Sachen toter Leute trage. Das galt auch für sein Berufsleben: Er sollte einmal geäußert haben, er ziehe die lieferbaren Titel jedes toten Schriftstellers dem Streß und der Aufregung vor, die man habe, wenn man mit einem lebenden zu verhandeln versuche.

Sein Haar und die Schuhe fühlten sich feucht an. Die Hand, die er zum Händedruck reichte, hatte wohl alle, die sie berührten, frösteln lassen. Er stand direkt in der Zugluft, die für Kirchen typisch ist und in der Nähe von Türen zum Sturm wird. Er fragte sich, ob einige bestimmte Worte seinerseits (er hatte Tremski gegen den Vorwurf, in Restaurants herumgeschrien zu haben, in Schutz genommen) Halina davon abgehalten hatten zu kommen, oder ob sie sogar zu der Auffassung gelangt war, es sei unwürdig, so zu tun, als spiele es für sie auch nur die geringste Rolle, wie man Tremski unter die Erde brachte; aber im letzten Moment tauchte sie auf, zusammen mit ihrem französischen Mann – einem Reporter für französische Politik bei einem Wochenblatt – und einer vierzehnjährigen Tochter in Jacke und Jeans. Diese zwei hatten kein Wort in Tremskis Werken lesen können, bis Forain vor ungefähr sechs Jahren einen Roman in der Übersetzung herausgebracht hatte. Tremski nahm an, daß sie nie einen Blick hinein getan hatten – um gerecht zu sein: das Mädchen war damals erst acht –, und auch in keins der darauf folgenden Bücher; obwohl das Mädchen Rezensionen ausschnitt und aufhob. Es sei bemerkenswert, hatte Tremski gesagt, wie des Lesens und Schreibens kundige Leute, die ziemlich weit herumgekommen und recht gebildet und gut versorgt waren, ein ausgefülltes Leben leben konnten, ohne wissen zu wollen, was früher geschehen war oder was anderenorts passierte. Sogar der Mann, der politische Journalist, war so – ein paar Namen, eine Jahreszahl, irgendwo nachgeschlagen, ein paar geographische Kenntnisse genügten ihm.

Forain merkte, daß es Tremski nicht gleichgültig war. Er wollte, daß Halina wenigstens in einer Hinsicht eine gute Meinung von ihm hatte, in der seines Lebenswerks. Sie war die Tochter eines früheren Armeeoffiziers, der – wie Barbara, wie Tremski – in einer fremden Stadt gestorben war. In nicht geringerem Maße als ihr Vater hielt sie sich für das Opfer eines egoistischen Abenteuers. Sie glaubte auch, von besserem Stoff als Tremski zu sein, durch Herkunft und gesellschaftliche Stellung, und das war schwerer zu verkraften. Tremski selbst war der Auffassung, daß Vergleiche nicht angebracht waren.

Im Augenblick benahmen sich die drei anständig. Nicht mehr und nicht weniger erwartete Forain von jedem. Er hatte es aufgegeben, gesellschaftliches Benehmen zu bewerten, außer wenn es in der Literatur vorkam. Sein Verlag hatte sich auf die Übersetzung und das Herausbringen von Literatur aus Ost- und Mitteleuropa spezialisiert; das ließ ihn alles mit Abstand betrachten. Halina schien jetzt gezähmt, sie dankte ihm sogar dafür, daß er eingesprungen war und all jene Fremden begrüßt hatte. Sie hatte zur Erklärung, warum sie zu spät gekommen war, eine Geschichte parat, doch sie war weit hergeholt, und Forain vergaß sie sofort wieder. Die Verspätung war höchstwahrscheinlich durch einen heftigen Streit wegen der Jeans und der Jacke verursacht worden. Halina war eiskalt bei solchen Scharmützeln, beschränkt in der Reichweite, doch von festen Prinzipien geleitet. Sie trug einen Pelzmantel mit Leder, einen hellgrauen Hut mit Krempe und ein Schaltuch – echt Hermès? Taiwanische Imitation? Forain hätte es feststellen können, wenn er die Seide zwischen den Fingern gerieben hätte, doch das war ein kühner Einfall, und er hielt Distanz.

Das Mädchen hatte etwas von Barbara an sich – aus diesem und keinem anderen Grund fand Forain sie anziehend. Blaise sollte bei der Familie sitzen, sagte sie, ihn beim Vornamen anredend, wie das bei jungen Leuten heute üblich war. Eine vordere Kirchenbank war nur für sie drei reserviert. Dort war viel Platz. Forain dachte, daß Halina vielleicht im Flüsterton zu streiten anfangen könnte, in Hörweite (sozusagen) des Toten. Er stimmte zu, was einfacher war als abzulehnen, und entschied sich dagegen. Er ließ sie an der Tür stehen und Nachzügler begrüßen und suchte sich einen Platz am Rand einer Bank in der Mitte des Kirchenschiffs. Wenn Halina später etwas äußern sollte, würde er sagen, er hätte befürchtet, vor dem Schluß gehen zu müssen. Sie ging vorbei und bemerkte nichts, und als sie sich erst einmal niedergelassen hatte, blickte sie sich nicht um.

Der helle Hut hatte Halinas Mutter gehört. Forain war sich sicher, daß er ihn kannte. Als seine Frau starb, hatte Tremski zugelassen, daß Halina und ihr Mann die Wohnung plünderten. Halina war mehrmals gekommen, während ihr Mann unten wartete. Er war nur mit hochgekommen, um eine Kiste mit Papieren, die Tremski gehörten, tragen zu helfen. Sie enthielt, neben anderen Dokumenten, einige davon ohne Wert, eine Reihe unvollendeter Manuskripte. Seit Barbaras Beerdigung hatte sich Tremski nicht die Mühe gemacht, sich zu rasieren, und hatte nicht einmal das Gebiß eingesetzt. Er saß in dem Zimmer, das sie benutzt hatte, und trug einen Schlafrock, der an den Ellbogen durchgeschabt war. Ihr Kleiderschrank war leer, die Tür stand weit offen, nur ein paar Kleiderbügel hingen darin. Er packte Forain beim Ärmel und sagte, daß Halina etliches von seinen Sachen mitgenommen habe. Sobald sie ihr Versehen bemerkte, würde sie alles zurückbringen.

Forain wäre lieber mit dem Pferd über die Seine geritten und hätte Peitschenhiebe an alle ausgeteilt, die Halina oder ihrem Mann ähnlich sahen, aber er war mit dem Taxi in ihre Straße gefahren, vorbei an dem alten, beruhigenden, unveränderlichen Warenhaus. Keine Vorwarnung, kein Anruf: Er ging eine geschwungene Steintreppe hinauf, die frisch abgestrahlt und gescheuert war, und behielt den Finger so lange auf der Klingel, bis jemand angelaufen kam.

Sie ließ ihn herein, aber nicht weit. »Man kann sich nicht darauf verlassen, daß Adam sich um seine eigenen Angelegenheiten kümmert«, sagte sie. »Er war immer liederlich und schmutzig, aber jetzt riecht die Wohnung nach Dreck. Haben Sie den Küchentisch gesehen? Er muß immer vom selben Teller gegessen haben. Was die Briefe meiner Mutter angeht, wenn Sie darauf aus sind – er war schon dabei, sie zu zerreißen.«

»Haben Sie welche gerettet?«

»Sie gehören mir.«

Wie sehr sie da einem Frettchen ähnelte; und sie war das Kind solcher schöner Eltern. Ein in London aufgenommenes Studioporträt ihres Vaters, des polnischen Offiziers, in Zivil, eine lange Zigarette rauchend, stand auf einem Tisch im Flur. (Forain wurde nicht weiter hinein in die Wohnung gelassen.) Forain nahm das Bild des Mannes auf, der vergeblich in einem Krieg gekämpft hatte. Barbara hatte dieses gefaßte, würdige, ein wenig vorsichtige Gesicht um Tremskis willen verlassen. Sie mußte Tremski unter Druck gesetzt haben, mit Sack und Pack und Kind auf seiner Türschwelle gestanden haben. Er war in seinem Leben in keiner Frage zu einem Entschluß gekommen.

Forain hatte natürlich jedes Papierschnipsel wiedererlangt – alles, außer den Briefen. Beflügelt von einer Mischung aus Pflicht und eigenem Interesse, war er unschlagbar. Halina hatte nichts auf ihrer Seite außer dem Wunsch, ihre Mutter wieder für sich zu haben, den Einfluß Tremskis zu beseitigen, sie zurückzuführen – wenn auch nur ihre Schuhe und Blusen und Röcke – zu dem geduldigen und geschlagenen Mann mit seiner erstarrten Zigarette. Ihr Anspruch schien auch ein Stück von Tremski miteinzuschließen; doch sie hatte ihn nicht gemocht, was ihren Zugriff geschwächt hatte. Sich jeden Zug noch einmal vergegenwärtigend, erkannte Forain, wie stark ihre Sache hätte sein können, wenn sie Tremski anerkannt hätte als denjenigen, den ihre Mutter sich gewählt hatte. Weil sie das leugnete, wurde sie beinahe – Forain stoppte sie noch rechtzeitig – zur Angeklagten in einem schäbigen Rechtsstreit.

Tremskis Freunde saßen dort, und um ihre Schuhe breiteten sich Pfützen aus. Sie behielten die Handschuhe an und zogen ihre gestrickten Schals enger um den Hals. Einige von ihnen hatten all die Jahre in Frankreich ohne Sozial- oder Krankenversicherung gelebt, entweder weil sie mittellos waren oder weil sie nie in der richtigen Art Beschäftigung Fuß gefaßt hatten. Vielleicht glaubten sie, daß ein langes Leben an sich schon genug Leistung für ein sicheres Alter war. Wenn das Ende sich als kostspielig und langwierig herausstellen sollte, dann sei uns gestattet, zu träumen und in der dicksten, tiefsten Dunkelheit zu schweben, ohne die Unannehmlichkeiten und die Verwaltungsarbeit, die wir verursachen mögen, mitzubekommen. So lauteten ihre Gebete, nahm Forain an.

Begräbnisse folgten einander jetzt in kurzen Abständen, besonders in Wintern, die sich auf die Bronchien legten. Eine der frühesten Erinnerungen, die Forain hatte, war die an die lateinische Messe, doch er konnte nicht sagen, daß er sie vermißte: Er verband Latein mit Hunger früh am Morgen und Stillsitzen. Die charismatische Bewegung hatte anscheinend Unverständlichkeit und Mysterium gegen Theatralik eingetauscht. Er beobachtete die fünf Priester, die in voller Ordenstracht zur Rechten des Altars saßen. Einer von ihnen war schwer erkältet und holte ständig ein Taschentuch aus dem Ärmel. Ein anderer schaute mehr als einmal auf die Uhr. Ein Chor, verborgen oder auf Tonband, sang »Jesu bleibet meine Freude«, und danach fing eine geschmeidige, geschulte Stimme an, den fünfundzwanzigsten Psalm zu rezitieren. Die Stimme schien aus Tremskis Sarg zu dringen, sprach aber ein zu perfektes Französisch, als daß sie die seine hätte sein können. Mitten im Vers 7, unmittelbar nach: »Gedenke nicht der Sünden meiner Jugend«, bebte die Stimme und brach ab. Ein vor Forain sitzender Mann erhob sich und ging das Kirchenschiff hinunter, in feierlicher und schwerfälliger Art. Der Sarg stand auf einem Gestell, war mit purpurrotem und weißem Tuch drapiert und mit Rosen, Tulpen und Chrysanthemen bedeckt. Er drängte sich daran vorbei, hob einen schwarzen Kasten auf, der auf dem Boden stand, und drückte zwei einrastende Knöpfe. »Jesu« fing wieder von vorn an. Als er zurückkam, starrte der Fremde Forain böse an, als hätte der die Panne verursacht.

Forain wußte, daß einige von Tremskis Freunden ihn für unzuverlässig hielten. Er stand im Ruf, den Autoren nicht zu zahlen, was ihnen zustand. Es gab Schriftsteller, die sich beklagten, daß sie nicht einmal eine Briefmarke erstattet bekommen hätten; sie begriffen seine formvollendeten handgeschriebenen Erklärungen nicht. Tremski war wirklich die Ausnahme gewesen. Forain hatte die Auslandsrechte, als sie gefragt waren, auf der Basis von je fünfzig Prozent ausgehandelt. Tremski hielt Geld für einen nützlichen Stoff, um Miete und Zigaretten bezahlen zu können. Seine Frau sah das nicht so. Ihr Zeigefinger am Ende einer Zahlenkolonne, ihre ruhige, verführerische Stimme, die sprach: »Blaise, was bedeutet das?«, verlangten eine genau überlegte Antwort.

Sie hatte sich nie die Mühe gemacht, zu Forain ins Büro zu kommen, sondern ließ sich von ihm zum Tee ins »Angelina« in der Rue de Rivoli einladen. Nachdem ihre Erdbeertorte verspeist und der Teller abgeräumt war, brachte sie aus ihrer Handtasche die zusammengefaltete, mit Randbemerkungen versehene Rechnung. Geschlagen und besiegt, die Teestubenrechnung in seine Brieftasche steckend, damit sie in die allgemeinen Ausgaben eingehen konnte, pflegte er sich umzuschauen und wenigstens eine Genugtuung zu haben: Sie war immer noch die schönste Frau, die hier zu sehen war, alle Altersgruppen eingeschlossen. Er war nicht von jemand zu Fall gebracht worden, der ihm von Erscheinung und Wert her unterlegen war. Je mehr ihn größere Probleme bedrängten, desto mehr schätzte er kleine Entschädigungen. Er führte sein Geschäft mit einem Personal ergebener, zermürbter Frauen, die mit ihm verbunden waren durch den Glauben an das, was er tat, oder durch eine verflossene persönliche Bindung, oder weil es zu spät war und sie nicht wußten, wohin sie sonst gehen sollten. An diesem Morgen, dem Tag des Begräbnisses, hatte ihn um acht Uhr seine treue Lisette, die ihm vom Beginn der Unternehmung zur Seite gestanden hatte, angerufen, um ihm mitzuteilen, daß sie genug Sozialversicherungspunkte hatte, um in den Ruhestand zu gehen. Er sah die Punkte als Tintenkleckse auf einem weißen Blatt Papier vor sich. Ihm fiel als Antwort darauf nur ein, daß sie sich bald langweilen würde, wenn sie Tag für Tag keinen Grund zum Aufstehen hätte. Lisette hatte liebenswürdig geantwortet, daß sie vorhabe, die nächsten zehn Jahre im Bett zu verbringen. Er konnte sie nicht einmal durch eine Gehaltsaufbesserung zum Bleiben überreden – außer der gesetzlich vorgeschriebenen Kapitalreserve hatte er so gut wie kein Geld, mußte alles zusammenkratzen, um die monatlichen Unterhaltsbeiträge für seine Tochter zu bezahlen, und hatte ständig Schulden bei Druckereien und Banken.

In der Branche wurde er oft als arm, aber uneigennützig beschrieben. Er hatte der Weltkultur einen unschätzbaren Dienst erwiesen, indem er Stimmen in den Westen holte, die im Osten seit Jahrzehnten zum Verstummen gebracht worden waren. Nun, sein winziger Verlag hatte natürlich nicht die übermächtigen Propheten anziehen können, die prosperierenden Romanciers, die großen Mentoren und unermüdlichen Erklärer. Forain hatte sich Tremski finanziell gerade noch leisten können – der gute Tremski, der bei Forain geblieben war, auch nachdem er woanders hätte unterkommen können. Der gesunde Menschenverstand hatte Forain davon abgehalten, sich den nächstbesten, zweitrangigen Koryphäen zu nähern, die – beredt und attraktiv, bis zum Gehtnichtmehr mit öffentlichen Mitteln unterstützt, kettenrauchend und Erklärungen abgebend – immer noch die Universitäten und Kongresse des Westens heimsuchten. Ihre Reisespesen überstiegen seine Mittel; keine Beihilfe konnte das bescheidene, doch ruinöse kleine Hotel am linken Seineufer bezahlen, die langen Nachmittage und Abende in Bars mit Ledersesseln, wo die Besucher kluge und kultivierte Leute zum Gedankenaustausch zu treffen erwarteten.

Forains eigene kleine Herde schien demgegenüber die Welt ohne Erwartungen betreten zu haben. Abgesehen von einer gelegentlichen, seltenen, bescheidenen Beschwerde, waren sie es zufrieden, im obersten Stockwerk eines Hotels mit einer steilen, vernachlässigten Treppe, einer Fülle von literarischen Assoziationen und einem Bad auf jedem Flur untergebracht zu werden. Zur Erholung gingen sie ins Café gegenüber, schafften es, daß eine Kanne heißes Wasser und ein Teebeutel zweieinhalb Stunden reichten, und konnten die Marktwirtschaft vorbeischlendern sehen, wie Forain ihnen nicht zu vergessen empfahl. Gefügig, wie sie waren, und mit einer bescheidenen Meinung von ihrer eigenen Begabung, hatten sie doch ein Handikap: Ihre Namen, wie die ihrer Charaktere, klangen für barbarische westliche Ohren alle gleich. Es war ein Triumph der Beharrlichkeit von seiten Forains, wenn er es schaffte, daß von ihren Büchern Notiz genommen wurde. Er wollte, daß jedes von ihm verlegte Buch im kollektiven Gedächtnis weiterlebte, selbst wenn das Papier, auf dem es gedruckt war, eingestampft oder in den riesigen städtischen Verbrennungsanlagen eingeäschert worden war oder modernd am Grund der Seine lag.

Mit nervösem Magen und einem Herzen, das Hoffnung, Hoffnung, Hoffnung klopfte, produzierte er Saison für Saison eine satirische Novelle mit Schauplatz in Odessa, ein dichtes, nüchternes Tagebuch, übersetzt aus dem Rumänischen, das am besten vom Autor und seinen Freunden verstanden wurde, oder noch eine ironische Betrachtung der Geschichtsmacher mit dem Spatzenhirn. (Frauen waren wenige darunter. In diesem speziellen Teil von Europa spielten sie anscheinend die Rolle der brüsken, gefallsüchtigen Geliebten oder der geduldigen Ehefrau.) Mindestens einmal im Jahr beging er den Beinahe-Selbstmord von Kurzgeschichten und Gedichten. Es gab Belohnungen, keine davon war finanzieller Natur. Einige Kritiker hielten es für eine sichere Bank, gelegentlich ein Buch zu erwähnen, das er als Rezensionsexemplar versandte; man schätzte ihn als seriös auf einem Gebiet ein, von dem keiner viel wußte, und als zu knapp bei Kasse, um Geld in ein Fiasko zu stecken. Jederzeit konnte jetzt eines seiner neugeborenen torkelnden zarten Kälber sich zu einem literarischen Wasserbüffel auswachsen. Demzufolge war es nicht ungewöhnlich, wenn einer von seinen Autoren ein Bündel winziger Zeitungsausschnitte erhielt, manchmal sogar von einem Miniaturfoto illustriert, das auf der Place de la Bastille mit kreisendem Verkehr aufgenommen worden war. Ein Bündel großer Geldscheine wäre auch ganz schön gewesen, doch nur Tremskis Frau hatte die Hand nach beidem ausgestreckt.

Geld! Forains Meinung war die gleiche wie die eines jeden Dichters, der danach strebt, in der Übersetzung gelesen zu werden. Er äußerte das nie. Der Verlagsname, Blaise Editions, hatte in Sphären, wo man vorgibt, daß Geschäft und Literatur nichts miteinander zu tun haben, einen ehrenwerten Klang. Als der Kulturminister ihn vor nicht allzu langer Zeit ausgezeichnet und dabei in ermutigenden Ausdrücken Forains Bereicherung des Hauses Europa erwähnt hatte, hatte Forain sich bemüht, scheu und doch bedeutend zu wirken. Er stand im Ruf, sich selbst zu verleugnen, und in jenem Moment schien es ihm, daß dieser Ruf ein steinernes Denkmal war, das ihn zu Boden drückte. Er wollte um Hilfe rufen – Hilfe vom Minister? Es würde schrecklich aussehen. Er fühlte sich geehrt, doch verwirrt. Und noch einmal, als man ihn in die renovierte Botschaft einer neuen Demokratie bat und er von einem Botschafter und einem Kulturattaché begrüßt wurde, die kürzlich eingetroffen waren (das übrige Personal war noch das alte), hatte Forain gewagt, sich selber zu fragen: »Warum geben sie mir nicht den Scheck für alles, was das hier kostet?« – der Champagner, das ausgezeichnete Büfett, die Medaille in einer samtgepolsterten Schachtel –, und hoffte die ganze Zeit, daß seine Gedanken nicht auf seinem Gesicht geschrieben standen.

Die Wahrheit war, daß der Fall der Mauer – strahlendes Symbol – Forain fast vernichtet hatte. Der Unterschied war, daß man Forain nicht in immer kleinere Bruchstücke zerhämmern und in der ganzen Welt verkaufen konnte. Auf ziemlich gleiche Art hatte das Zweite Vatikanische Konzil mehr als einen Verleger von lateinischen Gebetbüchern in den Bankrott getrieben. Eine Reihe von ihnen hatte versucht, den Verlust wettzumachen, indem sie die veralteten Meßbücher bei Gemeinden in Asien und Afrika abluden, aber als dann die dritte Welt anfing, ihr Geld zurückzufordern, waren die Verleger mit Mann und Maus untergegangen. Kurzzeitig hatte Forain die Möglichkeit erwogen, die gesamte Ausgabe einer klugen und anspielungsreichen Studie der Korruption in Minsk, die im Jahre 1973 spielte, bei Lesern im Senegal und in Kamerun abzuladen. Kam man damit noch durch – noch besser, konnte man es als kulturelle Zusammenarbeit ummünzen? Er gab sich selbst die Antwort: nein. Nicht nach dem November 1989. Verschwunden waren die Geschichten, in denen die Widersprüchlichkeit des Sozialismus der Belanglosigkeit des Westens ebenbürtig war. Das heißt, verschwunden war Forains Absicht, diese Geschichten zu veröffentlichen; seine Herde lieferte sie ihm weiter zu. Er hatte seine schlecht bezahlten, geduldigen Gutachter – zum größten Teil Fremdsprachenlehrer – angewiesen, sich nur die ersten drei und die letzten beiden Seiten jedes Manuskripts anzusehen. Wenn sie eine weitere Version des Ost-West-Dilemmas versprachen, getarnt als frischer Blick auf die jüngste Vergangenheit, wollte er nicht einmal eine Zusammenfassung in einem Satz haben.

Er lehnte sich in den Mittelgang vor und konnte so die Aussegnung beobachten. Eine Reihe Trauergäste, angeführt von Halina und ihrer schluchzenden Tochter, schlurften um den Sarg herum, jeder einzelne bereit, eine persönliche Bitte um Gottes Barmherzigkeit hinzuzufügen. Forain blieb, wo er war. Weder flehte er zu Mächten, die er nicht zu ergründen vermochte, noch versuchte er, sie zu beeinflussen; nicht seit dem Tod des Freundes, dem der Kaschmirmantel gehört hatte. Wenn der Verlag einen noch größeren Niedergang erlebte, wenn er von einer gefährdeten auf eine vom Untergang bedrohte Position abrutschte, würde er sich dem Schreiben zuwenden. Warum nicht? Zumindest wußte er, was er verlegen wollte. Es würde ihn von jedem weiteren Zwang befreien, sich mit lebenden Autoren zu beschäftigen: mit ihrer Miete, ihren Scheidungen, ihren vereiterten Zähnen, ganz zu schweigen von jener neuen Manie im Osten, ihren Psychiatern. Seinen ersten Roman – wie würde er ihn nennen? Er ließ einen Titel aus dem Unbewußten, aus seiner schlummernden Phantasie aufsteigen. Er tauchte auf, schwarz und fett, auf dem Umschlag eines Buches, das im Fenster eines Ladens ausgestellt war: *Der Kirschgarten.* Sein Gehirn nahm die Herausforderung an. Wie wäre es mit einem listigen, stillen Roman, der sich spöttisch auf das Stück bezog? Ein ehemaliger Hausbesitzer kehrt nach siebenundvierzig Jahren des Exils nach Karl-Marx-Stadt zurück, um das Heim der Familie zurückzufordern. In ihm wohnen jetzt sechzehn schwerarbeitende Ehepaare und achtunddreißig kleine Kinder. Er wirft sie hinaus, und der Roman endet mit einer düsteren Beschreibung von Flüchen und Faustkämpfen, während Gastarbeiter eine Satellitenschüssel im Garten zu installieren versuchen, wo früher die Schaukeln der Kinder gewesen waren. Das würde bedeuten, weiter auf dem alten Gebiet mitzumischen, dachte Forain, doch mit einer radikalen Verschiebung des Blickwinkels. Er mußte Umwege machen – er konnte nicht plötzlich damit anfangen, Gedichte über die Verschmutzung der Nordsee und die Gefährdung der Heringsbestände zu veröffentlichen.

Darin lag ein Witz, den er mit Tremski hätte genießen können. Die Stieftochter hatte das Telefon abgemeldet, als Tremski noch im Krankenhaus lag und auf den Tod wartete; nicht daß Forain eine nicht mehr existierende Nummer wählen und es läuten lassen wollte. Selbst in seinem tödlichen Kummer um Barbara hätte der Gedanke an Forain als sein eigener Autor Tremski ein Lächeln abgenötigt. Er hatte Forain akzeptiert, wollte auf keine gegen ihn vorgebrachten Argumente hören – genauso, wie er sich nicht aus seiner muffigen Wohnung vertreiben ließ und seiner Frau treu geblieben war –, doch für ihn waren Forains beste Bemühungen eine Art laienhafter, westlicher Spielereien gewesen und alle seine klugen Ideen falsche Morgendämmerungen. Forain lebte das Traumleben eines Verlegers, glaubte Tremski – Kopf eines Aufgebots zurückhaltender, völlig mittelloser Schriftsteller, die nur gelesen sein wollten, weil sie glaubten, daß sie dem Westen etwas Entscheidendes mitzuteilen hatten, das sogar zur Tat anstacheln konnte. Zu welcher Tat? Forain fragte sich das immer noch. Der gescheite Zeitgenosse, dessen sterbliche Überreste gerade der Ewigkeit übergeben worden waren, machte da keine Ausnahme. Er wußte, daß Forain arm war, glaubte aber, er sei reich. Er dachte, daß ein neuer großer Krieg Mitteleuropa unversehrt lassen würde. Die befreienden Raketen würden darüberhinfliegen, ohne das oberste Blatt einer Pappel zu beschädigen. Was die Kräfte der Konfrontation anging, nun, ihre Zeit war vielleicht um.

Die Gemeinde hatte sich erhoben. Forain entschied sich, statt eines letzten Gebetes, diffus und anonym, eine verbindlichere Erinnerung an Tremski anzubieten – das letzte Inventar von Tremskis Wohnung. Zuerst der Eingang, wo eine trübe Lampe unter einem blauen Schirm viele Mäntel übereinander auf Haken erkennen ließ, jedoch nicht die Schuhe und Schirme, über die der Besucher stolperte. Barbara hatte sich nie eingemischt, hatte nie geschimpft, nie versucht, aufzuräumen. Es war Tremskis Wohnung. Durch einen Bogen kam man in das von Barbara benutzte Zimmer. In einer Ecke türmten sich auf einem Stuhl Zeitungen und Zeitschriften, die Tremski noch lesen wollte. Dann ungestrichene Regale, die Ordner enthielten, einige davon leer, andere quollen über vor Papieren, die nicht berührt werden durften, bis Tremski die Gelegenheit hatte, alles zu ordnen. Noch ein Regal, diesmal mit Büchern. Darüber die Fläche mit den Fotos seiner alten Freunde. Ein Fenster und die Art Ausblick, die Gefangene haben. Vor dem Fenster ein Klapptisch, der für Mahlzeiten freigeräumt werden mußte. Die schmale Couch, immer noch eine Decke darübergebreitet, wo Halina geschlafen hatte, bis sie weggelaufen war. (Bis zum Schluß hatte Barbara erwartet, daß sie zurückkam und sagte: »Es war ein Fehler.« Tremski hätte sie willkommen geheißen und dem Kind sogar auf dem Flohmarkt ein neues Sofa gekauft.) Der dunkelrote Sessel, in dem Forain bei seinem ersten Treffen mit Barbara gesessen hatte. Ihr eigener Stuhl mit der geraden Rückenlehne und der kleine Schreibtisch, an dem sie geschäftliche Briefe für Tremski schrieb. An der Wand ein mit Kohle gezeichnetes Porträt von Tremski – wahrscheinlich von einem Laienkünstler –, datiert vom Juni 1945. Es war ein Gesicht, das überlebt hatte – knapp.

Trauernde, die die Zeremonie kannten, wandten sich ihrem Nachbarn zu, um den Kuß des Friedens auszutauschen. Diejenigen, die das nicht kannten, wichen etwas zurück, als sei die Berührung ohne Wärme eine neue Form der Aggression. Forain fand die unpersönliche, symbolische Liebe regelrecht zum Fürchten. Er verweigerte sich der allgemeinen Vereinigung, stieß die Hände in die Taschen wie ein trotziges Kind und schloß sich den ungeordneten Reihen derer an, die in den Regen hinausschlurften.

Zwei Stunden später, die Zwischenzeit reichlich ausgefüllt vom Unfall, dem Eintreffen und der Abfahrt des Krankenwagens, der langwierigen Aufnahmeprozedur und dem Warten, das typisch für eine Hilfeleistung war, die sich Schnelle Medizinische Hilfe nannte, verließ Forain das Krankenhaus. Die alte Dame war zu benommen, um selbst viel zu sagen, aber sie brachte deutlich heraus: »Keine Familie, keine Versicherung.« Er hinterließ seine Adresse und, noch weniger willig, einen Scheck, von dem er inständig hoffte, daß er nicht ungedeckt war. Der Schneeregen, jetzt verstärkt durch den vorhergesagten Wind, durchnäßte ihn und richtete ihn übel zu. Er umrundete das Gebäude, und auf der anderen Seite einer schmalen Straße erblickte er Reihen von wartenden Einwanderern an der Nordseite der Polizeidirektion. Algerier standen in einer gesonderten Schlange an.

Taxis waren nicht zu sehen. Er hatte zu großen Hunger und war zu naß, um über die Brücke zur Place Saint-Michel zu laufen – ein Weg von drei Minuten. In einem Café auf dem Boulevard du Palais hängte er seinen Mantel auf, wo er ihn im Auge behalten konnte, und bestellte einen überbackenen Schinken-Käse-Sandwich, ein Glas Badoit-Mineralwasser, eine kleine Karaffe Wein und schwarzen Kaffee – das alles zusammen. Der Kellner vergaß den Wein. Als es ihm schließlich wieder einfiel, war Forain zum Aufbruch bereit. Er wollte die Rechnung anfechten, sah jedoch, daß der Kellner einen ängstlichen Eindruck machte. Er war jung, hatte ungeschickte Hände, fiebrige rote Striche unter den Augen und derbes blondes Haar – ein Ausländer, vielleicht ohne Papiere arbeitend, im Schatten der mächtigsten Polizei in Frankreich. Na gut, sagte sich Forain, aber kein Trinkgeld. Er bemerkte, wie der Kellner ständig jemanden oder etwas am anderen Ende des Raumes ansah – seinen Chef, vermutete Forain. Er fühlte sich – wie schon den größten Teil des bisherigen Tages – gehetzt, belästigt und in die Enge getrieben. Er ließ ein Trinkgeld aus zufälligen Münzen auf das Tablett fallen und zog den Mantel an. Der Kellner grinste, aber dankte ihm nicht, steckte die Münzen in die Tasche und trug den unberührten Wein in die Küche zurück.

Mit hochgezogenen Schultern und hochgeschlagenem Kragen begab sich Forain zum Taxistand an der Place Saint-Michel. Sechs oder sieben Leute warteten am Bordstein, unter Schirmen, von denen das Wasser herablief. Um die Ecke fuhr plötzlich ein Taxi und hielt am Straßenrand, und eine Frau stieg aus. Forain nahm ihren Platz ein, als wäre das die natürlichste Sache der Welt. Er hatte kein Hungergefühl mehr, doch er schien von Schichten feuchter Handtücher umhüllt. Der Fahrer sagte Forain mit einem starken Akzent, wahrscheinlich portugiesisch, er solle aussteigen. Er durfte an dieser bestimmten Stelle in der Nähe eines Taxistands keinen Fahrgast aufnehmen. Forain wies darauf hin, daß der Taxistand leer war. Er verriegelte die Tür – als ob das etwas ausmachte –, verschränkte die Arme und saß fröstelnd da. Er wünschte dem Fahrer das schlimmste Schicksal, das ihm einfiel – an der Nordseite der Polizeidirektion zu stehen und umsonst zu warten.

»Sie können froh sein, daß Sie Arbeit haben«, sagte er plötzlich. »Sie sollten mal alle die Leute ohne Arbeit und ohne Papiere sehen, gleich da drüben, am anderen Seineufer.«

»Ich habe sie gesehen«, sagte der Fahrer. »Ich könnte meinen Job verlieren, nur weil ich Sie mitgenommen habe. Sie sollten dort bei dem Zeichen um die Ecke herum warten, bis Sie dran sind.«

Sie saßen einige Minuten da, ohne zu sprechen. Forain beobachtete, wie der Mann Hals und Schultern hielt; sie waren steif, angespannt. Eine nachmittägliche Quizsendung im Radio schien seine Aufmerksamkeit zu beanspruchen, oder vielleicht gab er nur vor zuzuhören und versuchte sich klar zu werden, ob es eine gute Idee sei, sich an einen Polizisten zu wenden. So ein Vorfall könnte sich gegen den Fahrer kehren, wenn sich herausstellen sollte, daß Forain eine wichtige Person war – sagen wir, der stellvertretende Büroleiter eines Ministers und Kabinettsmitglieds.

Forain wußte, daß er gewonnen hatte. Es dauerte jetzt nur noch Sekunden. Er hörte: »Wie hieß die

Königin von Saba?« »Welche?« »Die König Salomo besuchte.« »Können Sie mir einen Buchstaben nennen?« »B.« »Brigitte?«

Der Fahrer bewegte den Kopf hin und her. Seine Schultern sanken ein wenig. Mit einer tiefen, angenehmen Stimme nannte Forain jetzt die Adresse seines Büros und bot das Kloster Saint Vincent de Paul als Orientierungspunkt an. Er hatte daran gedacht, gleich nach Hause zu fahren und seine Schuhe zu wechseln, aber wenn er sich eine Lungenentzündung holte, war das nichts, verglichen mit dem Verlust der treuen Lisette; je eher er mit ihr reden konnte, desto besser. Sie hätte zum Begräbnis kommen sollen. Damit konnte er beginnen. Er stellte fest, daß er jetzt seit fast drei Stunden nicht mehr an Tremski gedacht hatte. Er machte mit der Inventaraufstellung weiter, seinem Ersatz für ein Gebet. Er war nicht sicher, wo er aufgehört hatte – mit dem Telefon auf Barbaras Schreibtisch? Tremski wollte kein Telefon in dem Zimmer, in dem er arbeitete, doch beim ersten Klingeln rief er durch die Wand: »Wer ist es?« Dann: »Was will er?... *Wo* hat er mich kennengelernt?... Auf der Oberschule?... Sag ihm, ich hab zuviel zu tun. Nein – ich will mit ihm reden.«

Der Fahrer drehte das Radio lauter, dann leiser. »Das hätte mich meinen Job kosten können«, sagte er.

Alle Lichter der Stadt funkelten im dunklen Regen. Durch die kleinen Bäche an einem Fenster gesehen, zeigten sogar die am wenigsten verlockenden Straßen Geglitzer und Wohlstand. Forain glaubte, in Tremskis dunklem Eingang ein Charlie-Chaplin-Plakat gesehen zu haben, Überbleibsel eines polnischen Filmfestivals. Da hatte es auch Kisten und Kasten gegeben, die nie ausgepackt worden waren. Tremski wollte nicht ausziehen, aber in gewissem Sinn war er nie eingezogen. Plötzlich, obwohl er sie nicht wirklich vergessen hatte, fielen Forain die Manuskripte wieder ein, die er Halina entrissen hatte. Sie hatte gesagt, keins davon sei wirklich vollendet, doch was wußte sie schon? Wenn nun nur wenig, sehr wenig ergänzt werden mußte? Zunächst mußten sie von einer kompetenten Person gelesen werden – nicht von seinen sonstigen gewissenhaften und sehr langsamen Gutachtern, sondern von einem aufgeweckten jungen polnischen Kritiker, der auf einen Blick feststellen konnte, was vonnöten war. Lücken zu füllen war eine Frage des Stils und der Logik und konnte genausogut nach der Übersetzung geschehen.

Als sie in der Rue du Bac ankamen, fuhr der Taxichauffeur so nah wie möglich an den Eingang heran, versuchte das Taxi sogar zwischen zwei geparkte Wagen zu drängen, damit Forain nicht in einen Rinnstein mit fließendem Wasser treten mußte. Forain konnte sich wegen des Trinkgeldes nicht entscheiden, ob er dem Mann etwas zusätzlich geben sollte (es stimmte, daß er sich hätte weigern können, ihn irgendwohin zu fahren) oder ob er ihm bewußtmachen sollte, daß er aggressiv gewesen war. »Sie sollten warten, bis Sie dran sind…«, wurmte ihn noch. Schließlich machte er eine für Tremski typische Geste und wehrte Wechselgeld ab, das 35 Prozent des Fahrpreises betragen haben mußte. Er bat um eine Rechnung. Erst als der Mann fortgefahren war, bemerkte Forain, daß er das Trinkgeld nicht in die Gesamtsumme einbezogen hatte. Es war unwahrscheinlich, daß eine schwungvolle Handbewegung à la Tremski je eine Belohnung fand. Das war eine weitere Lehre des Tages.

Über ein Jahr später erwähnte Lisette – die jetzt nur noch verkürzt arbeitete –, daß Halina vergessen hatte, in *Le Monde* die Jahresanzeige von Tremskis Tod zu setzen. Wollte Forain, daß eine erschiene, im Namen des Verlags? Ja, natürlich. Es wäre falsch zu behaupten, daß er die Wohnung und alles darin vergessen hatte, doch das Inventar, die imaginäre Kamera, die sich durch die Zimmer bewegte, erfüllte ihn mit Ungeduld und einem Gefühl vergeblicher Mühe. Seine Gedanken hielten inne bei der schmalen Couch mit der braunen Decke, Halinas Bett, und er sagte sich: Was für ein Paar die beiden waren. Das Mädchen tat recht daran, wegzulaufen. Sobald er den Gedanken zu Ende gedacht hatte, legte er die Hand über den Mund, als wolle er die Worte daran hindern, herauszukommen. Er ging noch einen Schritt weiter – neigte den Kopf, wie Tremski auf Barbaras Beerdigung, und versprach sich, daß er alles so im Gedächtnis behalten würde, wie es einst gewesen war, nicht wie es ihm jetzt erschien. Doch die Wohnung war geräumt worden, und Tremski war verschwunden. Eine große Schar Leute hatten ausführlich an seiner Bahre gebetet, und das einzige Vergnügen, das er aus der gegenwärtigen Szene hätte schöpfen können, bestand darin, Forain dabei zu beobachten, wie er sich ohne Grund zum Narren machte.

Im Büro gab es auch Veränderungen. Lisette hatte sich einverstanden erklärt, noch so lange zu bleiben, bis eine neue Kraft angelernt war – ein dünnes, hübsches Mädchen, das zu der jüngsten, nicht politischen Auswanderungswelle gehörte; sie trug einen kurzen Lederrock, sagte, Geld bedeute ihr nichts, sondern sie liebe die Literatur und wolle ihr Leben nicht damit verschwenden, eine langweilige Arbeit zu tun. Sie kam mit Halina gut aus und hatte Forain sogar das eine oder andere schwierige Treffen erspart. Als sie sich allmählich an ihr neues Leben gewöhnte, beeilte sie sich herumzuerzählen, daß Forain Barbaras Liebhaber gewesen sei und einen hübschen und teuren Mantel nicht hergeben wollte, der Tremski gehört hatte. Ein posthumes Manuskript Tremskis von Romanlänge war fast fertig für die Druckerei, und ein letztes Kapitel war aus Bruchstücken, die er zurückgelassen hatte, zusammengebaut worden. Das neue Mädchen, sprachbegabt, verglich die beiden Versionen und sagte, er würde zugestimmt haben; und als Forain einen Augenblick sichtlich zweifelte und zögerte, konnte sie ihn daran erinnern, daß Tremski schließlich nie gewußt hatte, was er wollte.

Die Lage der Dinge

Wegen seines fortgeschrittenen Alters und weil er keine nahen Verwandten hat, erhält Monsieur Wroblewski wenig private Post. Die meisten Freunde aus seiner Jugendzeit in Warschau sind tot, und die noch leben, haben nicht viel zu erzählen, außer von ihren Enkeln, und man kann keinen Briefwechsel über völlig fremde Menschen führen. Selbst die Großeltern kennen sie nur durch Farbfotos oder als schrille, schüchterne Stimmen am Telefon. Sie sagen kaum etwas auf polnisch und haben englisch klingende Namen – ihre Eltern sind, sobald sie konnten, emigriert. Monsieur Wroblewskis Frau hat eine Nichte in Canberra: Teresa, Frau von Stanley, Mutter von Fiona und Tim. Er hebt ihre Fotos geordnet in großen braunen Umschlägen auf. Sollten sich Teresa und ihre Familie je zu einem Parisbesuch entschließen, dann würde er ihre munteren Gesichter überall in der Wohnung verteilen.

Man könnte meinen, daß die veränderten Verhältnisse in Osteuropa etwas Hoffnung in die Nachrichten aus Warschau mischen würden, doch seine Briefpartner, die wenigen, die übriggeblieben sind, klingen entmutigt, mißtrauisch. Alles kostet zuviel. Die jungen Leute sind dumm und unhöflich. Die Umgangssprache ist verlottert. Geldbörsen werden auf Kirchenstufen gestohlen. Es gibt keine Bücher, die es zu lesen lohnt – nichts als Pornographie und übersetzter Kitsch aus dem Westen. Vor kurzem hatte ihm ein Freund, den er seit fünfzig Jahren nicht gesehen hatte, mit dem er aber in Verbindung geblieben war, einen langen Brief geschickt. Der Freund war aufgefordert worden, seine Ghettoerlebnisse im Krieg in einem Rundfunkgespräch zu schildern. Das Resultat war, daß er per Post Beleidigungen und Beschimpfungen bekam. Es gab sogar eine Morddrohung. Er ist ein alter Mann. Genug ist wirklich genug. »Was das betrifft, hat sich nichts geändert«, schrieb er. »Es ist im Kopf, im Blut und in den Knochen. Dich meine ich nicht damit. Du bist immer anders gewesen.«

Ein Kompliment, ja, doch keiner will ausgesondert, geprüft, kontrolliert, als Ausnahme bezeichnet werden. »Dich meine ich nicht damit« ruft Verlegenheit und schmerzliche Gefühle hervor. Vielleicht hatte Monsieur Wroblewski vor langer Zeit als junger Mann, unbedacht und herzlich, dasselbe zu seinem Freund gesagt: »Du bist natürlich völlig anders. Ich spreche von all den anderen.« Hätte er das sagen können? Er wäre gern in der Lage gewesen, seinem Freund ein Flugticket nach Paris zu schicken, ihm ein bequemes Zimmer zu besorgen und diskret die Hotelrechnung zu bezahlen, ihn zum Essen einzuladen: Monsieur Wroblewski, sein Freund und Magda um den kleinen Tisch im Wohnzimmer sitzend, mit dem leuchtenden grünen Lampenschirm und den zugezogenen grünen Gardinen; oder im »Chez Marcel«, wo er mit Magda hinzugehen pflegte. Der Besitzer würde sich an sie erinnern, ihnen Cognac zu ihrem Kaffee ausgeben – jovial, großzügig, einladend – Ein Europa, Eine Welt.

Siehst du, würde Monsieur Wroblewski seinem Freund sagen. Es gibt Lichtblicke.

Es ist ein sanfter Herbst, feucht und mild. Zwischen Regenschauern füllen sich die Boulevards mit Leuten, die dort schlendern, als wäre es Sommer. Er sitzt im

»Atelier«, dem neuen Lokal gleich neben dem »Select«, und entwirft und verwirft eine Antwort an seinen Freund. Sein Hut und Stock liegen auf einem Stuhl; sein Hund, ein folgsames Tier, liegt darunter. Das »Atelier« wurde in den achtziger Jahren eröffnet, aber für ihn ist es immer noch »das neue Lokal«. Es wirkt so, als wäre es schon seit einer Ewigkeit im Montparnasse. Die Platzdeckchen zeigen ein reifes Modell, das einer Malklasse vor annähernd drei Generationen sitzt. Zeitungen befinden sich, wie früher üblich, in hölzernen Haltern. Die Kellner sind geduldig, außer wenn die Reaktion eines Kunden auf übergelaufene Flüssigkeit in der Untertasse als Affront gewertet wird. Auf der anderen Seite der Straße sieht man in den verspiegelten Glaswänden des Gebäudes, das sich jetzt über die Coupole erhebt, einen Île-de-France-Himmel – wäßriges Blau mit einem dünnen Wolkenvorhang. Wenn man an den vordersten Tischen sitzt, kann man von bettelnden Ausländern belästigt werden, einige davon Kinder. Monsieur Wroblewski hat immer Münzen in der Tasche, die er verteilt, bis keine mehr da sind. Viele Zeitungsartikel gab es, die ihn davor warnten – das Geld werde für die brutalen und zynischen Männer gesammelt, die die Kinder auf die Straße schicken.

Sein Freund in Warschau ist geistig sehr rege, er besitzt ein erstaunliches Gedächtnis für Ereignisse, nach ihrem zeitlichen Ablauf geordnet. Wenn er jetzt in diesem Moment hier wäre, würde er einen historischen Kontext für alles finden: für das neue Gebäude und seine Spiegelwände, für das Aktmodell, für das bettelnde Mädchen mit seinem langen Zopf und dem Diamantpünktchen im Nasenflügel. Wer konnte, nachdem er die Stimme eines alten Mannes im Radio gehört hatte, sich hinsetzen und einen Drohbrief verfassen? Alles, was Monsieur Wroblewski sehen kann, sind die krummen Schultern eines Mannes, seinen feisten Nakken. Doch nein, sein Freund könnte sagen: Ich habe sein Gesicht gesehen, das schmal und fein ist. Worauf hoffst du noch? Was kannst du noch erwarten? So viel zu deinen Lichtblicken.

Und so würden sie den ganzen Nachmittag lang und bis in den Abend hinein sich ihre Visionen erzählen, während die Lichter im Café immer heller wurden und die Bäume draußen mit der Nacht verschmolzen. Vielleicht hätte sein Freund Vergnügen daran, jemand ganz Neuen kennenzulernen, weit weg vom düsteren Rätsel des Mannes und des Briefes mit der Morddrohung. Leider sind die meisten Pariser Bekannten von Monsieur Wroblewski verschwunden oder in entfernte Städte und Vororte gezogen (alles scheint so weit weg), oder sie haben sich in eine geistige Region zurückgezogen, die einer gewundenen, hohlen Muschel gleichen muß. Wenn er seiner Frau einen Brief aus Canberra vorliest, gibt er acht, daß er die englischen Ausdrücke, die Teresa ganz selbstverständlich einstreut, übersetzt. Magda verstand früher Englisch, aber jetzt wird sogar ihr Französisch dünn. Ehe er das Briefende erreicht hat, wird sie ihn vier- oder fünfmal gefragt haben: »Von wem ist er?« – obwohl er ihr die Unterschrift und die bunten australischen Briefmarken gezeigt hat. Oder sie überrascht ihn vielleicht mit einer passenden Frage: »Kommen sie zu Weihnachten nach Hause?« Niemand kann sagen, was Magda mit nach Hause meint. Sie sagt vielleicht zu ihm: »Kann mein Vater dich leiden?«, oder sogar: »Wo wohnst du?«

Sie benutzt seinen Kosenamen, sagt »Maciek und ich«, weiß aber nichts von ihm. Sie kann Karten spielen, einen Brief schreiben – es ist nie klar, an wen –, und er gibt vor, ihn zu frankieren und abzuschicken. Wenn er eine mögliche Adresse erfunden hat, hat sich die Episode in Luft aufgelöst. Sie starrt den Umschlag an. Wovon spricht er? Sie schwebt zwischen Dunkelheit und Licht, wenn der letzte Traum der Morgendämmerung rasch zerfällt und das Bewußtsein des Morgens noch kaum Fuß gefaßt hat. In diesem Bruchteil einer Sekunde lebt sie den ganzen Tag lang.

Heute morgen, als er das Tablett mit ihrem Frühstück hereinbrachte, fand er einen Brief auf dem Teppich liegen. Ihre Handschrift ist jetzt größer als vorher, leicht zu lesen:

Mein liebster Schatz!

Maciek unterrichtet, und ich auch! An der polnischen Oberschule in Paris! Er unterrichtet Französisch. Ich unterrichte Algebra und Musik. Unsere Schüler sind brav. Wir haben Nansen-Pässe! Sie lassen sich weit öffnen, wie ein Akkordeon. Nur wenige glückliche Leute dürfen Nansen-Pässe haben! Sie sind sehr alt! Nur wenige können sie haben. Maciek unterrichtet Französisch.

Deine Dich liebende
Magda.

Alles in dem Brief stimmt, wenn man sich vorstellt, daß es sich heute vor ungefähr fünfundvierzig Jahren zugetragen hat. Er sagte: »Was für ein netter Brief. Ist er für Teresa?«

Sie setzte sich im Bett auf, nahm Tee an. »Was ist Preußen?«

Die Preußen-Frage ist neu. Vielleicht schrie jemand in einem der zerrissenen Träume »Preußen!«, mit einer Traumstimme, die Worte und Namen in dramatische Behauptungen verwandelte. Sie blickte zum Fenster, schlürfte ihren Tee. Sie konnte (wenn sie überhaupt etwas wahrnahm) die große Garage an der Ecke sehen und wenigstens einen der Bäume auf dem Boulevard Raspail.

»Sie haben einige Bäume gefällt«, bemerkte sie vor nicht allzu langer Zeit, als sie mit ihm um den Block ging. Sie hatte recht; er war es, der die Lücken nicht wahrgenommen hatte, obwohl er an jedem Tag seines Lebens den Boulevard entlanggeht.

Solange man nicht den Versuch macht, eine lebendige Unterhaltung zu führen, fällt einem nichts auf. Wenn er sie nachmittags zum Tee und einem Stück Obstkuchen ausführt, wirkt sie vornehmer und beherrschter als die meisten der alten Damen an den anderen Tischen. Sie krümeln schrecklich herum, füttern ihre ungezogenen Schoßhündchen mit Kuchenrändern, quälen den Kellner mit Fragen, die genauso eintönig und ermüdend sind wie eine von Magdas Fragen: Warum steht diese Tür offen? Warum macht keiner die Tür zu? Warum lassen Sie dann die Tür nicht reparieren? Das Unangenehme bei Magda ist nur, daß man sie nicht eine Minute lang allein lassen kann, sonst ist sie schon auf der Straße und versucht, in einen Bus einzusteigen, unterwegs, zum Solfeggio-Unterricht an einer polnischen Schule, die nicht mehr existiert.

Der Vormittag ist die langsame Zeit, wenn sie keine blasse Ahnung vom Umgang mit Knöpfen, Reißverschlüssen, einem Kamm, einer Zahnbürste haben will. Marie-Louise, die auf Martinique geboren wurde, kommt um neun, an fünf Tagen der Woche. Sie weiß, wie sie Magda aus dem Bett und in ihre Sachen locken kann. (Ein Bad kann eine Dreiviertelstunde dauern.) Schließlich ist sie ordentlich angezogen, sitzt händchenhaltend mit Marie-Louise vor dem Fernseher und sieht sich ein Programm mit Cartoons oder einer Kochstunde oder mit einem Kapuzenmann an, der eine amerikanische Bank überfällt. Immer noch Marie-Louises Hand umklammernd, sagt sie vielleicht auf polnisch: »Wer ist diese Frau? Ich mag diese Frau nicht. Sag ihr, sie soll weggehen.«

Marie-Louise wird vom städtischen Sozialamt geschickt und kostet sie nichts. Die Vorschriften sind streng: Arbeiten im Haushalt sind nicht gestattet, doch sie kann aus Gefälligkeit die Waschmaschine in Gang setzen oder für Magdas Mittagessen ein Birnen-Apfel-Kompott machen. Inzwischen erledigt er die Einkäufe und führt den Hund aus. Wenn Marie-Louise sagt, daß sie bis zum Mittag bleiben kann, geht er zum Montparnasse und liest die Zeitungen. Die weißen Markisen und Schirme im »Atelier« erinnern ihn an den Süden, als er sich Nizza und Monaco noch leisten konnte und es dort noch nicht so überlaufen war. Er fuhr mit Magda immer zu Ostern hinunter, in der dritten Klasse reisend. Er kann in Gedanken jeden Schritt ihrer Ferienrunde noch einmal gehen: Strand am Vormittag, selbst wenn Ostern in den März fiel und die See zu kalt war, um darin zu waten; ein Picknick mit Brot, Käse und Obst, verzehrt in Liegestühlen an der Strandpromenade; eine Ruhepause; ein langer Spaziergang, dann Anlegen von makellosen, gebügelten Sachen – Creme- und Elfenbeintöne für Magda, Beige oder leichtes Marineblau für ihn. Ein Aperitif unter einer weißen Markise; Dinner in der Pension. (Im Speisesaal blieben die Wroblewskis für sich.) Nach dem Essen ein Besuch im Casino – nicht um zu spielen, sondern um die zivilisiertesten Leute Westeuropas mit ihrem Geld um sich werfen zu sehen. Heutzutage müßte man Millionär sein, um so leben zu können.

Im Montparnasse schaltete gestern eine Frau, die ganz allein saß, ein kleines Radio an. Die Musik hörte sich wie früher Mozart oder später Haydn an. Keiner beschwerte sich, und daher sagten die Kellner nichts. Vor der Musik im Hintergrund versuchte er, seinen genauen Wert auszurechnen, in Summen, die nichts mit Geld zu tun haben. Er hätte vor jedem Gericht, irdisch oder himmlisch, beschworen, daß er vor keinem gekrochen war. Die Musik hörte auf, und eine langweilige, kultivierte Stimme begann zu beschreiben, was gerade gespielt worden war. Die Frau schnitt die Stimme ab und steckte das Radio wieder in ihre Handtasche. Für kurze Zeit schien das Café wie erstorben; dann nahm er allmählich Gespräche wahr, das Klappern von Löffeln, Schritte, vorbeifahrende Autos – Geräusche, die so vertraut waren, daß sie auf Stille hinausliefen. Natürlich hatte er gebettelt. Gefleht hatte er – um genug zu essen, um Erlösung von Schmerzen, um einen Paß, um Arbeit. Bruchstücke von Episoden, mit Achselzucken abgetan, hinter sich gelassen, lagen auf den Wegen herum. Nur einer, der sich grauen Dämmerungen verpflichtet fühlte, würde umkehren und sie untersuchen. Da könnte man auch jeden Brief, den man beschmutzt in der Gosse liegen sah, aufsammeln und das Sortiment dann als Autobiographie bezeichnen.

Bestimmt hatte es einige Tugenden gegeben. Zum Beispiel hatte er nie versucht, eine Vergünstigung durch Betrug zu ergattern. Manche Leute bauen ihr ganzes Leben auf Betrügereien auf. Sie versuchen sogar, sich eine Schachtel von den Pralinen zu ergaunern, die der Bürgermeister von Paris in der Weihnachtszeit verteilt. Diese Möchtegernhochstapler sind vielleicht in den Fünfzigern und Sechzigern, zu jung, um auf die Bürgermeisterliste zu kommen. Oder sie haben ein hohes Einkommen und sollten wirklich für ihre Freuden selbst bezahlen. Tatsächlich sind es die Reichen, die schäbige Sachen anziehen und in das Rathaus ihres Stadtteils schlendern, einen Geschenkgutschein schwenkend, der kein Kind hinters Licht führen würde. Und sie könnten sich eine Tonne Pralinen kaufen, ohne in Geldnöte zu geraten!

Die Wroblewskis, weder wohlhabend noch notleidend, erhalten ihr alljährliches Geschenk auf korrektem und gesetzlichem Weg. Ungefähr vor vier Jahren kam eine Nachricht, die Magda Zaleska, verheiratete Wroblewska, zum Erhalt des Bürgermeistergeschenks berechtigte. Damals fing es gerade erst an, daß sie bei ganz einfachen Angelegenheiten Anzeichen von Verstörung zeigte, und deshalb ging er an ihrer Statt, nahm ihren Paß mit, einen Mietvertrag, den sie mitunterzeichnet hatte, und einen erklärenden Brief, den er geschrieben und von ihr hatte unterschreiben lassen. (Keiner wollte ihn lesen.) Er weiß noch, wie er mühsam treppauf, treppab gewandert ist, ehe er auf ein handgeschriebenes Schild stieß: »Pralinen – Gutschein und Ausweis vorzeigen«.

Es zeigte sich, daß die Schachtel von verblüffender Größe war, zu groß für eine Schublade oder ein Küchenregal. Wochenlang stand sie auf dem Fernseher. (Sie machten sich beide nichts aus Schokolade, außer hin und wieder ein Stückchen der bitteren Sorte zum starken schwarzen Kaffee.) Schließlich packte er die Hälfte in eine Blechbüchse, die polnische Freunde in England benutzt hatten, um den Wroblewskis ein Geschenkpaket mit Butter- und Vollkornkeksen zu schicken, und sandte sie an eine entfernte Cousine von Magda. Die Cousine antwortete, daß sie Schokolade auch in Warschau bekäme, sich aber über ein Paket Waschmittel oder etwas Seife, die einem nicht die Haut wegfraß, freuen würde.

Er hatte einige der Pralinen vom letzten Jahr als Geschenk für die Concierge verwendet, hatte sie vorteilhaft in ein Weidenkörbchen gepackt, das er zusammen mit getrockneten Aprikosen gekauft hatte. Sie entfernte das Band und das geblümte Papier, legte beides zusammen und rief: »Ah! Die Bürgermeister-Pralinen!« Er wundert sich immer noch, wie sie das wissen konnte – sie sind von ausgezeichneter Qualität und sehen genau wie alle anderen Pralinen aus, die man im Fenster eines Süßwarenhändlers sehen kann. Vielleicht steht sie auch auf der Liste und schickt ihre an Verwandte in Portugal. Das scheint kaum möglich; sie sind für Ältere und Bedürftige bestimmt, und sie ist kaum vierzig. Vielleicht ist sie eine der raffinierten Personen und hat zu Betrug gegriffen – zu einer gefälschten Geburtsurkunde. Was soll's? Sie ist eine anständige Frau, tüchtig und freundlich. Ein Mann, von dem er gehört hat, soll eine eidesstattliche Erklärung ausgeklügelt haben, daß er zu bedürftig sei, um seine jährliche Fernsehgebühr zu bezahlen, und damit durchgekommen sei – hier in Paris, wo angeblich über jeden Einwohner Rechenschaft abgelegt werden soll; wo das ganze Leben jedes rechtmäßigen Einwanderers in einem Computer gespeichert oder zwischen die mit ausgefranstem Baumwollband zusammengehaltenen Pappdeckel einer Akte gestopft ist.

Wenn er Magda ihr Frühstückstablett bringt, sieht er aus, als wäre er unterwegs zu einer wichtigen Verabredung – sagen wir, mit dem Zweigstellenleiter der Bank oder dem Bürgermeister persönlich. Er bleibt auf seiner Seite der Grenze zwischen Schlafen und Wachen, beobachtet sein eigenes Verhalten, ob es Symptome der Ansteckung zeigt – verschwommene Zeitvorstellungen, Vergessen von Namen, Abschweifen bei einer Unterhaltung. Er ist fit, sieht gut, kann noch hören, wenn die Concierge Briefe unter der Tür durchschiebt. Er war zehn Monate in Dachau, im letzten Kriegswinter und -frühling, und hat für jeden Monat einen Zahn verloren. Sie sind ersetzt worden, auf billige, zufällige Weise – besser als gar nicht. Die Deutschen zahlen ihm eine monatliche Rente, von der er seine Telefonrechnung begleichen kann und noch ein wenig übrigbehält. Er steht weit unten auf der Wiedergutmachungsliste. Vor allem war er, wie der deutsche Rechtsanwalt, der sich mit der Klage befaßte, deutlich machte, zu der Zeit ein erwachsener Mann. Er hatte eine abgeschlossene Ausbildung. Er hatte einen Beruf. Eine Fremdsprache kann man überall auf der Welt unterrichten. Als der Krieg zu Ende war, brauchte er nur weiterzumachen wie früher. Er kann sich nicht darauf berufen, daß die zehn Monate ein nicht wiedergutzumachender Einschnitt waren, mit einem Vorher und einem Nachher, oder sogar eine Vergeudung von Leben. Als er die deutsche Rente einem Steuerberater erklärte, wurde er gefragt, ob er in der Wehrmacht gedient habe. Ihm wird schwindlig, wenn er den Kopf neigt – zum Beispiel über eine ausgebreitete Zeitung –, und er nimmt jeden Tag eine grün-weiße Kapsel, um sein Herz zu stabilisieren.

Sobald Marie-Louise an der Haustür klingelt, zerrt der Hund die Leine von ihrem Platz im Flur und läßt sie ihm vor die Füße fallen. Hector ist ein junger Schnauzer mit drahtigem Fell und einer fröhlichen Veranlagung, der auf Rat ihres Arztes als Mittelpunkt des Interesses für Magda gekauft wurde. Er wird sein Herrchen bestimmt überleben. Monsieur Wroblewski hat schon vorgesorgt – die Concierge wird ihn übernehmen. Sie kann es kaum erwarten. Manchmal sagt sie zu Hector: »Da sind wir ja, nur wir beiden«, als wäre Monsieur Wroblewski schon gar nicht mehr da. Das Ausführen von Hector erscheint immer schwieriger. Die Pariser parken ihre Autos ohne einen Zoll Zwischenraum; hinter ihnen fliegt der Verkehr vorbei wie Hagelkörner im Sturm. Als ausgerechnet Magda bemerkte, daß die paar Bäume nicht mehr da waren, spürte er unvernünftigen Ärger, als hätte man alles, was ihm wichtig war, mit Stumpf und Stiel ausgerottet. Warum lassen sie uns nicht in Frieden? dachte er. Seit geraumer Zeit führte er stille Gespräche mit keinem im besonderen. Dann kam der Brief, und er begann, seinen Freund anzusprechen. Er vermeidet bestimmte Wörter wie »Problem«, »Schwierigkeit«, »Katastrophe« und sagt statt dessen »Lage der Dinge«.

Die Nansen-Pässe werden eingezogen. Drei Leute, die er kennt, zwischen einundachtzig und achtundachtzig Jahren alt, haben Briefe vom französischen Außenministerium bekommen – das Büro, das für diese seltenen und besonderen Pässe zuständig ist, wird geschlossen. Polnische politische Flüchtlinge gibt es nicht mehr. Sie sind zu polnischen Staatsbürgern geworden (das hören sie jetzt zum ersten Mal) und sollten sich bei ihrer eigenen Botschaft um geeignete Dokumente bemühen. Zwei der neuen Staatsbürger sind ein Graveur, der immer noch in einem nicht beheizbaren Atelier am entgegengesetzten Ende des Montmartre arbeitet, und eine andere Künstlerin, die einst eine starke, erstaunliche Porträtstatue von Magda modelliert hat. Sie konnte sich den Guß nicht leisten, und das Original ging entzwei oder verloren – er weiß es nicht mehr. Durch ein Kunstwerk begriff er die Schönheit seiner Frau. Bis dahin war er stolz auf ihren Charme und ihre Vornehmheit gewesen. Er beobachtete sie gern am Piano; vielleicht beobachtete er mehr, als daß er zuhörte. Der dritte ist ein früherer Literaturkritiker, spezialisiert auf Osteuropa, der irgendwann in eine Depression verfiel und sich nicht mehr mit Literatur abgab.

»... und daher sind wir, ipso facto, polnische Staatsbürger«, sagte der Graveur am Telefon zu Monsieur Wroblewski. »Was werden sie mit uns machen? Uns nach Polen zurückschicken? Fallen wir jetzt unter eine Einwanderungsquote? In unserem Alter bleiben wir lieber staatenlos.« Vielleicht stimmte das. Sie reisen nie und brauchen keine Pässe. Jeder von ihnen hat eine Wohnung, ein gewisses Einkommen. Zwei von den dreien verdienen in der Tat noch Geld. In gewisser Weise sorgt einer für den anderen.

Keiner hat etwas unternommen. Wie der Graveur sagt, wenn man es mit weltweiter Bürokratie zu tun hat, ist es klüger, sich nicht zu rühren. Wenn man sich nämlich zu einer Reaktion aufgerafft hat, können sich alle Vorschriften schon wieder geändert haben.

Das stimmt und stimmt nicht. Man kann still und leise einen Schachzug tun, ohne einen Aufstand zu verursachen. Monsieur Wroblewskis Verhalten ist immer auf Verteidigung ausgerichtet. Möglicherweise streicht irgendein Ministerialbeamter Namen in alphabetischer Reihenfolge und ist noch keineswegs in der Nähe der Namen mit »W«. Nach mehreren Anläufen hat er einen Brief, in dem er um die französische Staatsbürgerschaft ersucht, an den Quai d'Orsay geschrieben und abgeschickt. Er hätte sich natürlich schon vor Jahren darum bewerben können, doch früher waren Ablehnungen so häufig, daß man von Anfang an entmutigt wurde. Als Magda und er dann ihre Arbeit, ihre Wohnung, ihre kostbaren Pässe hatten, war das Letzte, was sie wollten, noch ein Formular auszufüllen, sich in noch einer Schlange anzustellen. In dem Brief erwähnte er Flüchtlinge, Einwanderungsquoten oder eine andere Staatsbürgerschaft als die französische nicht, doch er wies auf die vielen Jahre hin, die er in Frankreich gelebt hatte, auf sein fließendes Französisch und seine Bewunderung für die Kultur. Er erwähnte die alten historischen Bindungen zwischen Polen und Frankreich, kam kurz auf die Geschichte von Napoleon und Madame Walewska zu sprechen und erinnerte das Ministerium daran, daß er nie im Rückstand mit der Miete gewesen war oder sein Konto überzogen hatte.

(Den Brief hatte er nun vor einem reichlichen Monat abgeschickt. Bis jetzt ist noch kein Wort vom Quai d'Orsay gekommen – ein hervorragendes Zeichen. Man fährt vollkommen sicher, wenn die Ämter schweigen.)

Inzwischen gibt es wieder etwas Neues. Vor ungefähr drei Wochen hat er einen Brief von der Bank bekommen, auf einer richtigen Schreibmaschine geschrieben, mit richtiger Tinte unterzeichnet – keine Broschüren, keine Faltblätter, keine Bilder von einem weißhaarigen Ehepaar, das der Sphinx ins Auge blickt oder sich an Venedig erfreut. Da war nur die persönliche Botschaft und noch etwas: ein Zertifikat. »Zertifikat« war zusammen mit seinem korrekt geschriebenen Namen in fetten schwarzen Lettern gedruckt. Eine Madame Carole Fournier von der Kundenberatung ersuchte ihn, das Zertifikat zu unterschreiben, einen Termin zu vereinbaren und es an ihrem Schreibtisch abzugeben. (Ihre eigene Unterschrift wirkte auf ihn offen und zuverlässig, wenn auch noch wenig lebenserfahren.) Laut Madame Fournier, und aus nicht erklärten Gründen, war er unter einer Handvoll von Kontobesitzern – auf ihre Art Aristokraten –, denen die Bank einen Barkredit von fünfzehntausend Franc anbot. Der Kredit war kein Darlehen, kein Überziehungskredit, sondern ein Fonds, aus dem er jederzeit schöpfen konnte, ohne Zinsen zu bezahlen, wenn er Geld brauchte, aber seine Ersparnisse nicht antasten wollte. Die von diesem Fonds abgehobenen Summen würden in monatlichen Raten zu zweitausend Franc von seinem Girokonto zurücküberwiesen. Es waren keine Zinsen oder Überziehungsgebühren zu zahlen – diesen Teil las er zweimal.

Für fünfzehntausend Franc könnte er nach Australien fliegen, nahm er an, oder eine Kreuzfahrt in die Karibik machen. Er könnte Magda einen luxuriösen Pelzmantel kaufen. Nichts dergleichen würde er tun, doch das Angebot war großzügig und sollte nicht kurzerhand abgelehnt werden. Er hatte mit seinem ersten

Gehaltsscheck in Frankreich ein Konto eröffnet; vielleicht wollte die Bank Dankbarkeit für jahrelange Treue zeigen. Neben seinem Girokonto besaß er zwei Sparkonten. Eins davon ist steuerfrei, per Gesetz auf eine Einlage von fünfzehntausend Franc beschränkt – zufällig der gleiche Betrag, der ihm nun angeboten wurde. Manche, nahm er an, würden zugreifen und die ganze Summe verplempern, um danach niedergeschlagen zu sein und es zu bereuen, während sie zusahen, wie ihr Girokonto Monat für Monat zusammenschmolz. Das Geschenk war ein bunter Luftballon mit einem langen Strick daran. Der Strick konnte von Hand zu Hand gereicht werden – zur Bank und wieder zurück. Er sah sich den Strick festhalten.

Ehe er Gelegenheit hatte, etwas in der Sache zu unternehmen, hatte er auf der Straße einen Schwindelanfall und mußte in eine private Kunstgalerie hineingehen und darum bitten, sich setzen zu dürfen. (Sie nahmen es nicht sehr freundlich auf. Es gab nur einen Stuhl, auf dem eine Dame saß, die Umschläge adressierte.) Sein Arzt verordnete ihm eine Woche Ausspannen, wenn möglich, weit weg von zu Hause. Die erforderlichen Vorkehrungen – jemanden zu finden, der in der Wohnung schlief, zwei andere Leute, die nachmittags und am Wochenende kamen – waren anstrengender, als einfach weiterzumachen; aber er gehorchte, ließ nichts ungetan, übergab Hector der Concierge und nahm den Zug nach Saint-Malo. Vor Jahren, in einer Zeit der Personenzüge und zugigen Hotels, war er mit einigen seiner Schüler dorthin gefahren. Ohne zu murren, aßen sie trockene Sandwiches und Äpfel und warfen die Gehäuse von der Stadtmauer. Diesmal war er zu einer nassen Jahreszeit allein hier. Unter einem Schirm, von dem der Regen strömte, spazierte er wieder auf der Stadtmauer, und als der Himmel aufklärte, besuchte er Chateaubriands

Grab; und vom Rand des Grabes taxierte er das Meer. Auch hierher hatte er seine Schüler geführt und ihnen alles über Chateaubriand erzählt (alles, was sie begreifen konnten), aber er hatte nicht gesagt, daß Sartre auf das Grab uriniert hatte. Vielleicht hätten sie darüber gelacht.

Er verließ das Grab und das Meer und machte sich wieder auf den Weg in die ummauerte Stadt. Er dachte an andere Verletzungen und an den Unflat, der über stille Leben hinwegspülen kann. Die erleuchteten Fenster wirkten an dem dunklen Nachmittag unnahbar, als erteilten sie ihm eine gedankenlose Abfuhr. Er würde seinem Freund schreiben: »Als ich die Fenster fremder Leute anstarrte, fragte ich mich, was ich da suchte, wo ich doch ein eigenes Heim habe.« Am nächsten Tag tauschte er seine Platzkarte um und fuhr nach Paris zurück, noch ehe die Woche um war.

Magda erkannte ihn, wußte aber nicht, daß er fortgewesen war. Sie fragte, ob ihn der Nachbar gestört habe, der die ganze Nacht auf dem Klavier Schubert gespielt habe. (Vielleicht gab es den Musiker wirklich, dachte er manchmal, und nur Magda konnte ihn hören.) »Du mußt ihm sagen, er soll aufhören«, sagte sie. Er versprach es.

Madame Carole Fournier, von der Kundenberatung, entpuppte sich als attraktive junge Frau, vielleicht ein bißchen schmal im Gesicht. Ihre eingesunkenen Wangen verliehen ihr ein vogelähnliches Aussehen, aber als sie sich dem Computerbildschirm neben ihrem Schreibtisch zuwandte, erinnerte ihn ihr Profil an eine Schauspielerin, Elzbieta Barszczewska. Als die Barszczewska am Ende eines Films, der *Die Aussätzige* hieß, in ihrem weißen Brautkleid starb, trauerte ganz Warschau. Verglichen mit der Barszczewska, war Pola Negri nichts.

Das Plastikgestell von Madame Fourniers Brille paßte zu den zwei roten Kämmen in ihrem Haar. Ihr Büro war eine weiße Kabine mit einem großen Fenster und ohne Tür. Ihr Computer hatte, wie alle anderen, die er in der Bank gesehen hatte, einen azurblauen Bildschirm. Er gemahnte an das Unendliche. Auf seiner himmelblauen Fläche konnte er, ohne sich anzustrengen, ihn betreffende Fakten lesen: sein Geburtsdatum, zum einen. Zwischen weißen vertikalen Jalousiestäben hindurch bemerkte er eine Bäckerei und die Post, wo er Briefmarken kaufte und Briefe aufgab. Hector, zwischen angeketteten und mit Schloß versehenen Fahrrädern an eine Metallstange gebunden, war knapp außerhalb des Blickfelds. Wenn das Fenster offen gewesen wäre, hätte man sein klagendes Gebell hören können. Monsieur Wroblewski wollte aufstehen und sich überzeugen, daß der Hund nicht entführt worden war, aber das hätte bedeutet, die reizende Madame Fournier zu stören.

Sie blickte noch einmal auf den blauen Bildschirm und wandte sich dann wieder einem vierseitigen Fragebogen auf ihrem Schreibtisch zu. Er hatte eine freundliche Begrüßung erwartet. Bisher war es eine Befragung gewesen. »Es tut mir leid«, sagte sie. »Das ist meine Arbeit. Ich muß Sie das fragen. Sind Sie sechsundsechzig oder darüber?«

»Ich bin geschmeichelt, daß Sie einen Zweifel daran hegen können«, begann er. Sie wirkte so jung; seine Stimme hatte einen ganz klein wenig neckenden Ton. Sie hätte seine Enkelin sein können, wenn die Generationen so aufeinanderfolgten, wie es die Statistik wollte. Er hätte seinem Freund in Warschau ihr Bild schicken können: rote Kämme, kleine Hände, Sternzeichenanhänger (Zwillinge) an einer Kette. Auf der gegenüberliegenden Straßenseite kam ein Junge mit mehreren Baguetten, vielleicht für ein Restaurant, aus der Bäckerei. Sie wartete. Wie lange wartete sie schon? Sie hielt einen Stift über dem Fragebogen in der Luft.

»Ich habe meinen sechsundsechzigsten Geburtstag am Tag von General de Gaulles Tod gefeiert«, sagte er. »Ich meine damit nicht, daß ich den Tod dieses erstaunlichen Mannes gefeiert habe. Er stimmte mich sehr traurig. Ich war mit meiner Frau im Theater. Sie gaben *Ondine* mit Isabelle Adjani. Es war ihre erste bedeutende Rolle. Sie muß siebzehn gewesen sein. Sie war der Schwarm von Paris. Reizend. Eine Nymphe. Nach dem Applaus kam der Theaterdirektor vor den Vorhang, wandte sich an die Zuschauer und sagte, daß der Präsident gestorben sei.« Sie schien immer noch zu warten. Er fuhr fort: »Den Zuschauern verschlug es den Atem. Wir gingen schweigend hinaus. Meine Frau sagte schließlich: ›Der arme Mann. Und wie traurig, genau an deinem Geburtstag.‹ Ich sagte: ›Das ist Geschichte.‹ Wir gingen im Regen nach Hause. Damals konnte man nach Mitternacht auf der Straße laufen. Es war nicht gefährlich.«

Ihr Gesicht drückte Verständnis nur beim Namen Isabelle Adjani aus. Er fühlte sich verpflichtet, hinzuzufügen: »Ich glaube, ich habe mich geirrt. Es war doch nicht Präsident de Gaulle. Es war Präsident Georges Pompidou, dessen Tod in allen Theatern von Paris bekanntgegeben wurde. Ich bin mir nicht sicher wegen der Adjani. Meine Frau hob immer alle Theaterprogramme auf. Ich könnte nachschauen, wenn es Sie interessiert.«

»Die Frage ist, ob Sie sechsundsechzig oder darüber sind«, sagte sie. »Sie müssen eine besondere Versicherung abschließen. Das geschieht zur Absicherung der Bank, verstehen Sie. Sie kostet nicht viel.«

»Ich bin versichert.«

»Ich weiß. Diese ist für die Bank.« Sie drehte den Fragebogen um, so daß er eine Frage in einem Kasten lesen konnte: »Nehmen Sie regelmäßig Medikamente ein?«

»Jeder in meinem Alter nimmt etwas.«

»Entschuldigen Sie. Ich muß das fragen. Sind Sie ernsthaft krank?«

»Ein chronisches Leiden. Nichts Gefährliches.« Er legte die Hand auf das Herz.

Sie nahm den Fragebogen, entschuldigte sich noch einmal und ließ ihn allein. Auf dem Bildschirm las er die Nummern seiner drei Konten und das jeweilige Datum, an dem jedes von ihnen eröffnet worden war. Ihm fiel Hector ein, er stand auf, doch ehe er das Fenster erreichte, war Mademoiselle Fournier zurück.

»Entschuldigung«, sagte sie. »Entschuldigen Sie, daß es so lange dauert. Nehmen Sie bitte Platz. Ich muß Ihnen noch eine Frage stellen.«

»Ich habe nach meinem Hund zu schauen versucht.«

»Über Ihre chronische Krankheit. Könnten Sie plötzlich sterben?«

»Hoffentlich nicht.«

»Ich habe mit Monsieur Giroud gesprochen. Sie werden sich einer ärztlichen Untersuchung unterziehen müssen. Nein, nicht bei Ihrem Arzt«, kam sie ihm zuvor. »Bei einem Arzt der Versicherung. Das ist nicht für die Bank. Das ist für sie – die Versicherung.« Sie war älter, als er angenommen hatte. Verlegenheit und das Bemühen, sie zu verbergen, machten ihr Gesicht härter, und er schätzte sie jetzt auf um die fünfunddreißig. Die jugendliche Unterschrift war eine Täuschung. »Monsieur Wroblewski«, sagte sie und gab sich Mühe mit den Konsonanten, »lohnt sich das Ganze, für fünfzehntausend Franc? Wir würden Ihnen einen Überziehungskredit einräumen, wenn Sie einen brauchen. Aber dann wären natürlich Zinsen zu zahlen.«

»Ich wollte den Fonds aus genau dem Grund, den Sie gerade erwähnt haben – für den Fall meines plötzlichen Todes. Wenn ich sterbe, werden meine Konten eingefroren, nicht wahr? Ich möchte Bargeld für meine Frau. Ich habe mir gedacht, ich könnte es meinem Arzt anvertrauen. Er könnte unterschreiben – irgend etwas. Meine Frau ist zu krank, um sich um die Beerdigung zu kümmern oder die Leute zu bezahlen, die sie versorgen. Es wird eine Weile dauern, bis das Testament vollstreckt ist.«

»Das tut mir leid«, sagte sie. »Es tut mir aufrichtig leid. Es ist kein Konto. Es ist eine Rücklage. Wenn Sie sterben, existiert sie nicht mehr.«

»Eine Rücklage, auf meinen Namen, von einer Bank betreut, ist ein Konto«, sagte er. »Ich würde es zu Lebzeiten nicht benutzen oder anrühren.«

»Es ist nicht Ihr Geld«, sagte sie. »Nicht so, wie Sie glauben. Es tut mir leid. Entschuldigen Sie mich. Der Brief hätte nie an Sie geschickt werden dürfen.«

»Die Bank kennt mein Alter. Es steht da, auf dem Bildschirm.«

»Ich weiß. Es tut mir leid. Ich schicke diese Dinge nicht hinaus.«

»Aber Sie unterschreiben sie?«

»Ich schicke sie nicht hinaus.«

Sie gaben sich die Hand. Er rückte seinen Hut elegant zurecht. Alles, was er an diesem Tag anhatte, wirkte neu, sogar das seidene Halstuch, grau mit einem kleinen gelben Muster, von Magda bei Arnys auf der Rue de Sevres gekauft – vor, oh, fünfzehn Jahren. Nichts war ausgefranst oder ausgeblichen. Anscheinend trug er nie etwas ab. Seine Fingernägel waren geschnitten, seine Hände ohne Flecken. Er rauchte immer noch drei Craven A pro Tag, hatte aber in Gegenwart von Madame Fournier davon abgesehen, da er auf ihrem Schreibtisch keinen Aschenbecher entdeckt hatte. Wirklich war darauf nichts anderes gewesen als sein Fragebogen. Er hätte ihr Pralinen mitbringen sollen; es bekümmerte ihn, daß er nicht aufmerksam gewesen war. Er trug ihr nichts nach. Sie wirkte kompetent, benahm sich taktvoll.

»Ihre Konten sind tadellos in Ordnung«, hatte sie gesagt. »Das muß Ihnen eine Beruhigung sein. Wir könnten Ihnen ... Kommen Sie jedenfalls wieder zu mir, wenn Sie ein Problem haben.«

»Mein Problem ist mein eigener Tod«, sagte er lächelnd.

»An so etwas dürfen Sie nicht denken.« Sie berührte ihren Talisman, die Zwillinge, als könne er ihr wirklich ein doppeltes Leben verleihen – eins mit Irritationen und eins ohne. »Entschuldigen Sie uns bitte. Monsieur Giroud bedauert. Ich ebenfalls.«

Nach der Geschichte mit dem Brief und der Preußen-Frage heute vormittag war Magda still. Er ließ sie ihren Tee austrinken (sie vergißt, daß sie eine Tasse in der Hand hält) und versuchte sie in ein Gespräch über den Blick aus dem Fenster zu ziehen.

Sie sagte: »Der Nachbar spielt immer noch die ganze Nacht Schubert. Es hält mich wach. Es ist traurig, wenn er aufhört.«

Neben ihnen wohnt ein Ehepaar, das arbeiten geht. Sie schalten das Fernsehen um zehn ab, und dann kommt von ihnen bis halb sieben früh, wenn sie die Nachrichten hören, kein Laut. Dreiviertel acht schließen sie ihre Wohnungstür zu und läuten nach dem Fahrstuhl, und die Wohnung ist wieder still bis zur Abendbrotzeit. Keiner spielt Schubert.

Er nahm das Tablett hoch. Als er die Tür erreichte, sagte sie mit einer freundlichen, gelassenen Stimme: »Das Klavier hat mich wach gehalten.«

»Ich weiß«, sagte er. »Der Mann, der Schubert spielt.«

»Welcher Mann? Männer können nichts spielen.«

»Eine Frau? Jemand, den du kennst?«

Er stand still und wartete. Er hat zu seinem Freund gesagt: Wenn ich eine Antwort bekomme, bedeutet das, sie ist geheilt. Doch sie versteckt sich unter den Decken und Kissen, bis Marie-Louise kommt. Wenn Marie-Louise dann da ist, werde ich ausgehen und dich treffen, oder den Gedanken an dich, der mich jetzt nie mehr verläßt. Ich werde die Nachrichten lesen, und du kannst mir sagen, was sie bedeuten. Wir werden die verspiegelten Wände auf der anderen Boulevardseite anschauen und den Tag nach den Farben beurteilen: Blaßgold, Grau, Weiß-Blau. Eine schwarze Glasscheibe bedeutet nichts – sie ist keine Wolke und kein Himmel. Laß mich erklären. Gib mir Zeit. Aus dieser Entfernung hat das Dunkle keine Macht. Es hat kein eigenes Leben. Es ist eine Spiegelung.

Heute werde ich einen Block Schreibpapier und einen mit Briefmarke und Adresse versehenen Umschlag mitbringen. Du kannst an mich denken, an einem Tisch hinter dem Fenster. (Für die Straße wird es ein wenig kalt.) Ich habe einen jungen Hund. Wie du siehst, bin ich noch immer langweilig optimistisch. Magda geht es gut. Heute morgen unterhielten wir uns über Schubert. Ich bedaure, daß es dir gesundheitlich nicht gutgeht und du nicht reisen kannst. Sonst könntest du herkommen, und wir würden ein Auto mieten und irgendwo hinfahren – du, Magda, der Hund und ich. Die Sache mit dem Rundfunkgespräch und seine Wirkung auf einige gewöhnliche Menschen tut mir leid. Auch hier gibt es verwirrte Geister – du würdest nicht glauben wollen, was so passiert. Einer hat auf einer Versammlung gesagt: »Hitler lebt!« Das hat man mir erzählt. Die Polizei kann wohl nicht überall sein. Bitte paß gut auf dich auf. Deine Briefe sind mir sehr viel wert. Wir haben so viele Erinnerungen. Erinnerst du dich an *Die Aussätzige* und die Szene, in der sie bei ihrer eigenen Hochzeit stirbt? Sie war viel schöner als die Garbo oder die Dietrich – findest du nicht auch? Ich wollte, ich hätte dir mehr zu erzählen, doch mein Leben ist wie das Schnurren einer Katze. Wenn ich es beschreiben sollte, würde ich dich damit einschläfern. Vielleicht habe ich dir morgen mehr zu erzählen. Inzwischen Gott befohlen.

Eine Erinnerung

Ich habe Magdalena vor mehr als vierzig Jahren hier, in Paris, geheiratet. Es geschah zu der Zeit, als antijüdische Gedanken und Gefühle plötzlich zu Gesetzen erstarrten und sie beschützt werden mußte. Sie war eine fromme, unbekümmerte, mag sein eigenwillige, konvertierte Katholikin, eine von denen, die sich Dominikaner gern zum Tee einladen, doch sie war auch Jüdin und Ausländerin – um genau zu sein, 1904 in Budapest geboren. Ein durch die Herstellung und den Export von Porzellan reich gewordener Franzose brachte sie mit nach Paris – oh, vor langer Zeit, noch vor der Volksfront. Er gab sie zugunsten der Tochter eines Grafen auf und wegen seiner neuen Karriere als rechter Politiker, der moralische Strenge und eine Restauration der christlichen Werte predigte. Immer wenn Magdalena *Le Temps* auseinanderfaltete und seinen Namen sah, brach sie in Gelächter aus. (Ich habe nie gesehen, daß Magdalena eine Zeitung wirklich *las*. Sie abonnierte eine ganze Menge, doch ich glaube, sie tat es nur, um zu verfolgen, was ihre jetzigen und früheren Freunde so trieben.) Er überließ ihr die Wohnung am Quai Voltaire und die Porträts von van Dongen, die er gekauft hatte, weil sie ihr ähnlich waren – dasselbe kecke Gesicht und derselbe schlanke Hals.

Ich habe nie mit Magdalena zusammengelebt. Nach unserer Hochzeit verbrachten wir eine Woche teilweise zusammen (um meine Eltern zu beruhigen, kam ich zum Schlafen nach Hause) sowie eine Nacht sitzend im Zug. Ich stellte mir nie vor, daß ich mit ihr eine gemeinsame Adresse haben könnte, daß mein Name über der Klingel stehen würde, daß mich Freunde unter Magdalenas Nummer anriefen, daß ich mehr als ein Gast sein könnte in ihrer schwarz-rot-weiß lackierten Wohnung am Quai Voltaire. Die ganze Wohnung roch nach Gardenien. Im Flur hingen Bilder aus Filmen, in denen sie mitgespielt hatte, in Wien und Berlin – kleinere, vergessene Stummfilme, wahrscheinlich alle vernichtet. (Die Wohnung wurde während der Okkupation geplündert. Als Magdalena zurückkam, mußte sie auf dem Fußboden schlafen.) Ihre beiden Möpse kläfften und trugen kleine Glöckchen. Das ständige Gebimmel machte sie verrückt. Sie wusch sie mit parfümierter Seife und fütterte sie bei Tisch, während sie auf ihrem Schoß saßen. Sie hatten Ausschlag am ganzen Körper und erbrachen sich immerzu.

Ich war zweiundzwanzig, noch Student. Meine Eltern, beide Unterstufen-Lehrer, hatten viele Opfer gebracht, damit ich bis in das frühe Mannesalter in Ruhe Bücher lesen konnte. Das einzige Zuhause, das ich Magdalena hätte anbieten können, war ein Winkel der elterlichen Wohnung in der Rue des Solitaires, oben im neunten Arrondissement. Heute wohnen dort Araber und Afrikaner. In jenen Tagen war es die Art von Stadtbezirk, die Jean Renoir und René Clair gern für jene Filme nutzten, in denen Schornsteine zu sehen waren, und Leute, die mit Broten herumlaufen, und freundliche junge Pärchen, die ein Los, das in der Lotterie gewinnt, finden und wieder verlieren. Bis sie mich kennenlernte, hatte Magdalena nie von der Rue des Solitaires oder von meiner Métro-Station, Place des Fêtes, gehört. Die Namen klangen so reizend, daß sie glaubte, ich hätte sie erfunden. Ich bat sie, mir zu glauben, daß ich nie etwas erfand.

Sie war blond und zierlich, wie alle Frauen in Paris. Wenn ich an die Vergangenheit denke, sehe ich die Straßen von blonden Frauen bevölkert, die lächerliche kleine Hüte tragen und Schoßhündchen ausführen. (Halt, sagt mein Gedächtnis; nicht alle Frauen – nicht meine Mutter.) Warum hatte sie die Schauspielerei aufgegeben? »Weil ich nicht besonders gut war«, sagte sie mir einmal. »Und ich war so faul. Für einen in mich verliebten Mann konnte ich arbeiten, richtig arbeiten – um ihm einen Gefallen zu tun. Das war alles.« Von ihrem Wohnzimmer, ganz in Weiß, hatte man einen Blick über die Seine auf die Place du Carrousel und einen Teil der Tuilerien. Zwischen fünf und acht schauten gewöhnlich Männer herein, standen mit dem Rücken zum Fensterblick, beugten sich herab, um den Möpsen die Ohren zu kraulen. Raymonde, das Hausmädchen, kannte alle beim Namen. Sie waren freundlich zu mir, wenn auch keiner so weit ging, mir die Ohren zu kraulen.

Meine Eltern waren antiklerikal und republikanisch. In ihrer Unterhaltung verschränkten die Kirche und die Republik die Hörner wie ein Paar kämpfender Böcke. Ich war nie getauft worden. Es brach ihnen das Herz, daß meine Heirat mit Magdalena den Segen der Kirche brauchte, weil sie darauf bestand. Der Segen wurde in der Kirche Saint-Thomas-d'Aquin erteilt, in tiefem Schatten, irgendwo hinter dem Altar. Ich war noch nie zuvor in einer Kirche gewesen, außer um Fenster oder Gemälde zu bewundern; Kunst gehörte dem Volk, was auch immer der Vatikan behauptete. Die Feier war kurz, fast verstohlen, aber nicht wegen Magdalena – *ich* war der Außenseiter, der Heide, ungetauft, nicht erlöst.

Mein Vater und meine Mutter blieben an jenem Tag zu Hause und aßen die solideste Mahlzeit, die sie aufbringen konnten, um ihre Nerven zu beruhigen. Sie hätten Magdalena gerettet, wenn sie nur einer darum gebeten hätte – freudig, tapfer, und ohne mein Leben zu ruinieren. (So sahen sie es.) Ich nehme an, sie hätten sie in der Besenkammer eingesperrt. Dort hätte sie im Dunkeln stehen können, Jahr um Jahr – so viele Jahre, wie nötig waren. Da sie nie beteten, konnten sie nur hoffen, daß es keine Kinder geben würde.

Ich hatte unsere Kinder schon einige Tage vor der Trauung Rom verschrieben, eines Nachmittags gleich nach dem Mittagessen. Der Handel um ihre Seelen, unerschaffen, ganz bestimmt unerwünscht (ich trennte Seele nicht vom Körper, da erstere nicht existierte), fand im weißen Wohnzimmer statt. Magdalena, unbekümmert und fröhlich wie immer, wiederholte alles, was sie mir sagen sollte, und ich sagte ja und unterschrieb. Ich höre noch den Klang ihrer Stimme, wenn auch nicht die Worte, die sie benutzte; sie war tiefer als die einer Französin, fremd für das Ohr wegen ihres Rhythmus. Es war eine Stimme, die ein fremdes Lied sang. Erwartete sie wirklich, Kinder zu haben? Sie mußte sechsunddreißig sein, und wir sollten uns bald für die Zeit trennen, die der Krieg dauern würde. Meine Unterschrift war Teil eines ausgeklügelten Rituals, an dem sie riesiges Vergnügen zu finden schien. Sie war noch nie verheiratet gewesen.

Sie trug ein weiches, marineblaues Kleid, das erst am Vormittag an der Tür abgeliefert worden war. Und das im Krieg, nach der Niederlage. Es gab Schneider und Lieferanten. Es gab Chanels Gardenia. Es gab Kaffee und Zucker, es gab polierte Silbertabletts und dünne Kaffeetassen. Es gab Raymonde, in Schwarz mit weißem Organdy, und Magdalena mit ihrem sonnigen Haar, ihren dunkelroten Fingernägeln, die den Kaffee ausschenkte.

Ich blickte hinüber zur anderen Seite der Place du Carrousel, auf einige Fenster des Finanzministeriums. Noch vor wenigen Monaten war Magdalena in die Privatappartements des Ministers zum Essen eingeladen worden. Die Tische waren gedeckt gewesen mit dem schönen Kristall und Porzellan, das dem Volk gehörte. Aufrechte Männer und Frauen wie mein Vater und meine Mutter hatten klaglos ihre Steuern bezahlt, damit Magdalena von Tellern essen konnte, die sie nie zu sehen bekommen würden – wenn es nicht wieder eine Revolution gab, nach der sie die Teller vielleicht in einem Museum betrachten konnten.

Ich spürte keinen Ärger, als ich das dachte. Ich wollte schließlich Magdalena retten. Als meine Frau hätte sie einen Ausweis mit französischem Namen. Sie würde nie einen gelben Stern an ihren Mantel heften müssen. Sie würde sich zu einer passablen Tageszeit nach Kartoffeln anstellen, wenn in Frankreich alles andere ausgegangen war.

In Wirklichkeit stellte sich Magdalena nie nach irgend etwas an. An dem Tag, als die Juden von Paris in langen Reihen vor den Polizeirevieren standen, ohne zu drängeln und zu schieben, und ihre Namen und Adressen deutlich buchstabierten, damit die Männer, die sie später verhaften kamen, keinen Fehler machen würden, blieb Magdalena im Bett und las Zeitschriften. Keiner bot ihr je einen gelben Stern an, aber sie fand einen für sich. Er lag auf der Straße, vorm Eingang zum Hôtel Meurice – wie sie sagte.

Magdalena, die die Möpse im Regen spazierenführte, hatte sich umgedreht, um Raymonde zuzuwinken, die ein Fenster putzte. (Ein Verleger von Comicbüchern ist jetzt Eigentümer der Wohnung.) Sie ging durch die Tuilerien, überquerte dann die Rue de Rivoli, und als sie unter die Arkaden trat, rollte sie den Seidenschirm zusammen. Regen war hereingetrieben worden; in ihren dünnen Schuhen wich sie Pfützen aus. In Höhe des »Meurice«, wo es so viele deutsche Offiziere gab, daß einige Leute Angst hatten, dort spazierenzugehen, oder es ablehnten, blieb sie stehen, um einen Stern zu betrachten – in den Schmutz getreten. Sie bewegte ihn wie ein nasses Blatt mit der Spitze ihres Schirms hin und her, bückte sich, hob ihn auf und steckte ihn in ihre Brieftasche.

»Warum?« hatte ich bald darauf guten Grund zu fragen.

»Um ihn als Andenken aufzuheben, als Kuriosität. Um ihn meinen Freunden in Cannes zu zeigen, damit sie sehen können, wie es in Paris zugeht.«

Das gefiel mir nicht. Ich hatte sie zu mir herüberziehen wollen und wollte nicht auf ihre Seite gezerrt werden.

Einen Tag danach fuhren wir mit dem Zug in den Süden, der noch eine freie Zone war. Die einzigen Nazis, auf die sie dort hätte treffen können, wären Franzosen gewesen; ich erteilte Magdalena eine Lektion, wie sie sie erkennen und meiden konnte. Wir saßen nebeneinander in einem Abteil zweiter Klasse, fast im Dunkeln. (Fahrgäste in der ersten Klasse wurden mit viel größerem Argwohn betrachtet; außerdem konnte ich es mir nicht leisten.) Unglücklicherweise war Magdalena gekleidet wie zum Tee im »Ritz«. Sie hätte erwidert, nichts könne doch schlichter sein als ein Molyneux-Kostüm und eine Diamantnadel. Die anderen Fahrgäste, drei Generationen einer Familie, schienen zu schlafen. An der neuen, unnatürlichen Grenze, die den französischen Norden vom Süden trennte, kam der Zug zum Halten. Wir hörten deutsche Soldaten einsteigen, um unsere Papiere zu kontrollieren. Ich versuchte, Magdalena nicht anzublicken, und richtete den Blick auf das Handköfferchen, das sie gerade aus dem Gepäcknetz geholt hatte und auf dem Schoß festhielt. Als der Zug zum Stehen kam, leuchteten plötzlich alle Lichter auf – schienen aufzuleuchten; sie waren trüb und braun. Magdalena erhob sich sofort, nahm ihr Köfferchen ohne Hilfe herunter, holte einen Roman hervor (es war *Bella* von Jean Giraudoux) und begann zu lesen.

Ich dachte, daß sie genau das getan hatte, was sie verdächtig machen mußte. Ihre Vergangenheit, kompliziert und geheimnisvoll, ließ sich ablesen am feinen Leder des Koffers und den Goldinitialen auf dem Deckel und dem winzigen goldenen Schloß samt Schlüssel, selbst ein Schmuckstück. Diese Frau konnte nicht die Frau dieses jungen Mannes mit seiner zusammengerollten Reisetasche aus Segeltuch mit den brüchigen Lederriemen sein. Die Tasche gehörte nicht einmal mir; sie hatte meiner Mutter gehört, oder einer Tante. Ich langte hinüber und drehte ihren Koffer um, so daß ich ihn öffnen konnte, als wolle ich ihr helfen, alles für die Kontrolle vorzubereiten. Die Wahrheit war, ich wollte nicht, daß die deutschen Bauern in Uniform ihre Initialen lasen und nach ihrem Mädchennamen fragten oder Grund zum Neid hätten; der geschlossene Koffer hätte in einem Schaufenster auf der Rue du Faubourg-Saint-Honoré zu einem horrenden Preis angeboten werden können. Ich dachte, wenn diese Bauern, die sich jetzt unserem Abteil näherten, nicht mit Waffen und Stiefeln ausgerüstet und zeitweilig privilegiert wären, dann hätten sie eine andere Lehrzeit abgeleistet – sie hätten gelernt, mit Spiegelglas ausgestattete Fahrstühle zu bedienen, Tabletts in Schulterhöhe zu tragen, die Dankbarkeit eines Untergebenen für das Trinkgeld von Magdalenas Begleiter zu zeigen. Ich klappte den Deckel hoch, gegen ihre dünne Wolljacke; und dort im Koffer, auf einigen zusammengefalteten Seidensachen von der Farbe des blassesten Vorboten der aufgehenden Sonne, lag ein greller Stern. Ich strich das Seidenzeug glatt und versteckte den Stern in der Hand und schob ihn in den Ärmel.

In meiner entsetzlichen Furcht klammerten sich meine Gedanken an etwas Nebensächlichem fest – daß Magdalena noch nie etwas besessen hatte, was sich so grob anfühlte. Sie war nie ein Kind gewesen, hatte nie mit Sand und Schlamm gespielt. Sie war in einer europäischen Großstadt abgesetzt worden, das kecke Hütchen schräg auf dem Kopf, die Ringe so gedreht, daß sie die Handschuhe überstreifen konnte, vertraut mit goldenen Schlössern und Schlüsseln. »Kosmopolit« – jetzt ein Wort wie ein Brandsatz – flammte in meinen Gedanken auf. In dem stillen Zug (kein Zug ist stiller als einer, der durchsucht wird) schienen in seinem Licht rohe Leitartikel, aggressive Karikaturen, widerliche Graffiti sichtbar zu werden.

Die Bauern in Uniform – es waren zwei – schoben die Abteiltür auf. Sie fragten nicht mehr als andere Grenzbeamte, doch die Antwort kam unter der Überschrift: Leben und Tod. »Kosmopolit« war aufgeflammt wie ein Stern; es löste sich in eine schmutzige kleine Pfütze auf. Seine neue, politische Bedeutung sickerte in mein Gehirn und lief an meinen Überzeugungen und Ansichten vorbei, an allem, wofür meine Eltern standen. Ich spürte es in meinem Schädel, und ich fragte mich, ob es sich jemals verflüchtigen würde.

Einer der Bauern sagte etwas, und Magdalena lächelte. Sie sagte mir später, daß er den Dialekt gesprochen habe, den man Wagner nachsagte. Als er den offenen Koffer sah, fuhr er mit der Hand unter die Seidensachen und faßte in eine Haarbürste. Er schloß den Deckel und starrte einfältig auf die Initialen. Der andere schaute sich inzwischen stirnrunzelnd unsere Papiere an. Dann stolperte das Paar hinaus.

Unsere Abteilnachbarn schauten weg, wie die Leute zu tun pflegen, wenn einer mit der falschen Fahrkarte in der ersten Klasse erwischt wird. Ich legte den Koffer wieder ins Gepäcknetz und murmelte einen Befehl. Magdalena folgte mir gehorsam in den Gang hinaus. Es mag so ausgesehen haben, als hätten wir nur dagestanden und geraucht, doch ich versuchte herauszubekommen, wie sie, die nie etwas Häßliches besessen hatte, in den Besitz dieses Dinges gekommen war. Sie erzählte mir von der Rue de Rivoli, und daß sie gedacht habe, der Stern würde ihre Freunde in Cannes interessieren: Sie könnten sehen, wie es jetzt oben in Paris zuging. Wenn sie ihn zusammen mit der Haarbürste unter anderen Sachen vergraben hätte, hätte es so ausgesehen, als habe sie etwas zu verbergen. Sie sagte, sie habe nichts zu verbergen; absolut nichts.

Vorhin war mir der Schweiß aus allen Poren gebrochen; jetzt war mir kalt. Ich fragte sie, ob sie wahnsinnig sei. Sie hielt das für die besorgte Erkundigung eines heftig verliebten jungen Mannes. Ihre Natur war sonnig und gutartig. Sie lachte und erzählte mir, man hätte ihr schon Verschiedenes angedichtet, doch nie Wahnsinn. Sie fing an, einiges davon aufzuzählen, und ich küßte sie, um sie zum Schweigen zu bringen. Der Gang war vollgestopft mit Leuten, die dort ausgestreckt lagen oder auf ihrem Gepäck saßen, und sie hörte sich verrückt und fremd an.

Ich fragte mich, was sie mit »Freunden in Cannes« meinte. Von Frauen ihrer Art wurde »Freund« oft als unbestimmter Ersatz für »Liebhaber« verwendet. (Man beachte, wie schnell das »ihrer Art« in meinen Gedanken dem »Kosmopoliten« folgte.) Sie hatte den Namen der Leute, die ihr Zuflucht in Cannes boten, genannt; es war ein französischer Name, doch vielleicht war er angenommen. Ich hatte ein Recht, mehr zu erfahren. Sie war meine Frau. Zum ersten und letzten Mal betrachtete ich die Dinge in dieser besonderen Weise: Schließlich *ist* sie meine Frau. Ich würde in Marseille aussteigen, obwohl meine Fahrkarte bis Cannes gelöst war. Von Marseille aus würde ich versuchen, nach Nordafrika zu gelangen, dann nach England. Magdalena würde den Krieg aussitzen, in einer luftigen Villa – wie sie sich Ausländer leisten können.

Bei meiner nächsten Äußerung – daß wir zurück zu unseren Plätzen gehen sollten – klang meine Stimme zu hoch. Auch heute noch wird sie höher und dünner, wenn ich unter Druck stehe. (In den fünfziger Jahren, als ich oft im Radio zu hören war und Interviews mit berühmten Männern über ihr frühes Streben und ihre weiteren Ziele führte, bekam ich gewöhnlich zwei Briefe im Jahr von Frauen, die sagten, sie beneideten meine Mutter.)

Es war vielleicht ganz gut, daß wir unsere letzte Nacht unter Fremden verbrachten. Nach unserer Heirat hatten wir fast aufgehört, miteinander zu schlafen. Ich mußte den häuslichen Frieden aufrechterhalten, und Magdalena mußte die Abreise vorbereiten, ohne Hast zu zeigen. Ich dachte, sie wäre angespannt und müde; doch ich verstehe jetzt, daß Magdalena nie erschöpft oder aufgeregt war, und ich kann nur vermuten, daß sie sich noch von jemand anderem verabschieden mußte. Sie schickte die Hunde in Raymondes Heimatstadt in der Normandie und erwähnte dem Concierge gegenüber, daß es für ihre Gesundheit und nur für ein paar Tage wäre. Beim ersten Anzeichen von Furcht, von Hektik oder davon, daß Möbel in den Speicher ausgelagert wurden, wäre der Concierge womöglich schon halb auf dem Polizeirevier gewesen und hätte über die Mieterin berichtet, die so viele gute Freunde hatte und deren Stimme eine fremde Melodie sang.

Im Abteil versuchte ich die Gedanken zu Ende zu führen, die ich im Gang angefangen hatte. Ich hatte sie geheiratet, um mich anständig zu zeigen; das stand fest. Andere Männer hatten sich in der Vergangenheit anständig verhalten und werden das auch weiterhin tun. Es tröstete mich, daß ich nicht der einzige mit einem ruhigen Gewissen war. Daß ich das in dem abgedunkelten, schwankenden Abteil dachte, bedeutete, daß ich bei klarem Verstand und großzügig war und auch ein wenig fies. Ich flüsterte Magdalena zu: »Was ist schlechtes Benehmen? Was ist das schlimmste?« Die Frage schien sie nicht zu überraschen. Unsere Gemeinschaft war gesegnet, und sie war für immer meine Frau, und sie konnte sich auf beachtliche Jurisprudenz aus himmlischen Büchern berufen, um es zu beweisen; aber ich war immer noch der Student, der seine Bücher an den Quai Voltaire gebracht hatte, der aufgeschaut hatte, um sich zu versichern, daß sie noch im Zimmer war, und der ab und zu eine Frage gestellt hatte, die außerhalb seines Erfahrungskreises lag. Sie nahm meine Hand und sagte, das Schlimmste, an das sie sich erinnere, sei der Wiener Romancier, der etliche ihrer Schmuckstücke genommen hatte (sie meinte »gestohlen«), sie verpfändet und das ganze Geld behalten hatte.

Wir verabschiedeten uns in Marseille auf dem Bahnsteig. Im Licht des südlichen Morgens waren ihre Augen hellblau. Überall waren bewaffnete Männer in Uniform. Sie trug ein weißes Kostüm und eine dünne Bluse und einen weißen Hut, den ich noch nie gesehen hatte. Sie hatte einen Koffer in die schmutzige Toilette mitgenommen und war tadellos wieder aufgetaucht. Ich hatte das Gefühl, daß sie es kaum erwarten konnte, wieder in den Zug zu steigen und neuen Abenteuern entgegenzurollen.

»Und jetzt bin ich hier unten, fort von allen meinen Freunden in Paris«, hatte sie die Frechheit zu sagen und beschattete ihre Augen. Es war eine Art, Mut zu zeigen, aber ich hatte keine gekannt, die ihr im entferntesten glich, und vielleicht glaubte ich, sie sollte schweigen. Mit »allen meinen Freunden« mußte sie Männer meinen, die einst gesagt hatten: »Wenn du jemals Hilfe brauchst«, weil sie wußten, daß sie nie darum bitten würde; die vielleicht gesagt hätten: »War das nicht schrecklich, tragisch, was mit Magdalena passiert ist?«, wenn man sie nie wieder gesehen hätte.

Sie hatte ihr Gepäck und den Schmuck unbeaufsichtigt im Abteil gelassen. Ich war froh, als ich sah, daß sie nur ihren Ehering trug; sonst hätte sie zu sehr nach Schauspielerin ausgesehen und Aufmerksamkeit erregt. (Ich hatte keine Ahnung, wie Schauspielerinnen aussehen sollten.) Manchmal benutzte sie eine Zigarettenspitze aus Bernstein mit einer Spirale aus Diamantstaub, die wie ein Kometenschweif wirkte. Sie muß sie während des Kriegs verkauft haben; oder vielleicht hat sie sie verloren oder verschenkt.

»Du siehst wie ein Jugendführer aus«, sagte sie. Ich hatte die Pariser Blässe, war aber gesund. Mein Haar war kurz geschoren. Ich hätte gleich Polizisten und Fahrgäste in patriotischem Gesang anleiten können. Ich war patriotisch, aber nicht, wie das neue Regime sich seine Jugend wünschte; ich war unterwegs zu General de Gaulle, wenn er mich haben wollte. Ich sah mich über der Landkarte Frankreichs schweben, an einen leuchtenden Fallschirm gegurtet, mit einem Gewehr unterm Arm.

Wir hatten ausgemacht, daß wir nach der Verabschiedung einander nicht anstarren wollten. Magdalena küßte mich, drehte sich um und zog sich den hohen Tritt des Zuges hinauf. Ich holte ein weiches, geknicktes Buch aus meiner Segeltuchtasche und begann etwas zu lesen, was nur mich ansprach. Die Jungen glauben, und ich war noch so jung, Gedichte seien nur für einen einzigen Leser da. Magdalena, die zärtlich aus dem Abteilfenster herunterblickte, muß nur die Form des Gedichtes auf dem Blatt gesehen haben. Ich wendete mich von den schrägen Strahlen des Morgenlichts ab – nicht von ihr. Als der Zug langsam anfuhr, streckte sie die Hand zu mir herunter, doch ich war für eine Berührung zu weit weg. Ein kleines Kruzifix an einer Kette rutschte aus ihrer Bluse. Ich hielt mich an unsere Abmachung und hob nicht einmal die Augen. Gleichzeitig sah ich alles – den Schatten ihres weißen Hutrandes schräg über ihrem Gesicht, ihre Hand mit dem Ehering.

Ich legte den Stern als Lesezeichen in mein Buch: Ich stellte mir vor, daß ich sowieso verloren war, wenn man mich erwischte. Wenn meine Abenteuer vorüber waren, würde ich ihn meinen Kindern zeigen; keine Sekunde lang sah ich Magdalena als ihre Mutter. Es waren richtige Kinder, keine Seelen, um die geschachert werden mußte. So erscheint es mir jetzt. Es zeigt, daß ich daran glaubte, man könne ein Stück Vergangenheit problemlos in eine so weit entfernte Zukunft mitnehmen. Lange nach dem Krieg habe ich den Stern gefunden, immer noch im gleichen Buch, und ich bot Magdalena an, ihn zurückzugeben, doch sie sagte, sie wüßte, wie er aussehe.

Die Tochter des Obersten

Ich kam über Marseille und Nordafrika nach London, nachdem ich Paris mehr als ein Jahr zuvor verlassen hatte. Mein Ziel war, mich den Freien Franzosen und General de Gaulle anzuschließen. Ich glaubte, daß das Gewicht meiner Anwesenheit die Waage des Krieges beeinflussen könnte, wie eine Stimme bei einer Wahl mit einem Kopf-an-Kopf-Rennen ausschlaggebend sein konnte. Das hatte nichts mit Eitelkeit zu tun. London war der Gipfel meiner Hoffnungen und Wünsche. Wenn ich zurückblickte, sah ich eine einförmige Landschaft. Mein vergangenes Leben schrumpfte in dieser weiten Perspektive zusammen und verschwand. Ich war dreiundzwanzig.

In meiner Reisetasche aus Segeltuch führte ich einen Tabaksbeutel mit, den mir jemand gegeben hatte, gefüllt mit feiner roter Erde aus Algerien. Damals bedeutete Erde aus Frankreich und Erde aus Algerien dasselbe. Erst Jahre später konnte ich denken, daß ich verrückt gewesen sein muß. In jungen Jahren ist der Patriotismus, den man empfindet, wie metaphysischer Wahnsinn. Später gehört er dann zu den persönlichen Schrullen.

Anstatt als Held begrüßt zu werden, bekam ich Formulare zum Ausfüllen in die Hand gedrückt. Diese Fragebogen ließen keinen Raum für Postskripta, und so konnte nur ein Skelett meiner Persönlichkeit skizziert werden. Ich war Édouard B., geboren in Paris, Vater Lehrer (ebenso die Mutter, doch das wurde nicht gefragt), Student der Literatur und Philosophie, unverheiratet, keine abhängigen Angehörigen.

Einige Definitionen wirkten unvollständig. Zum Beispiel war ich nicht völlig unverheiratet: Vor meiner Abreise aus Paris hatte ich eine Schauspielerin jüdischer Abstammung geheiratet, um ihr den Schutz meines Namens zu geben. Soweit ich wußte, war sie jetzt in Sicherheit und in Cannes. Gleichzeitig war ich kein verheirateter Mann. Die Heirat war eine Episode und wurde allmählich in der weiten Perspektive, die ich beschrieben habe, gelöscht. So sah ich es; darauf bestand ich. Man muß die Zeit und den Umstand, daß Frankreich besetzt war, im Auge behalten, um sich vorstellen zu können, wie man dachte und sich verhielt. Wir sagen das immer – »Bedenken Sie, in was für Zeiten wir leben mußten« –, wenn die Vergangenheit hervorgezogen wird und sie leblos und ohne zu atmen zu unseren Füßen liegt.

Statt mich auf einen frostigen Exerzierplatz zu schicken, behielten mich die Freien Franzosen in London. Ich nahm an, das bedeutete, daß sie mich in Sabotage schulen und per Fallschirm in Frankreich absetzen wollten. Ich wußte nicht, daß dazu wahrscheinlich ein spezielles Fallschirmtraining nötig war. Ich dachte, man würde die Luft anhalten und springen.

Zwei Monate später lag ich im Krankenhaus mit gebrochenem Nasenbein, gebrochenem linken Arm und Frakturen beider Beine. Sie hatten versucht, mir das Motorradfahren beizubringen, und bei meiner ersten Ausfahrt schleuderte ich gegen eine Mauer. Der Ausbilder kam und saß an meinem Bett. Er war ungefähr doppelt so alt wie ich, ein früherer Polizist aus Rouen. Er sagte, die Freien Franzosen würden mich nicht ganz abschreiben, doch einige von ihnen fragten sich, ob ich der geeignete Mann für eine kämpfende Truppe im Exil sei. Ich sei ein Kopfmensch, der die Ruhe einer

Büroarbeit brauchte, ohne Ausrüstungsgegenstände, die ich kaputtmachen könnte – selbst ohne Schreibmaschine. Ich fragte, ob General de Gaulle von meinem Unfall unterrichtet worden sei.

»Ist er ein Freund von Ihnen?« fragte der Ausbilder.

»Ich bin ihm begegnet«, sagte ich. »Ich bin ihm in Carlton Gardens begegnet. Er kam aus der Tür, ging die Treppe hinunter und stieg in sein Auto. Ich trug eine Menge Pakete, deshalb konnte ich nicht salutieren. Ich glaube nicht, daß er es bemerkt hat. Hoffentlich nicht.«

Es trat Stille ein, in der der Ausbilder auf seine Uhr starrte. Dann fragte er, was ich mit meinem Leben anfangen wollte.

»Ich glaube, ich bin Dichter«, sagte ich. »Ich weiß es nicht genau.«

Danach schickten sie mir eine regelmäßige Besucherin ins Krankenhaus, eine Freiwillige. Sie hieß Juliette. Sie war siebzehn, aus Bordeaux, die Tochter eines Obersten, der de Gaulle nach London gefolgt war. Sie hatte eine exakte, besondere Art zu reden, bei der jede Silbe den vollen Wert erhielt und die Konsonanten wie kleine Steine behandelt wurden. Das war nicht der für Bordeaux typische Akzent, den jeder nachahmen kann, oder das Alltagsfranzösisch von Paris, mit dem ich aufgewachsen bin, sondern der Tonfall, fast unbeschreibbar, der französischen protestantischen Oberschicht. Ich hatte ihn noch nicht gehört, nicht bewußt, und konnte ihn nicht gleich einordnen. Ich dachte, sie hätte sich beim Englischlernen eine gekünstelte Sprechweise angewöhnt und sie auf das Französische übertragen. Sie besaß außerdem die Angewohnheit, die französische Unterhaltung mit kurzen, freudigen und meist unwichtigen Ausrufen in Englisch zu spicken: »*You don't say!*« »*Oh, what a shame!*« »*How glad I am for you!*« »*How gorgeous!*«

Hinter einer Maske aus Schienen und Binden hervor taxierte ich ihr Gesicht, das noch kindlich und rund war. Eine Baskenmütze verrutschte und glitt ihr ständig vom dunklen Haar. »*Oh, what a pity!*« bemerkte sie und schob sie wieder zurecht. Sie hatte die unvorteilhaftesten Sachen an, die ich je an einer jungen Frau gesehen habe – einen abgetragenen und schlaff herunterhängenden Kittel, dicke schwarze Strümpfe und einen Marinepullover, der an den Bündchen ausgefranst war. Sie hatte fünf Monate in einer englischen Mädchenschule zugebracht, erzählte sie mir, und das war von der Schuluniform übriggeblieben. Sie hatte sonst nichts anzuziehen, nichts, was ihr paßte. Ihre Mutter war zu beschäftigt, um einkaufen zu gehen.

»Kannst du nicht allein einkaufen gehen?«

»Das macht man nicht«, sagte sie. »Ich meine, wir machen so etwas nicht.«

»Wer ist wir?« – denn sie war mir noch ein Rätsel.

»Außerdem habe ich kein Geld.« Das schien eine plausible Erklärung zu sein. Ich wunderte mich, warum sie sich die Mühe gemacht hatte, eine andere zu geben. »Meine Mutter unterrichtet französische Rekruten in Englisch. Eigentlich weiß sie nicht allzu viel, aber sie kann ihnen die Verkehrszeichen beibringen.«

»Du meinst: ›Stop‹?«

»Nun, es gibt noch andere – ›Zutritt verboten.‹« Sie sah besorgt aus, als würde es ihr nicht gelingen, die friedliche, schläfrige Unterhaltung zu führen, mit der die Gedanken eines Opfers von seinen Wunden abgelenkt werden sollen.

Bei dem Unfall hatte ich sechs Vorderzähne eingebüßt. Durch die Lücke fütterte mich Juliette mit dem Zeug, das die Engländer Custard nennen. Mein rechter Arm war gesund, doch ich ließ sie gewähren. Sie war ernst, konzentriert – ein kleines Mädchen, das spielte. Sie hätte genausogut einer Puppe einen Löffel ins Porzellangesicht stecken können. Als ich mich weigerte, noch mehr zu schlucken, holte sie eine Flasche Eau de Cologne und einen Waschlappen aus einer Schultasche und wischte mir sorgfältig Hände und Handgelenke und den Hals ab – alles, was nackt und sichtbar war. Ich war gespannt, ob sie anbieten würde, mir das Haar zu kämmen und die Nägel zu schneiden, aber der Pflegeteil des Spiels war vorbei. Sie saß mit gekreuzten Füßen und gefalteten Händen, ein gutes Mädchen auf einem Besuch, und erzählte mir, daß ihr Vater, der Oberst, ein Verbannter mit einer auf seinen Kopf ausgesetzten Belohnung sei. Aus der Sorgfalt, mit der sie es vermied, seinen Aufenthaltsort zu nennen, schloß ich, daß er in geheimer Mission nach Frankreich geschickt worden war. Die Geheimhaltung vergessend, sagte sie plötzlich, daß sie sich danach sehne, auch nach Frankreich geschmuggelt zu werden, damit sie sich ihm anschließen und zusammen mit ihm Brücken in die Luft sprengen könne.

»Das wollte ich auch machen«, sagte ich. »Deswegen bin ich hergekommen. Aber ich bin zu nichts zu gebrauchen. Ich komme hier vielleicht mit einem Narbengesicht heraus, oder ich hinke. Ich wäre zu sehr gefährdet.«

»Ja, ich weiß«, sagte Juliette. »Die Deutschen würden dich fangen und erschießen. Sie würden nach einem mit Narben bedeckten Geheimagenten Ausschau halten. *Oh, what a nuisance!*«

Süße Juliette. In ihren dunklen Augen lag die ganze Ernsthaftigkeit eines zwölfjährigen Kindes. Ich denke oft, daß ich wieder dort sein möchte, mit einer Juliette, die noch jungfräulich, unberührt ist und so aufbauende Sachen sagt wie »mit Narben bedeckt«, aber in meinem jetzigen Alter würde mich das langweilen.

Sie kam zweimal jede Woche ins Krankenhaus, dann jeden Tag. Ihre Mutter arbeitete, und ich spürte, daß das Mädchen Zeit übrig hatte und oft einsam war. Sie war bei mir, als man mir die Reste meiner Maske abnahm. »Na?« fragte ich. »Sag mir das Schlimmste.«

»Das kann ich nicht«, sagte sie. »Ich weiß nicht, wie du früher ausgesehen hast.« Sie hielt einen Taschenspiegel hoch. Meine Nase war natürlich gebrochen, und ich hatte geschwollene, lädierte Wangenknochen wie ein Kosak. Für einen, der nie im Krieg gewesen war, sah ich einem alten Soldaten erstaunlich ähnlich.

Ich verließ das Krankenhaus auf Krücken. So etwas wie Therapie gab es nicht – man kam wieder auf die Beine oder eben nicht. Die Organisation besorgte mir ein Zimmer in der Baker Street, nicht weit von da, wo Juliette mit ihrer Mutter wohnte, wie sich herausstellte, und sie gaben mir niedere und harmlose Arbeit zu tun. Wie mein Ausbilder vorausgesagt hatte, ließ man mich nicht in die Nähe einer Schreibmaschine, und einmal, erinnere ich mich, riß mir jemand sogar den Bleistiftspitzer aus der Hand. Juliette kam immer ins Büro, obwohl sie das eigentlich nicht sollte, und saß neben meinem Schreibtisch, als wäre es ein Bett. Sie hatte sich der Schuluniform entledigt, aber ihre neuen Sachen, von ihrer Mutter ausgesucht, waren englisch und sackähnlich, in den Grau- und Senftönen, die englische Frauen bevorzugten. Sie schienen bewußt ausgewählt zu sein, um ihre cremefarbene Haut bläßlich zu machen und ihre schlanke Gestalt hager. Die Mutter sorgte dafür, daß sie unattraktiv war, dachte ich, vielleicht um ihr Probleme zu ersparen. Warum rebellierte Juliette nicht? Sie war jetzt achtzehn, doch vor vierzig Jahren war man mit achtzehn jung. Ich fragte mich, warum sie immer um mich herumscharwenzelte, was sie wollte. Ich glaubte es zu erraten, doch ich beschloß, es nicht zu wissen. Ich wollte nicht, daß man sagte, ich hätte zweimal französisches Eigentum zerstört – ein Motorrad und die Tochter eines Obersten. Hier in London bekam ich mit, wie die französische Gesellschaft funktionierte. In unserer eingeschränkten Welt, wo jeder einen natürlichen, angeborenen Rang symbolisierte, stand Juliette höher als ein dahergelaufener junger Mann, der nur sein Leben aufs Spiel gesetzt hatte. Sie hatte Beziehungen, einfach durch die Art, wie die Dinge nun einmal geordnet waren.

Ich fragte sie einmal, ob es eine Möglichkeit gäbe, meiner Mutter in Paris eine Nachricht zukommen zu lassen – nur ein Wort, um ihr zu sagen, daß ich in Sicherheit war. Sie tat so, als hätte sie nichts gehört, sagte aber ungefähr einen Monat später: »Nein, es ist zu gefährlich. Außerdem trauen sie dir nicht.«

»Sie trauen mir nicht? Warum nicht?«

»Das weiß ich nicht genau.«

»Vertraust du mir?« fragte ich.

»Das ist etwas anderes.«

Ihre Mutter war an den meisten Abenden nicht zu Hause. Wenn Juliette allein war, brachte ich ihr meine Rationen, und sie kochte unser Abendbrot. Wir tranken – nur weil es jeder tat – und ersetzten den Whiskey in der kostbaren Haig-Flasche ihrer Mutter durch Londoner Leitungswasser. Einmal versuchte Juliette, die Farbe mit kaltem Tee wiederherzustellen, und es gab mächtigen Stunk. Als die Nachricht aus Frankreich kam, daß man ihren Vater verhaftet und enttarnt hatte, kam sie gleich zu mir.

»Ich werde ihn nie wiedersehen«, sagte sie. »Ich habe nicht mal ein anständiges Foto von ihm. Die hat alle meine Mutter. Sie hat sie in einem Koffer. Ich glaube, ich bin krank. Faß mal meine Stirn an. Meine Wangen.« Sie nahm meine Hand. »Meinen Nacken. Meinen Hals«, sagte sie und führte meine Hand. Wir verließen das Büro, gingen in ihre Wohnung und zogen die Verdunkelung herunter. Auf der anderen Seite der Straße schien die Sonne, dort war alles zerbombt, aber sie wollte es nicht sehen.

»Woher weißt du, daß deine Mutter nicht hereinkommt?« fragte ich. »Vielleicht möchte sie mit dir allein sein. Vielleicht möchte sie ein ruhiges Plätzchen, wo sie weinen kann.«

Juliette schüttelte den Kopf. »Wir sind nicht so. So etwas machen wir nicht.«

Ich erinnere mich an die Liebe und die Verzweiflung, die sie mir entgegenbrachte, die jungen Triebe, wild und blind, bei mir Halt suchend. Sie bat mich, ihr mein wichtigstes Geheimnis zu erzählen, damit wir verbunden wären. Das Intimste, was ich mit ihr teilen konnte, war, daß ich jetzt weniger Gedichte schrieb und an einem unerbittlichen Roman über die Franzosen in London arbeitete.

»Ich könnte dir eine Menge erzählen«, sagte Juliette. »Von den Frauen der Helden, wie sie mit anderen Männern schlafen.«

»So ein Roman ist das nicht«, sagte ich. »In meinem Roman sind sie alle tot, aber sie wissen es nicht. Jede Person ist in ihrer speziellen, für sie eingerichteten Hölle.«

»Das stimmt nicht«, sagte sie. »Wir sind nicht tot oder in der Hölle. Wir sind nur hier und warten. Wir wissen nicht, wie die Hölle sein wird. Keiner weiß das. Und einige von uns werden zusammen im Himmel sein.« Sie legte ihr Gesicht an meines, als sie das sagte. Es kam mir nie in den Sinn, daß sie das wörtlich meinte. Ich dachte, ihr Calvinismus sei nur eine organisierte Form des Atheismus. »Hast du kein besseres Geheimnis?« fragte sie. Ich vermutete, daß Schulmädchen so redeten und Freundschaft gelobten, und ich wunderte mich, wofür sie mich hielt. »Na gut«, sagte sie dann, »willst du mich heiraten, auch ohne Geheimnis?«

Niemand nötigte mich zu einem Leben mit Juliette. Es gab keine Tränen, keine Drohungen, und ich hatte keine Angst vor ihrer Mutter. Ich hätte nur zu sagen brauchen: »Ich weiß noch nicht«, oder: »Warten wir's ab.« Ich glaube, ich wollte sie aus ihrer Einsamkeit holen. Als sie mich trotz ihrer Schüchternheit fragte, ob ich sie liebe, sagte ich, daß ich sie nie verlassen würde, und ich bin mir sicher, wir beide glaubten, das wäre dasselbe. Ein paar Tage danach sagte sie ihrer Mutter, wir seien verlobt und nichts würde sie davon abbringen, mich nach dem Krieg zu heiraten, und zum ersten Mal, soweit sie sich erinnern konnte, sah sie ihre Mutter weinen.

Statt eines Ringes gab ich Juliette etwas von der algerischen Erde. Sie dankte mir, gestand aber, daß sie keine Ahnung hatte, was sie damit anfangen sollte. Sollte sie in einer Untertasse zur Schau gestellt werden, auf einem niedrigen Tischchen? Sollte sie die Erde in einem beschrifteten, mit Datum versehenen Umschlag aufbewahren? Taktvoll von Kindesbeinen an, schenkte sie die Gabe der Mutter, ihrer Rivalin im Kummer.

Da wir jetzt »verlobt« waren, bekam ich mit, was das Wort für Juliette bedeutete, und ich hatte keine Gewissensbisse, sie in mein Zimmer zu schmuggeln – obwohl natürlich nie spät nachts. Wir nahmen die Matratze von dem durchgelegenen Sofa und legten sie auf den Boden vor das Gasfeuer. Juliette zog ihre Sachen aus und erzählte mir von ihrer Kindheit, auch wenn ich nicht immer zuhörte. Manchmal sprach sie vom Leben, das in Paris auf uns wartete, und von der Anzahl der Kinder, die wir haben würden, und den Namen, die wir ihnen geben würden. Ich erinnere mich an einen Thomas und eine Claire.

»Wie viele Kinder wollen wir?« fragte sie. »Ich würde sagen, zehn. Na gut, sieben. Mindestens fünf.«

Ihre Sachen waren über den ganzen Fußboden verstreut, und das Zimmer war trotz des Feuers kalt, doch sie schien es nicht zu spüren. »Ich hasse Kinder«, sagte ich. Ich war erstaunt, daß ich etwas so Entschiedenes und Grausames sagen konnte, das gleichzeitig so wahr klang. Wann hatte ich aufgehört, Kinder zu mögen? Vielleicht als ich das Kind des Obersten adoptierte und glaubte, es würde nie erwachsen werden. Ich hätte sagen können: »Ich mag keine *anderen* Kinder«, doch nichts bei dieser Unterhaltung war richtig durchdacht.

»Du wirst sie lieben«, sagte sie glücklich. »Du wirst schon sehen.« Sie hielt ihre gespreizten Finger vor die Gasflamme und zählte sie mit Namen auf. Jeder Finger stand für eine gefräßige, eigensinnige Persönlichkeit, frech wie ein Rohrspatz. Als Einzelkind erfand sie Spielgefährten und gab ihnen Namen, und von mir wurde verlangt, sie ins Leben zu rufen.

»Ich weiß, es klingt dumm«, sagte sie, »aber ich habe meine Puppen behalten, bis ich fünfzehn war. Meine Mutter hat sie schließlich verschenkt.«

»Geschwister«, sagte ich.

»Nein, nur Puppen. Aber sie hatten Namen.«

»Ist das eines deiner Geheimnisse?« »Geheimnisse« war mit erotischer Bedeutung aufgeladen, wenn wir allein waren.

»Du hast ein ganz besonderes Geheimnis«, sagte sie.

»Ja. Ich habe meinen Roman zerrissen.«

»Oh, wie schön für dich! Oder ist das traurig?«

»Ich gebe es einfach auf. Ich werde nie einen neuen anfangen.«

»Du hast noch ein anderes Geheimnis«, sagte sie. »Du bist mit jemandem verheiratet.« Als sie das sagte, schien sie zu merken, daß es kalt im Zimmer war. Sie fröstelte, langte nach ihrem Kleid und wickelte sich wie in einen Umhang hinein. »Jemand hat deine Mutter besucht. Sie – deine Mutter – läßt dir ausrichten, deiner Frau gehe es gut. Deine *Frau*«, sagte Juliette und versuchte dabei, ihre Stimme unter Kontrolle zu halten, »ist im Süden von Frankreich. Es ist ihr gelungen, deiner Mutter ein Pfund Zwiebeln zu schicken. Zum Essen«, sagte Juliette, während ich sie weiter anstarrte. »Zwiebeln, zum Essen.«

»Ja, ich bin verheiratet«, sagte ich. »Aber sie ist nicht meine Frau. Ich habe es getan, um sie zu retten. Ich habe irgendwo ihren gelben Stern.«

»Ich würde ihn gern sehen«, sagte Juliette höflich.

»Er ist aus billigem, häßlichem Stoff«, sagte ich, als wäre das alles, was nicht in Ordnung war.

»Ich glaube, du solltest dir etwas anziehen«, sagte Juliette. »Wenn du von deiner Frau erzählst.«

»Sie ist nicht meine Frau«, sagte ich. »Die Heirat war eine juristische Formalität. Abgesehen davon zählt sie nicht.«

»Vielleicht ist sie ja nicht deine Frau«, sagte Juliette, »aber sie ist die Schwiegertochter deiner Mutter.« Sie zog die Knie hoch und legte den Kopf darauf, als sei es unschicklich, mir beim Anziehen zuzuschauen. »Willst du damit sagen, das zählt nicht als Geheimnis?« sagte sie nach einer Weile. Ich las ihre restlichen Sachen auf und legte sie neben Juliette auf die Matratze. »Zählt es überhaupt?«

»Ich bringe dich nach Hause«, sagte ich.

»Das brauchst du nicht.«

»Es ist spät. Ich kann dich nicht während der Verdunkelung herumlaufen lassen.«

Sie zog sich langsam im Sitzen und Knien an. »Ich freue mich, daß sie in Sicherheit ist und daß es ihr gutgeht«, sagte sie. »Es wäre zu dumm, wenn alles, was du getan hast, umsonst gewesen wäre. Sie muß dir sehr dankbar sein.«

An Dankbarkeit hatte ich nie gedacht. Ja, wahrscheinlich war sie dankbar, wenn ich es mir recht überlegte. Plötzlich konnte ich kaum abwarten, daß der Krieg aus war, damit ich Hand in Hand mit Juliette vor sie hintreten und sie um die Scheidung und ihren Segen bitten könnte.

Juliette knöpfte im Knien den neuesten Mehlsack zu, den ihre Mutter für sie ausgesucht hatte. »Warum hast du deinen Roman zerrissen?« fragte sie.

Weil ich das Leben nicht so hinbiegen kann, daß es sich mit einer Phantasievorstellung deckt. Weil ich nicht weiß, wie ich das Leben schlechter oder besser darstellen kann, oder wie ich es wahr darstellen kann. Statt das zu sagen, äußerte ich: »Wie stellst du dir eigentlich vor, daß ich zehn Kinder ernähren soll?« Die Frau des Obersten mochte mich nicht besonders, doch sie hatte geäußert, daß es ein paar Leute gab, denen sie mich nach dem Krieg vorstellen konnte. Sie hatte etwas von Rundfunksendungen gesagt, und der Gedanke gefiel mir. Juliette kniete noch immer und hatte das gräßliche Kleid nur zur Hälfte zugeknöpft. Ich sah auf ihren gebeugten Kopf hinunter. Wahrscheinlich ging ihr durch den Kopf, daß sie sich an einen Mann gebunden hatte, einen Mann ohne Geld, ohne Perspektive und ohne Beziehungen, der nicht mehr ganz ledig war. Gegen den eine Klage wegen Falschaussage erhoben werden könnte. Der ein gebrochenes Nasenbein hatte und für den Rest seines Lebens hinkte. Der bisher noch nie etwas, was er angefangen hatte, zu Ende geführt hatte. Vielleicht vergaß sie eines: Ich war nach London gelangt.

»Ich könnte die ganze Nacht bleiben«, sagte sie. »Wenn du möchtest.«

»Deine Mutter würde die Polizei benachrichtigen«, sagte ich.

»Das würde sie nie wagen«, sagte Juliette. »Ich habe nie die Polizei gerufen, weil *sie* nicht nach Hause gekommen ist.«

»Es wäre ...« Ich versuchte herauszufinden, was es für uns bedeuten könnte. »Es wäre radikal.«

Ihre Hände bewegten sich wieder, in umgekehrter Richtung, das Kleid aufknöpfend. Sie war das Kind des Obersten, sie hatte schon die Luft angehalten und war gesprungen, und das war der Anfang und das Ende davon.

»Wir könnten deswegen in große Schwierigkeiten kommen«, sagte ich.

»*Oh, what a pity*«, sagte sie. »Wir werden immer zusammensein. Wir werden immer glücklich sein. *How lovely! What a shame!*«

Ich glaube, sie vertraute mir noch in diesem Augenblick; ich hoffe es.

Rue de Lille

Meine zweite Frau, Juliette, starb in der Wohnung in der Rue de Lille, wo sie seit Kriegsende gelebt hatte – zunächst mehr oder weniger allein, dann mit mir. Alle Zimmer gingen auf den efeubewachsenen Schacht eines Hofes hinaus und waren deshalb dunkel. Wir sprachen oft davon, uns nach einer helleren Wohnung umzuschauen, in einem Dachgeschoß mit Südfenstern und einer großen Terrasse, aber Pariser ziehen selten um, wenn sie nicht dazu gezwungen werden. »Wir wissen, was wir haben, mit allen Mängeln«, sagten wir uns. »Das ist besser als eine böse Überraschung.«

»Und was wird mit deinen Büchern?« fügte Juliette dann noch hinzu. »Du würdest Monate brauchen, um sie einzupacken, und in der neuen Wohnung würdest du ewig keine Ordnung hineinbringen.« Ich sah mich dann, wie Juliette mich sah, über einen schrägen, wackligen Bücherstapel gebückt, der auf einem fremden Fußboden aufgetürmt war, fluchend und schimpfend beim Versuch, ein Wörterbuch hervorzuziehen. »Trotzdem habe ich nicht vor, hier zu sterben«, sagte sie auch.

Ich kannte einmal einen, der glaubte, Ertrinken könne leicht, sogar angenehm sein, bis er zufällig fast ertrank. Juliettes Vater war ein Oberst, der erwartete, in der Schlacht zu fallen oder von einem deutschen Exekutionskommando erschossen zu werden, doch er starb an Typhus in einem Konzentrationslager. Vor langer Zeit hatte ich mir einmal für mich ein heimliches Begräbnis mit militärischen Ehren nach einer Résistance-Heldentat vorgestellt, aber alles, was ich vom Krieg davontrug, waren ein paar Knochenbrüche und ein lädiertes Nasenbein durch einen Motorradunfall.

Juliette hatte siebenunddreißig Jahre verdunkelte Wintermorgen in der Rue de Lille erlebt. Es war wenige Tage vor ihrem sechzigsten Geburtstag, als ich sie ausgestreckt auf dem Fußboden unseres Schlafzimmers fand, eine Hand schlaff auf einer Taschenlampe. Sie hatte unter eine Kommode schauen wollen, und ihr Herz hatte versagt. (Später rückte ich die Kommode von der Wand weg und entdeckte eine Fünffranc-Münze.) Ihr dunkles Haar, in das sich Grau mischte und das mit dem Alter weich und eigensinnig geworden war, hatte sie mit einem schmalen Satinband im Nacken zusammengebunden. Sie sah mädchenhafter aus als je zuvor seit unserer ersten Begegnung. (Sie verliebte sich jung in mich.) Sie trug einen Flanellfaltenrock, eine klassische Bluse und eine der dicken Strickjacken mit vergoldeten Knöpfen, die sie beim Fernsehen zu stricken pflegte. Man hatte ihr beigebracht, daß ruhig zusehen oder zuhören Nichtstun bedeutet; sie summte zur Musik, um zu zeigen, daß sie nicht untätig war. Sie war taktvoll, sie war in vernünftigem Maß großzügig, sie war alles, nur nicht streitsüchtig. Ich hörte sie oft sagen, ein klein wenig beunruhigt, sie habe nie Langeweile. Sie war treu, wenn »treu« bedeutet, die bekannten Arten von Schwierigkeiten zu vermeiden. Sie war geduldig. Ich weiß, daß sie ein guter Mensch war. Jeder ergebene Freund, jeder Liebhaber, jeder Ehemann hätte neben ihr egoistisch, reizbar, sogar grausam gewirkt. Sie zeigte so wenig von den gewöhnlichen Formen der Eifersucht – das übliche eheliche Gehst-du-oft-mit-ihr-essen? –, daß ich sie einmal fragte, ob bei ihr etwas nicht stimme.

»Wer diese Wohnung übernimmt«, sagte sie, als wir über einen Umzug sprachen, »wird sich mächtig über die Höhe der Stromrechnung wundern.« (Juliette bezahlte sie; ich kümmerte mich um eine Reihe anderer Dinge.) Im Winter mußten wir den ganzen Tag lang das Licht brennen lassen. Die Wohnung hatte die Form eines L, lief an zwei Seiten eines Hofes entlang, wie ein Zug, der eine scharfe Kurve durchfährt. Von unseren Arbeitszimmern an den entgegengesetzten Enden des Zuges konnten wir hinausblicken und den tröstlichen Schein vom Schaffen des anderen sehen, eine Lampe hinter einem Fenster. Juliette besorgte gewöhnlich eine treue, zuverlässige Übersetzung irgendeines amerikanischen Romans; ich bearbeitete vielleicht gerade meine fünfstündige Fernsehserie *Stendhal in Italien*, die in Japan später einen Preis bekommen sollte.

Wir waren eine Zeitspanne lang zusammen, die ich nicht an der Dauer von Juliettes Leben zu messen wage; es würde mir das Gefühl geben, daß ich mich auf eine höhere Ebene zurückgezogen hätte, um als Überlebender von oben herab den Punkt zu betrachten, an dem sich unsere Lebensläufe begegneten und verbanden und in dieselbe Richtung zu laufen begannen: eine lange, beschränkte Zeitstrecke in der Rue de Lille. Bestimmt waren es die blassen, verschwommenen Blautöne, die als Teppich und Tapete die Böden und Wände bedeckten und in denen Möbel und Lampenschirme gehalten waren, die über diese Zeitstrecke die Stimmung einer kurzen Saison breiteten. Es erinnert mich an die Flecken von unbestimmtem Blau, die im späten Frühling hoch über Paris erscheinen, wenn es auf der Straße noch naß und kalt ist und die Touristen zu früh gekommen sind. Die Touristen, die sich in Hauseingängen unterstellen und durchweichte Stadtpläne zu lesen versuchen, immer schlecht ausgerüstet mit ihren Jeans und dünnen Jacken. Über ihren Köpfen sieht man Fetzen einer Farbe, die keine Bedrohung signalisiert und alles verspricht.

Diese Farbwahl, Juliettes Vorliebe, schob ich manchmal auf ihre calvinistische Nüchternheit – man kann es auch Temperament nennen –, und manchmal auf ihren verfeinerten hugenottischen Geschmack. Wenn ich müde oder ungeduldig war, beschwerte ich mich, daß ich von einem despotischen Verkehrspolizisten in einen protestantischen Himmel eingewiesen worden war, obwohl mir eher eine heidnische Hölle angemessen wäre. Doch dann, wenn ich die ruhigen, klugen Gesichter alter Freunde von Juliettes Familie um unseren Wohnzimmertisch herum ansah, und ihre tüchtigen und bescheidenen Frauen, begriff ich, wie töricht es sein mußte, solche Menschen vor einen butterblumengelben oder apfelgrünen Hintergrund zu plazieren. Das leise Schnalzen ihrer protestantisch-vornehmen Konsonanten ließ auch die Unterhaltung in die Ferne rücken und machte sie unverbindlich. Das war eine Sprache, die mich erstaunt hatte, als ich sie das erste Mal bei Juliette hörte. Ich hatte fälschlich geglaubt, daß sie damit Eindruck machen wollte; doch sie war völlig natürlich.

Der Stadtplan von Paris aus dem sechzehnten Jahrhundert, den ich für ihren Geburtstag gekauft habe, ist noch immer zum Einrahmen im Geschäft; ich habe einen Scheck geschickt, aber das Bild nie abgeholt. Ich habe ihre privaten Briefe vernichtet, ohne sie zu lesen, und einen ganzen Schwung Kleider an eine protestantische wohltätige Organisation gegeben. Ihrer Todesanzeige in *Le Monde* war ein kurzer Hinweis auf ihren Vater angefügt, einen Helden der Résistance, nach dem Vorstadtstraßen benannt sind; und auf ihre Karriere als geschätzte Übersetzerin, die den französischen Lesern die amerikanische Literatur der Nachkriegszeit nahegebracht hat; und auf ihren Mann, den bekannten Rundfunk- und Fernsehinterviewer und Autor, der sie überlebte.

Eine weitere Person, die sie überlebte, war meine erste Frau. Eines Abends, als Juliette und ich in dem kleinen Wohnzimmer, in dem sie ihre Freundinnen empfing und in dem wir fernsahen, Kaffee tranken, sagte Juliette wieder: »Aber wieviel von dem, was sie sagt, glaubt sie wirklich? Das Gerede von ihrem Katholizismus und diese ganzen Phantasien, die in ihrem Kopf herumspuken – daß sie deine wahre und einzige Frau ist, daß eure Ehe im Himmel besiegelt ist, daß ihr in einer anderen Welt zusammen sein werdet?«

»Das sind die Dinge, die Leute so in Briefen schreiben«, sagte ich. »Sie setzen sich allein hin und lassen es herausfließen. In dem Augenblick ist es ehrlich. Ich weiß nicht, warum sie plötzlich *un*ehrlich sein sollte.«

»Nach dem ganzen Ärger, den sie gemacht hat«, sagte Juliette. Sie meinte damit, daß meine Frau viele Jahre lang nicht in die Scheidung eingewilligt hatte.

»Sie konnte nicht anders«, sagte ich.

»Woher weißt du das?«

»Ich weiß es nicht. Das glaube ich. Ich habe sie kaum gekannt.«

»*Ein wenig* mußt du sie doch gekannt haben.«

»Ich habe sie nicht öfter als drei- oder viermal in den letzten paarunddreißig Jahren, seit wir zusammenleben, gesehen.«

»Wie meinst du das?« fragte Juliette. »Du hast sie nur einmal gesehen, mit mir. Wir waren zusammen essen. Du hast dich davor gedrückt, sie um die Scheidung zu bitten.«

»Man kann nicht beim Essen um die Scheidung bitten. Das mußte brieflich geschehen.«

»Und seitdem hat sie immerfort geschrieben«, sagte Juliette. »Hast du nun drei- oder viermal gemeint, oder einmal?«

Ich sagte: »Einmal, wahrscheinlich. Wahrscheinlich nur das eine Mal.«

Mich aus nächster Nähe musternd, als sei ich ein Roman, den sie zu übersetzen hatte, erwiderte Juliette, daß einem unerwartete Einblicke lieber erspart bleiben sollten. Da war es, als hätte man drei Wände des Hofes draußen in Schutt und Asche gelegt. Durch die frisch klaffende Lücke sah sie geradewegs bis zu meiner ersten Ehe. Wir – meine erste Frau und ich – posierten in der Ferne, wie literarische Figuren.

Ich hatte vor kurzem an einer Podiumsdiskussion teilgenommen, die fürs Fernsehen aufgezeichnet worden war, über das Thema »Welche Literatur für welche Leser zu wessen Kosten?« Ich wandte mich ab und schaltete den Fernsehapparat ein, ungefähr zehn Minuten zu früh. Juliette stellte die leeren Tassen und die Kaffeekanne auf ein Tablett, das sie in Mailand erstanden hatte, in dem Sommer, als ich über Stendhal forschte, und trug das Tablett durch den düsteren Korridor in die Küche. Ich sah das Ende der Spätnachrichten. Es muß im Frühjahr 1976 gewesen sein. Wegen der Energiekrise war die Sommerzeit eingeführt worden. Wie jede Neuerung war das zutiefst verunsichernd. Die Leute sagten, sie könnten ihre Nahrung nicht mehr richtig verdauen oder nett zu ihren Kindern sein, und daß sie Beruhigungsmittel brauchten, um den geänderten Tagesrhythmus zu verkraften. Ein Arzt wurde interviewt; er riet zu leichter Kost und frühem Zubettgehen, bis sich Geist und Körper der Veränderung angepaßt hätten.

Ich wandte mich lächelnd dahin, wo Juliette hätte sein sollen. Dann war mein Programm dran, und ich beobachtete mich, wie ich einige Argumente vorbrachte, ehe ich aufstand und sie suchen ging. Sie war in der Küche, stand dort im Dunkeln und umklammerte den Rand des Ausgusses. Sie bewegte sich nicht, als ich das Licht einschaltete. Ich legte die Arme um sie, und wir gingen in ihr Wohnzimmer zurück und sahen uns gemeinsam den Rest der Sendung an. Sie strickte Wollquadrate, die zu einer Decke zusammengenäht werden sollten; es gab immer irgendwo eine Überschwemmung oder ein Erdbeben oder einen Flüchtlingsstrom, und diejenigen, die den Gefahren entrannen, mußten zugedeckt werden.

Lena

In ihrer besten Zeit, womit ich sagen will, als sie schön war, brauchte Magdalena andere Frauen nicht. Sie war nicht auf Frauen angewiesen, wenn es um wichtige Dinge ging, wie Charme und Vergnügen und das Bezahlen ihrer Rechnungen; und was den Austausch von Pariser Klatschgeschichten und intimem Tratsch anging, so war – weil sie nie etwas Vertrauliches mitteilte und nie klagte – das Ohr eines Mannes gut genug. Magdalena sah Frauen als Beiwerk, freundlich zu behandeln – Hausmädchen, Näherinnen, Maniküren –, oder als kleinere komische Figuren, die Frauen und offiziellen Verlobten ihrer Bewunderer. Es lag nicht in ihrer Natur, sich darum zu kümmern, was die Leute sagten, und sie erkannte nie die Gestalt einer Drohung, auch wenn sie ihr schon ganz nah war, doch ich vermute, es waren Frauen, die ihr einige der sinnlosen Namen gaben, mit denen sie bedacht wurde, wie etwa »mitteleuropäische Hure« und »jüdische Abenteurerin«.

Aber jetzt, wo sie fast achtzig und ans Bett gefesselt ist, erhält sie Besuche von Frauen – übriggeblieben von einer frühen Auswanderungswelle aus Ungarn. Sie haben kleine rosa Näschen, tragen Strickmützen bis tief in die Stirn gezogen und können an dunklen Straßenecken den schrecklichen Geist von Béla Kun sehen. Sie haben vergessen, daß Magdalena einst vielleicht einen schlechten Ruf hatte. Sie ist eine gläubige Katholikin, und sie äußert kultivierte, moralisch klingende Dinge, die in den Ohren einer Handvoll Generalswitwen und hinterbliebener Schwestern von unverheirateten Diplomaten lieblich klingen. Sie überhäufen ihren Nachttisch mit Hustensaftflaschen, Zitronen, bestickten Servietten, Honiggläsern und zugedeckten Schüsseln mit Pflaumenkompott, das immer Kleckerspuren hinterläßt. Sie nennen Magdalena »Lena«.

Sie belegt ein Bett in der einzigen Institution, die bereit war, sie aufzunehmen – ein Krankenhaus am nördlichen Stadtrand von Paris, getüncht wie ein Gefängnis, mit Graffiti beschmiert. Die Eingangshalle aus Glas und Marmor erinnert an den protzigen Wohlstand der sechziger Jahre. Sie enthält, neben einem demolierten Kaffeeautomaten und einer Gedenktafel mit dem Namen eines vergessenen Gesundheitsministers, ein monumentales Beispiel der Kunst von vor zwanzig Jahren – einen weißen Fuß, an dem jeder Zehennagel in einer anderen Farbe lackiert ist. Um dieses Wunder zu bestaunen und um Magdalena die kleinen Tröstungen zu bringen, deren sie meiner Meinung nach bedarf, muß ich eine ermüdend lange Strecke mit der Vorortlinie der U-Bahn fahren. Bei diesen Ausflügen führe ich einen geschlossenen Schirm mit: Man sagt, daß das matte, schattenlose Licht dieser Linie Gewaltverbrechen anzieht. In meiner Brieftasche habe ich einen Ausweis, der mir wegen eines im Krieg erlittenen Unfalls das Recht auf einen Sitzplatz bestätigt. Ich wage es nie, diesen Ausweis zu zeigen. Lieber stehe ich. Alles, was mit dem Zweiten Weltkrieg zu tun hat, besonders mit den älteren Überlebenden, fordert bei der jungen Generation Spott und Anzüglichkeiten heraus und sogar Feindseligkeiten.

Magdalena ist im vierten Stock (kein Fahrstuhl) eines Flügels untergebracht. Er ist für ältere Patienten reserviert, die zu gebrechlich sind, um in Pflegeheime verlegt zu werden – selbst wenn ein Zimmer in einem solchen Heim gefunden werden könnte. Man hat den alten Leuten eingetrichtert, daß sie froh sein können, ein Bett zu haben, daß die Warteliste für ihre Matratze und ihr Kopfkissen stündlich länger wird. Sie dürfen nicht zu launenhaft, unzufrieden und zänkisch wirken oder den Schwestern zusätzliche Mühe machen. Wenn sie das ständig tun, werden ihre Habseligkeiten gepackt und ihre Verwandten benachrichtigt. Ein Gesetz verpflichtet nahe Verwandte, sie aufzunehmen. Gesetz bedeutet nicht Liebe, und Magdalena hat genug Kummer und Durcheinander erlebt, um nachdenklich zu werden.

»Familien sind schlimmer als der totale Krieg«, sagt sie. Ich weiß nicht genau, wie ihr eigener Krieg aussah. Soweit ich weiß, ertrug sie alle seine Härten in Cannes, wo sie einen täglichen Spaziergang zu einem Schwarzmarkt-Restaurant machte und ihre Beine unterwegs von berühmten Kollaborateuren und deutschen Offizieren bewundern ließ. Ihre Erinnerungen, wenn sie sich damit abzugeben geruht, sind wie ein kurzer, verschwommener, egozentrischer Traum.

»Aber was hast du in diesen Jahren *getan*?« habe ich sie gefragt. (Meine Mutter malte mit Kreide gaullistische Losungen an Pariser Mauern. Der Vater meiner zweiten Frau starb in der Deportation. Ich schloß mich den Freien Franzosen in London an.)

»Ich habe die Luft angehalten«, antwortet sie und lächelt.

Sie teilt sich das Zimmer mit einer Frau, die an einem brennenden Ausschlag auf den Schultern leidet. Medikamente, die das Brennen lindern, scheinen ihren Geist zu verwirren, und sie streunt dann auf den Gängen umher, weiß nicht, wo sie ist, und weint. Das Krankenhaus droht daraufhin, sie nach Hause zu schicken, und ihre Kinder bitten in panischer Angst darum, daß die Behandlung abgesetzt wird. Nach wenigen Tagen kehrt der Ausschlag zurück, und die Frau hält Magdalena wach, indem sie ihre Schmerzen schildert – es ist, als würde man sie mit glühenden

Nesseln peitschen, sagt sie. Magdalena stibitzt Beruhigungsmittel und überredet die Bettnachbarin, sie zu nehmen, doch einmal hat sie die Frau mit einem Kissen geschlagen. Das Krankenhauspersonal wurde unangenehm, ich mußte vermitteln. Glücklicherweise hatte mich der Leiter der Abteilung für Geriatrie und chronisch Kranke im Fernsehen als Teilnehmer an einem literarischen Spiel gesehen (»Mit welchem Heiligen könnte sich Jean-Paul Sartre eine Begegnung am meisten gewünscht haben?«), und das half in unserem Fall.

Eigentlich kann Magdalena nicht fortgeschickt werden – nicht so ohne weiteres. Sie hat keine Familie und weiß nicht, wohin. Ihre fortdauernde Existenz wird vom Krankenhaus ein wenig als Betrug angesehen. Man hat sie zunächst nur aufgenommen, weil man annahm, daß sie bald sterben und das Bett freimachen würde.

»Deine gebrochene Nase ist ein Fehler«, hat sie gestern gesagt.

Mein Gesicht wurde bei demselben Unfall im Krieg beschädigt, der mir eigentlich einen Sitzplatz in öffentlichen Verkehrsmitteln garantieren soll. »Sie verleiht dir etwas unverschämt Freches, als wäre ein Held von Malraux in einen modernen Roman spaziert und man hätte ihn hinausgeworfen.«

Nun, das war hart für einen Mann, der früher als gewöhnlich aufgestanden war und eine Anzahl von Illustrierten für Magdalena gekauft hatte, ehe er hinunterstieg zu der Vorortlinie mit ihrem matten, beunruhigenden Licht. Ein Mann, der eben fünfundsechzig geworden war. Dessen neue Brücke ihn lispeln ließ. Sie redete, wie sie in den alten Tagen geredet hatte, in ihrer Wohnung mit den großen Fenstern und dem weiten Blick über die Seine. Sie trug damals immer Weiß und saß auf einem weißen Sofa. Es gab rote Farbflecke in dem Zimmer – ihre langen Fingernägel und ihr Lippenstift und die Ehrenlegion auf dem Revers eines Verehrers. Sie hatte zwei komische Hündchen, deren Augen im Dunkeln rot glühten.

»Ich habe dich neulich erst reden hören«, fuhr sie fort. »Das war äußerst interessant, was du von Gide erzählt hast, daß er immer die Runde durch die Buchläden machte, um zu sehen, wie sich sein Buch verkaufte. Ich glaube übrigens, daß ich dir diese Geschichte erzählt habe.«

»Es kann nicht erst neulich gewesen sein«, sagte ich. »Das klingt nach einer Radiosendung, die ich in den fünfziger Jahren hatte.«

»Wenn ich darüber nachdenke, kannst du es nicht gewesen sein«, sagte sie. »Der Mann lispelte. Ich habe mir gesagt: ›Es *könnte* Édouard sein.‹«

Ihr fremder Akzent bezauberte mich, als ich jung war. Jetzt reizt er mich. Fünfzig Jahre ist sie nun in Frankreich und kann meinen Namen, Édouard, nicht aussprechen, ohne ihn falsch zu betonen und das r zu rollen. »Wenn du zu einem R kommst«, habe ich ihr gesagt, »dann laß deine Zunge hinter den unteren Schneidezähnen.«

»Sie will da nicht bleiben«, sagt sie. »Sie biegt sich nach oben. Tut mir leid.« Als ob ihr das etwas ausmachte. Sie nimmt alle Verdrießlichkeit, die ich zeige, hin, weil sie mir Duldsamkeit zu schulden glaubt: Sie meint, ich sei jugendlich, kindlich, müsse geneckt und bei guter Laune gehalten werden. Sie glaubt, wir hätten ein langes, ungebundenes Leben vor uns, und sie erwartet, darin ihren Platz als meine Frau und zukünftige Witwe einzunehmen. Zu diesem Zweck hat sie meine zweite Frau überlebt, und sie könnte auch mich überleben, obwohl ich vierzehn Jahre jünger bin als sie und noch gut zu Fuß.

Magdalenas katholische Legende ist, daß sie bekehrt wurde, nachdem sie bei einer Teegesellschaft gehört hatte, wie Jacques Maritain den Neothomismus erläuterte. Seither hat sie nie aufgehört, metaphysische Tugendgesetze auf atavistische Thesen über Gut und Böse zu türmen. Das Ergebnis ist ein moralischer Steinhaufen, der jederzeit ins Rutschen kommen kann. Nur Gott könnte diese Lawine aufhalten, aber sie hat es so arrangiert, daß er hinter ihr steht und sie anstachelt. Ich mußte auf die Verabschiedung eines Gesetzes warten, das Scheidung auf Grund von Trennung möglich machte, ehe ich frei war, wieder zu heiraten. Ich habe lange gewartet. Unterdessen schrieb Magdalena Briefe an den Papst, bejubelte seinen Standpunkt zur Ehe und beschwor ihn, nicht nachzugeben. Sie kann unter drei oder vier verschiedenen Sprachen wählen, und ihre Wahl hängt davon ab, wohin sie ihre Träume in der Nacht geführt haben mochten. Früher reiste sie mit dem Zug nach Budapest und Prag und war in weißes Leinen gekleidet. Sie hatte glattes, blondes Haar und trug eine Haarspange mit Diamanten hinter einem Ohr. Jetzt reist keiner mehr in diese Städte, und die schmalen Leinenkostüme stecken zerknittert in Koffern. Ihr Geist ist klar, aber sie äußert absurde Dinge. »Ich habe sie nie kennengelernt«, sagte sie über Juliette, meine zweite Frau. »War sie mir irgendwie ähnlich?«

»Natürlich hast du sie kennengelernt. Wir waren zusammen essen, wir drei.«

»Zeig mir ihr Foto. Vielleicht kann ich mich dann erinnern.«

»Nein.«

Sie sind sich einmal begegnet, am ersten Sonntag im September 1954 – einem heißen Tag, an dem die Luft in der Ferne flimmerte und Wespen gegen die Windschutzscheibe flogen. Ich hatte einen neuen Renault – ein Modell, das im Ruf stand, sich leicht zu überschlagen und mit den Rädern in der Luft liegenzubleiben. Ich fuhr verbissen, glaube ich. Magdalena saß neben mir, in einer Duftwolke – Jasmin oder Gardenie –, die mich an die luxuriöse, profitable Seite von Kriegen denken ließ. Juliette saß hinter mir, eine Straßenkarte auf dem Knie, den Finger auf dem westlichen Stadtrand von Fontainebleau. Ihr dunkles Haar war straff nach hinten gekämmt und im Nacken mit einem dunkelblauen, grob gerippten Seidenband zusammengebunden. Man kann ohne weiteres sagen, daß sie nach Seife und Zitronen roch.

Wir führten Magdalena zum Essen aus. Es war Juliettes Idee gewesen. Irgendwann zwischen Himbeeren mit Sahne und Kaffee sollte ich um die Scheidung ersuchen – schlimmer, Magdalena das Versprechen entlocken, einer Scheidung zuzustimmen. Bisher hatte sie sich jeder Erörterung dieses Themas verweigert und zehn Jahre lang abgelehnt, sich mit mir zu treffen. Juliette und ich hatten seit Kriegsende zusammengelebt. Sie war jetzt dreißig und wollte nicht länger warten. Wir wurden allmählich zu einem der besorgten, schattenhaften Paare, die ewig darauf warten, daß eine dritte Person stirbt oder sich scheiden läßt. Ich hatte Angst, sie zu verlieren. Im Sommer dieses Jahres war sie ohne mich nach Amerika gefahren (damals so viel weiter weg von Europa als heute), und ihr Verhalten hatte bei ihrer Rückkehr eine neue Farbe, eine Lasur von Unabhängigkeit, als wäre sie einer kräftigeren Sonne ausgesetzt gewesen.

Ich weiß noch, wie sie Magdalena mit milder Verwunderung anstarrte, als wäre Magdalena ein Bild in einer Illustrierten, das nicht zurückschauen konnte. Magdalena hatte ein helles Kleid aus einem weichen, fließenden Stoff an und trug lange weiße Handschuhe. Auf dem Kopf hatte sie einen flachen runden Hut ohne Krempe mit einem weißen Schleier festgebunden. Ich sah sie mit Juliettes Augen, und ich dachte, was Juliette denken mußte: Was glaubt Magdalena, wohin wir mit ihr fahren? Auf eine Hochzeit? Als ich ihr vorn ins Auto geholfen hatte, hatte ich ihren Rock mit der Wagentür eingeklemmt. Ich fragte mich, ob sie sich in eine der schwachen, fügsamen Frauen verwandelt hatte, deren Kleider immer irgendwo eingeklemmt werden.

Juliette hatte die Angewohnheit, ein gesellschaftliches Vakuum auszufüllen, indem sie etwas über ihre eigenen Aktivitäten daherplapperte. Gäste waren oft dankbar dafür. Ohne große Umstände konnten sie mit einer eigenen Schilderung daran anknüpfen, und heraus kam etwas, was echter Unterhaltung nahekam. Juliette sprach also von ihrer kürzlichen Reise. Sie sagte, daß sie ein amerikanisches Kleid aus einem Stoff anhabe, der Baumwoll-Seersucker hieß. Es ließ sich wie ein Staubtuch waschen und mußte fast überhaupt nicht gebügelt werden.

Zur Antwort erhielt sie eine Seitenansicht von Magdalenas Hut und einem blauen Auge, beschattet von hellerem Blau. Magdalena schaute nicht hin, sie hörte zu und genoß aus nächster Nähe den Tonfall der französischen protestantischen Oberschicht. Sie wußte, daß sie privilegiert war. In der Regel sprachen sie nur mit ihresgleichen. Da ich mich an Gangschaltung und Steuerrad klammerte, war ich davon befreit, einen Kommentar abzugeben. Mein Profil mit der gebrochenen Nase hatte Magdalena zunächst verwirrt. Sie hatte mich sogar für einen Betrüger gehalten. Doch dann glitt das Gesicht eines jüngeren Mannes, an das sie sich erinnerte, über die Fälschung und bemächtigte sich seiner.

Juliette hatte den Michelin-Führer durchforstet und ein Restaurant mit einer großen Terrasse und weißen Schirmen ausgesucht, inmitten von Bäumen. An einigen der Tische saßen amerikanische Offiziere in Uniform mit ihren Familien – das soll zeigen, wie lange das her ist. Juliette richtete unseren Schirm so, daß jeder Zoll von Magdalena im Schatten war. Sie nahm es als gegeben, daß meine Frau einer Generation angehörte, die auf Blässe eingeschworen war. Von meinem Platz aus konnte ich das Innere des Restaurants sehen. Es sah kühl und dunkel aus, dachte ich, und wäre vielleicht passender für die behutsame Unterhaltung, die folgen sollte.

Ich rückte meine Lesebrille zurecht, die Magdalena nie gesehen hatte, und starrte eine lange, handgeschriebene Speisekarte an. Magdalena machte keine Anstalten, ihre Karte zu studieren. Ihr ganzes Leben lang hatte sie Männer für sich entscheiden lassen. Schließlich fragte Juliette, ob unser Gast nicht gern mit Spargel beginnen würde. Ich befürchtete, daß es Spargel aus der Dose sein würde. Nun, wie wäre es dann mit Melone. An einem heißen Tag etwas Kühles, gefolgt von kaltem Lachs. Sie verstummte. Ich setzte meine Brille ab, aber Juliette erinnerte mich an den Wein.

Magdalena war mit einem Ritual beschäftigt, das Juliette vielleicht noch nie gesehen hatte und das ich vergessen hatte: Sie zog ihre langen engen Handschuhe Finger für Finger von der Hand und drehte ihre Ringe mit der richtigen Seite nach oben. An einen Ring mit irgendeinem großen funkelnden Stein drückte sich ein Ehering. Juliette sammelte sich, zupfte ein wenig am Kragen des waschbaren Seersuckerkleids und redete weiter über Amerika. In Philadelphia hatte ein gefeierter Prediger der Pfingstkirche den Heiligen Geist herabgefleht auf ein Gemeindemitglied, eine Frau, deren Gehör Schaden genommen hatte, als sie bei einem Stock-Car-Rennen von einem fliegenden Schuh getroffen wurde. Die taube Frau erhob sich und sagte, sie könne Spatzen auf Hochdeutsch tschilpen hören, worauf die Gemeinde jubelnde Dankgebete anstimmte.

Juliette ließ sich nicht zu der Erklärung herab, daß sie nicht der Pfingstkirche angehörte. Sie sprach vom Heiligen Geist wie von einem alten Bekannten, der aus derselben Klasse und demselben gesellschaftlichen Umfeld kam, ein kultivierter, aufgeschlossener Europäer.

Wir waren kein junges Liebespaar mehr, und ich hatte diese Geschichte schon etliche Male gehört. Ich sagte, daß der Heilige Geist möglicherweise Besseres zu tun hätte, als sich mit einem geplatzten Trommelfell abzugeben. Es war kaum zehn Jahre her, daß wir einen entsetzlichen Krieg überlebt hatten. Überall auf der Welt gab es kranke, angsterfüllte, verzweifelte Menschen. Erst vor ein paar Tagen hatte sich der Präsident von Brasilien erschossen.

Juliette erwiderte, daß es Nöte jenseits unseres Verständnisses gebe. »Gott weiß, was er will«, sagte sie. Ich bin sicher, daß sie es glaubte.

»Gott hat Auschwitz gewollt?« fragte ich.

Ich spürte eine Berührung am Arm, blickte hin und sah eine gealterte Hand und einen Ehering.

Mit ihrer ausgeprägten Neigung, sich zurückzuziehen, wenn es brenzlig wurde, entschuldigte sich Juliette mit einem Telefongespräch. Ich wußte, daß ihre kurze Abwesenheit als Zäsur gedacht war. Wenn sie zurückkehrte, konnten wir das Thema wechseln. Magdalena und ich saßen still da, sie noch immer mit ihrer Hand auf meinem Arm, als hätte sie nun endlich eine Geste vollendet, die vor langer Zeit begonnen worden war. Juliette, die Augen mit kaltem Wasser gekühlt, das dunkle Haar frisch gekämmt, kehrte zurück und sah, daß ich dabei war, eine gute Gelegenheit, das Thema Scheidung zur Sprache zu bringen, zu verpassen. Sie setzte sich, lächelte und griff nach ihrem Melonenlöffel. Sie habe eine Menge Arbeit zur Zeit, sagte sie. Sie übersetze einen amerikanischen Roman, der nie hätte geschrieben werden sollen. (Juliette offenbarte nichts weiter über diesen Roman.) Von da glitt sie zum Thema der radikalen Trennungen – nicht so sehr meiner von Magdalena, als vielmehr Scheidung im allgemeinen. Eine klare Trennung sei doch bestimmt eine Möglichkeit, das Leben angenehm und schön zu erhalten? Diesmal schien Magdalenas Gehör geschädigt, und der Heilige Geist war nirgends zu entdecken. Die beiden Frauen mußten gleichzeitig dasselbe gedacht haben, wenn auch aus völlig unterschiedlichen Gründen: daß ich jegliche Chance auf göttlichen Beistand verspielt hatte, indem ich Gottes Absichten hinterfragte.

Es war kurz vor ihrer Einweisung ins Krankenhaus, daß Magdalena von Juliettes Tod hörte. Eine ihrer tatterigen Freundinnen hatte vielleicht die Annonce in der Zeitung gesehen. Sie beanspruchte sofort wieder ihren Platz als meine einzige Gemahlin und zukünftige Witwe. Eigentlich hatte sie ihn nie geräumt, aber jetzt leuchtete der Weg zurück zu mir hell und klar. Die Scheidung, diese Mauer heidnischer Finsternis, war niedergerissen und mit der Asche der Konkubine verstreut. Sie sah mich erlöst von einer ehebrecherischen und ketzerischen Verbindung. Nur ein Konvertit kann »ketzerisch« denken, ohne eine Miene zu verziehen. Sie hätte mitansehen können, wie Juliette auf dem Scheiterhaufen verbrannt wurde, ohne schlaflose Nächte zu haben. Eine weitere Tatsache ist, daß Konvertiten gleichgültige Henker abgeben.

Sie stellte sich vor, daß ich sofort zu ihr kommen würde, doch ich ging nirgends hin. Juliette hatte bestimmt, daß sie eingeäschert werden sollte, und dabei an die reinigende Wirkung der Flamme gedacht, doch der Ritus wurde von einem verborgenen, starken Mechanismus vollzogen, der immer wieder mit Gerassel anruckte und stoppte. Wenn er am lautesten war, übertönte er die Stimme des Geistlichen, der versicherte, daß Juliette mit großem Wohlwollen von oben auf uns herabblicke, und er behielt auch die Oberhand über Juliettes Lieblingsaufnahmen von Mozart und Bach. Ihre Asche wurde in einer numerierten Nische deponiert, die ich nie sah, weil ich irgendwann während der Begräbnisfeier ohnmächtig geworden war und hinausgetragen werden mußte. Dieser Alptraum wurde in der Kapelle des Friedhofs Père Lachaise geträumt. Ich bin dort nicht wieder gewesen. Es ist weit entfernt von meiner Wohnung, und ich glaube nicht, daß Juliette dort ist, oder anderswo. Von dem Augenblick an, als ihr Herz aufhörte zu schlagen, war nichts als Schweigen.

Vergangenen Winter hatte ich Bronchitis und ging selten aus dem Haus. Ich schaffte es, Magdalena eine Uhr, ein Radio, eine Azalee und genug Briefmarken und Briefpapier zu schicken, um eine dem achtzehnten Jahrhundert angemessene literarische Korrespondenz zu führen. Trotzdem waren die Briefe, die mein Krankenbett von dem ihren erreichten, auf schief abgerissene Zeitungsränder gekritzelt. Manchmal behauptete sie, ihre Zimmergenossin hätte ihr das Geld für eine Briefmarke geliehen. Die Botschaft war immer die gleiche: Ich dürfe nicht zulassen, daß meine Frau in einer öffentlichen Institution starb. Ihre Freundinnen mit den rosigen Näschen schrieben mir auch, unterzeichneten mit ihren fremden Namen, gaben ihre Titel an – eine Prinzessin war darunter.

Es hatte keinen Sinn zu antworten, daß heutzutage jeder im Krankenhaus stirbt. Allein bei dem Gedanken daran wurde ihnen übel, und diese Übelkeit besiegte jede schwache letzte Hoffnung. Dann kam von Magdalena: »Am Samstag um neun stehe ich angekleidet mit gepackten Sachen da und warte darauf, daß du kommst und mich mitnimmst.«

Mitnehmen? Weg vom Krankenhausbett? Es hatte wochenlanges Lavieren und Schmeicheln und sogar ein wenig Bestechung gebraucht, um es zu bekommen. Öffentliche Mittel, die ihr eigentlich nicht zustehen, und ein freiwilliger finanzieller Beitrag von mir erhalten ihr den Bettenplatz. Sie hat nicht ein einziges Mal gefragt, wo das Geld herkommt. Als sie jung war, hat sie beschlossen, sich nie Sorgen zu machen, und dabei ist sie geblieben.

Ich ließ mehrere Sonntage verstreichen, bis die törichte Idee verflogen war. Ende April kreuzte ich mit einer Flasche Krug, die ich bis zur letzten Minute auf Eis liegen hatte, und ein paar Gläsern in einer Papiertüte bei ihr auf. Die Frau, die mit ihr das Zimmer teilt, ließ ein lautes Stöhnen hören, als sie mich sah, und zeigte das Weiße vom Auge. Ich schloß daraus, daß Magdalena gestorben war. Das andere Bett war sauber und leer. Die Uhr und das Radio auf dem Tisch wirkten wie zurückgelassene Gegenstände. Ich spürte Erschrecken, Schuld, Reue und Erleichterung, und ich wußte nicht, was ich mit dem Schaumwein machen sollte. Ich drehte mich um, und da in der Tür stand Magdalena in Morgenmantel und Pantoffeln, mit kurzem weißem Haar. Sie schlurfte an mir vorbei und legte sich mit offenem Mund auf das Bett und rang nach Atem.

»Sollte ich nicht nach einer Schwester läuten?« sagte ich und wickelte die Flasche aus.

»Es kommt sowieso keiner. Mach den Champagner auf.«

»Ich hole lieber eine Schwester.« Statt dessen machte ich auf dem Tisch Platz für die Gläser. Ich hatte drei mitgebracht, wegen der Zimmergenossin.

Magdalena rang nach Luft. »Ich habe heute Geburtstag.« Sie setzte sich auf, offenbar erholt, und zog die Brille unter dem Kopfkissen hervor. Sich zu mir beugend fragte sie: »Was bedeutet der rote Fleck auf deinem Revers? Das sieht wie die Ehrenlegion aus.«

»So wird es wohl sein.«

»Warum?« fragte sie. »Gab es einen Grund?«

»Sie hatten wahrscheinlich eine Menge davon übrig.

Irgend jemand hat sogar etwas von ›kultureller Bereicherung der Medien‹ gesagt.«

»Über die Bereicherung freue ich mich«, sagte sie. »Es freut mich auch für dich. Wirst du den Orden immer tragen, ihn von einem Anzug zum anderen wechseln?«

»Er ist neu«, sagte ich. »Heute morgen gab es eine Feier.« Ich setzte mich auf den wackligen, für Besucher reservierten Stuhl, und mit einer Ruhe, die uns beide verstummen ließ, goß ich den Wein ein. »Was ist mit deiner Nachbarin?« fragte ich, die Flasche zum Eingießen geneigt.

»Laß sie schlafen. Das ist eine nette Geburtstagsüberraschung.«

Mir war zumute, als wäre um mein Herz warme Asche aufgehäuft, wie der Rückstand guter Vorsätze. Mir fiel ein, daß Magdalena, als sie bei Kriegsende nach Paris zurückkehrte, ihre Wohnung geplündert und verwüstet vorfand. Einer der ersten Briefe, die mit der Post kamen, war von mir, und darin stand, daß ich eine viel jüngere Frau liebte. »Falls es dir überhaupt etwas bedeutet«, sagte ich, und die Kohlen glühten intensiver, »falls es dir hilft, mich irgendwie zu verstehen – also, keine hat mich je so beeindruckt wie du.« Und das nach nur einem Glas.

»Aber vielleicht hast du mich nie geliebt«, sagte sie.

»Wahrscheinlich nicht«, sagte ich. »Obwohl ich dich doch geliebt haben muß.«

»Gewissermaßen, meinst du?« sagte sie.

»Vermutlich.«

Im Zimmer wurde es so still, daß ich den Fernsehfilm aus dem Nachbarzimmer hören konnte. Ich erkannte die Stimme des Synchronsprechers von Robert Redford.

Magdalena sagte: »Noch vor ein paar Monaten wäre das mein Todesurteil gewesen. Jetzt bin ich einfach dankbar, daß ich nur noch so wenig Zeit habe, um zwischen ›vielleicht‹ und ›wahrscheinlich nicht‹ und ›gewissermaßen‹ hin und her zu irren. Eine verrückte Alte, die Hände ringend.«

Ich erinnerte mich an Juliettes Gesicht, damals, als sie erfuhr, daß ihre Menopause unumkehrbar war. Ich erinnere mich an ihren Schreck, ihr Entsetzen, ihr allmähliches Begreifen, ihren überwältigenden Kummer. Sie hatte auf Kinder gehofft, zuletzt auf ein Kind, einen Sohn, den sie »Thomas« genannt hätte. »Dein Todesurteil«, sagte ich. »Dein Todesurteil. Was ist mit Juliettes lebenslänglicher Strafe? Sie hatte nie Kinder. Als ich sie endlich heiraten konnte, war es zu spät.«

»Sie hätte fünfzehn Kinder haben können, ohne verheiratet zu sein«, sagte Magdalena.

Ich wollte sie anbrüllen, doch meine Stimme wurde hoch und dünn. »Frauen wie Juliette, Menschen wie Juliette tun so etwas nicht. Es war ein Wunder, daß sie einwilligte, mit mir all die Jahre zusammenzuleben. Was ist mit ihrem Sohn, ihrem Thomas? Ich hätte ihn nicht einmal als mein Kind beanspruchen können – nicht dem Gesetz nach, so lange ich mit dir verheiratet war. Stell ihn dir vor, male dir aus, wie er einen Paß beantragt und herausfindet, daß er keinen Vater hat. Auf seiner Geburtsurkunde steht nichts davon. Nur eine Mutter.«

»Du hättest Thomas adoptieren können«, sagte Magdalena. »Auf diese Weise hätte er deinen Namen bekommen.«

»Hätte ich nicht – nicht ohne deine Zustimmung. *Du* warst meine Frau. Und außerdem, warum hätte ich meinen eigenen Sohn adoptieren sollen?« Ich glaube, das war ein Schrei; so erinnere ich mich jedenfalls daran. »Und das Erbrecht, wie es damals war. Hast du jemals daran gedacht? Ich hätte nicht einmal ein Testament zu seinen Gunsten machen können.«

Die Wange auf die Hand gestützt, die blauen Augen beschattet, sagte meine arme, verrückte, rechtmäßige und einzige Frau: »Ach Édouard, du hättest dir keine Sorgen machen sollen. Du weißt doch, daß ich ihm alles, was ich besaß, vermacht hätte.«

Das war nicht das letzte Mal, daß ich Magdalena gesehen habe, aber nach diesem Tag schickte sie keine dringlichen Botschaften mehr, stellte keine verrückten Forderungen mehr. Zweimal ist sie seitdem gestorben und hat sich wieder erholt. Jedesmal wenn der Arzt sagte: »Das war's wohl«, hat sie die Hand der Schwester gedrückt. Sie liebt Rituale, und sie will vielleicht die Sterbesakramente, aber Krankenhäuser hassen das. Die Kunde von einem Priester im Haus verbreitet sich und verstört die anderen Patienten. Es gibt Nachmittage, an denen sie nicht sprechen kann und mit geschlossenen Augen und zitternden Lidern daliegt. Ich halte ihre Hand und fühle den Ehering. Wie die treuen kleinen Witwen nenne ich sie »Lena«, und sie dreht den Kopf und öffnet die Augen.

Dann schaue ich weg, irgendwohin – auf die Uhr draußen vorm Fenster. Ich habe alles ertragen, aber ich habe vor, ihre letzte Zumutung zurückzuweisen, die Begegnung mit ihrem blauen, beständigen Blick reiner Liebe.

MAVIS GALLANT ist 1922 in Montreal geboren. Sie arbeitete dort als Reporterin. 1950 gab sie den Journalismus auf und zog nach Paris, wo sie bis heute lebt. Mehr als einhundertzwanzig Geschichten hat sie seitdem veröffentlicht, die meisten im *New Yorker*.

Ihre Buchveröffentlichungen sind: *The Other Paris; Green Water, Green Sky; My Heart is Broken; A Fairly Good Time; The Pegnitz Junction; From the Fifteenth Circuit; Home Truths; Overhead in a Balloon; Paris Notebooks: Essays and Reviews; In Transit; Across the Bridge.*

Ihr erzählerisches Werk hat sie zusammengefaßt in *The Collected Stories of Mavis Gallant*, einem umfangreichen Band, der 1996 in New York und Toronto erschienen ist.

TRANSITGÄSTE – sechzehn Erzählungen von Mavis Gallant, sind im November 1998 als hundertsiebenundsechzigster Band der *Anderen Bibliothek* im Eichborn Verlag, Frankfurt am Main, erschienen.

»Die vier Jahreszeiten« (»The Four Seasons«), »Späte Heimkehr« (»The Latehomecomer«) und »Baum, Gabriel, 1935–( )«, aus dem Amerikanischen übertragen von Eva Bornemann, sind dem Band *Späte Heimkehr* entnommen, ebenso wie die Erzählung »Potter«, die Helga Pfetsch übersetzt hat. Copyright © der deutschen Ausgabe 1989, Deutsche Verlags-Anstalt GmbH, Stuttgart.

»Ernst in Zivil« (»Ernst in Civilian Clothes«) und »O ewiger Friede« (»O Lasting Peace«), übersetzt von Barbara von Bechtolsheim, stammen aus *Blockstelle Pegnitz* (*The Pegnitz Junction*), einer Sammlung, die von Barbara von Bechtolsheim und Helga Pfetsch übersetzt wurde. Copyright © der deutschen Ausgabe 1991, Rowohlt Verlag, Reinbek.

»Die Lage der Dinge« (»A State of Affairs«) ist in deutscher Sprache erstmals in dem gleichnamigen Band 1996 bei S. Fischer publiziert worden, ebenso wie die Erzählung »Forain«. Copyright © der deutschen Ausgabe 1996, S. Fischer Verlag GmbH, Frankfurt am Main. Diese Texte hat Reinhild Böhnke übersetzt, wie auch die folgenden Erzählungen, die hier zum ersten Mal auf deutsch erscheinen: »Señor Pinedo«, »Fragen und Antworten« (»Questions and Answers«), »Transitgäste« (»In Transit«), »Luc und sein Vater« (»Luc and his Father«), »Eine Erinnerung« (»A Recollection«), »Die Tochter des Obersten« (»The Colonel's Child)«, »Rue de Lille« und »Lena«.

Die amerikanischen Originale sind in dem Band *The Collected Stories of Mavis Gallant* zu finden, der 1996 bei Random House in New York und McClelland & Inc. in Toronto verlegt wurde.

Dieses Buch wurde in der Korpus Bodoni Antiqua von Wilfried Schmidberger in Nördlingen gesetzt und bei der Fuldaer Verlagsanstalt auf holz- und säurefreies mattgeglättetes 100 g/m² Bücherpapier der Papierfabrik Schleipen gedruckt. Den Einband besorgte die Buchbinderei G. Lachenmaier in Reutlingen. Ausstattung und Typographie von Franz Greno, Mainz.

1. bis 6. Tausend, November 1998. Von diesem Band der *Anderen Bibliothek* gibt es eine handgebundene Lederausgabe mit den Nummern 1 bis 999; die folgenden Exemplare der limitierten Erstausgabe werden ab 1001 numeriert. Dieses Buch trägt die Nummer:

1091